글 쓰는 딸들

뒤라스,
보부아르,
콜레트와
그들의 어머니

글 쓰는 딸들

소피 카르캥
임미경 옮김

뒤라스,
보부아르,
콜레트와
그들의 어머니

창비

나의 어머니 크리스티안에게

나의 두 딸 아가트와 다프네에게, 우리의 환상적인 동맹을 위하여

빼놓을 수 없는 남자들,

여자들 사이에서 관계를 더욱 풍성하게 해준

나의 아버지, 나의 남편, 나의 아들에게

차
례

들어가며 세 딸과 그 어머니들   9

마르그리트 뒤라스와 마리 D.
양면적 사랑

프롤로그 1980년 여름의 만남   23
1장   죽은 아기의 이름을 물려받다   31
2장   말할 수 없는 비밀   45
3-1장 바다를 건너 유년기와 작별하다   58
3-2장 빈롱에서—어머니라는 모범과 반모범   75
4장   거울 앞에서   99
5장   어머니를 떠나며   127

시몬 드 보부아르와 프랑수아즈

지배하는 사랑

1장	뤽상부르 공원의 떼쟁이	143
2장	데지르 학교의 영재 입학생	170
3장	한 세계가 무너지다	199
4장	거울 앞에서	215
5-1장	처음 만나는 자유	227
5-2장	마침내 독립하다	247
6장	더 치열하게	256

콜레트와 시도

융합하는 사랑

프롤로그	클로딘, 달콤한 갈망	277
1장	생소뵈르, 고양이 마을	281
2장	시도, 여명 같은 어머니	299
3장	생소뵈르와 파리 사이	321
4장	어머니와 딸의 전쟁	338
5장	윌리, 사랑 혹은 구속	360
6장	영원한 분리	383

주	409
옮긴이의 말	418

일러두기

1. 이 책은 Sophie Carquain, *TROIS FILLES ET LEURS MÈRES: Marguerite Duras, Simone de Beauvoir, Colette*(éditions Leduc.s 2014)를 번역 저본으로 삼았다.

2. 원주는 미주로, 옮긴이주는 각주로 달았다.

3. 본문 중의 고딕체는 원서에서 대문자나 이탤릭체로 강조한 부분이다.

들어가며

세 딸과 그 어머니들

세 사람은 저마다 딸이고, 유명 작가이고, 각자의 방식으로 살았다.

1871년에서 1914년 사이, 세기의 전환기에 태어난 세 사람은 주관이 뚜렷한 저항자라는 점 말고도 한가지 공통점이 있다. 어떤 한계나 표준을 넘어서는 어머니, 말하자면 어머니 이상의 어머니가 있었다는 점이다. 그 어머니들은 군림하거나, 지나쳐서 넘치거나, 모든 것을 감싸서 끌어안으려 했다. 융합하거나, 지배하거나, 조종하려 했다. 그들은 딸을 사랑했다. 무척 사랑하거나, 과도하게 사랑하거나, 잘못된 방식으로 사랑했다. 세 작가는 서로를 알았고 이따금 마주치기도 했지만, 이런 공통점이 있다는 사실은 몰랐다. 이 책은 이 세 딸의 이야기를 하나로 이어붙인,

거창하게 말해 3부작 전기이다.

뒤라스의 어머니 마리 도나디외가 『태평양을 막는 제 방』의 인상적인 등장인물, 성마르고 편파적이며 현실감각 없는 이상주의자에 난폭한 어머니를 그려내는 밑그림이 었다는 건 잘 알려진 사실이다. 콜레트의 어머니 시도^{Sido}, 딱한 처지의 미혼모들을 돌본 강하고 용감했던 이 여성이 한편으로는 선인장꽃이 피는 모습을 지켜보려고 모든 활동을 멈출 만큼 섬세한 사람이었다는 점도 알고 있다. 시도는 끊임없이 딸에게 편지를 써 보내고 집요할 만큼 답장을 재촉하며 딸의 모든 것을 알고자 성화였지만, 딸이 병들자 파리로 달려와 직접 보살핌으로써 딸을 죽음에서 구해내기도 했다. 프랑수아즈 드 보부아르는 앞의 두 어머니에 비해 그리 많이 알려지진 않았지만, 두 딸 엘렌과 시몬에게 보인 권위적 성격, 그 지배력과 권력의지가 눈길을 붙잡는다.

딸을 사랑하면서 그 사랑에 서툴렀던 이 어머니들은 딸에게 말하자면 신 같은 존재여서, 뒤라스와 콜레트, 보부아르는 각자 자신의 어머니에게 홀리고 지배당했다. 코친차이나♦의 들판, 부르고뉴의 숲, 혹은 뤽상부르 공원의 오솔길을 맨발로 뛰어다니던 아이 시절, 상처 입기 쉬운 그 시절에 세 딸은 강제급식처럼 애정을 포식하며 과잉보호

♦ 19세기 말에서 20세기 초 프랑스의 식민지였던 인도차이나의 베트남 남부를 가리키는 말.

받거나, 혹은 반대로 애정결핍을 겪으며 갖가지 형태로 가해지는 어머니의 전횡과 맞닥뜨려야 했다.

이들 세 딸은 어린 시절에는 전능한 어머니에게 매혹되어 사랑에 빠진 눈을 하고 있다가 성난 사춘기를 보내고, 성년이 되어서는 한사코 어머니와 거리를 두었다. 그러면서 그 사랑에 대해, 대개는 견딜 수 없는 사랑인 터라, 각자 글을 썼다.

피난처로서의 글쓰기

뒤라스, 보부아르, 콜레트는 창조의 영감으로 들뜬 벨에포크 시대와 이어지는 광란의 시대를 살았다. 20세기 초는 정신분석학의 선사시대였다. 돌토♦는 이제 막 태어났고, 프로이트는 『정신분석 입문』(1916)을 갓 출간한 상황이었다. 아직은 오이디푸스 콤플렉스를 만능열쇠로 여기기 전이어서, 한 인간을 이해하기 위해 "아버지에게 자리를 내어줄" 필요는 없었다. 어머니에 의한 아동학대와 과잉보호의 고발이 그때까지는 중요한 문제가 아니었다. 편애라든가 근친상간적 환경[1]에 대한 논의도 없었다. 이런 정신

♦ Françoise Dolto(1908~88). 소아과 의사이자 아동심리학자. 아동을 대상이 아닌 주체로, 부모와 자식의 관계를 수평적 관계로 제시함으로써 프랑스 아동교육에 큰 영향을 끼쳤다.

분석학적 개념 도구들의 틀이 짜이기 전이었고, 바로 그런 점이 내 흥미를 끌었다. 그것은 어머니와 딸의 관계가 미리 설치된 가드레일 없이, 정신분석에 짜맞춰지지 않은 날 것 그대로의 모습으로 만개할 수 있었다는 의미이니까.

프랑수아즈 드 보부아르는 권위적인 어머니였다. 투명성 숭배자인 그는 두 딸이 주고받는 말을 엿듣느라 방문을 활짝 열어놓게 할 정도였다. 딸들이 열일곱살에 고등학교를 졸업할 때까지 일일이 간섭하고 통제했고, 두 딸이 다른 사람과 주고받는 편지도 질투의 눈으로 검열했다. 마리 도나디외는 종잡을 수 없는 어머니였다. 그는 맏아들 피에르를 노골적으로 편애하면서 이 아들이 여동생에게 함부로 굴고 때로 폭력을 행사해도 용인했지만, 그러면서도 어린 마르그리트를 자기 옆에, 자기 침대에 붙잡아두고서야 마음을 놓았다. 융합형 어머니 시도는 매일 밤 소스라쳐 잠을 깨곤 했는데, 어떤 남자가 숨어들어 어린 딸 가브리엘을 훔쳐갈지도 모른다는 불안감 때문이었다.

세 작가의 삶을 조사하며 그들의 작품을 읽고 몇편의 전기를 참조하면서 나는 그들 사이에 어떤 연결고리가 있다는 사실을 알아차렸다. 그렇다, 그들은 지엽적인 부분부터 기본적인 부분에 이르기까지 많은 지점에서 이어진다. 셋 모두 일찍 일어나는 습관이 있었고, 동틀 무렵에 자연을 접하기를 좋아했다. 셋 모두 사춘기에 접어들며 유배와 가난을 경험했다. 콜레트는 생소뵈르의 집을 등지고 샤티용쉬르루앵으로 옮겨갔을 때, 보부아르는 라스파유 대로를 떠나 렌 거리의 집으로 이사했을 때, 뒤라스는 우선 아버지를 잃었을 때 그리고 이후 파리로 가기 위해 코친차이나를 떠날 때였다.

세 사람은 읽은 책도 같았다. 뒤라스는 『레 미제라블』을 탐독했고, 콜레트와 보부아르도 마찬가지였다. 셋 모두 동성애 경험이 있다. 뒤라스는 알려진 대로 사춘기에 엘렌 라고넬에게 이끌렸고, 콜레트와 보부아르 역시 시기는 뒤라스보다 늦지만 같은 경험을 했다. 셋 모두 나이가 자기보다 훨씬 아래인 남자를 사랑했다. 시몬 드 보부아르의 삶에서 중요한 자리를 차지하는 '프티 보스트', 마르그리트 뒤라스의 피그말리온 얀 앙드레아, 콜레트가 사십대 후반에 들어섰을 때 불과 열여섯살이었던 베르트랑 드 주브넬이 그 남자들이다.

마지막으로, 또 무엇보다 주목해야 할 점은 세 사람 모두 '빅 마더'와 마주한 상황에서 아주 어릴 적부터 피난처를 찾으려 했다는 것이다.[2] 뒤라스는 가족이라는 진저리나는 구렁을 빠져나와 오두막으로, 연인의 자동차 안으로, 숲으로 숨어들었고, 콜레트와 보부아르 역시 숲으로 달아났다. 특히 보부아르는 숲에서야, 어머니의 눈길에서 벗어나서야 미래의 삶을 꿈꿀 수 있었다. 피난처가 없었더라면 아마도 그들은 미쳤을 것이다.

시간이 지나면서 현실의 장소를 대신해 글쓰기, 뒤라스

가 말한 '현실과 나란히 가는 오솔길'이 그들의 피난처가 된다. 뒤라스는 TV 대담 프로 「아포스트로프」에서 글쓰기를 가리켜 "현실 옆에 놓인, 실선과 나란히 가는 점선 같은 삶"이라고 했다. 그렇다면 현실과 나란히 가는 이 글쓰기란 최초의 피난처(예를 들어 아버지의 서재)를 대신하는 가상공간이 아닌가? 그리고 이 모든 것 뒤에는 여전히, 한결같이 어머니가 자리 잡고 있지 않은가? 파괴당하지 않기 위해 달아나 숨을 곳이 필요했던 건 바로 그 어머니 때문이었으니까. 뒤라스는 이렇게 말했다. "글쓰기는 유일하게 어머니보다 힘이 센 것이었어요."[3]

마르그리트, 가브리엘, 시몬 되기

나는 그들을 상상했다. 몇주, 몇달 동안 마르그리트, 가브리엘, 시몬으로 살고, 느끼고, 경험했다. 배역을 맡은 배우처럼. 사실 작가는 '내면을 향해' 대사를 읊는 연극배우이다. 극 중 인물에 젖어들어야 하고, 그 인물의 언어로 생각하고 그의 눈으로 바라보아야 한다. 중요한 것은 그 인물들이 경험했거나 경험했을 법한 것을 가장 미세한 감정들까지 느껴보는 일이다.

연극배우를 닮았지만 다른 점이 있다면 소리 내어 대사를 읊지 않는다는 사실이다. 작가는 눈에 띄지 않는 곳에서 글을 쓴다. 나는 뒤라스가 되어, 보부아르가 되어, 콜레트가 되어 꿈을 꾸었다. 그러면서 마르그리트 유르스나르의 조언을 따르려 했다. "자신은 침묵해야 합니다. 그래야 이런저런 상황이 갖춰져서 인물이 말을 하게 될 때 들을 수 있어요. (⋯) 자신의 말을 무의식적으로라도 보태서는 안됩니다. 그것은 자신의 본질을 다른 존재들에게 흘려넣는 일입니다. 사소한 버릇이나 태도를 덧씌우는 일과는 아주 다르죠."[4] 그들이 불러주는 대로 받아쓰기, 이것이 내 글쓰기의 유일한 방식이다. 이렇게 해서, 소설로 쓴 전기로 보든 순전한 이야기로 보든, 이 책이 나왔다.

작가도 배우와 마찬가지로 내면에 작은 균열이 있다. 다른 누군가가 스며들어 그를 장악할 수 있는 건 그 균열 덕분이다. 그러면 대개 그는 감정을 잔뜩 머금은 일종의 스펀지가 된다. 때로 고통스럽지만 그럼으로써 글쓰기 욕구를 부른다.

정신분석에 발을 들여놓는 사람들도 마찬가지일 것이다. 침상 머리맡에 앉아 개인의 내밀한 고통을 찾아내려 하는 것이다.

전기 작가들은 간혹 영매가 되기도 한다. 그들이 가진 수신안테나를 작동해 고인의 말을 듣는다. 옆이나 머리 위에 떠다니는 유령의 말을 듣듯이⋯⋯ 천사들이 이 지상에 올 때 입을 꾹 다물고 지나가버리는 건 아니다. 그들은 오가면서 우리에게 이야기를 들려준다.

생전에 몇권의 책을 나와 공동으로 집필한 심리학자 마리즈 바양이, 그 자신은 모르겠지만, 이 주관적 전기를 쓰기까지 나를 이끌어주었다. 내게 임상적 직관이 있다고 격려해준 마리즈에게 감사한다. 나는 마리즈와 나눈 대화들을 자주 생각했고, 자매관계, 여성성 등을 주제로 몇권의 책을 함께 쓰며 수행한 분석작업을 되짚어보았다. 우리는 그 책들을 통해 어머니와 딸의 관계에 자주 접근했다. 이 책에서 또 한번 마리즈가 가이드가 되어 나를 인도해준 건 물론이다.

상상의 논리

나는 세 사람을 그들의 무대, 그들의 시대에, 덜컹거리는 이륜마차, 시끌시끌한 카페, 베트남의 구운 고기와 국물 냄새 속에 자리 잡게 했다. 그러고는 카메라를 어깨에 메고 그들을 따라가보았다.

한권의 전기가 소설처럼 쓰일 수도 있고 주관이 포함될 수도 있지만 아무 이야기나 하지는 않는다는 건 이런 의미이다. 인물들은 이미 뚜렷한 윤곽이 있어서 그 윤곽을 벗어날 수 없다. 인물들의 내적 논리를 따라가보면 늘 수긍할 수 있는 상황에 도달한다.

나는 악쓰며 떼쓰는 어린 시몬이 되어보았다. 작가가 되겠다고 결심하는 열한살의 마르그리트가 되어보았다. 가브리엘이 느낀 숨 막히는 갑갑함도 경험했다. 상상이 작동하려면 부품이 되어줄 소소한 사실들이 있어야 한다. 부품이 마련되면 상상이 일을 시작하기만 하면 된다. 하지만 인물의 내적 논리를 벗어나서는 안된다.

마르그리트, 가브리엘, 시몬…… 세 여자아이가 내 마음을 흔들었다. 새들이 떼 지어 날아가는 들판을 맨발로 헤매는, 가냘픈 몸집에 갸름한 눈매를 한 갈색 머리 아이, 뤽상부르 공원 산책로에서 분을 못 이겨 발을 구르며 울음을 터뜨리는 부르주아 꼬마, 혹은 사투리를 쓰면서 생소뵈르앙퓌제의 구불구불한 골목길을 나막신으로 잘박거리며 다니는 시골 아이. 나는 그들이 서로 만나기를 바랐고, 그래서 그들 사이에 다리를 놓았다.

마르그리트는 시몬을 만나고, 시몬은 콜레트의 작품을 읽는다. 콜레트는 침대에서 라디오방송을 통해 뒤라스의 목소리를 듣고, 보부아르에게 헌정받은 『제2의 성』을 훑어본다. 이런 연결을 통해 나는 여성의 연대를 환기하고 싶다. 이 세 사람이 자신도 모르는 사이에 마치 자매처럼 이어져 있었음을 보이고 싶다. 이런 이유로 나는 그들을 같은 무대 위에 올려보았다. 예를 들어 그들은 사춘기 시절에 거울을 통해 자신의 모습을 바라보거나, 거미와 마주치거나, 혹은 병상의 어머니 곁에서 어머니의 육신이 소실

되어가는 모습을 지켜보는 경험을 공유한다. 과거에는 그토록 부드럽고도 강했던 어머니의 손이 이제 힘을 잃었음을 실감하기도 한다.

이 책을 써나가면서 세 사람 간의 어떤 일치, 상응을 깨닫는 순간 내 머릿속에서는 수많은 장면이 이어지며 한 편의 영화가 만들어지기 시작했다. 마이클 커닝햄의 동명 소설을 각색해 스티븐 달드리 감독이 연출하고 메릴 스트립, 니콜 키드먼, 줄리앤 무어가 출연한 영화 「디 아워스」처럼, 세 여성의 삶이 교차하며 한 시대를 구성해가는 형식의 장편영화였다.

여기서 우리는 이 세 사람이 글을 쓰겠다고 결심하는 데 어머니가 어느 정도로 결정적인 역할을 했는지 볼 수 있을 것이다. 이렇게 강력한 어머니가 있다면 그로부터 자신을 보호하기 위해서라도 거리를 두어야 하지 않았을까? 이 세 딸에게서 글쓰기는 이와 같은 절박한 요구로부터 태어났다.

마르그리트는 글쓰기가 어머니에게 복수하는 방법이었다고 말했지만, 한편으로는 어머니와의 분리가 낳은 절망감을 표현하는 방법이기도 했을 것이다.

콜레트는 '사소한 것들', 예를 들어 튤립 꽃부리라든가 마드무아젤 에메*의 두 뺨을 살짝 물들인 홍조를 섬세하

◆ 콜레트의 소설 『학교의 클로딘』(1900)의 등장인물.

게 묘사했는데, 그것은 어머니의 지시, "저것 봐, 저것 좀 봐!"에 대한 응답이었을 것이다. 시몬은 어머니에 의해 몸을 금기시하고 감정을 억압하는 분위기에서 양육되었고, 그 결과 '왼쪽 뇌'로, 말하자면 이성과 논리로 글을 썼다. 소설가로서도 시몬은 관념과 지성에 발을 딛고 있다. 그역시 어머니에게 복수하고자 『제2의 성』을 썼지만, 그가 글쓰기를 통해 맞선 그 어머니야말로 딸이 뛰어난 학자가 되기를 염원한 사람이었다.

마리 도나디외, 시도, 프랑수아즈 드 보부아르는 이런 사실을 알았을까? 자신이 딸에게 무엇을 남겨주게 될지 짐작했을까? 이 어머니 이상의 어머니들은 세 작가가 글쓰기를 꿈꾸게 된 결정적 계기를 제공했을뿐더러, 나아가 그들 각자의 고유한 문체에도 영향을 끼쳤다. 마지막으로 덧붙일 말은, 이 전기가 주관적인 만큼 필자도 한 귀퉁이를 잘라내 속 이야기를 털어놓았다는 점이다. 내가 내 딸과의 관계에 대해 말할 수 있었던 것은 마르그리트 뒤라스에 힘입은 바가 크다. 이렇게 해서 다시 출발점으로 돌아왔다. 이제 이야기를 시작할 수 있다.

마르그리트 뒤라스와
마리 D.

양면적 사랑

"내겐 어머니라는 낙원이 있었어요.
그 낙원은 불행, 사랑, 부당함, 증오, 이 모든 것이었죠."[1]

1980년 여름의 만남

1980년 여름, 나는 열여섯살, 『태평양을 막는 제방』속의 딸 쉬잔의 나이였다.

그 여름에 부모님은 대서양에 접한 아르즐레쉬르메르에 집을 한채 빌렸다. 시끌벅적한 휴양 주택단지였는데, 어머니들이 야단치는 소리, 아이들이 우는 소리가 사방으로 울려퍼졌다. 세상의 모든 사춘기 여자아이가 그렇듯이 나는 삶이 지겨웠다. 말없이 맹렬하게 지겨웠다. 기분도 잔잔하게 우울했다. 머리로 유리창을 들이받는 느낌이었다.

나는 고등학교 졸업반이었다.

해가 바뀌면 반드시 떠나리라, 집에서 멀리 떠나리라 마음먹고 있었다.

매번, 언제나, 다른 사람들보다 먼저 잠이 깼다. 휴가 때

라도 다를 바 없었다. 1년 내내 그랬다. 얕은 잠, 잠이 많은
사람은 잠 없는 사람을 부러워하지만 정작 불면증에 시달
리는 사람은 일종의 저주로 받아들이는 겉잠을 잤다. 그러
고는 이른 새벽에 깨어 양쪽 눈에 거무스레한 달무리를 달
고 맨발로 모래를 밟으며 첫 산책에 나섰다. 하루 중 처음
바닷물에 닿는 시간이었다. 그런 다음 그 해변의 가장 아
름다운 풍광이 채 드러나기도 전에 돌아왔다. 지루해하며
책을 읽고, 글을 쓰고 싶다는 갈망에 사로잡혀 있으면서도
정작 글을 쓰지는 못했다.

나는 어떤 만남을 기다리고 있었다.

그 만남은 시장에서 이루어졌다. 나는 어떤 사랑의 강렬
한 폭발로 그 만남을 기억한다. 수십년이 흐른 지금까지도
그날 입은 옷을 기억할 정도다. 1980년대에 유행하던 줄무
늬 멜빵바지 차림이었다.

작은 시장이었다. 아주 작았다. 과일과 채소를 파는 장
수 하나, 양젖 치즈를 블랙체리 잼과 나란히 놓고 파는 상
인 하나, 생강빵과 꿀을 파는 노점상 하나, 책장이 접히고
표지가 바랜 책들을 덜거덕거리는 작은 캠핑 테이블 위에
늘어놓은 책 장수 하나가 전부였다. 그 캠핑 테이블 위에
는 기 데 카르♦, 바버라 카틀랜드♦♦의 소설들이 쌓여 있었

♦ Guy des Cars(1911~93). 펄프픽션에서 베스트셀러를 넘나든 프
랑스 소설가.

고, 점성술 책, NRF♦♦♦에서 출간한 위대한 고전들도 있었다. 그 책 무더기 가운데 푸른 바다가 담긴 작은 책 하나가 별안간 내 눈길을 붙잡았다.

책의 제목은 그리 마음에 들지 않았다. '태평양을 막는 제방'이라니, 전쟁소설의 제목이 아닐까? 나는 전쟁영화와 서부영화를 싫어했다. 눈앞의 책이 보다 내면적인 전쟁, 내가 관심이 있는 숨 막히는 어떤 봉쇄에 대한 이야기라는 걸 이해하게 된 건 나중의 일이다. 그때는 아직 그걸 몰랐다. 그렇다면 어째서 손을 내밀어 그 책을 집게 되었을까? 책을 펼쳐보았다. 첫 문장이 건조하고 간결했다. "말을 사는 건 좋은 생각이라고 그들은 믿었다." 문장의 리듬이 선율처럼 다가왔다. 책장을 넘겼다.

눈으로 훑어 내려가다가 다음 문장들에 사로잡혔다.

"비가 그렇듯, 과일이, 홍수가 그렇듯, 아이들도 그랬다. 아이들은 어김없이 다시 밀려오는 조수처럼 해마다 새로 태어났다. (…) 이 들판의 여자들은 남편이 욕망을 못 느낄 만큼 나이가 많지만 않다면 누구나 매년 아이를 낳았다. 건기라서 벼농사가 한가해질 때 남자들은 잠자리 생각이 한층 더 간절해지고, 그렇다보니 자연히 그 계절이 오

♦♦ Barbara Cartland(1901~2000). 700여편이 넘는 연애소설을 쓰고 수많은 베스트셀러를 남긴 영국 작가.

♦♦♦ *La Nouvelle Revue Française*. 1909년 앙드레 지드 등이 창간한 문예지로 프랑스의 대표적 문학 출판사 갈리마르의 모태가 되었다. 문고본 시리즈로 유명하다.

면 여자들은 임신했다. 그러고 이어지는 몇달 동안 배가
불러오는 것이다."

내 주위의 공기가 별안간 짙어졌다. 갈매기들의 울음소
리가 다르게 들렸다. 책장을 넘기는 동안 뭔가가 귀를 먹
먹하게 했다. 내 심장 소리였다. 심장이 세차게 뛰고 있었
다. 그러다가 눈길이 이어지는 문장, 호흡의 리듬을 이야
기하는 대목에 가닿았다. "이 일은 벼의 생장 리듬에 따라
주기적으로 되풀이되었다. 해마다 여자들의 배는 마치 길
고 깊게 들이마셨다 내쉬는 호흡처럼 아이를 품고 부풀어
올랐다가 아이를 세상에 내어놓고 다음번 호흡을 위해 푹
꺼지곤 했다."

나는 열여섯살이었고, 많은 사춘기 여자아이가 그렇듯
유년을 벗어났다는 안도감에 아기들에 대해서는 의식적
으로 무감동한 태도를 지켰다. 그런데 어째서 출산을 이야
기하는 문장을 앞에 놓고 이런 감정의 폭발, 감동의 파도
같은 것을 느꼈을까? 이 작가가 내 안의 무엇을 건드린 것
일까? 나는 가느다란 눈을 한 원주민 아이들이 나무에 송
이송이 매달려 굶주림으로 죽어가는 모습을 상상했다. 뭔
가가 나의 내면을 침식해 들어왔다. 내부로부터 유린당하
는 기분이었다. 말을 거부하는 사춘기 여자아이의 단단한
보호벽에 누군가가 와서 금을 냈다. 딱 필요한 자리에 금
을 냈다. 정확히 말해, 절망이 고인 자리를 건드렸다.

그 문장에는 매혹적인 절망이 담겨 있었다. 가공하지 않

은 다이아몬드, 혹은 흑진주였다. 그때까지 내가 모성에 관해 읽고 들은 것이라고는 자기희생적인 모성애, 어머니라는 불가결한 희생물을 포장하는 낙관적이고 이상주의에 젖은 숭고한 이미지들뿐이었다.

그 책의 작가는 그런 포장을 집어치웠다. 그의 언어는 열여섯살 사춘기 여자아이를 매혹하는 칼날이었다. 아이들은 해마다 죽고 어머니들은 비탄에 빠지고 세상은 무자비했다. 『태평양을 막는 제방』이 그려내는 세계는, 그 책 속의 여자아이는 내가 있는 곳에서 까마득히 멀었다. 내 앞에는 태평양이 아닌 대서양이 가로놓여 있었다. 하지만 그 여자아이와 나는 이미 만난 적이 있는 사이였다. 아이들이 망고나무에 매달려 "굶주림으로 입을 벌린 채 죽어가는" 그 순간부터 우리는 이미 아는 사이였다.

지금도 그 책을 집어들 때마다 나무에 송이처럼 매달린 앙상한 아이들의 모습이 어김없이 눈앞에 그려진다. 다카르에서 버스의 흔들리는 문짝에 달라붙은 벌거숭이에 가까운 아이들과 마주쳤을 때도 거의 조건반사처럼 내 머릿속에는 나무에 매달려 새파란 풋망고를 먹는, 그러면서 수없이 죽어가는 그 캄보디아 아이들이 떠올랐다.

어떤 작품은 이런 식으로 각인되어 지워지지 않는다. 내면에 새겨진 문신 같은 것이다.

책값은 1프랑이거나 2프랑이었다. 나는 책값을 꺼내놓

고 도둑처럼 그 자리를 떠났다.

파도를 앞에 두고, 분명 태평양처럼 이국적이지는 않은 대서양을 앞에 두고, 책을 탐독했다. 책 속의 이야기, 절망적이지만 진실인 그 이야기에 말 그대로 사로잡혔다. 사춘기의 우울감을 떨쳐버리는 데에 뮤지컬이나 오락영화가 좋다는 주장은 틀렸다. 가슴에 슬픔이 고여 있을 때 오락영화만큼 기분을 을씨년스럽게 만드는 것도 없다. 사춘기 때는 누구든 자신의 턱에 한방 날려주기를 바라고, 보드카나 진한 에스프레소처럼 강렬한 책에 목말라한다. 견고함을 갈구하고 절망에 탐닉한다. 뒤라스 역시 이런 사춘기를 위한 작가이다.

"그렇지만 유쾌한 책은 아냐"라고 내 주위 사람들은 말할 것이다. 삶이 유쾌하다고 누가 그러는가? 자신의 우울을 함께 나눌 사람이 없는 것보다 더 서글픈 일은 없다. 작품 속 어머니와 딸의 관계에 맞닥뜨린 나는 딸이 다이아몬드를 위해 '자신을 파는' 모습을 호의적으로 바라보는 어머니의 타락에 놀랐다. 그건 한마디로 부도덕했다. 하지만 그 부도덕성은 비열한 "토지국 개자식들"의 부도덕성에 비하면 영 못 받아들일 건 아니었다.

그해 여름, 나는 어느 박물관에 가는 길에 신기한 우연으로 같은 반 친구와 마주쳤다. 비가 오는 날이었다. 그 친구의 이름은 발레리고, 변호사의 딸이었다. 그 아이는 수시로 이유 없이 웃으면서 맨발로 거리를 걷고 있었다. 그애에 대해 떠도는 수상한 소문들이 있었다. 열다섯살 때 실연을 당하고 자살을 시도했으며 이후로 섹스에 미쳤다고 했다. 나는 그애와 함께 박물관에 갔다가 자전거를 타고 바닷가로 나갔다. 발레리는 눈동자가 초점 없이 흔들렸고, 실없이 웃었고, 말이 거의 없었다. 그애가 백사장에 배를 깔고 엎드렸을 때 척추를 따라 긴 흉터가 나 있는 걸 보았다. 그 흉터가 왜 생겼는지는 그날 오후 늦게 돌아오는 길에 그애에게 들은 이야기로 짐작할 수 있었다. 그애는 여전히 맨발로 자전거 페달을 밟았고 나는 샌들을 신고 있었다. 우리가 황량한 들판에 버티고 선 어느 잿빛 성곽의 성문을 막 지나쳤을 때였다.

발레리가 웃음을 터뜨렸다.

"죽으려고 했던 장소가 여기야. 저 위에서 뛰어내렸어."

내 자전거가 순간 비틀거렸다.

발레리가 다시 웃어젖혔다.

나는 뒤라스의 '거지 여자'를 떠올렸다. 그 아이는 완전히 미쳤지만, '거지 여자'를 연상시키는 바람에 가깝게 느껴졌다.

"뒤라스의 작품을 읽어본 적 있니?" 내가 불쑥 물어보았다.

"뒤라스? 아니, 누군지 몰라. 추리소설 작가야?"

"딱히 그렇지는 않아." 나는 웃으며 대답했다.

그래, 이 작가, 마르그리트 뒤라스는 누구였던가?

1914년에 인도차이나에서 태어났고, 아버지는 고등학교 수학교사, 어머니는 초등학교 교사였다고 작가 약력에 적혀 있었다. 『태평양을 막는 제방』으로 공쿠르상 후보에 올랐고, 이 작품 말고도 몇편의 소설을 썼다. 작가의 다른 작품들이 궁금했다. 어쨌거나 문 하나가 열렸다. 나는 이제 혼자가 아니었다.

나는 그해에 이미 뒤라스에 관해 무엇인가 쓰게 되리라는 걸 알았다. 실제로 글을 쓴 것은 스물두살이 되어서였다. 뒤라스의 작품에 나오는 태양과 더위의 이미지를 분석한 짧은 비평문이었다. 마르그리트 뒤라스를 수신인으로 해서 그 글을 미뉘 출판사◆로 보냈다. 뒤라스가 답장을 보내오리라는 기대는 하지 않았다. 그에게 보낸 오마주였을 뿐 다른 뜻은 없었다. 지금 그 서툰 글을 읽어보면 문학평론이라기보다 사랑 고백에 가까워 보인다. 그러고 25년이 지난 지금, 나는 처음 그에게 사로잡혀 모든 것을 알고자 했던 그 열정에 다시금 빠져들고 있다.

뒤라스의 어머니는 그의 작품에서 가장 중요한 인물이다. 현실의 어머니가 그렇다는 말이지만, 뒤라스가 그려낸 인물, 절망과 절대적 사랑, 증오, 부당함, 또 뒤라스 자신이 '어머니의 광기'라고 부른 것을 구현하는 원형적 인물로서의 어머니도 그렇다.

◆ 당시 주로 누보로망 계열 작품을 선보인 출판사. 뒤라스도 1980년대에 미뉘에서 작품을 출간했다.

1장

죽은 아기의 이름을 물려받다

1914년 4월 4일 새벽 4시, 사이공◆ 근교 자딘 소재 가옥.

"딸이에요, 예쁜 공주님이에요!" 산파가 외친다.

마리 도나디외가 고개를 돌려 아이를 본다. 그러고는 산파를 향해 기운 없이 미소를 지어 보인다. 헐렁한 회색 저고리를 입은 젊은 베트남 여자다.

그날 새벽 내실은 전쟁터 같다. 묵직한 흰색 리넨 이불은 둘둘 말린 채 침대 발치로 밀려나 침대 양편에 꼬리를 늘어뜨리고 있다. 머리맡 자단목 탁자 위에 수건들이 쌓이고, 작은 대야와 우각 빗 두개, 소독용으로 쓸 알코올 도

◆ 오늘날의 베트남 호찌민시. 프랑스령 코친차이나의 중심 도시였다.

수 90도짜리 술이 놓였다. 마리 도나디외는 호흡을 가다듬는다. 오렌지와 자몽 껍질 향이 보켓* 깍지 향과 뒤섞여 여전히 방 안을 떠돈다. 살균 효과가 있다는 그 나무 열매의 깍지를 산파는 어제저녁 비바람이 치는 내내 오지냄비에 끓였다. 그러고는 끓는 냄비에 소금과 강황을 넣은 다음 냄비를 산모의 배 가까이 놓고 김을 쐬게 했다. 그렇게 하면 냄비에서 피어오르는 향이 아기를 저주나 악령으로부터 보호해준다는 속설이 있다. 마리 도나디외는 이 전통 처방을 순순히 따랐다.

아이가 태어났다. 일순간 사방이 고요해진다. 태풍이 몰아친 뒤에 찾아오는 정적, 격심한 고통을 겪은 뒤에 맛보는 안도 같은 고요다. 방 한쪽 구석에서 산파와 시중드는 두 젊은 여자가 조심스럽게 움직이는 소리 말고는 아무 소리도 들리지 않는다. 천장에 달린 커다란 팬의 묵직한 날개가 천천히, 일정한 속도로 돌아간다. 그래도 방 안에 고인 열기는 꼼짝도 하지 않는다. 살갗에 끈끈하게 달라붙어 이마를 땀방울로 적셔놓는 이 무더위는 계절풍이 비를 몰고 온다는 예고다. 이미 한차례 굵은 빗줄기를 퍼부은 다음에도 수그러들지 않는다.

무더위는 비가 쏟아진 뒤에도 아무 일 없었다는 듯 다시 찾아왔다.

◆ 콩과 식물의 일종으로 검은색 열매는 비누나 샴푸 등의 원료로도 쓰인다.

"물 좀 줄래요, 입에 대줘요……"

침대에 누워 있던 마리 도나디외가 팔꿈치를 세워 몸을 일으킨다. 침대는 검은색과 금색이 어우러진 아름다운 철제 침대로, 이 시기에 베트남에서 유행하던 스타일이다. 마리는 산파가 내민 잔에 입술을 대고 가까스로 목을 축인다. 검은 머리카락이 흘러내려 어깨를 덮는다. 얼굴은 산파가 입혀준 흰색 리넨 원피스만큼이나 창백하다. 옆에서 꼼지락거리는 작은 생명체를 들여다볼 기력도 없다.

마리는 방금 세번째 아이를 낳았다. 막내딸.

시간은 새벽 4시.

"이마 좀 들어보세요, 부인." 젊은 산파가 나지막이 말하더니 찬물에 적신 수건으로 마리의 얼굴을 닦아낸다. 눈 가장자리(오늘 새벽 마리의 눈동자는 한층 더 푸른빛을 띤다), 양편 콧방울까지 닦은 뒤 마리의 머리카락을 쓸어 넘겨 두피에 찬 물수건을 갖다댄다.

그러고 몸을 돌려 요람 안의 아이를 들어올리더니 주저 없이 어머니에게 내민다. 처음 젖을 물릴 시간이라는 것이다. 하지만 마리는 눈을 내리깔고 가슴에 손을 얹은 채 힘없이 고개를 젓는다.

마리는 자신의 말 한마디, 아주 작은 동작 하나로도 아기가 죽게 될지 모른다는 느낌이 든다.

그의 기력은 바닥나 있다. 긴 시간 끝없이 이어지는 산통을 겪은 터다. 눈물 한줄기가 뺨 위로 흘러내리는 걸 느낀다. 그저 피로감 탓에 눈가에 고인 눈물일 것이다. 마리는 상반신을 일으키려 팔꿈치를 세운다. 산파가 다가와 머리 아래에 베개를 하나 더 괸다.

"지치셨네요."

콧노래를 부르는 듯한 원주민 특유의 억양이 마리 도나디외의 기분을 한결 가볍게 해준다. 이들의 말소리는 심각한 이야기를 할 때조차 들뜬 듯이 즐거운 허밍을 하는 것처럼 들린다.

젊은 원주민 여자들에게 탄생은 언제나 축복이다.

마리는 젊은 산파를 향해 미소를 지어 보인다.

"이미 알고 있었어요." 마리가 속삭이듯 말한다. "딸이라는 걸. 난 알고 있었어요."

마리 도나디외는 한숨을 내쉬고 고개를 모로 떨군다. 두 아들 피에르와 폴을 얻은 뒤 서른일곱살에 마침내 그토록 기다리던 딸을 낳았다. 마리는 방의 흰색 벽에 걸린 흑백사진 속 자신의 부모를 향해 윙크를 하고 미소를 짓는다. 새로 태어난 아기를 부모에게 처음 소개하듯이. 사진 속에서 마리의 아버지는 파드칼레의 빵집 주인 모습으로, 갈색 머리카락과 각진 턱을 가진 어머니는 엄한 눈빛으로 정면을 응시하고 있다.

남편 앙리 도나디외는 이마를 닦은 손수건을 다시 호주머니에 넣고 아기를 향해 두 팔을 뻗는다. 턱수염 끝을 제

2제국 시절에 유행하던 스타일로 뾰족하게 다듬어 얼굴이 역삼각형으로 보인다. 그 얼굴이, 더위 때문에 번질거리기도 하지만, 기쁨으로 빛이 난다.

아내가 그렇듯이 앙리 역시 더는 젊지 않다. 나이 마흔둘. 첫번째 결혼에서 이미 아들 둘을 얻었고, 이 두번째 결혼에서도 아들 둘을 얻었다. 그는 팔을 뻗은 채 움직이지 않는다. 날이 너무 덥다.

이곳 식민지의 모든 가옥처럼 자딘의 이 집도 통풍을 최우선으로 고려해 지어졌다. 방들은 일렬로 배치되어 문을 열면 서로 연결되고 천장도 높아서 바람이 잘 통한다. 하지만 4월은 연중 가장 무더운 달이어서 최고기온이 35도에 육박하는 날조차 그나마 견딜 만한 축에 속한다. 열대계절풍이 몰고 오는 요란한 비가 줄기차게 이어지는 우기가 시작되기 직전의 가혹한 달이다. 4월은 모두에게 견디기 힘든 달이지만, 임신한 여자들에게는 한층 고통스럽다. 나이 많은 산모에게는 특히 그렇다.

마리 도나디외는 서른일곱살에 셋째를 임신하면서 몸도 무거운데다 다소 수치스럽기도 했다. 첫째 아이를 가졌을 때 배를 자랑스럽게 앞으로 내밀고 다닌 것과는 달리 부른 배를 출산 직전까지도 자루 같은 흰색 면 원피스 속에 감추고 다녔다. 그 나이에 그렇게 부른 배를 하고 다니는 게 다소 부적절해 보인다고 생각했다. 임신이란 자신이 성을 영위하고 있다는 사실을 공공연히 드러내는 일이 아닌가?

이곳 사이공과 근교 지역에 사는 백인 여자들은 몸치장
에 많은 돈을 썼다. 백인 여자들은 모두 흰옷, '식민지 거
주자들의 흰옷'을 입었다. 종아리 중간쯤 오는 길이의 치
마와 원피스를 입고, 깊이 파인 목선으로 우윳빛 피부를
드러냈다.

마리 도나디외는 그런 여자들과 마주칠 때마다 경멸감
이 솟았다.

저렇게 외모를 꾸미는 데 얼마나 시간을 들였을까? 마
리는 그런 유형의 여자가 아니었다. 꾸밈에는 그리 관심이
없는, 근면하고 '실용적으로 사는' 여자였다. 쉬운 여자가
아니라고 사람들은 말했다. 집 안의 모든 것을 자기 통제
하에 두려는 마리는 그 어떤 일도 저절로 되는 법은 없다
고 생각했다. 매사에 의문을 제기하고 늘 교섭에 나섰다.

가정의 주도권을 쥔 사람도 마리였다. 이웃들은 마리가
지나가는 모습을 보면 저 집은 부인이 남편처럼 위세를 부
린다고, 정작 남편은 조용하고 얌전한데 저 여자만 그렇다
고 숙덕거렸다. 물론 실상은 그리 간단하지 않았다. 마리
도나디외는 학교 교장인 이 명석한 남편을 숭배에 가까울
만큼 자랑스러워했다.

마르그리트 뒤라스도 나중에 아버지에 대해 "수학 천
재"라는 표현을 썼다. 뒤라스는 아버지를 무척 사랑했다

고 말했다. 너무 일찍 곁을 떠난 아버지였다. 아버지라는 완충지대가 없는 탓에 작가는 다소 불안정하고 예측하기 어려운 어머니와 맞부딪칠 수밖에 없었다. 이 어머니는 나중에 뒤라스가 『나의 어머니에게』에 쓴 대로 "단 한번도 다정한 적이 없었다". "우리는 서로를 포옹한 적이 없었다. 손을 잡은 적도 없었다."[2]

"세상에, 따님 좀 보세요……"

놀랍게도 갓난아기가 눈을 떴다. 잉크처럼 새까맣고 큰 눈이다. 베트남 사람 같은 얼굴 윤곽에 턱은 뾰족하다. 그토록 기다린 딸이 눈앞에 있다. 그러나 마리 도나디외는 어리둥절하다. 딸이 태어났는데도 기쁘지 않은 건 무엇 때문일까? 아마도 기진맥진한 탓일 테지.

별안간 마리는 남편 앙리를 돌아보며 묻는다.

"아이들은 어디 있죠? 어서, 어서 피에르를 찾아와요. 새로 생긴 누이동생을 봐야죠. 피에르가 외톨이가 된 기분이 들게 해서는 안돼요. 이럴수록 더 신경을 써줘야 해요."

피에르는 맏이, 두 아들 가운데 형이다. 눈꼬리가 갸름한 아름다운 눈으로 세상과 다른 사람들을 향해 송곳 같은 눈길을 던지곤 한다. 마리 도나디외는 이 맏아들에게 무한히 애정을 쏟는다. 피에르를 보호해야 해…… 모두 피에르가 아주 명석한 아이라고들 한다. "모르는 게 없어요. 너무 잘 알아요." 언젠가 한 고위 관리의 부인이 피에르에 대해 한 말이다. "영특한 아이인 만큼 더 조심스럽게 키워야죠."

"따님의 이름은 지으셨나요?" 산파가 미소 띤 얼굴로 묻는다.

"마르그리트……"

"마르그리트?"

산파는 기도하듯 두 손을 모으고는 상쾌한 웃음을 터뜨린다.

"예쁜 이름이네요."

"마르그리트는 내 여동생의 이름이었어요…… 쌍둥이로 태어난 아이였죠. 세상에 태어나 겨우 열여섯달 살다가 떠났는데, 그때 난 열여섯살이었어요. 쌍둥이 중에 남은 아이의 이름은 테레즈예요."

산파는 기진맥진한 채 이야기를 이어가는 마리를 빤히 바라본다. 그는 이따금 마리가 이해되지 않을 때가 있다. 사람들은 마리가 아주 똑똑한 여자라고들 하지만, 묘한 면이 있다는 사실도 아는 사람은 안다.

마리 도나디외가 터무니없는 말을 하는 건 아니다. 그는 실제로 여동생을 잃었다. 쌍둥이 가운데 한 아이로, 1894년 6월 30일, 마리 자신이 16세였던 해에 16개월의 짧은 생을 마쳤다. 그날 그 슬픔을 겪으며 사춘기의 마리는 자신에게 약속한 것이 있다. '내가 딸을 낳게 되면 마르그리트라고 부를 테야. 들꽃 마르그리트,* 졌다가 다시 피는

그 꽃의 이름을 붙일 테야.'

이렇게 해서 이름 하나가 한 사람의 삶을 주조하는 거푸집이 되었다. 갓 태어난 여자아이의 어깨에 납으로 지은 제의祭衣가 얹혔다. 태어나자마자 얻은 이름이 이미 죽은 이의 이름, 하물며 죽은 아기의 이름이라는 건 어떤 무의식적 사명을 떠맡았다는 의미가 아닌가?

이 이름이 아니었다면 마르그리트 도나디외가 마르그리트 뒤라스가 되었을까? 어머니들의 고통, 여자들의 고통, 그리고 넓게 보아 사랑의 고통을 이야기할 사명을 떠맡았을까? 캘커타의 거지 여자에 대해 그만큼 글을 썼을까? 1914년은 정신분석이 아직 첫발도 내딛지 못한 때였다. '대체 아이'** 개념도 등장하기 전이었다. 하지만 마리는 다른 어떤 이름도 생각해본 적이 없었다. 자신의 눈으로 본 어머니의 슬픔을 기억할 뿐이었다. 당시 어머니가 얼마나 지쳐 있었는지도. 한 사람이 자기 안의 슬픔과 맞서 벌이는 싸움은 힘을 고갈시키기 마련이다.

나무를 깎아 만든 팬의 날개들이 머리 위에서 나른하면서도 일정한 리듬으로 돌아가고 있다. 마리는 그 부드러운 바람이 좋았다. 곤두선 신경이 느슨해지고 기분이 한결 가

◆ 프랑스어로 마르그리트(marguerite)는 데이지꽃을 뜻한다.
◆◆ replacement child. 손위 형제가 죽고 얼마 안 있어 태어난 아이를 가리키는 심리학 용어. 1964년 심리학자 앨버트와 바버라 케인이 주창한 개념이다.

벼워지곤 했다. 마리는 품에 안아 든 딸을 들여다보며 미소를 짓는다. 그러자 마침내 어떤 감정이 봇물 터지듯 쏟아져나온다. 마리는 아기를 가슴에 꼭 끌어안는다.

"세상에 태어난 걸 환영한다. 이곳 베트남 땅에 잘 왔어."

자딘嘉定, 마르그리트 뒤라스가 태어난 이곳은 사이공 근교의 큰 성城으로, 한자 이름은 얄궂게도 '완벽한 안정' '더없는 평온'을 의미한다. 인정할 수밖에 없지만, 이 '고요한 긴 강' 유역은 우리가 아는 마르그리트 뒤라스의 삶과는 별로 어울리지 않는다. 어쨌거나 프랑스 남동부 로트에가론 출신 수학 교사 앙리 도나디외는 '식민지 거주를 위해' 조국을 떠나온 지 얼마 지나지 않아 이곳 자딘의 사범학교 교장으로 임명되었다. 아내 알리스 리비에르와 사별한 앙리는 남편 펠리시앵 옵스퀴르를 잃은 마리 르그랑을 이곳 자딘에서, 더 정확히는 사이공에서 만났다. 두 사람은 사랑에 빠졌다. 각각 아내와 남편을 떠나보낸 뒤 외롭고 불행했던 두 사람은 피에르 로티◆의 작품을 읽으면서, 또 인도차이나에 대한 견해를 나누면서 서로에게 끌렸다. 당시 인도차이나는 빛나는 미래와 확실한 부가 보장된

◆ Pierre Loti(1850~1923). 프랑스의 작가이자 해군 장교. 부임지인 폴리네시아, 이스탄불, 중국 등을 배경으로 이국적이고 관능적인 소설을 썼다.

땅이었다. 읍사무소와 관공서마다 내걸린 홍보 포스터들에는 프랑스인 부부가 바나나무와 육계나무 잎사귀가 드리운 그늘에서 흔들의자에 앉아 온순한 원주민들이 부채로 부쳐주는 감미로운 바람을 음미하며 여유로운 시간을 보내는 모습이 담겨 있었다. 그런 포스터들이 두 사람 중 하나, 혹은 두 사람 모두의 눈길을 붙잡았다.

그들은 결혼했다. 마리는 피에르와 폴을 낳았고, 자신이 이 두 아들과 영원히 이어졌다고 믿었다. 그러다 이제 막내딸 마르그리트를 얻은 것이다.

‡ ‡ ‡

하지만 어린 딸 마르그리트를 향한 어머니의 애착은 영원하기는커녕 단속적이었다. 이제 마르그리트가 평생 감당해야 할 것은 간헐적 모성애, 모성애의 불규칙성이었다. 평생 마르그리트는 어머니에게 사랑받지 못한다는 고통에 시달렸다. 그 어머니의 가슴은 하나의 신만 받들었고, 한 아이에게만 자리를 내주었다. 맏아들 피에르가 그 한 아이였다.

다시 1914년으로 돌아가보면, 더 위태로운 건 어머니의 사랑보다 어머니의 건강이다. 마리 도나디외는 출산 후유증을 심하게 앓고, 마르그리트가 6개월에 접어들 무렵에는 위중한 상태에까지 이른다. 통증과 고열이 밤새 이어진다. 마리 도나디외는 핏기 없는 얼굴로 식은땀을 흘리며 이러다 죽을지도 모른다는 두려움을 느낀다. 음식을 먹지 못하고, 밤낮으로 토한다. "아무것도 넘어가지 않아."

어떤 음식을 가져와봐도 소용이 없다. 베트남에서 진미로 여기는 악어 꼬리를 이름난 요리사가 솜씨 좋게 구워봤지만 허사다. 기름에 튀긴 돼지고기에 새우와 흰쌀밥을 곁들인 요리도 마찬가지다. 말라리아에 걸린 걸까? 심장에 이상이 생긴 게 아닐까? 이질균에 감염된 걸까? 앙리는 아내가 음식을 먹지 못하고 여위어가는 게 몹시 걱정스럽다. 마리 도나디외 역시 자신의 건강 상태에 대해 몹시 불안해한다. 심리적인 불안이 병증을 악화시킬 지경이다. 어머니의 자리가 빈다면 이 가족은 어떻게 될까? 이제 겨우 6개월인 어린 마르그리트는 어쩌면 좋을까? 식민지 주둔군의 군의관들이 마리의 상태를 보고 결정을 내린다. 서둘러 프랑스로 돌아가서 치료할 필요가 있다는 것이다.

1914년 10월 병색 짙은 창백한 얼굴의 어머니는 당시 프랑스와 인도차이나, 즉 마르세유와 사이공을 연결하던 대형 여객선에 몸을 싣는다. 행선지는 툴루즈 병원이다. 그곳에서 마리는 8개월간 요양하며 지낸다. 그 8개월 동안 어린 마르그리트는 원주민 식모가 맡아서 보살핀다. 아버지가 딸과 함께 남았지만 귀가하면 늦은 저녁 시간이다. 젖먹이 시기의 '모성결핍'이 장차 어려운 문제로 이어질 수도 있다는 사실은 심리학을 깊이 연구하지 않더라도 이해할 수 있을 것이다. 실제로 8개월에서 10개월 무렵의 아이는 '낯선 사람에 대한 불안'을 겪으면서 자신이 어머니와 '동일체'가 아니라는 사실을 점차 인지하게 된다. 8개월에서 10개월 사이의 아이는 최초의 이자=관계라는 인큐베이터 안에서 어머니를 통해서만 또한 어머니와 함께라야만 자기정체성을 형성한다. 젖먹이 시기에 너무 이르게 어머니와 분리된 경험이 어린 마르그리트에게 각인되어 채워지지 않는 애정결핍의 바탕이 된 것은 분명하다. 이런 식으로 작가의 전기적 사실은 그의 글쓰기가 탄생한 배경을 이해할 실마리가 된다.

나중에 『타르퀴니아의 작은 말들』에서 주인공 자크는 말할 것이다. "세상의 어떤 사랑도 사랑을 대신할 수 없어." 뒤라스 신화학은 이 한마디로 함축된다.

그 8개월간의 부재로 인해 본원적 소통이 단절된 것일까? 아이와 어머니의 상호작용에서 어느 한편이 단절을 느끼면 다른 편이 그 단절을 확대할 수 있다. 소리가 반사되면서 메아리가 더 커지는 것과 같은 이치이다. 어머니가 건강을 회복하는 데 필요했던 그 긴 시간은 어머니와 아이의 관계에 단절을 낳고 거리를 벌려놓았다. 마르그리트 뒤라스는 평생 어머니의 사랑을 받지 못했다고, 적어도 어머니는 두 오빠를 더 사랑했다고 주장했다. 때 이른 분리가 이런 결과를 불러왔을까? 아니면 마리 도나디외가 자신이 여성이라는 사실을 마음에 들어하지 않았다는 데서 이유를 찾아야 할까? 심리학자 마리즈 바양이 강조했듯이, 자신의 생물학적 성에 불만을 지닌 여자들 가운데는 그런 불만으로 인해 자신의 딸을 사랑하기 어려워하는 경우가 있다.[9] 어린 마르그리트는 어머니와는 달리 아버지 앙리 도나디외와는 아주 가까웠다. 딸을 편애하고 애지중지한 아버지였다. 그러나 이 아버지는 너무 일찍 세상을 떠났다.

2장

말할 수 없는 비밀

1920년 하노이. 마르그리트는 6세, 피에르와 폴은 각각 10세와 9세.

"피에르, 준비됐니? 마르그리트는? 마르그리트! 부츠 끈을 잘 매어봐. 이러다가 늦겠다. 넌 정말 서툴구나."

마리 도나디외는 방 안에서 큰 소리로 딸을 나무라면서 머리 맵시를 한번 더 살핀다. 앞가르마를 타서 양편으로 붙인 검은 머리를 매끈하게 매만지고, 틀어올린 머리 타래에는 핀을 하나 더 꽂는다.

매년 해온 대로 어머니가 아이들을 데리고 사진관에 가는 날이다. 아이들이 얼마만큼 자랐는지 벽에 검은 연필로 눈금을 표시해놓는 여자들도 있다. 마리는 그 방법보다는 사진이 더 좋다. 멋진 흑백사진들을 찍어 집 안에 자랑스럽게 걸어놓았다. 추억을 붙잡아두기에 제일 좋은 방법이다.

사진이 그냥 생기지는 않는다. 돈을 내야 한다. 하지만 마리는 첫 남편 펠리시앵 옵스퀴르의 죽음을 너무 이른 나이에 겪었기에, 사진을 남기는 일이 중요하다고 생각했다. 사진이 남아 있으면 세월이 흘러도 아이들의 얼굴을 마음껏 볼 수 있을 테니까. 그러니 돈을 허투루 쓰는 건 아니었다.

"폴, 네 동생한테 가서 부츠 끈 매는 걸 도와주렴. 서둘러야 해."

마르그리트보다 겨우 세살 많은 '작은오빠' 폴은 자신의 이름이 불리자 피에르 쪽을 곁눈질하며 한숨을 내쉰다. 형은? 무슨 일이든 피에르 형에게 시키는 법은 없다.

마르그리트는 아몬드처럼 갸름한 눈에 얼굴이 자그마하고 턱은 뾰족하다. 그 역삼각형 얼굴은 새끼 고양이를 생각나게 한다. 아주 예쁜 여자아이다. 이날은 우중충한 검은색 원피스를 입었다. 길이가 깡총해서 마른 몸의 윤곽이 도드라진다. 사실 그 시절 찍은 가족사진 속의 마르그리트는 『80년 여름』에 등장하는 비쩍 마른 사내아이, 뭔가 비밀을 간직한 듯한 외로운 그 사내아이를 여자아이로 바꿔놓은 모습이다.

사진관은 하노이 중심가에 번듯하게 자리 잡고 있다. 사진관 양옆으로 즐비한 고급 향수점들은 최신 '파리 스타일'의 쇼윈도를 자랑한다. 한껏 차려입은 들뜬 표정의 여인들이 거리를 오간다. 캐플린*을 맵시 있게 쓰고 카페 알뱅이나 카페 드 라 플라스의 테라스에 앉아 더위를 식히려고 나온 이들이다. 대개 양산을 펼쳐 들었고 이따금 우산을 든 여자도 보인다. 그 시절에도 흰 피부를 유지하는 일은 아주 중요했다. 마리 도나디외는 두 아들을 양옆에 낀 채 이런 여자들을 헤치고 나아간다.

마르그리트는 흰옷을 차려입은 그 길쭉한 형체들을 지나치면서 눈을 내리깐다. 작은 손으로 어머니의 치맛자락을 붙잡는다. 어디론가 숨고 싶다. 어머니 마리는 눈앞의 화려한 군중을 완강하게 무시하고 있다. 마리는 식민지 거주민 중에서도 상류층 사람들과는 '상종하지' 않으려 한다. 자신이 그들의 세계에 속하지 않는다고 느낀다. 그는 카페에 앉아 과일주스를 홀짝이기보다, 꽃밭에 물을 주고 아이들의 학교 숙제를 봐주고 추억이 담긴 물건들을 꺼내 새로 정리하고 돈을 벌 궁리를 하는 편이다.

사진사는 비단으로 지은 전통의상을 입은 상냥한 원주민이다. 그는 어머니를 가운데 앉히고 양옆에 두 아들을

* 물결치는 듯한 넓은 챙이 특징인 모자.

세운다. 어린 마르그리트는 새끼 짐승처럼 엄마의 치맛자락에 매달린다. '자, 꼬마 아가씨, 웃어보세요.' 사진사는 이 말을 하고 싶은 것 같다.

하지만 아이들이 베트남어를 알아들을 리 없다 싶은지 멈칫하다가 입을 다문다.

"말은 알아들어요." 어머니가 말한다. "하지만 이 애는 누가 시키는 대로 하는 법이 없어요."

어머니의 말대로 마르그리트는 웃기는커녕 오히려 이를 앙다물고 새침해진다. '싫어, 웃기 싫어'라는 표정이다. 마르그리트는 집으로 돌아가고 싶다. 시원한 그늘에서 놀이를 하고 책을 읽고 싶다. 하지만 큰오빠 피에르가 병정 흉내를 내는 건 싫다. 그럴 때마다 피에르는 전투를 벌인다면서 작대기를 휘둘러 마르그리트를 겁먹게 한다. 오빠가 자기한테 온갖 욕설을 퍼붓는 일도 싫다. 어머니가 집에 들여 돌봐주는 하숙생들이 묘한 눈으로 쳐다보는 것도 싫다. 어머니가 자기를 '내 애물단지'라고 부르는 것도 싫다. '애물단지'라니, 그건 이름이 아니지 않은가?

사진사가 초점을 조정한 뒤 몇장의 사진을 찍는다. 여자아이에게서 웃는 표정을 이끌어내려는 노력은 포기했다. 그나마 어머니만큼은 꽉 다문 입을 조금 벌리고 입꼬리를 살짝 올리기는 했다. 이 부인은 그가 아는 사람이다. 백인이지만 백인들과 어울리지 않고, 그렇다고 원주민들과 어울리는 것도 아니다. 두 인종 사이에 낀 사람 같다. 어쨌거나 이 부인은 백인 여자치고는 잘 웃는 편이다.

마리 도나디외가 자리에서 일어나 사진사에게 감사 인사를 건넨다. 촬영 비용을 묻는다. 지금 내지 않아도 된다고, 사진이 완성되면 그때 달라고 사진사는 대답한다.

그들 가족이 새롭게 자리 잡은 인도차이나 북부, 하노이의 더위는 그나마 견딜 만했다. 당시 하노이는 식민지 거주민들에게 일종의 작은 낙원이었다. 앙리 도나디외는 인도차이나의 최고 명문 콜레주 뒤 프로텍토라(보호령 중학교)와 통킹 초등학교의 교장을 겸했다.

그들 가족은 쭉박 호수 주변의 주택에 살았다. 주소명이 '큰부처'인 거주 구역으로, 같은 이름의 대로변에 자리 잡고 있었다. 알베르사로 고등학교와 마르그리트의 두 오빠가 다니는 초등학교가 집에서 멀지 않았다. 마리 도나디외는 이 집에서 벽에 가로막힌 느낌으로 지냈다. 공직을 맡고 싶었지만 실패했고, 자신의 바람과는 달리 '가정주부'가 되어 있었다. 모든 일에 의욕이 생기지 않았다. 총명한 어린 딸 마르그리트를 가르치는 일은 계속했지만, 그 일역시 지겹기는 마찬가지였다. 베트남과 라오스의 양갓집 아이 몇명을 집에 들여 하숙을 친 것도 일상의 지루함을 벗어나보려는 시도였다.

마르그리트가 부유한 집안의 베트남 소년과 '그 일'을 겪은 것은 그 무렵의 어느 오후였다.

"어느날 오후, 그 하숙생들 가운데 하나가 내게 자신을 따라오라고 말했다. '아지트'로 갈 거라고 했다. 겁이 나지는 않았다. 그를 따라갔다. 호숫가였고, 별장의 부속 건물인 듯싶은 두채의 목조 가옥 사이였다. 양편의 나무 벽 사이로 좁다랗게 나 있던 일종의 통로(두 탈의실 사이였다)가 기억난다.

나는 그때 여섯살이었고, 그 아이는 열한살 반으로 아직 사춘기라고 할 수는 없었다. 그의 음경이 아직은 몰랑했다. 그는 나에게 어떻게 해야 할지 말해주었다. 내 손을 끌어 음경을 붙잡게 한 뒤 자기 손으로 내 손을 감쌌다. 우리의 두 손이 그의 음경을 주물렀다. 점점 더 세게 주물렀다. 잠시 후 그 아이는 움직임을 멈추고 손을 뗐다. 그때 내 손안에 잡혀 있던 것의 형상, 그 미지근한 느낌을 잊을 수 없다. 눈을 감고 아직은 가닿을 수 없는 쾌감을 향해 올라가던 그 아이의 얼굴, 형 집행을 기다리는 순교자 같았던 그 얼굴 역시 잊히지 않는다."[4]

한참 뒤에 뒤라스는 이 일을 글로 썼다.[5]

하지만 당시 어린 마르그리트는 자신이 겪은 일이 어떤 것인지 이해하지 못했다. 게다가 기억조차 머릿속에서 뒤엉켰다. 그 소년이 상냥했던가? 그렇다, 자신의 음경을 억지로 만지게 했지만 그래도 상냥했다. 마르그리트는 아무 말도 하지 않았다. 하지만 방에 돌아와서 울었다. 눈물을 쏟아내자 기분이 나아졌다. 목구멍에 걸려 숨을 틀어막던 어떤 덩어리도 사라졌다. 그날 마르그리트는 손을 씻고, 얼굴을 씻고, 그러고 나서 또다시 손을 씻고, 얼굴을 씻고, 이렇게 연거푸 세차례 씻었다.

그런 다음 어머니에게, 여섯살짜리는 곧이곧대로 말하는 법이어서, 있었던 일을 그대로 이야기했다. 그 소년의 성기를 가지고 이상한 놀이를 했다고 말이다. 왜냐하면 마르그리트는 엄마에게 뭐든 다 이야기하니까. 그러지 않으면 달리 무얼 하겠는가?

숨기는 건 의미 없는 일이라는 걸 마르그리트는 잘 알았다. 자신은 고작 여섯살, 오두막의 나이, 아지트의 나이, 비밀이 시작되는 나이[6]였다. 하지만 어머니는 모든 걸 보고, 모든 걸 알고, 모든 걸 들었다. 마르그리트의 마음속에서 그리고 배 속에서 일어나는 모든 일을 알았다.

'어쩌면 엄마가 그날 내 모습을 엿본 게 아닐까?' 어린 마르그리트는 생각했다. '열쇠구멍으로 들여다보지 않았을까?' 마르그리트가 그 장면을 이야기할 때, 어머니의 눈길은 완강했다. 마르그리트의 입술이 굳었다. 어머니가 거칠게 손으로 마르그리트의 입을 막았다. "그 일은 잊어버려. 없었던 일로 쳐. 그리고 절대 아무에게도 이야기하지 마." 그 일은 비밀이었다. 마르그리트는 물론 어머니의 말에 복종했다. 그 일을 다시는 꺼내지 않았다. 입을 봉했다.

다만 그 비밀을 글로 썼다.

그 장면과 연관해 어떤 무서운 말이 떠오른다. 나는 그 말을 아동권리 전문가인 한 심리학자에게서 들었고, 『르 피가로』에 아동보호와 소아성도착증에 관한 칼럼을 쓰면서 언급한 적이 있다. 한 소아성도착증자가 충고라면서 해준 말이라고 했다.

"부모에게 자식을 사랑하라고 해요. 부모가 아이를 사랑하지 않으면 다른 사람이 부모 대신 아이를 차지해버린다고." 등골이 오싹한 말이지만 일면의 진실이 담겨 있다. 그의 논리에서는 근본적인 진실. 애정결핍인 아이, 애정을 갈망하는 아이는 욕망하는 타인이 볼 때 활짝 열린 문이다. 타인이 나이가 훨씬 많더라도 다르지 않다. 그날 그 베트남 소년이 느낀 것도 아마 이것일 터이다. 유년의 마르그리트에게 새겨진 이 트라우마와 연관해서 이 일을 비밀에 부친 어머니의 공모를 다시 생각해보면, 때로 자신의 의사에 반해서 공모자가 된 모든 어머니가 한편으로는 그 시대의 희생자들이라고 할 수 있다. 그들은 이름 붙일 수 없는 것 앞에서 침묵하고 그 비밀을 철근콘크리트 속에 흘려넣어 숨겼다. 이렇게 어머니에게 침묵을 강요당한 아이는 그로써 이중의 고통을 경험한다. 혹은 달리 말하면 이중의 폭력을 당한다. 즉 자신이 그 폭력의 희생자이자, (그 일에 대해 입을 다문 이상) 책임자라는 의식을 갖게 되는 것이다. 유감스럽지만 그 슬픈 비밀을 한평생 내면에 짊어지고 다니는 데는 이것이 가장 좋은 방법이었다. 나중에 뒤라스는 이 '범죄 현장'에 대해 다음과 같이 썼다. "그 현장은 저절로 자리를 옮겼다. 나와 함께 자라났고, 한순간도 나를 떠나지 않았다."[7] 비밀이라는 것은 조심할 필요가 있다. 그것은 가장 예쁘게 치장된 최악의 말이다. 아이를 속이기 위해 전형적으로 동원되는 어휘일 때는 특히 그렇다. "아이를 속여야 할 때 소아성도착증자는 매번 아이에게 비밀을 강조합니다. 예외 없이 그러죠." 앞의 심리학자가 한 말이다.

태어난 지 여섯달 만에 '요람에서' 어머니와의 단절을 경험한 마르그리트는 이제 여섯살부터 앞서 말한 비밀이 씨앗이 되어 두번째 단절을 경험하게 된다. 어머니와 딸 사이의 본원적 소통이 고갈되고, 어머니에 대한 신뢰는 손상을 입는다. 눈에 잘 띄지는 않아도 분명히, 비유하자면 예쁜 도자기의 이가 빠지듯이. 눈에 띄지 않게. 대수롭지 않은 일인 듯. 사실 어머니 마리 도나디외는 딸을 추행한 그 소년을 그저 말없이 그의 '양갓집'으로 돌려보냈다.

그리고 얼마 후 가위를 거침없이 능란하게 놀려 딸의 긴 다갈색 머리카락을 아주 짧게 자른다. 코르셋을 세게 조여줄 때 정신을 번쩍 차리는 상류층 아가씨를 떠올린 것일까?

몇달 뒤 또다른 사진이 찍혔다. 장소는 마찬가지로 하노이인데 이번에는 집 안뜰이 배경이다. 시내 사진관에서 꾸며놓은 세트를 배경으로 공들여 찍은 사진과는 딴판이다. 아마 이 가족은 사진을 찍기 위해 몸단장할 겨를이 없었을 것이다. 사진 속 가족의 모습은 꾸밈없이 자연스럽지만, 그런 만큼 피곤이 그대로 드러난다. 어머니는 다크서클이 뺨 중간까지 내려왔고, 극도로 지친 기색이다. 폴은 맨살을 드러낸 상체에 멜빵을 걸치고 밀짚모자를 쓴 모습으로, 벌써 '어린 조제프◆'처럼 보인다. 마르그리트 뒤라스는 이 "절망의 사진"[8]에 대해 다음과 같이 썼다. "하노이 작은 호수에 있는 집 안마당이다. 우리는 함께 있다, 어머니와 그의 아이들. 어머니는 사진 한가운데 자리 잡았다. 어머니의 자세가 흐트러져 있다는 걸, 표정이 굳어 있고, 촬영이어서 끝나기를 기다리고 있다는 걸 나는 알아볼 수 있다. 초췌한 얼굴, 단정치 못한 차림새, 눈길에 묻어나는 무기력으로 그날 날이 무척 더웠고 어머니가 기진맥진한 상태였다는 걸 알 수 있다. (…) 그게 아니더라도 우리, 그의 자식들의 차림새에서도, 어머니가 더이상 우리를 씻길 힘도, 옷을 차려입힐 정신도 없었다는 데서도 알 수 있다."

대조적으로 사진 속 원주민 하인은 식민지 주둔군 군모를 쓰고 얼룩 하나 없는 순백의 옷차림으로 군대식 거수경례를 하고 있다. 완벽한 역할전도!

◆ 『태평양을 막는 제방』에서 쉬잔의 오빠.

‡‡‡

이 절망은 그때까지는 아직 죽음의 얼굴을 하지 않았다. 앙리 도나디외가 중병에 걸린 것은 하노이를 떠나 프놈펜으로 가서였다. 아메바이질이었을까? 말라리아? 마르그리트는 아버지가 점점 쇠약해지고 여위어가는 모습을 본다. 어머니는 이 상황에서 실제로든 허세로든 한층 힘을 낸다. 이번에는 앙리 도나디외가 프랑스로 돌아가 병을 치료하기로 한다.

하지만 아버지는 돌아오지 못했다.

마리 도나디외는 무녀처럼, 주술사처럼, 아무튼 '하늘에서 보내주는' 소식을 기다리다가, 그 사실을 전보가 도착하기 하루 전날에 어떤 징조를 통해 알았다. 새가 방향을 잃고 앙리의 서재로 날아들어 죽은 것이다. 전보는 슬프게도 그 불길한 징조를 확인해주었다. 앙리 도나디외가 1921년 12월 4일(마르그리트의 생일과 같은 4일) 12시 30분에 사망했다는 내용이었다. 마르그리트는 일곱살, 두 오빠는 각각 열살, 열한살이었다.

나중에 뒤라스는 아버지의 죽음이 큰 영향을 주지는 않았다고 썼다.

그렇지만 머릿속의 무언가가 얼어붙었다. 각얼음 같은 것이 되었다. 아이들은 자신을 보호하기 위해, 트라우마에서 살아남기 위해 이런 방식으로 고통과 거리를 벌린다.

심리학자들은 이런 자기방어 기제를 '분열'이라고 부른다. 죽음을 확인하는 자신과 그것을 지켜보는 자신, 이렇게 둘로 나뉘는 것이다. 둘 사이는 아무 연결 없는 공백이다. 이렇게 고통을 일시적으로 떼어놓지만, 이 고통은 쓰나미처럼 제방을 무너뜨리며 다시 밀려온다. 시간이 지나 한층 더 강력한 힘을 띠고 찾아온다. 트라우마는 이런 방식으로 부메랑효과와 함께 작동한다.

뒤라스는 그 시절을 돌아보며 이렇게 말했다. "아버지가 세상을 떠났을 때 나는 아주 어렸다. 슬프지 않았다. 눈물이 나지도 않았다. 그건 분명하다. 몇년 뒤에 내가 기르던 개가 죽었다. 슬픔이 나를 짓눌렀다."[9] 일평생, 뒤라스는 이렇게 뒤늦게야 (연인이 떠난 뒤에 그랬듯이) 감정에 휩싸이곤 했다.

게다가 성인이 되어서도 뒤라스는 책상에 앉아 글을 쓸 때면 과거 어린 마르그리트가 겪었던 것을 되살려냈다. 『롤 V. 스타인의 환희』를 쓰면서 "감정 소거"를 추구한 뒤라스는 바로 그 무언의 고통, 자신을 둘로 나누어야 했던 순간을 재현한 게 아닐까?[10] 말없이, 고통도 없이, 자신으로부터 완전히 유배되었던 그 순간을 말이다. "그 글은 일종의 반사광입니다. 표현되기 이전, 드러냄이라는 배반이 일어나기 이전 상태를 반사하는 것이죠. 날것 그대로의 글쓰기, 가공되지 않은 글쓰기의 한 형태예요."[11] 이것이 뒤라스가 알리에트 아르멜*에게 내놓은 대답이다.

하지만 이런 대답을 내놓게 된 건 성인이 되고 나서의 일이고, 그때 마르그리트는 일곱살이었다. 어린 마르그리트는 울지 않았다. 아버지의 죽음을 이해하지 못했다. 사실 마르그리트는 아버지가 죽어가는 모습을 보지 못했다. 임종의 순간도 지켜보지 못했다. 아버지는 그저 프랑스로 휴가를 떠났을 뿐이었다. 그렇다면 이제 어머니는, 다치기 쉬운 이 어머니는 지켜야 하지 않겠는가?

마르그리트는 고작 일곱살 나이로 유년기를 잃었다. 때로는 권위를 내세워 군림하고 또 때로는 어린아이처럼 의존하는 어머니의 그 예측 불가능성을 막아줄 완만한 제방을 잃었다. 상실의 고통으로부터 딸을 보호해줄 수 없는 어머니였다. 이 어머니는 자신이 이따금 불안할 때면 딸에게 곁에 와서 자라고 요구하기는 해도 아버지의 상을 치르는 과정에서 딸과 함께 있어주지는 못했다. 아동심리학자 카롤린 엘리아셰프에 따르면 "딸이 필요로 하는 사랑을 어머니가 주지 않으면, 그래서 어머니의 사랑이 식었다고 느끼면, 딸은 가능한 방식으로 어머니를 떠맡아 보호하려 한다. 이 경우 어머니는 자기 딸의 딸이 되는 것이다."[12] 이렇게 해서 역할전도가 일어났고, 더욱이 마리 도나디외는 미래에 대한 불안에 빠져 딸을 위로하는 데는 무력했다.

◆ 마르그리트 뒤라스의 전기를 집필한 프랑스의 작가.

바다를 건너 유년기와 작별하다

1924년 6월 5일, 인도차이나로 귀환. 도나디외 가족은 프랑스로 가서 2년을 보낸 뒤 베트남으로 돌아온다. 마르그리트는 10세, 폴은 13세, 피에르는 14세, 마리 도나디외는 47세. 돌아오는 여객선 위의 그들을 만나보자.

"마르그리트…… 얘가 어디 있지? 마르그리트 본 사람 있니?"

마리 도나디외는 여객선 아마존호의 상갑판에서 창백한 얼굴로 사방을 훑는다. 끈으로 묶어 쓴 캐플린 아래로 희끗희끗한 머리카락이 빠져나왔다. 불안한 눈동자가 계속 두리번거린다. 바다에서 불어오는 미풍은 머리 위의 태양이 쏟아붓는 열기를 밀어내기에는 역부족이다. 인중에 맺힌 땀방울이 윗입술로 흘러내린다. 콧방울과 이마 위에도 땀이 맺혀 있다. 배는 지부티에 기항했다가 다시 출발한 참이다. 뜨거운 열기가 대기를 짓눌러 한가지 생각에 집중하기 어렵다.

마리 도나디외는 낡은 면직 원피스 자락을 걷어올린 채 상갑판에 모여 있는 여인들 사이를 부채를 부치며 지나간다. 우아하게 차려입은 그 여인들은 더위는 아랑곳없다는 듯 이야기를 나누며 웃음을 터뜨린다.

마리는 속으로 구시렁댄다.

마르그리트는 늘 새끼 고양이처럼 살금살금 어디론가 달아난다.

어머니는 피에르 곁으로 가서 난간에 팔을 괸다. 검은 머리에 호랑이 눈을 한 큰아들 피에르. 뒷골목 건달처럼 입을 비죽거리고, 벌써 아편 냄새 아니면 여자들의 값비싼 향수 냄새를 풍기는 아들…… 마리는 어제 피에르가 중국인들처럼 바닥에 침을 뱉는 모습을 목격했다. 이제 고작 열네살인데, 방약무인한 태도로 인해 열예닐곱살은 되어 보인다.

"아뇨, 못 봤어요. 내가 걔 뒤나 따라다니는 시종은 아니잖아요." 피에르가 쏘아붙이듯이 대답한다.

그러고는 입술을 꽉 다문 어머니가 안쓰러운지 말을 덧붙인다.

"음악실에 가봐요. 매번 거기 처박혀 있으니까."

"아 그래, 맞아. 거기 있을 거야."

고맙다, 피에르. 그렇지, 피에르. 피에르는 늘 옳아. 마리 도나디외는 아들을 감탄하는 눈으로, 거의 황홀한 눈으로 바라본다. "피에르는 말수는 적지만 허튼 말을 하는 적은 없어." 마리가 늘 하는 말이다. 어머니는 큰아들이 놀랍도록 명석하다는 걸 잊은 적이 없다. 아들은 이 좋은 머리를 그냥 놀리지 않는다. 뭐든 할 수 있다는 듯 자신만만하다.

마리 도나디외와 세 아이가 인도차이나를 향해 아마존호에 몸을 실은 건 2주 전 일이다. 제2의 고향, 마리가 그토록 사랑하는 그 땅으로 되돌아가는 것이다. 아이들의 아버지 앙리 도나디외를 잃은 뒤, 프랑스 남서부 르플라티에의 집에서 2년을 보낸 뒤다. 그 집은 아버지가 세상을 떠나기 얼마 전에 매입한 것으로, 인근에 알르망뒤드로프트와 뒤라가 있다. 후에 마르그리트는 뒤라^{Duras}라는 이 지명을 자신의 별명으로 삼게 된다. 르플라티에의 집에서 지내는 동안 마르그리트와 그의 두 오빠는 프랑스를 접하고, 남서부 지방의 길들지 않은 자연을 만났다.

1920년대에 이 가족은 인도차이나와 프랑스를 왕복하며 어느 한곳에도 뿌리내리지 못한 채 임대계약의 해제와 연장을 반복하면서 살았다. 마리 도나디외는 인도차이나로 돌아가는 게 기뻤다.

아마존호에 오르면서 마리는 다시금 홀가분한 기분이 들었다. 총독부가 여행경비 전체를 지원해주는 이 호사스러운 항해가 좋았다. 배는 요람처럼 흔들리며 마리를 인도차이나로 실어갔다. 바다를 건너는 26일간 마리는 자신이 유복한 식민지 거주민 계층, 끌리면서도 반발심을 불러일으키던 그 계층의 일원이라는 환상에 갇혀 지냈다. 그들 상류층 식민지 거주민들은 음악을 들으며 차를 홀짝이고, 갑판에서 원반던지기 놀이를 하고, 고민거리라고는 그날 저녁 선상파티에 어떤 옷을 입고 갈지를 결정하는 일뿐이었다.

실제로 그 당시 대형 여객선들은 무척 호사스러웠다. 타이태닉호처럼 규모가 크지는 않더라도 뒤라스가 소설에 쓴 것처럼 "거리와 술집, 카페, 도서관, 사교장이 갖춰진 도시들"[13]이었다. 몇몇 아름다운 기항지(포트사이드, 지부티, 콜롬보……)를 거치면서 대양을 가로지르는 이 대형 여객선들은 승선권을 세등급으로 구분했다. 1등급 승선권은 주로 식민부 고위관료들과 그들의 배우자가 이용했고, 2등급은 공무원들에게 돌아갔다. 3등급이 일반 승객, '가난뱅이'들의 몫이었다. 아마존호나 칠레호 같은 대형 여객선들은 일반적으로 승객에게 쾌적한 여정을 제공했다.

호화로운 식사 덕분에 마르그리트와 두 오빠는 무척 신이 났고, 그런 모습을 지켜보는 어머니도 기뻤다. 아침은? 오트밀, 달걀 요리, 송아지 안심, 롤빵, 다양한 잼, 갖가지 과일. 점심식사로는 종려나무 순, 고등어살, 양갈비, 베아르네즈 소스를 곁들인 소고기 안심, 차갑게 내는 장보노 햄, 토끼고기 파이…… 맛있는 음식들이 능숙한 오케스트라 연주와 함께 제공되었다. "6시 30분에서 9시까지는 아침식사, 11시 30분에는 점심식사, 오후 4시에는 다양한 과일잼, 파리의 케이크, 비스킷, 토스트가 제공되는 티타임…… 그리고 오후 7시부터 8시 30분까지 저녁식사."

1등급과 2등급 승객들에게는 안락한 객실이 별도로 배정되지만, 등급과 상관없이 이용 가능한 몇몇 '공용'시설도 있었는데, 예를 들면 사교장, 식당, 음악실이었다.

멋 부리는 일에 눈을 뜨면서 여자들의 세련된 몸치장에 감탄하게 된 마르그리트는 그런 장소에 가서 남자들의 턱시도와 여자들의 고급 '맞춤옷'들을 구경하곤 했다. 챙 넓은 캐플린, 밀짚 버킷해트, 작은 양산, 유명 디자이너의 의상실에서 맞춰 입은 옷들…… 그 옷들 가운데는 폴 푸아레◆가 디자인한 것도 있었다. 마르그리트는 단순한 형태에 과감한 드레이프와 풍성한 주름을 강조한 드레스들, 깊이 파인 옷깃을 가슴께에서 장미 한송이만으로 여민 랩 스타일 원피스를 홀린 듯 바라보았다. 진한 장밋빛 원피스가 웨이브를 강조한 단발머리에 찰스턴 스타일의 넓은 터번을 두른 모양새와 어우러졌다. 기하학 수업을 떠올리게 하는 흑백 그래픽 무늬 원피스 차림에 작고 챙이 좁은 검은

◆ Paul Poiret(1879~1944). 패션을 현대예술의 한 분야로서 주창한 오트쿠튀르 디자이너.

색 모자를 쓰거나, 앙증맞은 흰색 목깃에 바닥까지 끌리는 거대한 리본을 강조한 드레스 차림도 보였다. 마르그리트는 책을 펼쳐 읽는 척하면서 패션쇼 같은 그 모습들을 곁눈질했고, 그러면서 자신과 어머니의 차림새는 유행에 맞기는커녕 정말이지 구질구질하다고 생각했다.

마리 도나디외가 구두 뒷굽을 울리면서 음악실로 들어온다. 멋진 곳이다. 반들반들한 마호가니나무에 연보라색 벨벳을 씌운 안락의자들과 다리마다 조각장식이 된 작은 탁자들이 눈에 들어온다. 둘러앉아 차를 마시는 상류층 식민지 거주민들 한가운데에 윤기 흐르는 검은 그랜드피아노가 놓였고, 젊은 베트남인 연주자가 흰색 정장 차림으로 앉아 피아노를 연주한다. 포마드를 발라 말끔하게 머리카락을 빗어넘긴 연주자의 모습이 여인들의 감탄을 자아낸다. 마리는 음악실의 그런 호사를 눈으로 훑다가 구석에서 딸을 발견한다.

사실 눈에 먼저 들어온 것은 마르그리트가 입은 빛바랜 푸른색 원피스와 옷에 달아놓은 큼직한 벗나무 가지 장식, 검은 에나멜 구두다. 그런 모습으로 마르그리트는 벨벳 안락의자에 앉아, 편히 쉴 수 없는 사정이라도 있는 양 다소 뻣뻣한 자세로 책에 코를 박고 있다. 마르그리트는 책과 음악을 좋아한다. 「라모나」◆「사랑스런 통킹 아가씨」◆◆

◆ 1920년대의 인기곡. 동명의 영화 「라모나」(1928)의 주제가이기도 하다.

같은 노래들, 물론 인기 있지만 지나치게 유쾌하게 느껴지는 노래들보다 쇼팽의 왈츠나 슈베르트의 가곡에서 더 큰 위안을 얻기도 한다. 마르그리트는 겨우 열살이지만 음악이 고통 받는 영혼에 건네는 위안의 언어라는 걸 안다. 음악이, 또 책이 그렇다.

"마르그리트!"

어머니는 딸 앞으로 다가가서 딸의 눈길을 붙잡으려 한다. 요즘 들어 어린 딸의 눈빛이 달라진 걸 느낄 때가 많다. 세상을 바라보는 눈빛 속에 언뜻 냉소와 권태가 뒤섞여 스쳐간다. 어머니는 그런 눈빛에서 사춘기 여자아이 특유의 냉담함을 읽는다.

마리 도나디외는 딸 앞에 섰지만 무슨 말을 건네야 할지 모른다.

수다스럽던 딸이었는데 어느덧 말수가 줄면서 이야기하지 않는 것들이 많아졌다. 딸은 대륙이 떨어져 나가듯이 느린 속도로, 하지만 막을 수 없이 어머니와 거리를 벌리고 있다. 그래서 마리는 두렵다. 아이들이 전부 자신의 품을 빠져나가는 이 느낌이 두렵다. 이제 피에르는 자신에게 말을 건네지 않는다. 폴은 아버지를 잃은 뒤로 내성적인 아이가 되었다. 무슨 저주에 씌었길래 아이들이 이렇게 자

◆◆ 미국 태생의 샹송 가수 조세핀 베이커가 1925년 파리로 이주한 뒤 불러 인기를 얻은 노래.

신에게서 멀어져가는 것일까?

그런 생각이 마리를 고통스럽게 한다. 잠을 이루지 못할 때도 있다. 지금까지 찍어놓은 사진만으로 충분할까? 시간을 어떻게 하면 잡아둘 수 있을까? 이 실망감, 아이들을 '잘못 가르쳤다'는 생각이 드는 건 대체 무엇 때문일까? 초등학교 교사로 이제는 교장 자리에도 오른 마리가 가장 견디기 힘든 일은 세 아이 가운데 둘, 그의 두 아들이 걸핏하면 철자법을 틀린다는 사실이다. '틀린 철자를 볼 때마다 미칠 것 같아.' 마리는 속으로 중얼거린다. 두 아들이 써놓은 단어와 마주치기만 해도 식은땀이 난다. '맞춤법 하나도 그렇게 엉망인데 다른 일인들 잘해낼 수 있겠어?' 프랑스 북부지방의 기질을 지닌 제빵사의 딸 마리는 잘못 사용된 어휘나 문법이 어긋난 문장을 그냥 넘기지 못한다. 특히 피에르에 대한 걱정이 컸다. 피에르는 규칙이라는 규칙은 일단 어기고 보는 아이다. 그러니 문법을 지킬 리 있겠는가. '그래도 마르그리트가 있어서 다행이야.' 마리는 생각한다. '그 아이는 착실해. 사람들이 하는 말처럼 평균치 이상의 '재능'을 지녔어. 자기도 그런 소리를 들어서 알고 있고, 또 그게 사실이라는 걸 보여왔지. 마르그리트는 공부를 계속 시켜야겠어. 가족의 명예를 되찾아줄 거야.'

그렇지만 마르그리트는 어머니와 거리를 벌릴 방법을 찾아냈다. 딸을 진정으로 사랑하지는 않으면서 자기 품 안에 가둬놓으려 하는 어머니로부터 달아날 방법은 바로 글쓰기였다. 이따금 마르그리트의 머릿속에서 언어가 춤을 추었다. 처음에는 떠오르는 대로 메모를 했다. 짧은 메모들이 점점 늘어나 문장의 형태를 갖추면서 선율처럼, 물 흐르듯이, 혹은 마법처럼 펼쳐졌다. 미리 방향을 정해놓지 않아도 문장들이 알아서 길을 만들어냈다. 그러면 마르그리트는 펜을 집어들고 써내려갔다. 그 순간 펜에 마법이 깃들었다면 마르그리트 역시 어느정도는 마녀였던 걸까?

시간이 멈춘 이 음악실, 흰옷을 입은 베트남인들이 탁자 사이를 다니며 차를 나르고, 눈에 보이는 모든 것이 호화롭고 즐거움을 불러일으키는 장소에 마리 도나디외가 들어서는 걸 본 마르그리트는 긴장해서 몸이 굳는다.

"온 사방으로 찾아다녔잖아, 마르그리트!" 어머니가 소리친다.

심상찮은 그 목소리에 놀라 마르그리트가 어머니를 올려다본다. 눈 속에 의문이 담겼다. 사실 이런 어머니라면 어떻게 대해야 좋을지 알 수 없을 것이다. 칭찬할지 야단칠지, 농담으로 넘길지 화를 낼지, 다정하게 받아줄지 무뚝뚝하게 밀어낼지 종잡기 어려우니까. 이 어머니의 반응에 일관된 원칙은 없다. 확실한 것도 없다. 오늘날 정신분석가들의 눈으로 본다면 마리 도나디외는 심리적으로 불안정한 어머니의 전형일 것이다. "아이가 충분히 예측할 수 있는 방식의 반응을 보여주지 못하는" 이런 어머니는 "기준이나 좌표의 역할, 의지할 버팀목 역할을 할 수 없다".[14]

이런 어머니와 마주하면 아이는 머뭇거리고 경직되기 마련이다. 그래서 마르그리트는 달아난다. 그래봤자 매번 어머니에게 다시 붙잡히지만!

마르그리트는 가능한 한, 기어이 달아난다. 여객선에서 제공하는 성대한 점심식사를 마친 뒤 대개 폴과 탁구를 하거나 갑판으로 산책을 나가는 것도 그런 이유다. 폴과 말을 많이 나누는 건 아니지만, 그래도 폴과 함께 있으면 편하다. 둘은 마치 쌍둥이 같다.

하지만 마르그리트가 가장 좋아하는 건 독서다. 책은 어머니로부터 도망쳐 안정을 되찾을 수 있게 해준다. 책을 펼쳐 들면 별안간 더위도 가라앉는다. 공기가 맑아진 듯 숨쉬기도 편해진다. 르플라티에의 집에서 지낼 때처럼 근처 숲속에 들어가 청량함이 감도는 빈터에 앉아 있는 기분이다.

지금 마르그리트는 『레 미제라블』을 귀스타브 도레◆의 삽화가 들어간 판본으로 읽고 있다.

"책을 붙잡고 있느니 수학 과목을 복습하는 게 낫지. 수학보다 중요한 게 뭐가 있겠니."

빵 장수의 딸로 시골에서 태어나 자란 마리 도나디외에게는 돈이 되는 일이 가장 중요하다. 학과 과목으로는 수학이 가장 중요하고, 책은 교과서가 가장 중요하다. 나머

◆ Paul Gustave Doré(1832~83). 프랑스의 삽화가이자 판화작가.

지 책들은…… 그저 문학 나부랭이가 아니냐!

마르그리트는 어머니의 말을 받아들인다. 수학 숙제를 한번 더 풀어볼게요. 그렇게 하겠다고 약속한다. 하지만 당장은 다른 세계에 가 있다. 코제트와 그의 어머니 팡틴의 세계이다. 그 세계에서 마르그리트는 가난과 불의의 상황을 맛보고 몸서리치지만, 한편으로 안도한다. 다른 세계에 있으니까. 마르그리트는 어리지만, '현실과 나란히 놓인 삶'이 필요하다는 걸 선명히 의식하고 있다.

"아무튼 글쓰기는 신기한 일이에요." 나중에 뒤라스가 유명한 문학대담 프로그램 「아포스트로프」에 출연해 베르나르 피보에게 그 특유의 깊은 목소리로 한 말이다. "하나의 삶을 현실 옆에 나란히 놓고, 점선의 형태로 끌고 가려는 욕망이랄까요? 하여간 신기하죠, 글쓰기를 향한 이 욕망은……" 이 말을 할 때 뒤라스의 목소리는 저 깊은 그의 심층과 닿아 있었다. 그 목소리를 들으며 나는 어쩔 수 없이 눈가가 젖어들었다. 그때 뒤라스는 현실의 삶 옆에 나란히 놓인 이 길에 대해 솔직하게 이야기하고 있었다. 어째서 그 길이 필요했는가? 달아나기 위해서.

현실의 삶을 견디기 힘들었기 때문에.

간단히 말해, 마르그리트는 작가가 되기를 꿈꾼다. 그 시절에 직접 털어놓았듯이 "작가, 아니면 공중그네 곡예사, 아니면 영화배우가 되고 싶다". 한마디로, 세상 사람들로부터 주목받고, 스포트라이트를 받고 싶어한다. 즉 마르그리트는 유명해지기를 꿈꾼다.

"나는 작가가 되고 싶어……"

아이들은 허세로 그런 소망을 입에 올리기도 할 것이다. 마르그리트는 인정받고 싶어하는 아이의 거만한 허세를 섞어 이렇게 선언하고 싶었을 것이다. "엄마는 오빠들이 더 좋지요? 내가 경솔한 아이라고 생각하죠? 그런데 이걸 알아줬으면 좋겠어요. 나는 이제 엄마가 필요 없게 될 거라는 걸. 난 세상 모두한테 사랑받게 될 테니까요." 사랑에서 자신이 차별받았다고 생각하는 아이는 이런 방식으로 복수한다.

그렇지만 지금 이 여객선 위에서 마르그리트는 천사 같은 얼굴로 어머니에게 순종한다. 네, 수학 공부를 할게요. 네, 교수자격시험을 볼게요. 네, 엄마, 엄마가 원하는 대로 할게요.

마리 도나디외는 한결 밝아진 얼굴로 안도의 한숨을 내쉰다. 그리고 손을 들어올린다. 딸의 머리를 쓰다듬어주려는 듯이…… 하지만 그 손은 허공에서 멈칫하더니 다시 떨어진다.

"착하구나." 마리는 짧게 말한다. "너는 네 오빠들보다 재능이 뛰어나. 말도 훨씬 잘 듣지."

마르그리트는 몸이 굳은 채 어머니의 손을 바라보고 있다. 때리거나 쓰다듬어주던 그 손이 오늘은 위로 쳐들렸다가 다시 떨어지기만 했다.

어머니가 그만 이 자리를 떠나주면 좋겠다는 것이 마르그리트의 속마음이다. 이제 쇼팽의 왈츠를 듣고 싶고, 차를 마시는 여자들의 맑은 웃음소리를 아련하게 듣고 싶다. 어머니는 음악실에 앉아서도 차를 마시는 법이 없다. 이따금 다른 승객들과 이야기를 나누기는 한다. 인도차이나에서의 생활에 대해, 직무의 어려움에 대해, 남편 없이 생활을 꾸려나가는 여자의 고난에 대해 말한다. 하지만 1920년대의 이 경쾌한 사교 장소에서 마리는 말이 너무 많고 불평이 너무 드세다. 그 바람에 다른 이들이 마리 쪽을 쳐다보며 측은하다는 듯 엷은 미소를 떠올린다. 마르그리트는 사람들의 얼굴에 떠오르는 그 미소를 보았다. 뺨을 한대 얻어맞았을 때처럼 아팠다.

마리 도나디외도 고양이를 닮은 딸의 자그마한 얼굴을 흘깃 쳐다본다. 슬픔이 가슴을 짓눌러온다. 자신이 딸 곁에서 점차 밀려나고 있음을 느낀다. 해가 지날수록 딸은 점점 더 멀어질 게 분명하다.

마리는 무거운 발걸음을 옮겨 일등실로 돌아간다. 마호가니 책상에 앉아 돈과 관련된 길고 복잡한 계산을 해나간다. 총계를 내보고, 예산을 산정하고, 그러느라 연필심을 몇자루 부러뜨린다. 그가 이렇게 쫓아가는 꿈에 문학적인 것은 조금도 들어 있지 않다.

지난 6월 5일 배에 오를 당시에는 사이공에 내릴지 하노이까지 가서 내릴지 정하지 않은 상태였다.

두 아들의 방만한 생활을 수습해서 좋은 학교에 입학시키자면 하노이로 가는 편이 좋았다. 하지만 마리는 그 어느 쪽 선택에도 확신이 들지 않았다. 사이공으로 가는 게 나을까? 그래도 하노이가 좋을까? 프놈펜으로 갈 가능성은? 불확실한 미래가 마리를 일종의 공황 속으로 밀어넣었다. 특히 밤이 되면 온갖 고민거리가 되살아나 잠자리를 어지럽혔다. 파도가 거칠어 배가 좌우로 흔들릴 때면 마리는 자리에서 일어나 선실 안을 서성거리다가 다시 침대로 돌아가 눈을 붙여보려고 애썼다.

그럴 때면 자신의 과부 신세를 소리 내어 한탄하기도 했다. 아이들을 다 키우지도 못했는데 남편은 어째서 그렇게 일찍 떠난 걸까? 어머니의 숨죽인 탄식, 그 웅얼거림에 잠을 깬 마르그리트는 겁을 먹고 침대 속에서 더 둥글게 몸을 웅크렸다.

어린 딸은 어머니의 그 웅얼거림을 잊으려고, 자신의 굶주린 정신에 양식을 주려고 위고의 책을 펼쳐 들었다. 『레미제라블』에는 매번 그를 매혹하는 것이, 전율하게 만드는 것이 있었다.

자기 딸을 먹여살리기 위해 생니를 뽑아 팔다니, 팡틴은 어떻게 그럴 수 있는 걸까? 마르그리트는 팡틴의 형상을 머릿속에 그려보았다. 머리카락을 팔아 대머리가 된 얼굴, 치아를 뽑아낸 붉은 잇몸. 참혹했다. 문학은 얼마나 놀라운 일을 해낼 수 있는지. 딸을 향한 어머니의 사랑은 어디까지 가닿을 수 있는 걸까? 어머니란 딸을 구하기 위해 정말로 생니를 뽑아 팔 수 있는 존재일까?

마리는 계속해서 선실에 틀어박혀 앞날을 설계한다. 식민부 교육행정관 앞으로 편지도 쓴다. 거센 풍랑에도 아랑곳없다. 배가 흔들리면서 마리가 손에 든 펜도 아래위로 흔들린다. 애원과 호소, 집요한 요구를 담은 문장은 차분했다가 맹렬히 달아오르곤 한다.

하지만 배가 콜롬보항에 기항했을 때 전보를 받는다. 캄보디아 프놈펜의 한 학교로 발령이 났다는 소식이다. 마리로서는 일종의 재앙이다. 적의를 불러일으키는 땅(남편을 잃은 곳이 아닌가?)으로 돌아가야 한다는 의미에서, 또 한편으로는 그곳에 가면 재능 없는 두 아들의 장래를 보장할 수 없다는 의미에서 그렇다.

콜롬보에서 마리는 인도차이나 총독과 파리의 식민부에 다음과 같은 내용의 전보를 보낸다.

"제가 딸린 아이들이 없는 처지라면 이번에 캄보디아로 새로 발령이 난 것을 기뻐했을 것입니다. (…) 하지만 저는 아이가 셋이고 그중 두 아들은 열네살, 열세살입니다. 두 아이는 초등학교를 마쳤는데, 진학해서 학업을 계속할 학교를 찾지 못한 상황입니다.

이런 사정 말고도 제가 그곳을 떠나기 전 맡았던 교장 자리에는 현재 다른 사람이 부임해 있습니다. 그러니 저는 직급이 높고 나이가 많기는 해도 교장관사에 들어갈 수 없고 아이들과 함께 호텔을 빌려 지내야 합니다. 편히 지낼 수도 없을 그 호텔 숙박비를 대는 데 봉급을 대부분 쏟아부어야 할 거라는 말이지요……"[15]

동료 교사들의 호감을 사지 못하고, 까다롭고 권위적이며 과격하다는 평이 따라붙는 마리 도나디외는 이번에도 자신의 요구를 관철하지 못한다. 마리의 호소는 어쨌거나 당장은 외면당한다.

이렇게 해서 마리의 가족은 고풍스러운 열주와 크리스털 샹들리에로 장식된 프놈펜의 대형 호텔 마놀리에 6개월간 묵는다. 호사스러운 호텔 생활은 도나디외에게 경제적 부담을 지우는 대신, 마르그리트에게는 서가를 마음껏 누릴 기회를 준다. 마르그리트는 계속해서 책 속으로 달아날 수 있다. 이런 생활은 1924년 12월 23일까지 이어진다. 이날 어머니가 크리스마스 선물처럼 임명장을 받은 것이다. 이번에 파견될 곳은 빈롱이다. 마리 도나디외는 기뻐한다. 새로운 임지로 가기 전에 세 아이에게 한수 가르치듯이 말한다. "자 봐, 애들아. 끈기는 보상받기 마련이야. 원하는 게 있으면 포기하지 말고 매달려야 해……" 그러나 슬프게도 이 말이 틀렸다는 걸 삶은 마리에게 확인시켜줄 것이다. 한걸음 한걸음 나아갈 때마다 마리는 자신의 노력이 물거품이 되는 걸 보게 될 것이다.

그렇지만 아직 그 지경까지 간 것은 아니다. 마르그리트는 열살 반이고, 뒤라스라는 전설을 향해 발을 옮겨놓는 중이다.

빈롱에서—어머니라는 모범과 반모범

마리 도나디외는 사이공에서 130킬로미터 떨어진 작은 학교로
발령받는다. 마리의 나이는 48세, 마르그리트는 11세. 사춘기가 시
작되면서 마르그리트는 어머니와 확실히 거리를 둔다. 도나디외 가
족은 1924년 겨울부터 1928년 가을까지 4년간 빈롱에 머문다.

1925년. 사이공에서 130킬로미터 거리에 있는 빈롱은
메콩강 삼각주에 위치한 도시이다. 뒤라스에 따르면 "바
둑판 같은 거리와 정원, 철책 들을 지나면 강이 나오고, 프
랑스인 전용 테니스코트가 있는" 곳이다. 발코니를 갖춘
주택들이 철책을 두른 정원 안에 여유롭게 자리 잡고 있
다. 인도차이나의 백인들은 가난과 부패와는 멀리 떨어진
공간에서 정원수가 드리우는 그늘과 만발한 꽃향기를 즐

기며 살아갈 줄 안다.

후덥지근한 더위가 그나마 덜한 시간대에는 양편에 야자수가 늘어선 아담한 길을 따라 산책을 나선다. 식민지 거주민들은 흰색 옷을 입는데, 그들이 제복처럼 챙기는 차림새는 남자의 경우 반바지에 나비넥타이를 매고, 여자는 긴 면 원피스에 레이스 장식 캐플린을 쓴다. 여자아이는 잔주름이 잡힌 원피스에 에나멜 구두를 신는다.[16] 그들은 햇볕이 쏟아져 눈이 부신 산책로를 따라 발걸음을 옮긴다. 얼마 뒤 열기가 사방을 짓누르면 낮잠 시간이다. 그 시간에 산책로에 나오는 사람은 물론 없다. 모두가 잠이 드는 것이다. 늘어선 야자수들이 화염처럼 보일 뿐 인적이 끊긴 산책로들, 강물조차도 잠이 드는 것 같다……

빈롱에 설립된 초등학교는 두곳으로, 각각 여학교와 남학교이다. 마리 도나디외가 얻은 자리는 그중 여학교의 교장, '볼품없는 말직'이다. 재봉사 자격증도 있는 마리는 여학생들에게 옷 만들기를 가르치기도 한다. 과도하게 활동적인 그는 새로 일을 얻은 데 안도한다. 심지어 상냥해지려는 노력까지 기울이면서 이곳의 백인사회에 통합되기 위해 최선을 다한다. 하지만 남편 없이 홀로 아이를 키우는 과부라는 자의식이 마리를 상처 입기 쉬운 사람으로 만든다. 혹시라도 구설에 오를 만한 일은 피해야 하며, 성공하기 위해 모든 수단을 동원해야 한다는 생각이 강박처럼 그를 따라다닌다.

마리는 차림새에 보다 공을 들이려 애쓴다. 치마 길이를 조금 줄여 구두 굽이 드러나게 한 것도 그래서이다. 얼굴에는 얼마 전부터 우비강 상표의 살굿빛 파우더*를 바르는데, 마르그리트의 냉소적인 눈에는 어머니의 그런 화장이 어설프게 보인다. 사춘기에 들어선 마르그리트는 어머니뿐 아니라 자신의 차림새 역시 식민지 거주 백인 여자들과 비교해 고리타분하다는 걸 안다. 신발만 봐도 알 수 있다. 검은 에나멜 구두를 신은 자신과는 달리 친구들은 굽이 없는 흰 샌들을 신고 다닌다.

사람들끼리 주고받는 눈짓으로, 수군거리는 소리로, 여기저기 떠도는 소문으로 마르그리트는 어머니가 그동안 기울인 노력에도 불구하고 주위 사람들의 인심을 얻는 데 실패했음을 알아차린다. 어머니는 '투 머치', 어떤 일에서든 지나치다. 지나치게 나서고, 염치없고, 한마디로 세련되지 못하다. 경쾌하게 처신하는 데는 아예 소질이 없고 삶의 소소한 행복들에는 둔감하다. 화장조차 서툴다……나중에 마르그리트 뒤라스는 『전쟁 수첩』에서 이렇게 자문한다. 어머니는 "뭔가를 망가뜨리려고, 감정의 세계에 들어가 도끼를 휘두르기 위해 태어난 사람이 아닐까"?[17]

사춘기에 들어선 마르그리트는 어머니를 향해, 점점 더

◆ 『연인』의 "어머니가 총무국 야회에 갈 때 바르는" 파우더이자, 열다섯살 반에 화장을 시작하는 화자 '나'의 파우더이다.

희끗해지는 머리카락, 굵은 허리, 처진 가슴을 향해, 또 어머니가 걸친 올이 드러나 보일 정도로 낡은 옷을 향해 비난의 눈길을 던진다. 열두살이 된 이 딸은 명민한 만큼이나 감수성도 예민하다. 장남 피에르가 돌출행동을 보이며 어머니를 무시하기 시작하는 반면, 마르그리트는 어머니에게 느끼는 실망감에 서서히 중독되어간다. 딸이 열다섯살이 되기도 한참 전에 어머니는 하나의 모범으로서의 위상을 잃는다. 후일 뒤라스는 이렇게 되묻는다. "아이가 생각하는 자신의 어머니는 말하자면 정신 나간 여자가 아닐까?"[18]

우리가 흔히 듣는 말이 있지 않은가? "우리 엄만 돌았어, 미쳤다고. 하지만 그렇다고 엄마를 사랑하지 않는 건 아니야." 또 아이일 적에는 어머니를 사랑한다고 해서 다른 어머니를 꿈꾸지 않는 건 아니다.

안마리 스트레테르, 어머니의 반모범

이곳 빈롱에서 마르그리트는 말하자면 절대적 여성상이라고 할 수 있을 안마리 스트레테르를 만난다. 빨간 머리, 또 어느 때는 금발로 묘사되는 이 여성은 주근깨가 살짝 내려앉은 창백한 피부, 깊고 짙푸른 눈동자, 연한 속눈썹을 지녔고, 화장기는 전혀 없다. 후일 영화에서 매력적인 델핀 세리그*에 의해 형상화될 인물이다.

어느날 마르그리트는 안마리 스트레테르가 베트남인 기사가 모는 검은 리무진의 뒷자리에 앉아 지나가는 모습을 본다. 총독부 행정관의 아내인 그 여자의 본명은 엘리자베트 스트리에테르, 푸른색 리넨 원피스에 단화를 신었지만 어떤 모자도 쓰지 않았다. 사춘기 마르그리트는 그 여자를 바라보며 부의 표상과도 같은 그 인물에, 또 그에게서 발산되는 우아함과 경쾌함에 매혹된다. 그와의 만남에 대해 뒤라스는 "벼락처럼 혹은 신앙처럼 찾아온 일"이라고 쓴다. "그 만남은 내가 살아가는 내내 찾아온다. 잠든 강. 그리고 검은 리무진을 타고 지나가는 여자."[19]

그로부터 얼마 후, 또 한번 만남이 이루어진다. 이번에는 엘리자베트 스트리에테르가 반바지와 폴로셔츠를 입고, 양손에 각각 어린 두 딸의 손을 다정하게 잡고 철책으로 둘러싸인 테니스코트를 가로지르고 있다. 철책 너머로 보이는 두 딸은 잠자리처럼 가볍게 나풀거린다.

마르그리트는 그 모습을 보자마자 최면에 걸린 듯 빠져들지만, 그렇게 매혹당하는 이유가 무엇인지는 자신도 모른다. 그 순간 그가 삶의 조화로움, 흠 없는 행복의 표상으로, 여성적 유혹의 '극치'로 비친 걸까? 마르그리트가 꿈

◆ Delphine Seyrig(1932~90). 「지난해 마리앙바드에서」(1961) 「도둑맞은 키스」(1968) 등 주로 누벨바그 감독들의 영화에 출연했고, 트뤼포로부터 '아름다운 가상'이라는 찬사를 들은 배우.

꾸는 모성애를 구현해 보인 걸까?

안마리 스트레테르는 완벽한 여성의 원형, "유럽을 위해 자신을 가꾸는 일 말고는 그 어떤 일도 하지 않는"[20] 모든 식민지 거주 여성의 이상형, 이를테면 아름답고, 우아하게 나른하고, 또 뭐랄까 시적으로 쓸모없는 여성의 본보기이다. 마르그리트 자신의 어머니, 일을 위해 태어난 듯한 투박하고 상스러운 어머니와는 정반대이다. 후일의 뒤라스, 작가 자신도 인정하듯 조금은 도발적인, "나는 영화를 만들고 책을 쓴다. 아무것도 하지 않을 힘이 없어서 그걸 한다"고 말하는 그 뒤라스와도 정반대이다.

간단히 말해 안마리 스트레테르는 사춘기의 뒤라스가 보기에, 또 후일 성인이 된 뒤라스가 보기에도 순수한 시, 우아함의 화신이다. 뒤라스 작품 속의 몇몇 여성 인물, 사라, 지나, 디아나처럼.[21] 『지브롤터의 선원』에 등장하는 아름답고 부유한 미국 여자, 혹은 판이한 문체로 표현되기는 하지만 결혼해서 다시 돌아온 롤 V. 스타인처럼. 그들은 일할 필요가 없는 아름답고 지적인 여자들, 돈 걱정과는 담을 쌓은 대부르주아들이다. 페미니스트이자 한때 공산주의자이기도 했던♦ 사람이 그 자신의 어머니를 넘어, 그렇게 무사태평하고 가벼운 삶에 젖은 여성들로부터 영감을 길어냈다는 데에 의아해하는 사람도 있을 것이고, 심

♦ 뒤라스는 2차대전 중에 공산당에 가입했지만, 스탈린에 반대한다는 이유로 1950년 당에서 축출되었다.

지어 빈정거리는 사람도 있을 것이다. 그렇지만 뒤라스가 그리는 이 나른함이 여성 인물의 아름다움에 어떤 미학적 차원을 부여한다는 건 분명하다. 아름다움이 그저 아름다움으로 끝나지 않는 것이다. 한편의 아름다운 시가 의미의 무거움을 모면해서 아름다운 시가 되듯이, 뒤라스의 여성 인물들도 그들이 하는 일과 상관없이 의미를 부여받는다. 안마리 스트레테르가 사춘기의 마르그리트를 매혹할 수 있었던 건 이런 이유에서다. 이런 의외성은 정신분석 차원에서 설명될 수 있다. 우리가 아는바 여자아이들은 대개, 특히 사춘기에는 미래를 꿈꾸게 해주는 '이상형'으로서의 한 여성과 정신적으로 동행한다. 어머니보다 젊을 경우가 많은 이 이상형을 통해 여자아이는 어머니라는 한 모범으로부터 어떤 의미로 분리될 수 있다. 자매일 경우 마리즈 바양과 함께 쓴 책에서 고찰했듯이 언니가 종종 이 역할을 한다.[22] 혹은 친척 여성이나 선생님이 이 역할을 맡아 아이가 자신의 정체성을 형성해가면서 최초의 모범으로부터 떨어져 나오도록 도와준다. 우리는 이렇게 여성 간의 연대를 통해 뒤라스의 표현대로 "가족이라는 지옥"에서 벗어난다.

안마리 스트레테르는 단순히 인도차이나 식민지에 거주하는 우아한 여성들 중 하나가 아니다. 아름다운 '스위스계' 외양 아래에는 유혹과 위반의 비밀 역시 감춰져 있다. 주변 사람들이 수군거리는 말에 따르면 그 여자에게는 한 손으로 다 꼽을 수 없을 만큼 많은 애인이 있다. 파란만장한 개인사가 있다고들 하고, 때로 묘한 처신을 보여주기도 한다. 말하자면 뒤라스의 세계에서는 우아함의 이면에 빠짐없이 광기가 도사린다.

안마리 스트레테르가 사춘기의 마르그리트에게 깊은 인상을 남긴 데에는 이 인물을 둘러싼 소문도 영향을 미쳤다. 그 여자에게는 젊은 애인이 있었는데, 그 여자 때문에 자살했다는 것이다. 그 여자가 애인인 자신을 따라 떠나는 대신, 딸들과 함께 남을 거라는 사실을 알게 된 뒤의 일이었다.

이상적 어머니, 이상적 여성으로서 안마리 스트레테르라는 인물은 마르그리트의 상상세계에서 로맨스 소설, 특히 델리의 인물들과 뒤섞인다(델리는 통속적인 연애소설로 당시 인기를 누린 작가들의 필명으로, 뒤라스는 델리의 소설을 좋아했다고 털어놓은 바 있다*). 관대한 뒤라스가 우리에게 알려주는 사실 하나는 가장 지적인 소설 역시 뜻밖의 '이종교배'를 통해, (뒤라스가 좋아한) 라신과 (뒤라스가 몰래 숨어 읽던) 델리의 '믹스 앤드 매치'를 통해 만들어질 수 있다는 점이다.

◆ 함께 필명으로 작품활동을 한 드 라 로지에르(de La Rosière) 남매 잔마리(Jeanne-Marie, 1875~1947)와 프레데릭 프티장(Frédéric Petitjean, 1876~1949)을 가리킨다.

팡틴과 거지 여자

빈롱에서 마르그리트에게 찾아온 두번째 중요한 만남은 거지 여자와의 만남이다. 이 만남은 안마리 스트레테르와의 만남과는 정반대되는 지점에 자리 잡는다.

거지 여자란 누구인가? 숲속에 사는 여자, 이가 들끓는 여자, 자기 아이를 먹일 수도 없을 만큼 가난한 여자다. 구걸하고, 소리 지르고, 울부짖는 여자다.『부영사』에 등장하는, 임신했다는 이유로 부모에게 내쫓기고 "길을 잃으려고 어떤 지표를 찾는" 여자다.[23] 고통 받는 여자다. 죽음이 그를 원하지 않았기 때문에 그는 마리 도나디외를 새들의 평원에서 다시 만나고자 했다. 이 대목에서 우리는 뒤라스가 즐겨 읽은『레 미제라블』의 팡틴을 떠올리게 된다. 팡틴 역시 미혼모이고, 돈을 벌기 위해 딸을 테나르디에 부부에게 맡기고 일자리를 찾아 떠나지 않는가? 딸을 사랑하는 어머니 팡틴은 자신의 신체를, 처음에는 머리카락, 이어서 치아를 팔아 모성애의 값을 치른다. 다만 거지 여자는 팡틴과 달리 현실에 존재했다. 현실의 그 만남은 1925년 어느날 저녁 빈롱에서 이루어졌다.

✝✝✝

오늘 저녁 마르그리트는 빈롱에서 늘 그래왔듯이 '친구

집'을 향해 산책을 나선다. 무더위를 피하려고, 혹은 그저 집을 벗어나고 싶어서다. 열한살인 마르그리트는 원주민 여자아이들처럼 자기 일을 혼자 알아서 한다. 그건 오빠들도 마찬가지다. 맨발로 산책하고 숙제도 혼자 해낸다. 마리 도나디외는 피로에 절어 아이들을 돌볼 여력이 없다.

기질이 열정적인 사람들, 작가의 꿈을 품은 이들이 대개 그렇듯이, 마르그리트는 늘 아침 일찍 일어난다. 마르그리트는 동틀 무렵을 좋아한다. 그 시간이면 마음껏 숨 쉬고, 상상하고, 자유로워지고 싶다는 욕구가 샘솟는다. 이른 아침, 머릿속으로 문장들이 몰려온다. 시구가 떠오를 때도 있다. 그럴 때는 시구를 종이에 끄적거려본다. 마르그리트가 일찍 일어나는 걸 좋아하는 이유는 사실 밤의 어둠이 두렵기 때문이다. 이곳 빈롱의 밤은 너무 어둡다.

오늘 저녁은 평소보다 더 어둡다. 정전으로 인해 거리에 불빛이 없었다고 뒤라스는 기억한다. 어린 마르그리트는 혼자 걸어간다. 그때 뒤에서 찢어질 듯 날카로운 목소리가 들린다.

뒤를 돌아본다. 한 젊은 여자, 머리카락이 듬성듬성 빠진 앙상한 체구의 여자가 더럽고 너덜거리는 옷을 두른 모습으로 이해할 수 없는 말을 외치고 있다.

"아기, 아기!" 여자가 외치는 말이다.

사방이 어두컴컴하다. 마르그리트는 조금 더 또렷하게 보려고 눈을 가늘게 뜬다. 거지 여자가 가슴에 아기를 안고 있는 게 보인다.

저 여자는 스물다섯살쯤 되었을까? 마흔다섯? 예순? 겉만 봐서는 나이를 가늠하기 어렵다.

여자의 몸짓으로 보아 뭔가 하고 싶은 말이 있는 것 같다. 마르그리트는 겁이 나지만 태연해 보이려고 애쓴다.

'겁먹을 이유가 없잖아.' 마르그리트는 생각한다. '비쩍 마른 가엾은 여자야. 내게 해를 끼칠 힘도 없을걸.'

그런데도 억누를 수 없는 두려움이 솟구치며 몸이 굳는다. 그러고 싶지 않지만 두 다리가 떨리는 게 느껴진다. 이 자리를 벗어나야 한다. 뛰어서 달아나야 한다. 저 여자의 몸이 닿기만 해도 죽을 것 같다는 예감이 든다.

그때 별안간 기억이 되살아난다. 이미 본 적이 있는 여자다. 며칠 전 반쯤 벌거벗은 모습으로 비탈길을 걸어가는 모습을 보았다. 입에 날생선 한마리를 물고 있었다. 어부들이 여자의 입안에 쑤셔넣은 것이었다. 벌건 피가 배어나는 물고기를 입에 문 채 여자는 잇몸을 활짝 드러내고 웃었다. 야생동물 같았다.

오늘 저녁따라 어두워서일까? 산들바람이 불어서일까? 거지 여자의 냄새 때문에 속이 울렁거린다. 여자는 마르그리트를 소리쳐 부르고, 마르그리트는 또다시 돌아본다. 심장이 뛴다. '안돼 안돼 안돼.'

거지 여자가 야윈 두 팔에 남은 힘을 짜내 마르그리트에게 아기를 내민다.

"얼마 줄래? 얼마?" 여자가 묻는다.

바싹 마른 여자가 헐떡거리며 입을 열자, 앞니 두개가 빠지고 없는 게 보인다. 머릿속으로 상상해본 팡틴의 모습이 되살아난다. 마르그리트는 멈칫한다.

머리를 세차게 흔들어 상상을 떨쳐버리려 한다. 이해가 되지 않는다. 이해할 수 없다. 거지 여자가 다가와 또다시 아기를 내민다. 아기 머리가 마르그리트의 팔꿈치를 건드린다. 마르그리트는 비명을 지른다. 심장이 터질 것 같다.

혼이 빠진 듯 달아난다. 달리고 또 달린다. 집에 다다랐다. 계단을 올라간다. 거지 여자가 쫓아온다.

"엄마!" "폴!"

마르그리트가 큰 소리로 부른다.

마리 도나디외가 숄을 두르고 달려나온다. 풀어헤친 머리가 어깨를 덮고 있다. 어머니의 눈길이 딸을 훑고, 곧이어 거지 여자의 팔에 안긴 아기에게 향한다.

어머니는 가난 탓에 영양실조에 걸린 원주민 아이들을 매번 거두어왔다. 수많은 아이가 그렇게 어머니의 손을 거쳐갔다. 자기 아이들에게는 완벽한 어머니가 아니었을지라도 마리는 번번이 다른 아이들을, 부유한 집안의 하숙생이든 굶주림으로 죽어가는 아이이든 함께 품었다. 도나디외 가족에는 언제나 이런저런 아이들이 섞여들곤 했다.

백인 부인이 굶주린 아이들을 거둔다는 소문이 삼각주

지대에 퍼져나갔다.

마리 도나디외는 알아들을 수 없는 말을 몇마디 중얼거린다. 그러고는 입을 다물고 한참이나 말이 없다. 먼 곳에서 올빼미가 운다. 밤은 온갖 소리로 가득하다.

마리의 눈길은 거지 여자와 아기에게 가 있다.

"아이가 몇살이니?"

"두살." 대답하는 거지 여자의 목소리가 갈라진다.

마리는 말문이 막힌다. 거지 여자 역시 무슨 말을 해야 할지 막막한 눈치다.

마리가 손으로 입을 막는다. 아기는 여아이고 겨우 6개월 정도로 보인다. 먹지 못해 몸집이 겨우 여섯달짜리만 한 아기라니. 여자가 새끼 고양이를 내려놓듯이 아기를 땅바닥에 내려놓는다. 하지만 아기는 기어다닐 힘이 없다. 엎어지며 그대로 코를 바닥에 박는다.

여자는 아기에게 먹일 것이 없다고 말한다. 아이가 딸려 있다는 이유로 누구도 자기에게 일자리를 주지 않으려 한다고, 그래서 자기 역시 배가 고프다고 하소연한다.

여자는 아이를 버리려 했었다고 한다. 산길에, 어느 사냥꾼이 돌봐주기를 기대하며……

하지만 백인 부인을 찾아가보라고 말해주는 사람이 있었고, 그래서 맨발로 몇날 며칠을 밤낮없이 걸어왔다고 한다.

여자가 발을 내보인다. 깊숙이 갈라진 상처에서 피가 배어나온다. 파리들이 상처에 자리 잡고 있다. 여자의 발은 이미 반쯤 송장 같다.

여자는 아이를 팔겠다고 말한다. 사지 않겠다면 그냥 주겠다고 한다. 하지만 마리는 더이상의 아이는 원하지 않는다. 고개를 흔든다. 아이를 받을 마음이 없다는 뜻이다.

마리가 대답한다.

"먹을 것을 줄게. 쌀과 생선을 줄게. 그렇지만 네 아이를 받아서 길러줄 수는 없어."

아이를 받지 않겠다는 마리의 마음은 확고하다. 그동안 보살핀 아이들만 해도 넘칠 만큼 많았다. 이제까지 마리는 세상의 모든 가난을 등에 짊어지려 했었는데, 그런 수고를 해봤자 하늘이 내려준 보상이라고는 큰아들을 어미의 지갑에 몰래 손을 대는 거짓말쟁이로 바꿔놓은 것뿐이다.

"1피아스트르◆를 줄게. 쌀도. 아이를 데리고 떠나." 마리가 재촉한다.

"안돼 안돼 안돼." 거지 여자가 중얼거린다.

여자는 자기 아이를 살리고 싶다. 이 관대한 백인 부인의 집에 맡겨놓아야 살 수 있다는 걸 안다.

"오늘밤은 여기서 자도록 해. 하룻밤 머물면서 쉬고 아이를 돌봐줘. 하지만 내일이 되면 떠나야 돼."

마리 도나디외는 한마디 한마디 못을 박듯이 이야기한

◆ 프랑스령 인도차이나에서 통용된 화폐.

다. 자기 자신을 납득시키려고 애쓰는 것 같다.

육아용품과 아기 옷, 먼지를 덮어쓴 유모차, 사내아이용 반바지와 긴 장화가 쌓인 창고에서 작은 나무 요람을 찾아내 거지 여자의 어린 딸을 눕힌다. 지금까지 수많은 아이를 품었던 요람이다. 그 요람은 마르그리트의 방에 자리 잡는다.

그날밤 자정 무렵 거지 여자는 몰래 달아나려다가 현관문이 삐거덕거리는 바람에 들키고 만다. 마리는 거리로 달려나가 여자를 가까스로 붙잡아 집으로 다시 데려온다. 아이를 낳았으면 끝까지 돌봐야 한다고, 그것이 (적어도 부유한 나라에서는) 어머니로서 지켜야 할 도리라고 여자에게 가르친다.

"자신의 아이를 버려서는 안돼. 데리고 떠나."

하지만 며칠 뒤 여자는 갈라진 발바닥이 어느정도 아물자 고양이처럼 소리 없이, 이번에는 철책문을 타넘어 달아나고 만다.

이렇게 해서 두살배기 여자아이는 '백인 부인'의 집에 남겨진다. 어머니는 옷장 구석에서 마르그리트의 헌옷을 찾아내 여자아이에게 입힌다. 작아져 입지 못하는 레이스 달린 원피스다. 마리 도나디외는 무엇이든 버리지 않고 쌓아두는 여자다. 무슨 일이 생길지 모르니까. 마르그리트가 어느정도 크고 나서는 주변 사람들, 베트남 여자들에게 많이 나누어주었다. 그렇지만 요람과 유모차, 옷 몇벌은 남겨두었다.

습관처럼 어머니에게 욕을 퍼붓는 피에르는 이 문제에 대해서도 소리를 지르며 화를 낸다. 어머니의 그런 행동이 그들의 가난을 상기시키기 때문이다. 세상의 온갖 근심거리들을 집 안에 들이는 이유가 뭐냐고, 어머니는 저 미친 거지 여자만큼이나 제정신이 아니라고 악다구니를 부린다. 거지 여자의 썩은 발처럼 어머니의 뇌도 썩었다. 더하면 더했지 덜하지 않다. 거지 여자는 시궁창에서 벗어날 궁리라도 하지 않는가? 애를 버리고 달아나 홀가분해질 꿈이라도 꾸지 않는가?

"나도 달아날 거야. 기회만 오면 그럴 거라고, 이 촌구석에서 도망칠 거야." 피에르는 내뱉듯이 소리친다.

어머니에게 욕설을 퍼붓는 것으로도 모자라 피에르는 걸핏하면 여동생을 때렸다. 마르그리트는 큰오빠를 두려워했고, 이 감정을 나중에 작품에 털어놓게 된다. 게다가 피에르는 점차 어머니의 '집행자'가 되어, 내킬 때마다, 말하자면 '어머니의 가호'하에 여동생에게 폭력을 행사한다.

"아냐, 난 아이를 하나 더 맡을 생각이 없어. 저 아이는 마르그리트가 맡아서 돌볼 거야." 윽박지르는 아들에게 어머니가 대답한 말이다.

이 말을 하면서 어머니는 한점 거리낌도 없다. 다른 방법이 없지 않느냐는 것이다. 어머니는 자기 아이들의 미래를 보장할 국유지를 불하받을 가능성을 엿보기 시작한 참이다. 그래서 병든 아기를 돌보는 이 버거운 책임이 지극히 예민한 마르그리트에게 떨어진다.

마르그리트는 아이를 떠맡아 돌본다. 참새 부리를 벌리듯이 아이의 입을 벌리고 쌀미음, 베트남인 요리사가 찹쌀과 꿀을 넣어 끓인 영양죽을 떠먹인다. 학교 수업이 끝나고 과제까지 마치고 나면 마르그리트는 요람으로 달려가 그 '살아 있는 인형'을 어르며 즐거워한다. 막내인 마르그리트는 자신이 누군가에게 꼭 필요한 존재가 되었다는 사실이 기쁘다.

아이는 무한한 감사와 감탄의 눈빛으로 마르그리트를 바라본다. 공중곡예사 혹은 스타 배우를 바라보는 눈빛이 그럴 것이다. 마르그리트가 프랑스어 자장가를 불러줄 때면 맑은 웃음을 흩뿌리기도 한다.

하지만 아이는 음식을 삼키고 나면 대개는 토해내는 탓에 살이 오르지 않는다.

어느날 밤, 피에르가 잠든 마르그리트를 흔들어 깨운다.

"가서 네 애새끼 좀 들여다봐."

오빠의 말에 몸을 일으킨 마르그리트가 요람으로 간다. 요람 안의 아이는 잠들어 있는 것 같다. 하지만 얼굴빛이 너무 파리하다. 품에 안아들자 아이는 생명 없는 인형처럼 축 늘어진다. 마르그리트는 울음을 터뜨린다.

"죽었어! 죽었어!"

이 사건에 대해 뒤라스는 훗날 『르 몽드』와 한 어느 인터뷰에서 기자에게 털어놓았다. "그 일은 내게 엄청난 트라우마를 남겼어요. 글에 썼듯이 그때 나는 열두살이었는데, 그 일이 닥쳤죠."

고작 열두살인 여자아이에게 한 연약한 생명을, 그 생사를 맡긴다는 건 무책임하지 않은가? 나의 딸은 여덟살일 때 키우던 반려동물이 생사의 갈림길에 놓이는 경험을 했다. 당시 나는 딸이 우는 모습을 보며 한 심리학자의 말을 떠올렸다. "아이는 다른 생명체의 생사에 대한 책임감을 감당할 힘이 없다."

딸은 흐느껴 울면서 말했다. "어떻게든 해봐! 죽어가고 있잖아. 수의사 아저씨한테 전화해봐."

나는 딸을 안아주었다.

"우리가 할 수 있는 일이 없어. 너와 함께 지내서 이 녀석도 행복했을 거야."

딸이 겪는 슬픔은 바라보는 내가 당황할 만큼 컸다. 어린 마르그리트가 숨이 끊어져 축 늘어진 아이를 보며 느꼈을 죄책감은 얼마나 컸겠는가.

마리 도나디외로서는 열여섯살 때 16개월 된 여동생(쌍둥이 중의 하나)를 잃은 그 트라우마가 다시 작동한 게 아닐까? 무의식은 때로 우회로를 택하기도 한다. 물론 마리는 의식적으로는 딸이 자신과 같은 상실을 경험하기를 원치 않았을 것이다. 그런데도 거의 자신의 의사에 반하면서까지 딸을 그런 상황으로 몰아넣었다. 딸에게 말하자면 '아이를 떠넘기고' 말았다. 마리 도나디외의 입장에서는 또 한번 역할전도가 일어나 자기 딸의 딸이 된 것이다.

그리하여 나무에 송이송이 매달려 "굶주림으로 입을 벌린 채" 죽어가는 아이들의 비극은 현실의 삶에서도 작품 세계에서도 뒤라스를 떠나지 않는다. 모든 것이 자신을 중심으로 돌아가는 열여섯 사춘기 시절에 나를 뒤흔들어놓은 것도, 기억 속에 각인처럼 새겨진 것도 바로 그 이미지이다.

작가가 되기로 결심하다

열두살 마르그리트는 이제 알게 된다. 이 두려움을, 이 슬픔을 글로 쓰게 되리라는 것을. 이별과 죽음 앞에서 이따금 달아나버리는 말들, 그 언어들을 되찾아 글로 쓰게 되리라는 것을 이제 확실히 안다.

한참 뒤에 머리카락이 희끗희끗해진 뒤라스는 한 대담에 검은 뿔테 안경을 쓰고 뒤라스 자신이 'MD 제복'◆이

◆『물질적 삶』에서 뒤라스는 "나는 15년 전부터 늘 같은 방식으로 입는다"고 말하며 'MD 제복'을 언급한다. 타이트스커트에 터틀넥 스웨터를 입고 조끼를 걸친 차림새이다.

라고 칭한 차림새로 등장해서, 자신을 글쓰기로 이끈 이 최초의 동기에 대해 다음과 같이 말한다. "글쓰기는 늘 복수에서 비롯돼요. 글 쓰는 행위 뒤편에는 매번 하나의 재판이 있기 마련이죠. 모두가 이런 식으로 글을 써요. 그래서 묵은 셈을 청산하려는 거예요. 그러고는 물론 책이 앞으로 나아가면서 방향을 틀어 다른 길로 접어들기도 하죠."[24] 문학작품에 대한 탁월한 정의가 아닌가! '방향을 튼다'는 말은 독자를, 타인을 고려하게 된다는 의미이다. 자신을 다른 방식으로 읽는다는 의미이다. 그래서 개인적인 불행의 비밀 더미에서 빠져나와 보편적인 차원으로 옮겨가는 것이다. 문체, 형식, 감정의 길로 접어든다는 것이다.

마르그리트는 자신의 속마음을 어머니에게 진지하게 털어놓기도 한다. 견딜 수 없이 후덥지근한 빈롱의 어느 날 저녁, 바람을 쐬려고 마차에 올라 거리로 나왔을 때의 일이다. 마르그리트가 어머니에게 말을 꺼낸다. 글을 쓰고 싶다고, 작가가 되겠다고. 이제부터 일기를 쓸 공책이 있으면 좋겠다는 말도 덧붙인다.

이날 저녁 마차 안에는 무거운 침묵이 내려앉는다. 말발굽 소리만 저녁 공기 속으로 퍼져나간다.

어머니는 시큰둥한 표정이다. 나중에 뒤라스는 이 장면에 대해 어머니가 경멸하듯 "어깨를 으쓱했던 걸 잊지 못한다"고 회상한다.

"작가가 되겠다고? 철없는 소리." 어머니가 웅얼거린다.

나중에 뒤라스는 말한다. "그때 어머니의 마음속에는 경쟁심, 질투가 있었어요."

또 이런 이야기도 한다. "어머니는 문학에 대해서는 말하자면 까막눈이었죠. 작가라는 직업을 사금砂金 쪼가리나 파티 같은 것으로 여겼어요. 실질적인 건 없고 진지한 일도 아니라는 거죠."

하지만 작가가 되고 싶다는 아이의 선언은 자신을 바라봐달라는 요청일 수 있다. '내가 다른 사람들과 같지 않다는 걸 봐줘! 나만 할 수 있는 이야기를 들어줘. 당신이 나를 정말로 이해한 건 아냐……'

나도 어릴 적에 이따금 방에서 나오지 못하는 벌을 받고 방에 틀어박히면, 화난 마음이 어느정도 가라앉은 다음에는 글을 썼다. 그러고는 그 글들을 바늘과 실로 서툴게 꿰어서 부모님 눈에 띌 만한 복도에 던져놓곤 했다. 부모님이 그 글을 읽고 부당하게 벌을 받은 데 대한 나의 분노와 반항심을 알아야 한다고 생각했다. 그렇게 복수하려던 내 의도는 번번이 무너져내렸다. 내 귀에 부모님이 숨죽여 웃는 소리가 들려오곤 했으니까. 부모님은 측은하다는 듯 소곤거렸다. "이번에는 또 무얼 썼을까!"

† † †

"글을 쓰고 싶어……"

아이가 이런 엉뚱한 희망을 꺼내놓을 때 부모는 회의적인 표정을 짓긴 해도 어쨌거나 반쯤 웃으며 "그럴 수 있지, 그럴 수 있어" 혹은 "하고 싶은 일을 해야지"라고 대답할 것이다. 방황하는 누군가의 등을 두드려주듯이 격려하는 것이지만, 자기 아이가 실제로 작가가 될 수 있다고 생각하는 게 그리 쉽지는 않다.

"글을 쓰고 싶어……"

사춘기에 접어들면서 나는 또다시 이 말을 입에 달고 살았다. 어느날 아버지가 펼쳐든 신문 뒤편에서 내 말에 성마르게 대꾸했다.

"그 얘기 좀 그만해! 현실을 봐야지! 글을 쓰고 싶다고 너도 나도 말하지만…… 다들 실천에 옮기지 못하잖아."[25]

하고 싶은 말을 참는 건 아버지의 방식이 아니었다. 아버지가 정확히 지적해준 덕분에 나는 펜을 쥐고 쓰기 시작하기 전에는 작가가 되겠다는 말을 할 자격이 없다는 걸 깨달았다. 하지만 인정할 건 인정해야 한다. 대개의 부모는 아이가 작가라는 샛길을 택하는 걸 그리 달가워하지 않는다. 작가가 '안정된 직업'이 아니라는 점이 부모가 내세우는 명분이다. 하지만 이 문제에서 부모가 울적해지는 건 무엇보다 아이가 작가가 되면 분명 가족에게서 멀어지리라고 예상하는 탓이다. 글쓰기는 대개 다른 사람들과의 거리를 요구하기 마련이니까. 뒤라스가 털어놓았듯이 "글을 쓰면 사람들과 멀어진다".[26]

글의 시점상 뒤라스의 첫 작품이 출간되기 한참 전인 지금, 마리 도나디외가 자랑스러워하는 것은 딸의 학업수료증이다. 수학 과목에서는 거의 최고점을 얻었다. 됐어! 마리 도나디외는 성적표를 손에 쥐고 기쁨의 눈물을 흘린다. 위의 두 아들은 그 시험을 통과하지도 못했는데, 딸이 멋지게 설욕했다. 마리는 딸이 이뤄낸 성공에서 자부심 말고도 자신이 '좋은 엄마'라는 확신을 얻는다. 계속해서 거주지를 옮겨야 했던 이 식민지 생활에서도 늘 딸의 공부를 돌봐주지 않았는가?

우리가 확인할 수 있는 것은 마르그리트 뒤라스의 어머니가 '문학에는 까막눈'이었다 해도 마르그리트는 어머니 덕분에 작가가 되었다는 점이다. 하나의 모범이 반드시 '닮은꼴'을 빚어내는 것도 아니고 '모범적인 어머니'가 반드시 '모범적인 딸'을 낳는 것도 아니다. 오히려 반모범, 이를테면 거지 여자라든가 마리 도나디외처럼 '어머니 역할에 실패한 어머니'가 한갈래 혹은 여러갈래의 샛길을 가리켜 보임으로써 아이가 자신만의 길을 찾아 나아갈 수 있게 해준다. 이렇게 해서 때로 미성숙함을 노출하고 그래서 부끄러움을 안겨주기도 하는 어머니로부터 딸은 오히려 어머니가 줄 수 있는 가장 값진 영향을 끌어낸다. 특별한 그 자신만의 목소리를 빚어내게 되는 것이다.

그러나 뒤라스가 글을 쓰고 특유의 상상력으로 독특한

작품세계를 창조하기까지는 캄보디아에 불하받은 토지, 캄포트 부근 방갈로 가옥, 그 시절의 경험도 큰 몫을 했다.

4장

거울 앞에서

1927년. 도나디외 가족은 이제 어머니가 교사로 근무하는 사덱 초등학교 사택에 산다. 빈롱에서 20킬로미터 떨어진 곳이다. 마르그리트는 13세, 폴과 피에르는 각각 16, 17세.

마르그리트는 덧창을 내리고 문을 닫았다. 지금 이곳 사덱 학교에는 마르그리트밖에 없다. 오늘은 일요일이다.

어머니가 교무실로도 사용하는 교실에 들어가 거울 앞에 선다. 전신이 보이는 거울이다.

마르그리트는 키가 작고 뼈대가 가늘다. 작은 체구가 조금 불만이다. 하지만 가슴은 제법 예쁘다. 역삼각형 얼굴은 새끼 고양이를 연상시키고 치아는 가지런하고 입은 다소 크다. 길고 갸름한 눈 주위로 다크서클이 보인다. 이 다크서클이 비극의 영감을 불러일으킨다. 평화로운 유년과는 영원히 멀어졌다는 느낌을 준다. 마르그리트는 다크서클이 마음에 든다.

사춘기 여자아이들이 대개 그렇듯 마르그리트도 거울 앞에서 많은 시간을 보낸다. 자신의 모습을 들여다보고 몸을 구석구석 살펴본다. 집에서, 기숙사에서, 또 거리에서도 다르지 않아서, 사이공의 카티나트 대로를 지날 때면 상점들 창유리에 비친 자기 모습을 하염없이 바라보곤 한다. 리무진 자동차의 백미러로도 마찬가지다.

마르그리트는 알고 싶고, 눈길을 끌고 싶고, 사로잡아 가두고 싶다.

요컨대 자신이 누군가를 유혹하고 사랑할 능력이 있는지 확인하고 싶다.

마르그리트는 원피스 어깨끈을 내리고 구릿빛 맨살을 드러낸 오른쪽 어깨를 응시하며 교태 어린 몸짓을 해본다. 몸을 돌려 비스듬히 뒤태를 바라보며 허리에 양손을 올린다.

이 원피스는 어머니의 것을 줄여 입은 것이다. 자루를 뒤집어쓴 느낌을 피하려면 허리끈을 매야 한다. 헐렁한 원피스를 우아하게 소화하기에는 체구가 너무 작다. 작은 체구 말고도 마음에 들지 않는 것은 머리카락이다. 걸핏하면 엉키고 축 처진다. 찰랑찰랑하게 흘러내리는 윤기 나는 머리카락이라면 좋을 텐데. 마르그리트는 빗을 들고 머리카락을 양쪽 관자놀이에 가지런히 붙여본다. 한결 낫다. 눈매가 훨씬 돋보인다. 어머니가 '독기'가 있다고 말하는 눈. 붉고 윤곽이 또렷한 작은 입 역시 돋보인다. 큰오빠의 표현으로는 '헤퍼 보이는 입'이다.

마르그리트는 남성용 펠트 모자를 집어들어 머리 위에 올려놓는다. 검은 띠를 두른 자단빛 중절모다. 이 모자를 쓰면 자신이 한결 매력 있어 보인다는 생각이 든다. 어쨌거나 사이공에서 보는 백인 여자들, 흰 스커트 차림에 단화를 신은 그들과는 분위기가 아주 다르다. 마르그리트는 자신이 여느 여자들과는 다르다고 느낀다. 처음에는 유행에 뒤진 차림새 탓이라고 생각했다. 다른 여자아이들의 차림새가 자신과 어머니보다 훨씬 세련된 건 사실이다. 하지만 이제는 그런 느낌의 진짜 이유를 알 것 같다. 그 다름은 차림새가 아닌 내면에서 오는 것이다. 마르그리트가 굽 없는 흰 샌들을 신지 않고 여성용 밀짚모자를 쓰지 않는 것은…… 그런 것들이 마르그리트의 내면에 조금도 반향을 일으키지 못하기 때문이다. 마르그리트는 침대에 걸터앉아 금박 장식 하이힐에 발을 밀어넣는다. 어머니에게서 돈을 얻어 사이공의 카티나트 대로에 있는 상설할인점 아브뉘데샹젤리제에 가서 사온 것이다. 마르그리트는 이 구두가 마음에 든다. 너무 자주 신어 구두 앞코가 닳았다. 관능적인 하이힐과 남성용 모자의 매혹적인 어긋남. 마르그리트는 이런 비전형성에서야 자신의 것을 만나는 느낌이다. 그는 이종교배된 영혼이다.

‡‡‡

안뜰을 가운데 두고 교실의 맞은편에 있는 사택에서 노랫소리가 들려온다. 「라모나」. 피에르의 전축에서 흘러나오는 노래다. 피에르는 이 곡을 하루에 열댓번씩, 볼륨을 최대로 높여 틀어놓는다. 어머니는 피에르가 적당히 할 줄을 모르기 때문이라고 두둔한다. 기질적으로 뭔가에 깊이 빠져버리기 때문이라고 한다. 그래서 줄담배를 피워대고, 미친 듯이 사냥에 몰두하고, 거의 온종일 잠을 자고, 축음기 볼륨을 높이고, 목청껏 소리를 지르는 것이라고…… 피에르는 무슨 일을 하든 도를 넘는다. 심지어 몇 피아스트르를 주고 원숭이 새끼를 사서는 애지중지 기른다며 가학적으로 보일 만큼 몇시간이고 쓰다듬고 지분거린다. 원숭이를 우리에서 꺼내 하루 종일 자기 어깨에 올린 채 돌아다니면서 순전히 장난으로 원숭이에게 동전이든 무엇이든 닥치는 대로 먹인다. 피에르는 그런 사람이다. 언제나 선을 넘는다. 폭력을 쓰는 경우도 드물지 않다.

마르그리트는 「라모나」 가락에 맞춰 스텝을 밟는다. 오른쪽으로 두발, 왼쪽으로 두발, 춤을 추는 동안에도 거울 속의 자신에게서 눈길을 떼지 않는다. 「라모나」에 맞춰 춤을 추는 게 좋다. 폴과 함께, 특히 그가 웃옷을 벗어 맨가슴일 때 함께 춤추는 게 더욱 좋다. 작은오빠의 맨살은 부드럽고 매끈하고…… 비단처럼 부드러운 그 살갗을 생각하면 미칠 것 같다.

마리 도나디외가 언제 왔는지 문을 벌컥 열어젖힌다. 일요일이 아닌가. 어째서 어머니가 학교에 온 걸까.

"마르그리트! 네가 세상에서 제일 예쁜 줄 아는구나! 그렇지 않고서야 삼십분 넘게 거울만 들여다보고 있을 수 있나. 이렇게 숨어서 말이야."

"제일 예쁘다고?" 어느새 나타난 피에르가 늑대 같은 눈으로 누런 이를 드러내며 비아냥댄다.

피에르는 아직 아편에 취해 있다. 그의 몸속에 폭력이 도사리고 있는 게 느껴진다. 그 폭력은 여차하면 고양잇과 맹수처럼 튀어오를 것이다. 피에르는 마르그리트를 겁먹게 한다. 마찬가지로 남동생에게도 두려운 존재다.

"주워입은 저 옷 꼬락서니를 보면서도 예쁘다고? 누구도 쟤를 데려가지 않을 테니 걱정하지 마. 엄마 딸, 저 계집애를 엄마한테서 빼앗아갈 사람은 없어. 저 모자 좀 보라고! 저 구두도!"

어머니와 아들은 함께 웃음을 터뜨린다. 숨이 넘어갈 듯 큰 소리로 웃어댄다.

이 두 사람은 누구보다 죽이 잘 맞는다. 특히 마르그리트를 비웃을 때는, 또 이따금 매질할 때도 거의 한 몸이 된다.

"제대로 맛을 보여줘. 네게 기어오르지 못하게. 더 두들겨패!"

어머니와 아들 간의 이 돈독한 공모를 볼 때마다 마르그리트는 뭔가 역겨움을 느끼지만, 그 감정이 무엇인지는 모른다. 얼핏 테나르디에 부부가 떠오르기는 한다. 『레 미제라블』에서 어린 코제트를 학대한 그 악당들……

그 역겨움을 설명하지는 못해도 마르그리트의 마음속에서는 어떤 분노가 소리 없이 타오른다. 사랑받지 못하는 딸의 분노. 마르그리트는 속으로 중얼거린다. '늘 그래. 오빠가 사람들한테 찝쩍거리고 문제를 일으키면 엄마는 그 뒤치다꺼리를 하지.'

나중에 뒤라스는 다음과 같이 쓴다. "어머니가 큰오빠만 편애해도 그러려니 넘어가고 싶었다. 하지만 더는 참을 수 없다는 생각이 들었다. 특히 어머니가 나를 때리고 큰오빠가 옆에서 부추길 때는 더욱 그런 마음이었다."[27]

여전히 도나디외라는 성을 쓰는 열세살짜리 여자아이이긴 하지만, 어쨌거나 마르그리트는 하나는, 이것 하나만은 안다. 자신은 어머니 같은 여자가 되지 않겠다는 것이다.

어머니 같은 여자가 되고 싶지 않다는 소망이 강렬하다보니 하늘도 그 소망을 들어준 것 같다. 어머니와는 닮은데가 없으니까! 어머니는 우아한 구석이라고는 없고 모든 면에서 투박하다. 납작한 단화와 기운 면양말을 신는다. 이곳 식민지에 거주하는 다른 여자들은 솜씨 있게 재단된 흰 판탈롱을 차려입고 세련된 카티나트 대로를 거닐곤 한다. 그들은 매력적이고 경쾌하다. 마르그리트는 속으로 중얼거린다. '그렇지만 엄마는 촌티 나.' 뒤라스는 노년에 접어들어 어머니를 다음과 같이 회상한다. "어머니는 다른 백인 여자들보다는 베트남 원주민 여자들에 가까웠어요. 원래 프랑스 북부 시골 출신이기도 했고요."[28] 사춘기의 딸은 그런 어머니가 부끄러웠다. "어머니가 신은 단화는 늘 어딘가 구멍이 나거나 찢어져 있었어요. 새 신발을 신은 모습을 본 적이 없었죠. 아이들은 누구나 자기 어머니를 부끄러워해요. 다른 멋진 여성과 비교될 때는 특히요."[29]

마르그리트는 기분이 죽 끓듯 하는, "살아 있는 사람에게는 욕을 퍼붓고 죽은 사람들에게는 말을 거는"[30] 이 어머니가 겁이 난다. 어째서 어머니는 죽은 자, 병자, 거지 들에게만 다정한 것일까?

사춘기의 마르그리트는 이따금 자신의 머리카락에 입을 맞추며 "내 애물단지"라고 부르던 어머니를 떠올린다. 어릴 적에는 어머니가 자신을 그렇게 부르는 게 싫었다. 하지만 이제는 그렇게 불러주는 일조차 없다. 머리카락에 입을 맞추지도 않는다. 다정하게 다가오는 일도 드물다.

어머니는 신세 한탄을 한다. 사는 게 힘들어 기운이 없다고 한다. 남은 건 악뿐이라고 한다. 얼마 전부터는 까닭 없이 불안해한다. 그래서 밤잠을 이루지 못할 때면 딸을 부른다. 흰 리넨 시트를 펼쳐놓은 어머니의 큰 침대에서 함께 자자는 것이다. 그런 밤이면 마르그리트는 심리학자 들이 말하는 '공포 대항물'[31]이 되어 어머니를 안심시키 는 역할을 떠맡게 된다. 성인인 어머니를 안심시켜주어야 만 하는 것이다!

자신이 일종의 방패막이로 쓰인다는 생각은 아이에게 극도의 불안감을 안겨주는 법이다. 가족과의 '동침'이 베 트남에서는 전통의 일부라 할지라도, 유럽인에게는 전혀 다른 심리적 의미를 지닌다.

예외가 있기는 하지만 프랑스를 비롯한 유럽 문화권에 서는 아이가 부모와 함께 자지 않는다. 여자아이가 남자 형제와 잠자리를 공유하는 경우도 없다. 그런데 마르그리 트는 때때로 작은오빠 폴과 나란히 눕기도 하며, 자주 오 빠의 비단결 같은 피부를 찬양한다. 그렇다면 이 가족 내 에(마르그리트와 작은오빠 폴, 마리 도나디외와 큰아들 피에르 사이에) 일종의 근친상간적 분위기가 자리 잡고 있다고 생각해볼 수도 있다.

하지만…… 마르그리트는 자신이 사랑받는 딸이 아니 라는 사실을 안다. 어머니는 큰아들에게 사랑을 쏟고 있 다. 오로지 큰아들만 "내 새끼"라고 부르지 않는가? 언젠 가 마르그리트가 어머니의 침대로 소심하게 다가간 적이 있다. 덧창은 모두 닫혀 있었고 어머니는 누운 채 두 손을 모아 배에 올려놓고 있었다. 머리카락은 헝클어졌고, 허공을 향해 뜬 눈은 자신의 헛된 소망을, 길고도 복잡한 계산서를, 머릿속의 암산을 응시했다.

마르그리트는 어머니의 어깨에 얼굴을 묻으며 말했다.

"엄마는 피에르 오빠만 사랑하지. 왜 나는 사랑해주지 않아? 어째서 폴 오빠도 사랑하지 않는 거야?"

어머니가 딸을 쳐다보았다. 얼이 빠진 표정이었다. 눈물 한줄기가 어머니의 뺨을 타고 흘러내렸다.

마르그리트는 밖으로 꺼내 보인 자신의 분노를 다시 가슴에 눌러담았다. 이날의 기억 역시 나중에 글로 쓸 것이다.

‡ ‡ ‡

어머니는 사이공에서 146킬로미터, 빈롱에서 20킬로미터 떨어진 이곳 사덱에 교사로 부임해 왔다. 이곳에서 어머니는 두 아들과 함께 산다. 마르그리트는 주중에는 기숙사에서 지내다가 주말에는 가족이 있는 집으로 돌아온다.

그들이 사는 집은 바람이 잘 통하고 실용적인 방갈로다. 바닥에는 타일이 깔려 있어서, 가족은 종종 물동이로 바닥에 물을 쏟아부으며 대청소를 한다.

그런 날은 아주 무덥기는 해도 축제 같은 기분이 든다. 이웃들이 몰려와 더위를 식히고, 어머니는 그 북적거리는 소음 속에서 피아노를 연주한다. 한가지 분명한 사실은 위생 관념이 철저했던 마리 도나디외가 이제 그런 면에서 무뎌졌다는 것이다. 어머니에게는 위생보다 더 중요한 관심사가 있다. 혹은 돌봐야 할 더 소중한 대상이 있다.

아버지 없이 사춘기를 통과하면서 피에르는 통제 불능이 되고 말았다. 그는 날이면 날마다 사덱의 아편방에서 시간을 보낸다. 죽었는지 살았는지 소식도 없이 며칠 밤 종적을 감추었다가 집으로 돌아와 고작 하는 일이라고는 어머니의 지갑을 뒤져 돈을 훔치거나 여동생을 때리는 것이다. 마르그리트는 막대기로 맞기도 하고, 방 반대편 벽에 처박힐 때도 있다. 어째서 오빠가 자기를 때리는 걸까? 마르그리트는 이해하지 못한다. 내가 약하고, 작고, 비쩍 말라서일까? 폴은 형한테 핀잔을 듣고 무시당한다. 형은 심지어 동생 앞에 놓인 접시에서 가장 먹음직스러운 고깃덩어리를 날름 빼앗아가기도 한다.

그러면 마리 도나디외는 하소연하듯 큰 소리로 울부짖는다. 큰아들에게 여동생을 그만 때리라고 울부짖는다. 오후에 학교에서 퇴근해 돌아왔을 때까지도 큰아들이 여전히 자리에 누워 빈둥거리는 걸 보고는 그만 일어나라고 울부짖는다. 하지만 피에르는 돌아눕거나, "징징거리는 미친 노친네를 입 다물게 하려고" 침대에서 몸을 빼냈다가 몽유병자처럼 오분 뒤에 돌아가 다시 눕는다.

열세살, 이어서 열네살, 열다섯살이 되어서도 마르그리

트는 어머니가 큰오빠의 돌출행동 앞에서 속수무책인 모습을 본다.

하루는 가정부 도^{Dô}가 울면서 들어와 손짓으로 무언가를 하소연한다.

깡통 안에 넣어둔 돈이 사라졌다는 것이다. 자기가 모은 전재산이!

어머니는 도를 바라보다가 머리를 끄덕인다. 그러고는 말없이 일어나 장을 열고 개어놓은 리넨 시트 밑에서 지폐 몇장을 꺼내온다. 그 돈을 말 한마디 없이 도에게 내민다.

이제는 의심할 여지가 없다. 증거가 있지 않은가. 마리는 한대 얻어맞은 기분을 느낀다. 돈을 훔쳐간 사람이 정말 피에르라는 걸, 몇달 전부터 자기 지갑에서 돈을 빼내간 인간도 다름 아닌 이 '건달 아들'이라는 걸 인정할 수밖에 없기 때문이다. 지금까지는 그래도 피에르가 한 짓이 아닐 수도 있다고 생각했는데…… 돈이 점점 줄어들어도 마리는 매번 그럴듯한 변명을 찾아내곤 했다. 아이가 셋이고 게다가 집안일 하는 사람들까지 부리는데 돈이 금방 사라지는 건 당연한 일이라고 생각하려 했다. 가장 최근에 도에게 월급을 준 날이 언제였더라? 게다가 얼마 전에는 지나가는 거지에게도 몇푼 쥐여주지 않았던가? 그러고 보면 내가 정신이 나갔던 게 아닐까?

그래도 한번은 작정하고 피에르에게 혹시 돈을 가져가지 않았느냐고 물어보았지만, 돌아온 대답은 엄마가 건망

증이 도진 미친 할망구라는 악다구니였다. 만약 돈을 훔쳐 낼 수 있다면 이 집에 붙어 있을 필요 없이 당장 떠날 거라 고 대들었다. 그래서 이 어머니는 아들을 공연히 추궁했다 고 후회했다. 아들의 말이 옳다고, 자신이 나이를 먹어 건 망증이 생긴 거라고, 이젠 자신의 기억력을 믿어서는 안된 다고 자책했다.

다짜고짜 아들을 의심하는 일을 피하려고 마리 도나디 외는 돈을 깊숙이 숨기기로 마음먹었다. 피에르가 책을 펼 쳐드는 일은 없는 만큼 지폐를 서가 책갈피에 끼워놓거나 아니면 부엌의 커피통 뒤에 숨겨놓기도 했다. 하지만 그 돈들은 매번 사라졌다. 아들이 어디서 이런 술수를, 영락 없는 범죄인 이 못된 짓을 배웠는지 어머니는 가슴이 답답 했다. 피에르는 모르는 게 없는 아이였다. 무서울 정도로 머리 회전이 빨랐다.

저녁이면 이따금 마리 도나디외는 또다시 남편을 원망 했다. 어떻게 이 모든 걸 떠맡기고 떠났단 말인가?

나도 마리 도나디외의 절망감이 어떤 것인지 안다. 그가 부딪친 어려움과 유사한 문제를 내 가족 안에서 맞닥뜨리 는 순간, 그가 느꼈을 분노, 그 집착이 이해된다. 문제아를 키운다는 건 제방을 쌓는 일과 같다. 방종을 막을 수 있기 를 기대하며 제방을 수시로 점검하고 튼튼히 보강하려 하 지만…… 논에 사는 작은 참게들이 서서히, 끊임없이 논두

렁에 구멍을 내놓는다. 지금 생각해보면 마리 도나디외가 제방과 토지 경작에 그처럼 집착했던 건 다른 쪽이, 즉 아들의 교육이 무너져내리는 상황이었기 때문이 아닐까?

마리 도나디외의 방갈로에는 사방에서 물이 새어 들어오고 있었을 것이다.

도나디외 부인, 나는 당신이 왜 늘 고함을 질러야 했는지, 어째서 분노와 무력감이 번갈아 당신을 삼켰는지, 당신의 울부짖음이 무엇이었는지 이제 이해한다.

스무살 먹은 어린아이를 일으켜세워 현실에 발을 내딛게 해야 했던 당신은 그러느라 탈진해버렸을 것이다. 그 모든 것이 당신을 겉늙게 하고 자제력을 빼앗았을 것이다.

‡ ‡ ‡

실망감은 느리게 작용하는 독이다. 마리 도나디외는 피에르가 사춘기를 겪을 무렵부터 자신의 아이들 모두에게 실망했다. 손버릇이 나쁜 큰아들, 게으르고 둔한 작은아들, 그리고 갈수록 엄마에게 말문을 닫는 막내딸을 보면서 어떻게 실망감을 이길 수 있었겠는가?

그렇다보니 마리는 아이들에게서 어느정도 손을 놓게 된다. 그러면서 그의 열정은 불하받은 토지와 제방으로 옮겨간다. 애정과 에너지의 전이가 일어난 것이다.

사덱에서의 어느날 밤, 마르그리트의 귀에 어머니가 혼

자 중얼거리고, 흐느끼고, 하소연하는 소리가 들린다. 끊임없이 들려오는 그 중얼거림의 내용은 계속해서 같은 주제를 맴돈다. 캄보디아 프레이노프에 토지를 불하받을지 고민하는 것이다. 토지국 관리들이 그 토지를 사라고 권했잖아? 그러는 게 좋겠지? 위치가 좋은 땅이잖아? 북쪽으로는 코끼리산맥이 있고 남쪽의 평원은 타이만*에 접해 있어. 아주 멋진 계획 아냐? 마리는 그 땅을 일구어 큰 부자가 될 수 있으리라 기대한다. 공부에는 소질이 없고 할 줄 아는 것도 없는 두 아들과 결혼 상대를 구하기 쉽지 않을 딸을 데리고 살아가려면 그렇게 해야 하지 않겠는가? "어떻게 할까? 대답해줘." 마리 도나디외는 허공에 대고 간청한다. 자신은 저세상과 특별히 통하는 데가 있다고 믿는다. "대답을 기다릴게. 기다려서 대답을 들으면 저축해놓은 돈을 들고 토지국 관리들을 찾아갈 생각이야."

하지만 이번에는 대답을 듣지 못한다. 결국 마리 도나디외는 평소 자신이 해온 생각, 즉 아이들에게 남겨줄 재산의 형태로는 땅이 제일이라는 믿음을 따른다. 토지 소유에 대한 본능적인 이 집착이 프랑스 북부지방 농부 집안의 딸인 마리에게 유전자처럼 각인되어 있다.

문제의 그날밤, 어머니가 중얼거리는 소리가 들려오자 마르그리트는 마치 몽유병자처럼 침대를 빠져나온다. 잠옷 차림의 마르그리트는 어머니의 목소리에 이끌려 거실로 들어선다. 그곳에서 딸이 목격한 것은 어머니, 늙어가는 이 여인이 실성한 듯 탁자 앞에 넋을 잃고 앉아 죽은 남편을 향해 대답을 간청하는 모습이다.

마르그리트는 재빨리 뒷걸음쳐서 침대로 돌아온다. 심장이 금방이라도 터질 듯 요동친다. 그러면서 딸은 어머니가 자신의 침대로 와서 곁에 눕지 않기를 간절히 바란다.

그날밤 마리 도나디외는 딸을 귀찮게 하지 않았다. 거실에, 자신의 광증 속에 머물러 있었다.

태평양을 막는 제방

1927년 7월, 어머니는 캄포트주에 200헥타르의 토지를 불하받는다. 타이만에 면한 땅으로 사덱에서 600킬로미터 떨어진 곳이다. 가까운 거리는 아니지만, 신중한 어머니로서 마리 도나디외는 프레이노프의 이 불하지가 아이들의 방학 기간에 휴가지를 대신할 수 있으리라 계산한다. 어차피 도시를 벗어나기만 하면 되니까.

7월의 그날, 마리 도나디외는 피에르, 폴, 마르그리트를 데리고 낡은 베를린형 세단에 올라 긴 여행을 떠난다. 가족의 기사가 차를 운전하고 하인 한 사람이 동행한다. 사덱에서 프레이노프까지는 무더운 날씨(그늘 밑이 섭씨 45도까지 올라간다) 탓에 이틀이 걸린다. 작가 장 발리에가 지적하듯, 그 자동차는 가는 도중에 타이어가 몇번이

나 터지고, 속도를 낼 수도 없다(최고 속도라고 해봤자 시속 70킬로미터를 넘지 못한다).[32] 세상의 끝인 듯한 그 불하지에 도착한 그들 가족은 바다와 산 사이, 울창한 숲 끝자락에 펼쳐진 아름다운 풍광에 고무된다. 바로 그 위치에 마리 도나디외 가족의 방갈로가 건축된다. 인부 50여명을 고용해 지은 집이다. 필로티 위에 올라앉은 아담한 목조 가옥으로, 몬순의 폭우를 견디기 위해 필요한 구조다. 열대계절풍이 부는 시기에는 땅 위에 사방으로 도랑들이 생겨나곤 하니까.

베란다가 있고, (몬순기후의 가옥답게) 지붕을 경사지게 올린 이 방갈로의 앞뜰에는 마리 도나디외가 일꾼들을 동원해 심은 야자나무와 바나나나무 들이 그늘을 드리운다. 과감히 말해보자면 영화 「태평양을 막는 제방」◆을 이끌어나가는 주인공들 가운데 한 자리는 이 방갈로에 돌아가야 한다. 이 집에서 마르그리트는 매사에 지나친 어머니가 불하받은 땅을 개간하겠다는 희망에 부풀어 한없는 열정과 바닥없는 절망을 오가는 모습을 보게 될 것이다. 그도 그럴 것이 이 땅은 매년 반복되는 범람으로 태평양의 짜디짠 소금기를 뒤집어쓰는 불모지이기 때문이다. 마리 도나디외는 식민지 토지국 관리들에게 속아 24년간 저축

◆ 소설 『태평양을 막는 제방』은 1958년 르네 클레망 감독에 의해 영화화되었다. 이후 2008년 프랑스·벨기에 합작으로 또 한번 영화로 만들어졌다.

한 전재산을 날린 것이다. 안정과 부를 얻으려던 마리의 희망 역시 물거품이 된다.

그 시절 마르그리트는 어머니가 혹시 삶을 포기하는 것이 아닐까, 혹시 미쳐버리는 것이 아닐까 두려워했다. 사춘기 여자아이가 신경쇠약 증세를 보이는 나약한 어머니와 폭군 같은 큰오빠 사이에 끼어 느꼈을 고립감을 상상할 수 있을 것이다.

이제 마리 도나디외는 다른 관심사, 이를테면 애인이라든가 일에 정신을 빼앗긴 어머니들이 흔히 그렇듯 곁에 있지만 없는 것이나 마찬가지인 존재가 된다. 그 시기에 사춘기의 문턱을 넘어선 마르그리트는 버림받은 아이의 감정을 또다시 감당해야 한다.

빈롱의 마차 안에서 어머니가 경멸하듯 어깨를 으쓱해 보인 이후로 입 밖에 꺼낸 적은 없지만, 이제 마르그리트는 자신이 글을 쓰게 되리라는 걸 분명히 안다. 태평양의 파도, 쏟아지는 폭우, 무너지는 제방, 불안정한 이 모든 것 속에서 단 하나 믿을 수 있는 것이 글쓰기라는 사실을 안다.

마르그리트는 다섯살 때 작은오빠 폴과 나란히 진흙땅에 쪼그리고 앉아 구덩이 안에 들어앉은 큰 거미 위로 물을 흘려넣던 일을 기억한다. 그들이 오른편에 물을 붓자 거미는 밀려드는 물에 기겁해서 긴 다리들을 더듬어 왼편으로 옮겨갔다. 그러고는 다리에 힘을 줘 구덩이 위로 기어오르더니 결국은 어디론가 달아났다.

그날 마르그리트는 생각했다. '달아날 길은 늘 있기 마련이야.'

달아나겠다는 결심이 이 여자아이를 별안간 뛰어난 학생으로 바꾸어놓는다.

마르그리트는 사이공 소재 샤스루로바 기숙 고등학교에 들어간다. 처음에는 성적이 신통찮지만 3학년이 되자 상위권으로 올라선다. 목표는 이 쥐구멍을, 캄보디아의 악취를 벗어나는 것이다. 마르그리트는 높은 점수를 받는다. 수학에서가 아니라 프랑스어 작문에서. 또 연습 삼아 이런저런 방식으로 글을 써본다. 그러면서 어른들의 서가를 기웃거린다. 마르그리트가 그 시절 발견한 작가 가운데 하나가 바로 콜레트, 남편 윌리의 이름으로 클로딘 연작을 발표한 아주 젊은 콜레트였다. 콜레트의 소설은 마르그리트의 상상력을 자극한다. 거기에는 때로 위험한 분위기가 감돈다. 이를테면 클로딘과 마드무아젤 에메 사이의 관계 같은 것에서.* 콜레트의 작품을 통해 마르그리트는 학교 동기인 금발 머리 엘렌 라고넬**의 아름다운 몸을 보면서 자신이 느꼈던 설렘을 되살린다. 사실 엘렌은 육체의 아름다움이 더해진 마르그리트 자신의 분신이 된다. 또 앞서

◆『학교의 클로딘』에서 클로딘은 연인이었던 마드무아젤 에메를 교장 세르장에게 빼앗긴다.
◆◆『연인』의 등장인물이기도 하다.

언급했듯이 통속소설도 읽는다. 『케르모알의 요정』 『녹색 눈의 오엘』을 비롯한 델리의 연애소설들이다. 이렇듯 마르그리트는 어려서부터 열렬한 사랑꾼이자 몽상가였다! 뒤라스도 자신의 그런 면을 다음과 같이 털어놓았다. "델리의 『마갈리』라는 소설을 읽은 적이 있어요. 어릴 적에 내게 큰 영향을 끼친 책이죠. 작품 속에 "사랑해"라는 말은 단 한번 등장해요. 긴 시간 헤어져 지내던 연인이 만나서 나누는 대화 도중에 그 말이 나오는데, 아주 짧은 순간이지만 그때까지의 기다림, 고통을 감내할 가치가 있는 것으로 만들어주죠. 그 말을 영화에서 들은 적도 있는데, 그때마다 가슴이 두근거렸어요. 이 말은 일생에 단 한번 하는 말이라고 생각했죠."

왕자와 양치기 아가씨가 서로 사랑하는 이 감상적인 연애소설들 속에는 후일 『타르퀴니아의 작은 말들』에서 루디의 입을 통해 흘러나올 말이 이미 함축되어 있다. "사랑이란 권태를 포함해 모든 것을 온전히 감당해야 하는 거야. 그러니 사랑에 휴가란 없어." 사랑이란…… 생을 걸고 하는 것이다.

사이공의 연인

사랑, 생과 살의 감각이 있는 사랑…… 마르그리트가 그 사랑을 만난 건 사덱에서 사이공으로 향하는 메콩강 연락선 위에서이다.[33] 기숙학교로 돌아가는 길이었다. 마르그리트의 나이는 열다섯살 반. 살이 반쯤 비치는 단순한 원피스에 검은 띠를 두른 중절모를 썼다. 늘 쓰고 다니는 그 모자다. 금박 장식 하이힐, 엉뚱해서 무분별해 보일 지경인 그 구두도 신었다. 그런 모습으로 마르그리트는 레오와 마주친다. 아주 부유한 중국인, 북중국의 연인으로 불릴 남자. 그는 마르그리트보다 열두살 연상이다.

메콩강의 그 연락선 위에서 루돌프 발렌티노 스타일로 머리를 빗어넘기고, 보석세공 용어로 '크라포(두꺼비)', 즉 작은 흠집이 있는 다이아몬드 반지를 낀 그 젊은 남자가 자동차에서 내려 마르그리트에게 다가온다. 마르그리트는 윤기 흐르는 검은색 리무진, 흰 제복 차림의 기사가 운전하는 그 차를 이미 보았다. 열기를 품은 빛무리에 둘러싸여 자신에게 다가오는 그 젊은 중국인을 보면서도 마르그리트는 무관심한 척 여전히 상갑판 난간에 팔꿈치를 기댄 채 자세를 바꾸지 않는다. 남자가 말을 건네온다.

남자는 베이지색 실크 양복을 입었다. 고급품인 은제 담뱃갑을 열어 한개비를 꺼내 입에 문다. 그러고 그 담뱃갑을 마르그리트에게 내민다. 가벼운 떨림이 느껴지는 손동작이다. 마르그리트는 고개를 저어 사양한다. 그러면서 생각한다. '저런, 손을 떠네.'

마르그리트는 남자의 떨림을 보면서 그가 자신을 욕망

한다는 걸 금방 알아차린다. 마르그리트 역시 사랑에 목말라 있다……

두 사람은 대화를 주고받고, 갑판 위를 함께 거닌다. 배에서 내리면서 레오는 다소 성급하게 마르그리트에게 자동차로 사이공까지 데려다주겠다고 제안한다. 호의를 받아들일 것인가? 마르그리트는 고개를 끄덕인다. 남자는 활짝 웃는다. 그로서는 큰 기대 없이 한 제안이었다. 기쁘지만 한편으로는 백인 여자가 자신에게 경계심을 드러내지 않는다는 게 놀랍다.

마르그리트는 남자의 검은 모리스레옹볼레 자동차에 오르면서 짧은 순간 어머니를 생각한다. 어머니는, 백인 혈통에 자부심을 가진 그는 이런 딸을 수치스럽게 여길까? 널찍하고 푹신한 좌석에 올라앉자 고급 가죽시트에서 좋은 냄새가 풍긴다. 무엇보다 남자의 약지에서 반짝이는 다이아몬드를 보면서 마르그리트는 속으로 웃는다. 머릿속에 또다시 어머니가 떠오른다. 매번 생각은 어머니에게로 향한다. '아니, 엄마는 그리 화내지 않을 거야. 이 남자는 중국인이지만 부자거든. 피부색이 결점이라면 이 사람이 가진 돈으로 얼마든지 메울 수 있어.'

레오, 남자의 이름이다. 그는 마르그리트에게 파리에 대해, 자신이 그 도시에서 맛본 삶에 대해 들려준다. 마르그리트를 향해 찰스턴을 출 줄 아느냐고 묻는다. 그는 출 줄 안다고 한다. 새로 나온, 탱고보다 훨씬 '현대적'인 댄스인

데, 날을 잡아 마르그리트를 데려가서 함께 춤을 추고 싶다고 소심하게 미끼를 던진다. 그러겠다고 대답해버릴까? 자신이 그리 잘생긴 편이 아니라는 걸 아는 레오는 마르그리트의 마음을 끌기 위해 온갖 방법을 써본다. 라쿠폴◆에 자주 간다는 이야기, 넥타이는 전부 파리에서 주문한 것이라는 이야기, 또 폴리 베르제르◆◆에서 조세핀 베이커를 직접 보았다는 말도 한다.[34]

마르그리트 안에 설렘이 인다. 아뇨, 탱고는 잘 출 수 있지만, 찰스턴은 춰본 적 없어요. 그 춤을 배우고 싶어요. 춤추러 가고 싶어요. 그러고는 머릿속에 울리는 이 대답 끝에 몰래 가야 해요 하고 덧붙이는 자신을 상상한다. 마르그리트는 소리 없이 웃음을 터뜨리고는 결론 내린다. 아니, 엄마는 화내지 않을 거야. 이 남자는 중국인이지만 부자잖아. 중요한 건 그거거든.

후일 뒤라스의 글에 따르면, 레오는 저녁 하교 때마다 기다렸다가 마르그리트를 자신의 검은 리무진에 태워 기숙사로 데려다주고, 아침이면 학교로 데려다주었다. 이런 생활이 몇달 동안 이어졌다. 레오가 마르그리트에게 품은 욕망은 진지한 것이다. 반면 마르그리트를 자극하는 것은, 나중에 뒤라스가 대리석 무늬 분홍 수첩 속에 고백하게 될

◆ 작가와 예술가 들이 자주 찾던 파리 몽파르나스의 카페.
◆◆ 몽마르트르의 뮤직홀. 파리로 온 조세핀 베이커는 1926년에 폴리 베르제르의 무대에 섰다.

테지만, 그 남자가 아니라 그 남자가 자신에게 쏟는 사랑이다…… 어떤 종류의 욕망은 사실 맞서 버텨내기 힘들다.

마침내 어느날, 레오는 마르그리트를 사이공 쩔런 지구에 있는 자신의 '독신자 아파트'로 데려간다. 그 집에서 그는 앞에 앉아 마르그리트의 옷을 벗기고 마르그리트를 안아들어 큰 침대에 눕힌다. 마르그리트는 그를 통해 처음으로 육체의 떨림을 알게 된다. 사랑이 아니라 쾌락에 이끌린다. 마르그리트가 원하는 건 섹스뿐이다. 열다섯살 여자아이가 취하는 철저하게 반낭만적인 이런 태도는 그가 어느 면에서 성숙했음을, 또한 깊은 절망감에 사로잡혀 있음을 보여준다. 무언가를 잊기 위해 육체적 쾌락에 탐닉하기, 즉 '절망으로서의 관능'은 충분히 사랑받지 못하고 자란 사람들에게서 유독 두드러지게 나타난다.

스물일곱살 먹은 중국 남자는 마르그리트의 그런 모습에 놀라고, 얼마간 겁을 먹기도 하지만 마르그리트의 욕망에 순종한다. 그는 이미 마르그리트에게 사로잡혔다. 그때, 닫아놓은 블라인드 틈으로 한가닥 빛줄기가 스며들고 인력거와 짐꾼들의 외침 소리가 희미하게 들려오는 그 아파트의 어스름 속에서 "스타킹을 기워 신은 그 여자의 형상이 방 안을 가로질렀다".[35] 그곳에서 마르그리트는 어머니를 보는 것이다. 어머니의 시선을, 어둠속에서 눈을 크게 뜬 어머니를 마주치는 것이다.

마르그리트 역시 많은 사춘기 여자아이가 성을 경험하는 순간 그렇듯이 어머니에게 지배당한 게 아닐까? 어떤 여자아이들은 늙어가는 어머니를 저버렸다는 죄책감과 더불어 사방에 어머니의 모습이 보이는 듯한 느낌에 사로잡힌다. 마르그리트는 어머니, 미워하면서도 여전히 사랑하는 성가신 어머니가 지켜보는 가운데 처음으로 섹스를 한다. "그 첫 경험은 나를 기쁨으로 채웠지만, 한편으로 어떤 슬픔을 안겨주었어요. 사실 그건 나로서는 어머니를 떠난다는 의미였거든요." 이것이 나중에 뒤라스가 「아포스트로프」에 출연해서 베르나르 피보에게 털어놓은 말이다.

마르그리트는 그 중국 남자와의 관계를 (어쨌거나 뒤라스가 나중에 이야기한 대로라면) 어머니에게 털어놓지 않지만, 그래도 그것은 말없이 말해진다. 모든 것이 알려진다. 마리 도나디외는 살아오는 내내 보여준 그 뛰어난 육감으로, 마치 마녀처럼, 모든 것을 알아차린다. 어머니는 마르그리트와 레오가 키스를 나누는 단계를 넘어갔다는 걸 눈치챈다. 그렇지만 어떤 모순된 명령이 내려진 상태에 계속해서 딸을 놓아둔다. 남자와 관계를 맺으라고 재촉하면서 동시에 처녀성을 보전하라는 명령이다. 이 일을 회상하며 마르그리트 뒤라스는 대리석 무늬 분홍 수첩에 다음과 같이 쓴다. "어머니는 내게 그와 자지 않겠다고 맹세하게 했다. '그에게 받아낼 수 있는 건 최대한 받아내. 그렇지만 절대로 몸을 줘선 안돼.' 그러면서 '젊은 여자의 제일

큰 자산은 순결'이라고 강조했다." 돈을 받아내되 순결을
지키겠다고 약속하라니, 불가능한 일을 아이에게 요구한
게 아닌가? 마르그리트는 주저 없이 그 남자에게 돈을 요
구할 것이고, 가족 모두를 (레오 자신이 쓰는 말로) '술잔
치'로, 또 고급 레스토랑으로 데려가달라고 할 것이다. 레
오는 그런 곳에 마르그리트를 데려가고 싶은 만큼 대개는
요구를 받아들일 것이고, 성가신 도나디외 가족을 참아낼
것이다.

어머니와 아들들은 사이공에서 가장 근사한 레스토랑
들을 순회하며 배를 잔뜩 채우고, 서슴없이 무례한 태도
를 취한다. 가장 비싼 요리를 주문하면서, 함께 자리한 레
오에게는 눈길조차 주지 않는다. 레오가 계산을 위해 접
시 위에 돈을 꺼내놓자 형제는 노골적으로 서로에게 눈을
찡긋거리고, 마리 도나디외는 큰 소리로 웃음을 터뜨린다.
식사비야 이미 마르그리트가 몸으로 지불하지 않았는가?

"우리 가족은 젠체하는, 끔찍한 짐승들이었어요. 염치
를 모르고 난폭했죠." 나중에 뒤라스가 베르나르 피보 앞
에서 꺼내놓을 말이다. '난폭하다'는 이 표현은 뒤라스의
어머니에게도 적용된다. 그의 어머니는 딸을 난폭하게 대
했다. 욕을 퍼붓고 매질을 했다. 큰아들 피에르는 그런 어
머니를 부추겼다. "오빠는 나무 막대기, 빗자루 같은 것을
가져와 어머니에게 건네주곤 했다. 어머니는 그걸로 나를
때렸다. 그렇다, 내가 남자와 자고 왔다 싶으면 때렸다. 뺨

을 때린 적은 없고, 발길질하거나 몽둥이를 썼다."[36]

"어머니는 내가 그 남자를 만나는 데 돈 말고 다른 이유가 있냐고 물었다."『연인』에 등장하는 구절이다. "아니라고 나는 대답했다. 순전히 돈 때문이라고 했다."

'가벼운 수준의 매춘'이라고도 할 만한 이 상황 앞에서 마리 도나디외가 보여주는 의외의 너그러움, 공모자와도 같은 이 태도를 어떻게 설명할 수 있을까?[37] 이 어머니는 수동적인 관객에 그치지 않았다. 미국의 심리치료사이자 교류분석 전문가인 페트러시카 클라크슨에 따르면 "폭력 혹은 공격이 행해질 때 구경꾼은 그 상황에 개입하지 않음으로써 그 폭력의 주체, 즉 권력 남용자들을 암묵적으로 용인하는 결과는 낳는다."[38] 이것은 매춘이나 근친상간의 경우에도 마찬가지이다.

구경꾼이 딸을 보호하는 역할의 어머니일 경우는 특히 그렇다.

마르그리트가 다니는 샤스루로바 고등학교는 학생이 밤마다 학교를 빠져나가 자리를 비운다는 사실을 확인하고 도나디외 부인에게 면담을 청한다. 좁은 교장실, 학교의 명예를 걱정하는 젊은 교장 앞에서 어머니는 웃음을 잃지 않은 채 상대방을 회유하는 솜씨를 보인다.

마리 도나디외가 말한다. 자부심이 비치는 태도다.

"저는 아이들을 자유롭게 키워요. 그 아이가 밤에 외출하는 걸 눈감아주세요. 다음 날이면 어김없이 돌아오니까.

그 아이의 성적을 보세요. 아주 뛰어난 학생이잖아요? 그 아이는 수학 교수자격시험을 목표로 삼고 있어요. 작가가 되려는 생각도 있죠. 다방면에 능력이 있거든요! 스물한 살에 시험을 통과하고 교수자격을 얻을 수도 있을 거예요. 그러려고만 한다면 말이죠. 시몬 드 보부아르라는 여자도 그 젊은 나이에 교수자격시험을 차석으로 통과했잖아요."

이렇게 해서 마르그리트는 아무 제재 없이, (거의) 공공연하게 외박을 한다. 어머니의 응원까지 곁들여!

그렇지만 마리 도나디외는 과거 하노이에서 여섯살의 마르그리트가 하숙생 남자아이에게 추행당했을 당시에도 딸을 보호할 능력이 없음을 드러냈다. 알려진바 어린 시절의 때이른 성경험은 아이들의 살 속에 깊이 박혀 그 경험을 또다시 반복하려는 충동으로 나타나곤 한다.

마르그리트는 가족에게 경제적 도움을 주기 위해 '매춘'을 한 것일까? 자신이 그러기를 어머니가 원한다는 생각에 쫓겼을까? 이렇게 해서 마르그리트는 성장했고, 어른이 되었다. 그러면서 딸로서 열렬히 사랑하고 또 미워하는 어머니, 매사에 지나친, 뒤라스 자신의 표현으로 "타고난 미치광이"인 어머니를 자기 안에 담았다.

레오와의 관계는 마르그리트가 프랑스행 대형 여객선에 다시 몸을 실은 그날까지 1년 반 동안 계속된다. 그날, 열일곱살이 된 마르그리트는 콩피에뉴호 난간에 팔꿈치를 괴고 뱃고동 소리와 함께 점차 멀어지는 뭍을 바라보고 있다.[39] 이 이별의 순간은 특히 가슴을 엔다. 저 멀리 뿌연 먼지 혹은 피어오르는 아지랑이 속에 검은 모리스레옹볼레가 보인다. 그 남자의 자동차다. 차 안에 그 남자가 있다는 걸 마르그리트는 안다. 그가 자동차 뒷좌석, 흰 제복을 입은 기사 뒤편에 앉아 있다.

하지만 그는 차마 차 문을 열고 나오지 못한다.

마르그리트는 솟구치는 눈물을 누른다.

어머니와 오빠들이 옆에 있다. 그들 역시 그 자동차를 보았지만 알은척하지 않는다. 피에르가 폴의 귀에 대고 뭔가 농담을 던진다. 둘은 함께 웃음을 터뜨리며 교활한 눈으로 여동생을 훑는다. 분명 그 중국인에 대해 수군거리는 것이다. 마르그리트는 온 힘을 다해 눈물을 밀어넣는다. 차오르는 울음을 양 볼 안에, 목구멍 속에, 가슴 깊숙이 가둔다. 이 눈물, 이 흐느낌, 이 절망은 잠시 지연되었다가 나중에, 쇼팽의 왈츠가 밤공기를 뚫고 들려올 때 다시 솟구쳐오를 것이다. 정서적 반응 지연의 한 예인데, 마르그리트는 이런 종류의 지연을 빚어내는 비법이 있다.

5장

어머니를 떠나며

1933년 10월 3일, 사이공 항구. 마르그리트는 19세.

부두 위에서 마르그리트는 어머니를 가볍게 포옹하고 곧바로 팔을 푼다. 이어서 작은오빠 폴을 껴안고 한참 동안 그대로 있는다. 손을 올려 오빠의 목덜미, 부드럽고 매끈한, 자신이 좋아하는 그 피부를 쓰다듬는다. 이 순간을 기억에 새기려는 듯 숨을 들이마신다. 오빠가 그리울 것이다.

10월의 이 무더운 날, 마르그리트는 이번에는 홀로 포르토호에 오른다. 선체 길이가 160미터나 되는 호화 여객선 일등실이다.[40] 마르그리트는 들떠 있지만 어쩐 일인지 자꾸 목이 멘다.

처음으로 마르그리트는 가족을 떠나 혼자 프랑스로 돌아간다. 먼저 가 있는 큰오빠 피에르와 합류할 예정이다. 그는 파리 교외에 산다고 한다.

마르그리트는 자신이 이제 유년 시절과, 자신의 고향인 도차이나와 작별하고 있음을 안다.

이렇게 떠나서 다시 돌아오지 않으리라는 걸 안다.

손을 머리 위로 쳐들어 스카프를 흔든다. 어머니와 폴이 개미만큼이나 작아질 때까지 손을 멈추지 않는다. 목적지 항구에 닿기까지 매번 그렇듯 26일이 소요될 것이다. 그 26일간의 항해에서 마르그리트는 일등실 여행의 즐거움, 댄스, 음악, 호사스러운 식사를 맛볼 것이다. 또 갑판 위로 산책을 나섰다가 어느 남학생과 마주쳐 낭만적 연애를 시작할 수도 있을 것이다.

한마디로 이 첫 이별에는 얼마간 이국적이고 관능적인 맛이 있다. 하지만 프랑스에 도착하자 고통이 부메랑처럼 되돌아온다.

마르그리트가 맞닥뜨린 충격은 만만찮다. 파리 교외 지역은 메콩강 삼각주의 숲들과는 전혀 다른 풍경이다. 게다가 어머니가 견딜 수 없이 그립다. 열아홉살에, 사랑받지 못한다고 느끼면서, 그토록 어머니를 그리워하다니…… 놀랍지 않은가?

하지만 아이들이란 학대받는 아이들조차도 모두 자신의 어머니를 사랑한다는 사실을 잊지 말자. 역설적이게도 우리는 고통을 안겨준 사람들에게 집착하곤 한다. 인질이 인질범에게 동화되는 현상을 설명하는 스톡홀름 증후군은 가족 내부에도 만연하다. 늘 너그럽지는 않은 아주 강력한 권위에 복속하면서 아이들은 부모에게 마음속 깊이 애착을 품게 된다. 마르그리트는 자신에게 고통을 준 어머니를 미친 듯이 사랑했다. 딸을 때리고, 딸이 가장 필요로 할 때 곁을 떠나 돌보지 않았는데도 말이다. 뒤라스에게 모성은 늘 어떤 배반이다.[41] 처음에 마르그리트는 음울한 파리 교외에 마음을 붙이지 못하고 인도차이나를 그리워한다. 이곳에는 호랑이도 없고, 숲도 없고, 멱 감는 호수도 없다. 그렇게 인도차이나는 잃어버린 낙원의 모습을 띠게 된다. 작은오빠 폴과의 분리, 어머니와의 분리가 일으키는 감정이 이 유배 생활의 고립감과 뒤섞인다. 이 나이에도 마르그리트는 내면에 여전히 어머니의 치맛자락에 매달린, 예전 사진 속 모습 그대로의 여자아이를 품고 있다.

법학대학에 들어간 마르그리트는 생브누아 거리에 거주하며 일군의 지식인들과 교류한다. 마르그리트의 집에 정기적으로 모인 작은 모임의 멤버는 로베르 앙텔므(후에 마르그리트의 첫번째 남편이 된다), 미셸 레리스, 디오뉘스 마스콜로(두번째 남편이 된다), 에드가 모랭, 자크프랑시스 롤랑 등이다. 그들은 하나의 공동체, 일종의 가족을 형성한다. 기자 자크프랑시스 롤랑은 뒤라스의 집에서 열린 저녁식사 모임들을 여전히 기억한다. 롤랑이 증언하는 다음과 같은 일화를 볼 때, 마리 도나디외는 당시 스물다섯살이었던 마르그리트의 내면에 여전히 자리 잡고 있다. "마르그리트의 어머니는 딸에게 쌀을 보내왔어요. 쌀자루를 받을 때면 마르그리트는 혼자 주방으로 사라져 뭔가 베트남 음식을 만들었죠. 그러고는 어떻게 했느냐고요? 자기 방으로 들어가서는 타자기 앞에 앉아 소설을 썼어요."[42]

마르그리트가 쌀을 보내오는 어머니, 이 양육자 어머니에게서 벗어나기만이라도 할 수 있었을까? 그때까지는 그러지 못했다. 게다가 마치 운명처럼, 어머니에게서 딸에게로, 할머니로부터 손녀에게로 이어지는 어떤 저주처럼 마르그리트 자신도 1942년 5월 15일, 나중에 이혼하게 될 남편 로베르 앙텔므와의 사이에서 아들을 낳지만, 아이는 세상에 나오자마자 죽는다. 이 일은 마르그리트를 충격에 빠뜨린다. 설상가상 그해에는 '작은오빠' 폴이 사이공의 한 호텔 방에서 서른한살의 나이로 사망했음을 알리는 전보까지 날아온다.

그로부터 5년이 흘러 1947년, 마르그리트는 아들 장 마스콜로를 출산한다. 사랑하는 아들의 탄생은 뒤라스 자신이 이야기한 대로 어머니와 결별하는 전환점이 된다. 딸은 아들을 얻으면서 어머니를 완전히 지워버린다. 이렇게 뒤라스는 어머니를 떠난다. 흔히 있는 일이 아닌가? 딸은 어머니가 됨으로써 자신의 어머니를 노년을 향해 밀어내고, 또 그만큼 어머니의 지배에서 벗어난다. 물론 어머니가 딸과 손자 사이에 개입해 능력 있는 할머니의 역할을 수행하는 경우에는 문제가 다르다. 그렇지만 이런 상황은 마리 도나디외에게는 해당되지 않는다. 마리 도나디외가 1956년까지 투렌에 머문 만큼, 지리적 거리 역시 이 어머니와 딸 사이에 거리감이 생기는 데 한몫한다.

마르그리트는 때때로 어머니를 찾아가곤 한다. 어머니는 루아르강 유역의 "모조 루이 14세 성"에 산다. 이 집에서 마리 도나디외는 인도차이나에서 따라온 가정부 도, 아들 피에르와 함께 지낸다. 마르그리트가 찾아오면 과거 이야기는 거의 꺼내지 않는다. 이미 지나간 일을 헤집어내지 말자는 것이다. 1950년 『태평양을 막는 제방』을 출간했을 때도 마르그리트는 자랑스럽게 책을 들고 어머니를 찾아왔다. 그리고 며칠 후 어머니로부터 다음과 같은 말을 들었다. "전부 엉터리야. 이 책의 어머니라는 인물은 실제와 단 한가지도 맞는 게 없어."

그런 일이 있고 나서 딸과 사이가 틀어지기를 원치 않은 마리 도나디외는 사소한 구실을 만들어낸다. "스테이크를 제대로 구울 줄 아는 사람은 너뿐인데. 너무 익히지 않고 딱 내가 좋아하는 정도로 구워주는데." 자기 자식이라도 성인이 되고 나면 곁에 있어달라고 요구하기가 어렵다. 자존심 강한 마리 도나디외로서는 딸에게 그런 말을 한다는 게 애걸하는 느낌일 것이다. 이를 알기에, 어머니의 연락을 받은 마르그리트는 투렌의 집까지 한달음에 달려와 화덕에 불을 피우고 프라이팬이 잘 달궈지기를 기다려 스테이크 고기를 굽는다.

마르그리트는 어머니, 하얗게 센 긴 머리카락을 언제나처럼 틀어올린 채 달아오른 눈빛으로 안락의자에 앉아 있는 이 여인을 바라본다. 이 여인에게는 이제 딸이 구워주는 스테이크 말고는 그 어떤 다른 기대도 남지 않았다.

이 여인의 손은 너무 앙상해서 신체 일부라기보다는 그저 대롱거리며 매달려 있는 무엇으로 느껴진다. 태평양의 소금기에 절어 붉어진, 풀을 뽑고 땅을 골랐던, 후려치고 매질을 했던 손이다.

약해빠진 작은 새의 발톱에 불과한 손이다. 이 어머니는 이제 자신에게 남은 모든 힘을 눈 속에 눌러담았다. 강렬한 시선이 늙고 여윈 얼굴에서 번쩍인다.

어머니를 등지고 서서 고기를 굽는 마르그리트는 목덜미에 와 꽂히는 어머니의 시선을 느낀다. 나이프를 들어 어머니가 먹기 좋도록 스테이크를 잘게 조각내면서 어머니의 손을, 그 맹렬했던 힘의 쇠약을 생각한다.

"말년에 어머니는 내가 거리를 둔 만큼이나 나에게 거리를 두었어요. 다행히 어머니에겐 아들이 있었죠."[43]

어머니의 아들? 물론 피에르를 가리킨다. 방탕하고 손버릇 나쁘던 그 소년……

어머니는 자신의 큰아들과 함께 묻혔다. 마치 부부처럼. 장례 방식은 베트남식 합장이었다. 무덤 자리에는 딱 두 사람이 누울 공간만 마련되어 있었다.

이렇게 죽음 너머까지 이어진 어머니와 아들의 동맹 관계는 마르그리트에게 마지막 상처를 준다. 어머니가 큰아들에게 보인 그 절대적 편애에 대해 뒤라스는 "그 일로 인해 어머니에 대해 남아 있던 사랑마저 파괴되었다"[44]고 털어놓는다. 이렇게 해서 뒤라스의 작품에 '사랑받지 못한 딸'이라는 주제가 자리 잡게 된다.

열렬한 사랑이 타버린 뒤 남은 재가 문학작품이 탄생하는 원천이 될 때가 있다. 어린 마르그리트는 어머니로 인해, 어머니의 부재와 결핍으로 인해, 어머니의 그 불균형과 과도함으로 인해 고통 받았지만, 성인 뒤라스는 그런 어머니 덕분에 우리가 아는 작가 마르그리트 뒤라스가 될 수 있었다.

뒤라스의 마법

이 글에 마침표를 찍기에 앞서 문득 궁금해지는 것이 있다. 뒤라스가 독자를 끌어당기는 힘, 그 자기장의 원천은 무엇일까? 인도차이나에서 보낸 그 특이한 유년의 경험에 대해 베트남에 발을 들여놓은 적도 없는 사람까지 이토록 연민을 품게 되는 이유는 무엇일까? 이 작가의 말이 마치 우리 각자에게 들려주는 내밀한 이야기처럼, 작가가 우리의 귓가에 입을 대고 우리의 불안한 내면을 속삭여주는 것처럼 들리는 건 어째서일까?

나는 위의 질문에 대답할 수 있다. 그건 이 작가가 자신의 특이한 유년을 통해 이야기한 것이 보편적인 유년의 이야기이기 때문이다. 어머니에 대한 두려움, 강간당할지도 모른다는 불안, 타인의 위협, 가난의 지긋지긋함, 폭군 오빠의 몸서리나는 횡포, 불의가 행사하는 폭력…… 이런 것들이 뒤라스가 경험한 유년의 중심 주제들이며, 작가는 이를 자신의 작품에 응축시켜놓았다. 늑대에 대한 두려움이 이 작가에게서 호랑이와 흑표의 모양새를 띤다고 해서 문제가 될 게 무엇인가!

그러나 뒤라스의 작품들에서 무엇보다 독자를 사로잡는 것은 내가 생각하기에 추방과 유배라는 주제이다. 아이들은 성장하면서 이별을 경험하기 마련이고 그러면서 내면에 버림받는 데 대한 강렬한 두려움을 품게 된다. 마르그리트 뒤라스는 이 유배 감정, 떠나간 것에 대한 향수, 인도차이나에 대한 그리움을 가장 잘 표현해낸 작가이다. 또 고향, 자신이 몸담았던 대지와의 이별을 뒤라스보다 더 강렬하게 그려낸 작가가 누가 있을까. 뒤라스에게 그 이별은 말하자면 어머니와의 이별이었다.

여객선 포르토호에 올라 인도차이나를 떠날 때, 눈앞에서 점점 멀어지는 그 대지는 점점 멀어지는 어머니이다. 모든 것이 마르그리트를 이 어머니에게로 되돌려놓는다.

항해 도중 한 젊은 남자가 바다 한가운데로 투신하는 일이 벌어지지만 그런 뒤에도 배는 묵묵히 앞으로 나아간다. 어둠이 자살한 남자의 시신을 삼킨다.

"가장 끔찍한 일은 그것이었다. 해가 떴지만, 눈에 들어오는 것은 막막한 바다뿐이었다. 수색을 포기한다는 결정이 내려졌다. 떠나는 일만 남았다."[45] 이 대목에서 떠남은 본원적, 보편적 의미를 띤다. 이 보편적 분리 앞에서 인간은 영원히 고통스럽다. 아이가 겪는 어머니와의 분리도 여기에 포함된다.

뒤라스가 여성의 열정, 광기, 지성을 탁월하게 그려낼 수 있었던 것은 어머니 덕분이다. 그가 어머니의 간헐적이고 단속적인 사랑으로 인해 고통스러워한 덕분이다.

나는 인도차이나에 가본 적은 없다. 하지만 뒤라스의 어머니처럼 내 어머니도 교사였다. 어린 시절 줄곧 방브에 살았고, 뒤라스가 그랬듯이 이미 세상을 떠난 사람(어머니의 자매, 게다가 마찬가지로 쌍둥이였다고 한다)의 이름을 물려받았다. 또 나 역시 병원에 입원한 어머니로부터 긴 시간 분리되는 고통을 아주 일찍 경험했다.

어머니에게서 딸에게로

내 막내딸 아가트는 열다섯살,『태평양을 막는 제방』의

쉬잔과 비슷한 나이다. 사춘기 여자아이들은 대개 얼굴을 찌푸리고 다닌다. 머리카락은 푸석하고 표정은 늘 뿌루퉁하다.

아가트는 스마트폰을 두드리고 페이스북을 들여다본다. 벌써 지루해한다, 친구들과 떨어져 있는 탓이다. 휴가가 막 시작되었고, 우리는 이탈리아로 가족여행을 떠날 참이다. 아가트는 자신의 짐을 아직 챙기지 않았다. 세상 모든 사춘기 아이가 그렇듯, 축 널브러져서는 노골적으로, 아주 가관으로 시무룩한 표정이다.

"책을 읽는 게 어떠니, 아가트?" 나는 좀 언짢은 기분으로 말을 건넨다(내가 아이들에게 입버릇처럼 하는 말이기도 하다. "책을 읽는 게 어때?" 그러면 아이들은 조금의 동요도 없이 대답한다. "지금 바빠!").

나는 『태평양을 막는 제방』 속의 어머니가 된 기분이다. 조제프와 쉬잔이 구운 메추라기를 먹는 모습을 바라보며 뿌듯해하는 그 어머니 말이다. 다만 소설 속의 메추라기가 나에게 와서 책이 된 점만 다르다. 내가 아이들에게 강조하는 가치관이 있다면 그중 하나는 책을 가까이 해야 한다는 것이다. 나는 세 아이에게 늘 다음과 같이 말하곤 한다. "책은 가장 좋은 친구야. 늘 책을 읽어야 해. 어떤 종류의 책이든 좋아. 책은 네게 말을 걸어주잖아. 이따금 사람들 때문에 피곤해질 때도 책은 휴식처가 되어줄 거야."

나는 아이들이 생미셸 거리로 놀러 나가거나 친구네 집

에 가서 하룻밤 자고 오겠다고 하면서 가방 속에 책 한권도 챙겨가지 않는 게 이해가 되지 않는다. 내가 생각하기에 그건 아침밥을 먹지 않고 나가는 것이나 마찬가지다.

아이들에게 "외출할 때는 반드시 책을 챙겨갈 것"이라는 원칙을 강조할 때마다 아이들은 한숨을 내쉬고 짜증을 낸다. "고리타분한 말이야." 그렇다, 우리가 늘 듣는 말이다. 아이들은 항의한다. "대학입학자격시험을 통과하기 위해 반드시 책을 많이 읽어야만 하는 건 아니야. 엄마가 학교에 다니던 시대랑은 달라졌다고." 다음과 같이 볼멘소리도 한다. "나도 읽고 있어! 봐, 내가 하는 비디오게임에도 대화가 나온다고."

"책을 읽는 게 어떠니, 아가트?"

내 딸은 한숨을 내쉰다. 고집스러운 검은 눈동자.

"읽을 책이 없어요."

나는 웃는다.

읽을 책이 없다니, 이 수많은 책 가운데 읽을 게 없다고? 이 집 바닥부터 천장까지 수천권의 책이 쌓여 있는데? 거실 마룻바닥에도 손만 뻗으면 닿을 책 무더기가 있는데?

하지만 나는 웃음을 거둔다. 아가트는 솔직하게 말했을 뿐이라는 생각이 든다. 아가트 역시 내가 그랬듯이 막다른 벽을 마주 보는 듯한 느낌일 것이다. 더는 읽을 게 없고, 봐야 할 건 다 봤고, 모든 걸 이해했다는 (열다섯살 때 다들

겪기 마련인) 그 감정에 빠져 있을 것이다. 지금 내 딸에게 필요한 것은 막다른 벽에서 구출해줄 '만남'이다.

나는 일어나서 잠시 망설이다가 확고한 손길로 서가에서 그 책을 찾는다. 내 책들은 같은 자리에 그대로 있다. 갈리마르 출판사에서 리마지네르 총서로 출간된 『부영사』가 눈에 들어온다. 그 옆에는 검은 말이 그려진 벽화로 장식된 표지의 『타르퀴니아의 작은 말들』이, 또 그 옆에는 '사막의 붉은색' 장정의 『롤 V. 스타인의 환희』가 있다. 이어서 흰 바탕에 푸른 바다가 있는,[*] 오래되어 접히고 가장자리가 너덜거리는 그 책을 찾아낸다. 나는 이 책을 다른 판본으로 읽기는 힘들 것 같다. 어쨌거나 나 자신의 감동은 재빨리 뒤로 감춘다.

내가 여기서 책을 노골적으로 떠안기면 아가트가 반발하리라는 걸 안다. 이 소설은 걸작이라는 식의 말을 한마디라도 꺼냈다가는 딸이 하품으로 응수해올 것이다. 내 안에서 울렁이는 열광은 억눌러야 한다. 장애물을 뛰어넘으려면 말고삐를 꽉 죄어잡아야 하는 것과 마찬가지다.

"나한테 아주 소중한 책이야. 『태평양을 막는 제방』인데, 여기서 네가 찾는 걸 만날 수 있을지 몰라. 발자크 작품처럼 묘사가 길게 이어지는 책은 아냐……"

말을 하지 않는 게 뭔가 말하기 위해서라는 걸 아이들은

---

[*] 1978년 출간된 폴리오 문고본 『태평양을 막는 제방』의 표지.

다 커서도 알아차린다. 같은 의미에서, 우리는 작가가 언제 정말로 '글을 쓰게' 되는지 안다. 그런 글은 서둘러 읽어야 한다.

아가트는 스마트폰 화면에서 눈을 뗀다. 전화기를 왼손으로 옮겨쥐어 오른손을 비운다. 오른손으로 책을 집어들 생각이 있는 것이다.

"열여섯살 사춘기 여자아이의 이야기야. 이름이 쉬잔인데, 어떤 남자를 만나게 돼. 배경은 베트남이야. 여자아이와 그 어머니의 관계에 대한 이야기이기도 한데…… 그 관계가 좀 묘해. 너도 읽어보면 알 거야. 이 책을 처음 만난 날, 나는 손에서 책을 떼어놓을 수 없었어."

아가트가 책을 집어든다. 흥미를 느끼는 표정이다. 그렇다, 이 책에는 숨겨진 무언가가 있다. 내 딸은 그걸 알아차린 것이다. 오늘 딸의 이탈리아행 짐 꾸리기는 기약 없이 미뤄지고 만다.

아가트가 책을 펼친다. "말을 사는 건 좋은 생각이라고 그들 세 사람은 모두 믿었다." 내가 작품 첫 문장을 소리 없이 읊조리는 동안 아가트는 책장을 눈으로 훑어본다. 책 속으로 발을 들여놓기 위한 준비운동이다. 아이들이 지금보다 훨씬 어릴 적에 혼자서 책을 읽는 습관을 들이기 위해 『해리 포터와 마법사의 돌』 첫 페이지를 읽게 했는데, 지금 내 딸은 그때와 똑같은 모습이다.

나는 눈길을 재빨리 돌린다. 눈물이 차올라 앞이 흐릿해진 탓이다. 아이가 책 속으로 빠져드는 모습을 보는 건 매번 가슴을 흔들어놓는다. 그 순간 아이의 모습은 엄마의 손을 놓고 혼자 발걸음을 떼어놓는 모습과 어딘지 닮았다. 다만 이제는 『해리 포터』가 아니라 처음 만나는 뒤라스를 향해 떼어놓는 발걸음이다. '앞으로 나아가봐, 내 딸아, 어서 가봐……'

시몬 드 보부아르와
프랑수아즈

지배하는 사랑

"육체에 대해 엄숙하든 가볍든
그 어떤 방식의 언급도 위험해 보인 것으로 봐서
육체는 그 자체로 위험한 게 틀림없었다."[1]

1장

뤽상부르 공원의 떼쟁이

1911년 6월, 뤽상부르 공원. 갈색 머리 푸른 눈의 여자아이가 투정을 부린다.

오늘 아침 다소 수줍어 보이는 태양이 온 공원에 빛을 뿌린다. 마로니에와 플라타너스 사이로 뻗은 산책로들은 뿌연 아지랑이를 피워올리고, 잔디는 여름 문턱인 이맘때 한층 더 푸른빛을 띤다. 이곳 뤽상부르 공원에는 아이들의 웃음소리, 부모들이 아이를 외쳐 부르는 소리가 가득하다. 올해는 더위가 꽤 늦게 온 편이다.

"날씨가 참 좋네요!"

"안녕, 마틸드, 안녕 루이즈, 안녕하세요, 부인?"

"안녕하세요."

"이 꼬마 아가씨는 클수록 예뻐지네요! 그런데 얘는 언제 철이 들까…… 신발이 예쁘기도 하지. 프로망 르루아에*에서 사신 거죠?"

"우리 아이 좀 봐주세요. 새 모자를 쓴 모습이 예쁘지 않아요?"

"모리스 슈발리에** 같네요."

리본 달린 모자, 망슈 지고*** 블라우스와 긴 치마 차림에 앵클부츠를 신은 젊은 엄마들이 저마다 양산을 펼쳐든 채 이야기를 나눈다. 유모들이 그들 옆에서 바퀴가 높아 불편한 영국제 유모차를 밀고 있다.

아이들을 붙잡아두는 일은 쉽지 않다. 주름치마에 앵클부츠, 혹은 반바지에 세일러복 상의를 입은 아이들이 산책로를 뛰어다닌다. 청명한 햇살에 한껏 신이 난 모습들이다.

큰 아이들은 디아볼로나 빌보케**** 놀이를 한다. 작은 아이들은 공원 매점에서 산 굴렁쇠를 굴리고 있다. 굴렁쇠는 앞으로 굴러가다가 옆으로 돌면서 쓰러진다. 여기저기서 다급한 외침과 웃음소리가 터진다.

자수 장식(이름 첫 글자를 수놓은 것들도 있다) 보닛을 쓴 어린아이들은 흰 염소들이 끄는 수레를 향해 손을 뻗

---

* 파리의 유서 깊은 아동화 상점.
** Maurice Chevalier(1888~1972). 당대 유명 가수이자 영화배우.
*** 어깨 부분이 불룩하고 부리는 가느다란 소매.
**** 디아볼로는 두 막대에 끈을 연결해 돌리는 작은 장구 모양의 장난감. 빌보케는 막대에 끈으로 연결된 공을 던졌다 받는 장난감.

는다. 아이들을 가장 열광하게 만드는 건 그 작은 염소들이다.

"저 염소를 쓰다듬어줄래!"

"나도 수레에 타고 싶어!"

저마다 칭얼거리며 졸라댄다. 아이들이란 동물을 만져보고 싶어하는 법이지만 부모들은 못 들은 척한다. 염소마다 부리망을 씌우긴 했어도 무슨 일이 일어날지 어떻게 아는가. 유모들은 아이가 염소에 가까이 가게 놓아두어서는 안된다는 지시를 듣고 나온 참이다. 그들은 얼른 유모차의 방향을 바꾸어 아이의 시선을 돌리고는 서둘러 그 자리를 떠난다. 이제 유모차가 향하는 곳은 연못이다.

"우아, 저기 좀 봐요, 자크 도련님. 저 신사분들이 크로케를 하는 걸까요? 저렇게 영국식 콧수염을 하니까 멋지죠? 저 페탕크 놀이◆도 재미있겠죠?"

"우아, 아가씨, 저기 좀 봐요, 연못에 예쁜 돛단배들이 떠 있네요! 보러 가볼까요?"

큰 아이건 작은 아이건 모두 뤽상부르 공원 연못의 오리와 작은 배 들만 보면 넋을 놓기 마련이라는 걸 유모들은 잘 안다. 어떤 투정을 부리고 얼마나 떼를 쓰는 중이건 상관없이 단번에 멈추게 할 수 있는 특효약이다. 연못에 떠다니는 배들이라니, 얼마나 예쁜지! 피에르 포도가 제작

◆ 프랑스 남부지방 놀이로 쇠공을 굴려서 표적을 맞히는 일종의 구슬치기.

한 그 모형 요트들은 색색의 면으로 만든 돛에 번호를 붙여놓았고, 나무 작대기로 조종했다.

"루이즈, 루이즈, 배 갖고 싶어, 저거 갖고 싶어!"

짙은 다갈색 머리카락, 보랏빛을 띤 푸른 눈을 가진 예쁜 여자아이가 손가락으로 연못을 가리키며 옆에 서 있는 여자를 곁눈으로 쳐다본다. 여자는 분홍 리본이 달린 흰 머릿수건에 긴 흰색 치마를 맞춰 입었다.

고작 스무살이나 되었을까 싶은 앳된 가정부다.

방금 루이즈로 불린 그는 3년 전 베르트랑 드 보부아르 가족의 집에 들어온 뒤로 특히 두 딸 시몬과 엘렌의 보모 역할을 맡아 해오고 있다.

"아가씨, 아까 말했잖아요. 이제 시간이 다 됐다고요."

갈색 머리 여자아이가 얼굴을 찡그리고 통통한 두 팔을 오므려 팔짱을 낀다.

루이즈는 흔들리지 않으려고 노력한다.

"놀이터에 너무 오래 있었어요. 아가씨가 안 가겠다고 했잖아요. 제가 몇번이나 재촉했는데도……"

루이즈는 한숨을 내쉰다. 시몬이 또다시 떼쓰지 않기를 바랄 뿐이다. 이 꼬마 아가씨가 말을 잘 들으면 얼마나 좋아. 요즘은 매일 오후 시간을 떼쓰는 아이를 달래는 일로 전부 날리곤 한다. 하지만 누구라도 이 예쁜 여자아이를 보면 카미유나 마들렌 같을 거라고, 어쨌거나 세귀르 백작

부인*의 동화에서 빠져나온 모범 소녀일 거라고 생각할 것이다.

시몬을 달래기 위해 루이즈는 아이의 갈색 머리에 핀을 다시 꽂아준다. 이 여자아이를 단장해줄 때마다 루이즈는 뿌듯함을 느낀다. 부드러운 염소가죽 앵클부츠를 신은 시몬 양은 벌써 얼마나 맵시가 있는지. 매일 아침 이 가정부는 아이의 머리카락을 연필에 돌돌 감아 풍성한 컬을 만들어준다. 이어서 옷을 공들여 차려입히는데, 차림새는 아이들의 어머니 프랑수아즈 드 보부아르 부인의 요구에 맞춰 정한다. 시몬은 짧은 세일러복 치마에 발목 길이 양말과 앵클부츠를 맞춰 신고 베레모를 쓰거나, 흰 레이스 원피스에 리본 모양이나 꽃 모양 머리핀을 꽂고 에나멜가죽 발레화를 신는다. 이따금 거리로 나가거나 공원에 갈 때면 시몬의 아름다움을 알아보고 칭찬하는 어른들의 시선과 마주치곤 한다. 갈색 머리에 푸른 눈은 흔하지 않다. 그런 만큼 사람들의 이목을 끈다.

루이즈는 시몬이 자랑스럽지만, 그 불같은 기질에 당황할 때가 많다. 지금도 이 꼬마 아가씨는 다리를 떨고, 몸을 배배 꼬고, 부들부들 떨기까지 한다!

"싫어, 싫어, 싫어. 루이즈, 배를 갖고 싶어. 므시외 포도

◆ Comtesse de Ségur(1799~1874). 러시아 태생의 프랑스 동화 작가. 카미유와 마들렌은 '모범 소녀' 3부작 가운데 하나인 『모범 소녀들』(1858)의 두 주인공이다.

의 요트!"

루이즈는 한숨을 내쉰다.

"아가씨, 안돼요. 부인께 우리 둘 다 야단맞을 거예요. 부인이 야단치시면 얼마나 무서운지 알잖아요."

시몬은 더 세차게 고개를 젓는다.

루이즈는 마음이 약해지려 한다. 하지만 프랑수아즈 드 보부아르의 엄한 눈빛, 얼음장처럼 차가운 그 목소리를 떠올리고 마음을 다잡는다. 공원에서 시간을 더 지체했다가는 드 보부아르 부인이 그 눈빛과 목소리로 한마디 던질 것이다. "루이즈, 늦었군요."

루이즈가 단호하게 말한다.

"어서 일어나지 않으면 억지로 끌고 갈 거예요…… 경고했어요……"

루이즈는 푸른 눈의 여자아이에게 손을 내민다. 아이는 뾰로통하게 입을 내밀고 눈앞의 손을, 손톱을 짧게 자른 포동포동한 손가락들을 빤히 쳐다본다.

"이제 그만, 아가씨."

루이즈는 시몬 앞에 버티고 서서 애써 웃는 얼굴로 아이를 붙잡는다.

붙잡힌 여자아이가 발버둥을 친다. 두 다리를 허공에 거칠게 내뻗는다. 벤치에 느긋하게 앉아 있던 우아한 부인들이 주고받던 말을 끊고 자리에서 등을 꼿꼿이 세운다. 그들 가운데 한 부인이 터지는 웃음을 참으려 양산 밑에서 킥킥거린다.

모든 이의 눈길이 그 여자아이, 시몬을 향하고 있다. 눈물이 그렁그렁한 아이의 눈이 녹아내리는 두개의 얼음 조각 같다.

루이즈는 아이를 붙잡은 한쪽 손을 떼어 바구니에서 모서리가 닳은 작은 가죽 물통을 꺼낸다.

"마셔요, 아가씨." 루이즈의 목소리가 휘파람 같다. "날이 꽤 덥네요."

예상치 못하게 아이는 격렬한 노여움을 터뜨린다. 눈물은 이제 귀를 찢는 울음소리로 바뀌어 대기를 흔든다. 주위의 부인들은 서커스 구경이라도 온 듯 흥미로운 얼굴로 이 예쁜 폭군 같은 여자아이가 머리카락을 죄 헝클어뜨리는 모습을 바라본다.

루이즈는 뺨이 발갛게 달아올라 아이의 손을 잡아끌어 그 자리를 떠난다.

빨라진 맥박 탓에 이 젊은 가정부는 관자놀이에서 피가 윙윙거리는 소리가 들릴 지경이다. 한술 더 떠서 브레아 거리로 이어지는 좁은 길에서 마주친 노부인이 지팡이 끝으로 루이즈를 겨냥하며 나무라기까지 한다.

"아이에게 그렇게 함부로 하면 안되지! 어디서 그런 위세를 부리는 건가?"

루이즈가 아이를 거칠게 대한다는 오해를 받은 게 이번이 처음은 아니다. 아이를 학대한다고? 울 수 없다면 그냥 웃어넘기는 수밖에.

루이즈는 시몬의 머릿속에 대체 뭐가 들었는지 이해할 수 없다. 파리 14구의 고상한 가정에서 보고 배우는 여자아이인데 말이다.

‡ ‡ ‡

그들은 몽파르나스 대로 방향으로 가고 있다. 하나는 손을 잡아끌고 또 하나는 끌려가는 모양새다. 끌려가는 여자아이는 여전히 심통이 잔뜩 나 있다. 눈에서는 굵은 눈물방울이 뚝뚝 떨어진다. 시몬이 한번 떼를 쓰기 시작하면 어찌나 끈질기고 사나운지, 보부아르 가족은 모두 두 손을 들고 만다. 무엇이 이 아이를 화나게 하는지는 잘 모른다. 뭔가 부당하다고, 원칙에 어긋난다고 느끼는 걸까? 어쨌거나 시몬은 막을 수 없는 어떤 엄청난 물결이 자신을 삼키는 걸 느끼곤 한다. 그럴 때면 갈 데까지 가보는 수밖에 없다. 그렇게 극한까지 밀어붙여야만 끓어오르는 마음이 가라앉는다. 주위 친척들, 릴리 이모나 사촌 마그들렌 모두 시몬의 이런 기질을 걱정하지만, 누구에게도 해결책은 없다.

두 사람은 몽파르나스 대로 103번지의 집에 도착한다. 그때까지도 시몬은 여전히 분을 가라앉히지 못한다. 베르트랑 드 보부아르 가족이 거주하는 이 집은 오스망 시대에 지은 100제곱미터를 훌쩍 넘는 크기의 아파트로, 카페 라로통드 바로 위층에 자리 잡고 있다.

프랑수아즈 드 보부아르가 두 사람에게 문을 열어준다. 키가 크고 날씬하며 대리석처럼 흰 피부에 갈색 머리는 언제나처럼 틀어올렸다. 프랑수아즈의 눈길에 엄한 빛이 어린다.

딸의 헝클어진 머리가 눈에 들어온 것이다. 코까지 훌쩍거리고, 두 뺨은 붉게 달아올랐다. 아이는 눈에 눈물이 그렁그렁한 채 분을 못 이겨 몸을 움찔거린다.

"이게 무슨 일이야! 루이즈, 아이를 이 꼴로 놓아두다니."

"아가씨가 또 고집을 부리시는 바람에…… 번번이 이러시니……"

프랑수아즈 드 보부아르의 얼굴이 굳는다. 틀어올린 머리 타래가 한순간 바르르 떨린 것도 같다.

"시몬, 그러지 않겠다고 엄마랑 약속했으면서! 아무래도 벌을 받아야겠다."

여자아이가 고개를 푹 숙인다. 어머니 앞에 서자 아이는 마치 찬물 한 양동이를 머리 꼭대기부터 뒤집어쓰기라도 한 듯 단번에 풀이 죽는다.

"부인께서도 아셔야 해요." 루이즈가 기회를 놓치지 않고 말을 이어간다. "돌아오는 길 내내 아가씨가 어찌나 꽥꽥거리는지, 꼭 족제비 같았다니까요. 정말 어째야 좋을지

막막해서……"

프랑수아즈 드 보부아르는 손을 내밀어 시몬의 머리를 매만져주는 시늉을 한다. 코앞으로 흘러내린 컬을 쓸어모아 핀으로 다시 고정한다. 프랑수아즈는 루이즈의 입에서 이따금 튀어나오는 상스러운 표현이 마음에 들지 않는다. 딸 시몬에 대해 '족제비처럼 꽥꽥거린다'고 말한 게 거슬린다.

"그렇지만 시몬이 흥분하는 건 누군가가 이 아이에게 손을 대는 순간부터인 걸 알잖아."

루이즈는 부인의 말에 뺨을 한대 후려맞은 기분이 든다. 그러고 속으로 중얼거린다. '나는 아가씨에게 손대지 않았는데. 이건 너무 부당해. 이렇게라도 손을 잡아끌고 오지 않았다면 우리 둘 다 여태 공원에 있었을걸. 아가씨가 마음을 고쳐먹기를 하염없이 기다리면서.'

그렇지만 루이즈는 아무 말도 하지 않는다.

이 집 안주인에게 말대꾸한다는 건 있을 수 없는 일이다. 루이즈는 코를 훌쩍거리는 여자아이를 부드럽게 이끌어 욕실로 데려간다.

루이즈가 베르트랑 드 보부아르 가족의 집에서 일한 지도 이제 4년째다. 당시 파리의 많은 가정부가 그렇듯 루이즈도 시골 출신이다.[2] 코레즈주의 메리냐크가 고향인 루이즈는 말하자면 살림 밑천 격으로 보부아르 부부에게 보

내져 몽파르나스의 이 넓은 아파트에서 일해왔다. 프랑수
아즈◆가 어린 마르셀 프루스트의 부모에게, 베카신◆◆이
자기 안주인에게 딸려 파리로 오게 된 것처럼.

보부아르 가족의 집에 들어와 일하게 된 것이 나쁘지는
않다. 몰딩으로 장식된 실내, 헤링본 무늬의 매끄러운 마
룻바닥, 창문마다 드리워진 무늬 비단 커튼, 돌배나무 목
재에 상감세공을 한 가구들. 나폴레옹 3세 시대의 스타일
을 간직한 집 안의 모든 것은 당시 부르주아 취향의 전형
을 보여준다. 이 집에서 가장 호사스럽고 또 어린 시몬이
가장 좋아하는 장소는 바로 '아버지의 서재'다. 20세기 초,
그 시대의 남자들은 실제로 필요해서든 아니든 모두 서재
를 갖고 있었다. 서재는 부르주아의 약호이자 남성다움의
표식이었다.

어린 시몬은 서재 책상 아래 우묵하게 비어 있는 공간에
들어가 웅크리고 숨기를 좋아한다. 그곳은 말하자면 몽상
을 위한 공간이다. 그곳에서 아버지가 낭독해주는 시구에
귀 기울이는 게 즐겁다. 아버지는 시몬에게 발자크나 마리
보의 작품 몇 대목을 읽어주기도 한다. 그 시절 얼마나 많
은 아이가 어머니의 잔소리를 피해 아버지의 책상 밑으로

◆ 마르셀 프루스트의 소설 『잃어버린 시간을 찾아서』의 등장인물로
  어린 마르셀의 집 하녀이다.
◆◆ 1905~62년 잡지에 연재된 동명의 만화 주인공으로 브르타뉴 출
  신 가정부이다.

들어가 숨곤 했을까? 얼마나 많은 여자아이가 그 구석에 웅크리고 앉아 한순간이나마 여자다움이라는 중압감에서 벗어나 다른 삶을 꿈꾸었을까? 그 다른 삶은 우선 글쓰기로부터 시작될 것이다. 종이 위에 몇몇 문장을 서툴게 써 내려가다가 구겨버리고, 입속으로 중얼거리다가 소리 내어 읽어보면서. 아주 일찍부터 어린 시몬은 생각한다. 손에 펜을 쥐는 것이 바늘을 쥐는 것보다 훨씬 재미있는 일인 건 분명하다고……

프랑수아즈, 채우지 못한 지적 열정

시몬 드 보부아르의 어머니는 어떤 사람인가? 붉은빛 도는 갈색 머리에 새하얀 피부를 지닌 아름다운 여자. 담 갈색 눈과 부드러운 입술, 우아한 두상에 더해 베르됭의 와조 수녀원 부속 기숙학교에서 훌륭한 교육을 받은 나무랄 데 없는 신붓감이다.

프랑수아즈는 1887년 뤼시 모레와 베르됭의 유력한 은행가 귀스타브 브라쇠르의 맏딸로 태어났다. 딸이라니…… 맏이가 딸이라는 사실에 부모는 실망한다. 프랑수아즈는 자신의 탄생이 부모에게 실망감을 안겨주었다는 생각을 "평생 떨쳐버리지 못한다".[3]

여기에 시몬의 전투적인 기질을 이해할 열쇠가 있지 않

을까? 한 개인의 자질이나 소명은 때로 한 세대, 나아가 두 세대 이전에 뿌리를 두기도 한다. 딸들은 자기 어머니를 대신해 복수에 나설 줄 안다.

프랑수아즈에 이어서 집안의 상속자이자 특권적 위치를 차지할 남동생 위베르가 태어난다. 셋째는 마리테레즈, 릴리라는 애칭으로 불리게 될 여동생이다(조카 시몬은 젊고 아름다운 릴리 이모를 무척 따른다).

프랑수아즈는 예쁘고 총명하며 지적 욕구가 강한 아이로 성장한다. 그는 할 수만 있었다면 공부하고 연구하는 삶을 택했을 것이다. 하지만 여자들은 대학입학자격시험을 볼 수조차 없었던 그 시절, 여자들에게 주어진 삶은 어머니가 되거나 수녀가 되는 것뿐이었다.

얼마나 많은 어머니들이 여자이기 때문에 받아들여야 하는 이 운명에 실망해서 미처 의식하지 못하는 사이 자신의 딸을 지식인으로 살아가도록 준비시키고 단련시켰을까? 잠시 후 보게 되겠지만 프랑수아즈는 딸이 글을 쓴다는 것을, 특히 교수가 된다는 것을 그리 쉽게 받아들이지는 못했다. 다만 시몬은 더 전투적이었고, 무엇보다 2차대전을 거치면서 사회가 바뀌어 여성에게 직업과 학문연구의 문이 조금 더 열려 있었다.

그리하여 프랑수아즈가 당면한 문제는 '훌륭한 결혼'을 하는 일이지, 공부가 아니었다. 부친 귀스타브 브라쇠르는 자신의 사업이 곤경에 처하자 뻔하게도 딸의 혼사를 통해 해결책을 찾을 수 있으리라 계산했다. 프랑수아즈를 하루 빨리 결혼시킬 필요가 있었다. 주변의 누군가가 딸을 베르트랑 드 보부아르 집안에 시집보내라는 조언을 해주었다.

일이 성사되어 1906년 여름 어느날, 노르망디 해변 휴양도시 울가트에서 조르주와 양가 규수 프랑수아즈가 맞선을 보았다. 그 시절의 관례에 따라 이 양가 규수는 고개를 숙인 채 정숙하게 수를 놓았고, 그러는 동안 규수의 어머니 뤼시는 장래의 사돈과 사위에게 영국 차를 대접했다.

행운이라고 할 수 있을 법하다. 아름다운 눈을 가진 그 청년이 프랑수아즈의 마음에 들었으니까. 조르주 역시 자신도 등장하는 이 목가적인 그림 속에서 아주 예쁜 아가씨를 보게 된다. 때 묻지 않고 진지하며 근면해 보이기까지 하는 아가씨다. 게다가 상당한 지참금을 가져올 수 있다고 한다. 이렇게 노르망디에서 맞선을 본 지 3주 뒤에 조르주 베르트랑 드 보부아르는 프랑수아즈에게 청혼한다.

두 사람은 1906년 12월 21일에 결혼식을 올리고 몽파르나스 대로 103번지 카페 라로통드 바로 위층에 있는 아파트에서 신혼생활을 시작한다. 프랑수아즈는 혼수로 장롱과 흔들의자를 비롯한 가구들을 마련했다. 프랑수아즈의 부친은 코레즈주 메리냐크에서 어린 시골 아가씨 루이즈를 불러올려 신부지참금(실제 증여가 실현되려면 어느정도 시간이 필요하다)에 덧붙여주는 덤처럼 딸 부부의 집에 가정부로 보낸다. 신부에게 딸려 보내는 일꾼이란 지체

높은 집안의 필수 징표였다.

프랑수아즈는 아주 빠르게 '상류층 부인'으로 변신하지만, 그러면서 때로 독단과 횡포의 경계선을 넘어가는 권위주의도 배게 된다. 수녀들에게 받은 교육의 영향으로 사고는 경직된 편이지만 근본적으로 성실하고 올곧은 그가 무엇보다 강조하는 미덕은 정숙함으로, 심지어 대인관계보다도 중요시한다. 전기 작가 디어드리 베어에 따르면 프랑수아즈는 "남편을 열정적으로 사랑하면서도 집안의 검소하고 금욕적인 분위기에 젖어들었고, 방에 틀어박혀 기도를 올리거나 아이들을 돌보는 일에 몰두했다".* 그러나 남편 조르주는 세속적인 성향이 훨씬 강한 사람이었다. 그는 "플러시 천과 양단, 비단과 벨벳으로 뒤덮인" 세련된 공간을 원했다. 그렇다보니 프랑수아즈는 남편의 취향에 맞춰센강 좌안의 대부르주아로 변모하게 된다. 이제 집 안 꾸미기가 프랑수아즈의 일이다. 수를 놓고, 바느질하고, 이것저것 기워낸다. 안락한 작은 보금자리를 꾸미며 저녁마다 자신의 변호사 남편을 맞이한다.

시몬 드 보부아르에 따르면, 프랑수아즈 자신이 직접 이야기하기를 부부의 잠자리 금슬은 아주 좋았다. 육체의 결합이라는 면에서 두 사람은 잘 맞았고 서로에게 만족했다. 정략결혼이 이렇게 해서 진정한 연애결혼으로 탈바꿈한다. 이 부부의 밤은 레몽 페네*의 연인 그림 속에 담길 만했다.

저녁마다 조르주는 아내에게 책을 읽어주고, 그런 남편 옆에서 프랑수아즈는 수를 놓았다. 이 장면을 장차 시몬이 밟아갈 삶의 여정과 겹쳐놓으면 원형적이면서 지극히 원색적인 그림이 그려진다. 이 젊은 부부는 이제 첫아이를 맞이할 준비가 되었다.

시몬의 탄생

시몬은 1908년 1월 9일 새벽 4시, 흰 래커칠을 한 가구들이 놓인 3층 침실에서 태어났다. 체중 3.2킬로그램의 건강하고 예쁜 아기로, 다갈색 머리와 보부아르 집안사람들 특유의 보랏빛이 감도는 푸른 눈을 지녔다. 산기를 느낀 프랑수아즈가 자리에 눕자 산통이 이어졌다. 그렇지만 별문제는 없었다. 순산이었다.

프랑수아즈 드 보부아르는 자신을 완벽히 통제하는 사람이다. 해산 자리에서든 잠자리에서든 결코 자제력을 잃는 법이 없다!

산바라지를 맡게 될 루이즈가 마침 프랑수아즈의 해산일에 맞춰 왔다. 루이즈는 태어난 아기를 가장 먼저 품에 안은 한 사람으로, 보부아르 가족 내에서 루이즈가 안정된

◆ Raymond Peynet(1908~99). 일련의 연인 캐릭터로 유명한 프랑스의 만화가.

위치를 확보하는 데는 이런 점도 한몫했다. 게다가 루이즈는 엄격하고 권위적인 어머니 밑에서 다소 애정결핍 상태에 놓인 아이에게 아낌없이 사랑을 쏟은 사람이기도 하다. 코레즈 출신의 이 가정부는 요람 곁에, 이어서 육아를 위해 마련된 소박한 방의 흰색 래커칠을 한 침대 곁에 재빨리 자리 잡는다.

어린 시몬을 밤새 돌보고, 옷을 갈아입히고…… 정성을 들여 키운 사람은 루이즈다. 아이가 먹을 음식을 준비하는 막중한 책임도 루이즈의 몫이었다. 당대 부르주아 계층 여자들이 모두 그랬듯이 프랑수아즈 드 보부아르는 자녀교육의 영적인 부분과 '예절'을 맡았다.

이런 점이 시몬을 장차 '얌전한 처녀'로 길러내는 교육에 중요하게 작용한다. 시몬은 걸음을 떼기도 전에 미사에 참석했다. 그 또래 많은 아이처럼 시몬의 일과도 아침기도와 저녁기도를 축으로 짜였다. 게다가 디어드리 베어에 따르면 "프랑수아즈는 몽파르나스 대로에 있는 가족이 다니는 노트르담데샹 성당 벽면의 그림과 조각상을 한살도 채 안된 시몬에게 설명해주곤 했다".[5]

당시는 아이들이 부모에게 존대하고 복종하던 시절이다. 21세기 오늘날 신봉되는 '아이는 왕'이라는 신화가 그때는 없었다. 시몬은 세살에 벌써 자신의 검은 벨벳 지갑에서 명함을 꺼내 은쟁반에 내려놓을 줄 안다. 명함에는 '시몬 베르트랑 드 보부아르'라는 이름이 박혀 있다. 그 나이에도 시몬은 뤽상부르 공원에 가면 모르는 사람과 말을 나눠서는 안된다는 사실을 안다. 어머니는 사교계 모임과 저녁 만찬을 그리 즐기지는 않지만, 자신이 결혼을 통해 상류사회에 안착했음을 의식하고 시몬에게도 훌륭한 결혼의 중요성을 끊임없이 환기한다.

자아의 작은 분출

시몬은 '속박당하는' 느낌이 드는 걸까? 어머니의 손아귀에 붙잡혀 있다고, 어머니가 모든 것을 통제하면서 자신을 그저 착한 아이라는 틀에 가둬두려 한다고 느끼는 걸까? 그래서 그처럼 빈번히 격해지는 걸까? 조금이라도 부당하다고 생각되는 것이 있으면 시몬은 불꽃처럼 화르르 타오른다. 미처 꺼지지 않은 잉걸불이 한순간 불꽃을 피워올리듯이. 분이 차오르면 멈출 줄을 모른다. 그런 시몬을 두고 사람들은 말하게 될 것이다. "얼마나 고집불통인지 꼭 노새 같다니까."

세살 먹은 이 여자아이는 이런 종류의 격렬한 감정 폭발이 이미 습관으로 굳어졌다. 화창한 어느날, 휴양지 디본레뱅의 어느 테라스에서 있었던 일이다. 시몬이 붉은 자두의 껍질을 벗기려 했을 때 어머니가 말리자 시몬은 또 한번 폭발했다. 그 일에 대해 시몬 드 보부아르는 다음과 같이 뚜렷하게 기억했다. "어머니는 '안돼'라고 말했고, 나는 악을 쓰면서 시멘트 바닥을 굴렀다. 그 순간에는 어머니가 화난 눈길을 보내도, 루이즈가 엄하게 타일러도, 평소와는 달리 아버지까지 나서서 달래도 막무가내였다."[6]

걸핏하면 심통을 부린다는 말을 들으며 자란 내가 생각하기에 분노의 폭발은 아이라는 '영원한 반란자'에게 일종의 돌파구, 말하자면 자신을 구원하는 통로가 된다. 아이에게는 분노가 필요하다. 그것도 일종의 자기표현, 자신이 정립하고자 하는 어떤 개성의 표출이기 때문이다. 떼를 쓴다는 건 자아의 작은 분출이 아닐까? 이에 대해 시몬 드 보부아르는 다음과 같이 썼다. "그런 자잘한 승리에서 용기를 얻은 덕분에 나는 규칙, 의례, 관습을 극복할 수 없는 것으로 여기지 않을 수 있었다."[7]

음식에 대해서도 시몬은 싫고 좋음이 뚜렷했다. 죽 끓듯한 변덕과 급작스러운 욕구까지 더해져 식탁 앞에서 걸핏하면 폭발했다. "덜 여문 밀로 쑨 죽, 오트밀, 버터수프*의 밍밍한 맛은 내 눈물을 뺐다. 미끈거리는 비계, 조개류의 불가사의한 물컹함은 격한 거부반응을 일으켰다. 나는 식탁 앞에 앉아 울고, 악을 쓰고, 음식을 게워냈다. 싫은 음식에 대한 거부가 얼마나 완강했는지 모두 내게 두 손 들고 말았다." 아이의 음식 투정은 자신이 먹을 음식을 어머니

* 물에 버터와 빵을 넣어 끓인 수프.

가 자의적으로 결정하는 데 대한 한 저항 방식이다. 알다시피 양육 상황에서 음식은 어머니와 딸 사이에 갈등을 촉발하는 핵심일 경우가 많다.

프랑수아즈와 조르주는 둘째 딸을 얻고 나서, 두 딸의 서로 다른 성격을 지켜보며 시몬의 이 특별한 일면을 인정하게 된다.

너무 다른 자매

엘렌의 원래 이름은 앙리에트엘렌 베르트랑 드 보부아르이다. 시몬이 두살 반이던 1910년 6월 9일 세상에 태어났다. 금발 인형 같은 아기였다. 시몬과 엘렌만큼 서로 다른 자매도 없을 것이다. 어느 가정에서든 흔히 있는 일이지만 그들의 부모는 본의 아니게, 무의식적으로 두 딸의 이마에 일종의 꼬리표를 붙였다. 시몬은 맏이로 오만하고 남성적이며, '푸페트'◆로 불릴 엘렌은 무척 유순하다. 연푸른 눈빛에 선이 고운 얼굴은 마치 자기 어머니의 초상화를 옮겨놓은 것 같다.

자매의 관계도 마찬가지다. 이 문제에 대해서는 마리즈 바양과 함께 쓴 책에서 언급한 적이 있다.[8] 자매가 둘인 경

◆ poupette. 귀여운 여자아이를 이르는 애칭.

우, 셋 이상인 경우에 비해 대립관계에 놓이는 경향이 있다. 이는 쌍둥이가 서로 다르게 보이려고 반대되는 경향을 띠게 되는 경우와 유사하다. 한편이 예쁘면 다른 편은 수수하다거나, 한편이 말을 안 들으면 다른 편은 말을 잘 듣는다거나, 아버지를 편드는 딸이 있으면 어머니를 편드는 딸이 있다거나…… 동화 속에서도 자매관계는 이런 방식으로 그려지곤 한다. 부모는, 더구나 자신들이 원하던 '아들을 갖는 행운'을 누리지 못한 부모는 남녀 성 차이에 입각한 상반된 역할을 자매에게 각각 부여하기도 한다.

시몬은 외양에서 아버지 조르주 쪽에 더 가깝다. 가늘고 긴 눈, 보랏빛이 도는 푸른 눈동자, 다소 처진 눈꺼풀, 각이 진 턱선, 둥그스름하고 엘렌의 코에 비해 콧대가 낮은 코가 그렇다.

어린 시몬의 불같은 성격은 본의 아니게 '남성형 두뇌' 가설에 힘을 실어준다. 다시 말해 시몬은 지적이고 의지가 강한 아이라는 것이다! 이 가설에 따르면 시몬은 "가상의 불알"[9]을 달고 태어난 아이, 아들을 갖고 싶은 부모 혹은 부모 중 어느 한쪽의 숨겨진 욕망을 달고 태어난 아이다. 이는 한 가족 안에 형제나 자매밖에 없는 경우 흔히 보이는 현상이다. 형제뿐이라면 그중 한 아이에게 가상의 여성 성기가 부여될 수 있다. 보부아르 부부가 보기에 시몬은 '사내아이 같은 여자아이'라기보다는 분명 '뛰어난 남성형 두뇌'를 지닌 수재다. 그러니 시몬이 아무리 떼를 쓰더라도, 더 사랑받는 아이라는 점은 변하지 않는다.

프랑수아즈가 맏딸을 바라보는 눈에는 이미 감탄이 담겨 있다. 어머니가 생각하기에 이 첫째 딸은 아주 영악하고 명민하다. 프랑수아즈 자신도 3남매의 맏이로서 과단성 있고 의지가 굳은 아이였다는 사실을 잊지 않는다.

‡ ‡ ‡

하지만 오늘, 시몬은 어머니의 부릅뜬 눈길을 받자 풀이 죽어서 루이즈의 손을 잡는다. 그러고는 솜을 따뜻한 물에 적셔 눈두덩이를 닦아주는 루이즈의 손길에 얌전히 자신을 내맡긴다. 어머니의 목소리가 울린다.

"루이즈, 가서 엘렌을 돌보아주겠어? 그러고 나서 저녁 식사를 준비해줘. 내가 시몬에게 책을 읽어줘야겠어. 그러면 시몬은 기분이 나아질 거야. 그렇지 시몬?"

오늘 저녁 프랑수아즈는 시몬에게 『신데렐라』를 읽어줄 참이다. 자매 사이의 불화는 얼버무리고 아버지의 죽음은 건너뛰면서 '착한 신데렐라'의 미덕을 강조할 것이다. 신데렐라는 결코 화를 내는 법이 없고, 그럴 만한 사정이 있어도 남에게 싫은 소리를 하는 법이 없다고.

"보렴, 시몬, 신데렐라는 얼마나 착하고 헌신적이니. 신데렐라는 하느님의 은총으로 자랐거든……"

시몬은 이제 심통이 났던 걸 잊어버렸다. 어머니가 신중하게 지켜보는 가운데 동화책을 천천히 넘겨본다.

아직 세살 반밖에 안됐지만 시몬은 벌써 글자를 알아보고 손가락으로 짚어나갔다. 한 글자 한 글자 얼추 읽을 줄도 아는 것 같았다. 얼마 지나지 않아 시몬은 알파벳 글자들을 발음할 때 어떤 규칙이 있다는 걸 알아차리게 된다.[10] 프랑수아즈는 발 빠르게 시몬의 눈앞에서 알파벳이 적힌 목재 큐브로 첫번째 음절들을 만들어 보여주었다. 딸의 읽기 능력을 키워주려고 당시 인기 있던 '르쟁보 교본'도 구입했다. 아이의 작고 여린 손에 맞춰 부드러운 비단 표지를 씌운 읽기 교본이다. 흑백으로 된 단순한 구성이지만, 페이지를 넘길 때마다 하나의 글자가 필기체로, 대문자로, 이탤릭체로 작은 그림과 함께 제시되어 어린 시몬의 관심을 단번에 사로잡았다. 시몬은 테이블 앞에 앉기만 하면 교본을 펼쳐 글자들을 관찰했다. 수수께끼 같은 그 글자들이 무언가 많은 이야기를 하려는 것 같은데…… 그러다 시몬은 금방 알아차렸다. "나는 소를 그린 그림과 두 글자 ㅅ과 ㅗ를 골똘히 바라보았다. 이 두 글자를 합하면 소라고 읽는다는 걸 알 수 있었다." 그날 그 발견을 시몬은 혼자만 간직했다. 비밀 벽장 열쇠를 호주머니 깊숙이 찔러넣은 기분이었다. 자신이 발견해낸 것에 대해 어머니가 어떻게 생각할지 알 수 없었다. 하지만 오늘 저녁, 시몬은 자신의 비밀을 모두에게 털어놓고 싶어진다. 무엇보다도 그 비밀에 대해 더 많이 알고 싶은 욕구가 솟는다. 그래서 어머니 프랑수아즈가 서가에서 『신데렐라』를 꺼내오자 시몬은 가죽 장정의 그 책을 결연히 마주 보며 작은 손가락으로 가죽 표지 위에 박힌 글자들을 짚는다. "이건 ㅅ, 이건 ㅣ, 이건 ㄴ이니까 '신'이야. 다음 글자는 ㄷ, ㅔ, '데'라고 읽는 거죠?"

프랑수아즈는 아름다운 담갈색 눈을 가늘게 뜨고 딸을 빤히 응시한다.

"시몬…… 누가 네게 읽는 법을 가르쳐주었니?"

시몬의 얼굴에 떠올라 있던 의기양양한 웃음이 별안간 굳어버린다. 어머니가 눈을 부릅뜨고 노려본 탓이다. 어머니의 표정에 시몬의 등줄기가 서늘해진다. 무슨 이유인지 화가 나서 곧장 폭발할 듯한 표정이다. 시몬이 비밀을 발견해낸 사실을 기뻐하는 기색은 조금도 없다.

사실 프랑수아즈는 단지 놀랐을 뿐이다. 하지만 이런 예기치 못한 놀라움을 그는 좋아하지 않는다. 자신의 계획과 통제를 벗어난 것은 달갑지 않다. 익숙하지 않은 것이 불러일으키는 감각에 흥분까지 더해져 속을 울렁이게 만드는 것도 질색이다.

프랑수아즈의 세살 먹은 딸은 매번 그의 계획과 통제에서 조금씩 벗어난다. 이해할 수 없는 고집과 떼쓰기가 그렇고, 놀라운 지능이 그렇다. 프랑수아즈는 자신이 딸 앞에서 느끼는 이 감정이 혹시 두려움은 아닐까 자문해본다.

‡ ‡ ‡

이날 저녁 남편 조르주가 귀가하자 프랑수아즈는 그의 귀에 속삭인다.

"조르주…… 시몬이…… 저 어린애가 글을 읽을 줄 아네요! 정말 모를 일이에요, 누가 가르쳐준 걸까……"

조르주는 다정한 남편답게 아내를 포옹하며 말한다.

"여보, 내가 장담하는데…… 저 아이는 큰 인물이 될 거야, 분명해. 엘렌은 예쁜 아이지, 진정 햇살 같아. 당신처럼 말이야. 그런데 시몬은…… 아, 시몬은!"

프랑수아즈는 눈길을 돌려 시몬을 내려다본다. 자랑스러우면서도 어리둥절하다. 자신이 이 딸을 낳았고, 지금까지 늘 뒤를 졸졸 따라다니며 모든 것을 가르쳐왔다. 등을 곧게 펴고, 예의 바르게 인사말을 건네고, 시선은 아래를 향하고, 적절한 시점에 미소를 짓고, 어깨는 수평을 이룬 상태로 고개만 숙여 인사하고, 명함을 꺼내 은쟁반에 놓을 때는 엄지와 집게 두 손가락만 써야지 손 전체를 써서는 안되고, 식탁에 앉을 때는 몸이 늘어지지 않도록 반듯하게 앉아야 한다고 가르쳤다. 음식을 씹을 때는 입을 다물되 턱은 당기고, 당당하게 먹되 음식에 달려들면 안된다는 것도 가르쳤다.

이 아이가 이따금 그런 규칙들을 벗어나 제멋대로 행동

하는 건 무엇 때문일까? 어째서 그처럼 고집을 부리고 떼를 쓰는 걸까? 게다가 글을 어떻게 이렇게 빨리 깨우쳤을까? 불 위에 올려놓은 냄비를 지켜보듯이 매 순간 아이로부터 눈을 떼는 법이 없건만, 어째서 이 아이에 대해 많은 것을 놓쳐버릴까?

요즘이라면 시몬에 대해 주저 없이 영재라는 진단을 내릴 것이다. 뛰어난 지능을 타고난 아이들은 부당하거나 납득할 수 없는 상황과 맞닥뜨렸을 때 아주 일찍부터 강렬한 거부반응을 보인다. 이들은 어떤 지시가 떨어졌을 때 스스로 그것을 납득할 수 있을 때까지 결사적으로 따지고 든다. 이들의 호기심은 무한하다. 그런 한편, 다른 성향을 보이기도 한다. 독서를 좋아해 책에 파묻혀 지내며, 공부에 몰두함으로써 지루함을 이겨낸다. 성인이 되어 시몬은 어린 시절을 다음과 같이 회상한다. "나는 지루함을 참을 수 없었다. 지루함은 곧 고통이었다."[11]

프랑수아즈 드 보부아르는 시몬의 영재성을 북돋아주고자 너무 이른 나이에 아이다움을 금한 것 같다. 명시적이든 암묵적이든 시몬에게 내려지는 지시란 사회적으로도 조숙한 아이여야 한다는 것, 즉 자신을 억제할 줄 알아야 한다는 것이었다. 그 시절에는 이런 방식의 교육이 일반적이었다. 파리 상류층 가정에서 자란 아이는 서너살만되어도 늘 반듯한 자세를 취해야 했고, 침을 흘려서도 머뭇거려서도 안됐다. 이런 구속으로 인해 시몬의 분노가 한

충 더 격렬하게 폭발했을 것이다. 어린아이에게 굴레를 씌워보라. 아이는 요란한 소리를 지르며 빠르게, 더 세차게 튀어나가기 마련이다! 그렇다 해도 이런 면을 제외하면 시몬은 '의젓한' 아이였다. 글을 읽을 줄 알고, 이해력이 빠르고, 모든 것을 잘해냈다.

이렇게 해서 역할이 재분배되었다. 페로 동화 속의 자매들이 그렇듯 시몬과 엘렌 자매도 서로가 상반된 운명을 부여받았다고 여기게 된다. 한 사람에게는 아름다움이 약속되고, 또 한 사람에게는 지성이 약속된다. 그래도 이 자매는 서로를 사랑하고, 그 애정은 변함없을 것이다. 앞으로 보게 되겠지만 이 두 사람의 동맹은 어머니의 결함을 상쇄하는 한 방법이었다.

2장

데지르 학교의 영재 입학생

1913년 10월. 시몬은 5세, 처음 학교에 가는 날.

"루이즈, 이제 준비 다 됐어?"

"네, 부인, 곧 내려갈게요."

가정부는 3층 작은 방에서 분주하게 움직였다. 작은 앵클부츠를 가져다놓고, 주름치마를 다림질해놓고, 시몬을 거들어 몸단장을 시켰다. 프랑수아즈 드 보부아르는 방 안이 어질러지거나 옷에 구김이 간 걸 눈감아주는 법이 없었다. 시간을 맞추지 못하는 건 더 질색했다.

하지만 루이즈는 20세기 초의 모든 가정부가 그랬듯이 잠시도 쉬지 않고 일했다. 아침 7시부터 밤 10시까지, 혹은 아이들이 잠들 때까지 끊임없이 움직였다. 휴식시간이라고는 부엌에서 재빨리 점심을 먹은 다음 한숨 돌리는 삼십 분 정도가 전부였다. 하인들은 이런 식으로 살았다. 아침 식사를 준비해놓고, 주인 가족이 식사하는 동안 청소를 하고, 이어서 또다시 음식을 만들고, 광내고, 닦고, 바느질하고…… 아이들을 돌보는 일은 또 별개였다.

"아무래도 늦겠어, 루이즈!"

아파트 안에 울려퍼지는 프랑수아즈 드 보부아르의 높고 날카로운 목소리에 가정부는 고막이 터져나갈 것 같다. 그날 아침 집 안에는 긴장감이 감돈다. 여느 날과는 다른 특별한 날이다. 시몬이 아들린 데지르 학교에 입학하는 날이기 때문이다. 시몬은 어머니와 함께 학교로 갈 것이다. 교장과 면담이 약속되어 있다.

향긋한 커피와 토스트 냄새가 부엌을 가득 채운다. 오늘 루이즈는 6시인 평소 기상 시각보다 더 일찍 일어났다. 세면대에서 고양이 세수를 하고 빠른 손놀림으로 머리를 매만졌다.

조르주 드 보부아르 역시 일찍 일어났다. 이른 시각에 변호사 사무실로 찾아오겠다고 한 고객이 있어서 시간에 맞춰 출근해야 했다.

집을 나서기 전 조르주는 사랑하는 딸을 포옹하며 말한다.

"잘해내야 해. 학교는 배움의 본산이야. 프랑스의 탁월한 대작가들을 만나게 될걸! 이제 책 읽기를 배우게 될 거야."

"하지만 아빠, 전 이미 글을 읽을 줄 알아요!" 시몬이 대답한다. 기분 나쁜 기색은 아니다. 엄지손가락을 흔들며 다시 말한다. "전 1년 전부터 글을 읽었어요, 아빠!"

조르주 드 보부아르는 웃음을 터뜨린다. 연극무대에 오른 배우 같은 과장된 웃음이다. 딸을 향해 두 팔을 벌리는 그의 눈이 자랑스러움으로 빛난다.

"그렇지, 그런데…… 아빠가 말한 건 훌륭한 문학작품을 읽는다는 뜻이야. 극장에 가서 재미있게 본 마리보, 몰리에르 같은 모든 대가의 작품을 읽을 수 있어. 아, 그야말로 명작이지! 자, 고상한 집안 딸답게 의젓하게 행동해야 돼. 저녁에 와서 네가 오늘 착하게 행동했다면 「사랑과 우연」◆의 한장을 연기해줄게."

"우아, 아빠! 신난다!"

아버지를 바라보는 시몬의 푸른 눈 속에 명랑함과 명석함이 반짝인다. 함께 보내는 시간은 늘 부족하지만, 마법사가 되어 멋진 마술을 보여주고 시인이 되어 손을 가슴에 얹고 아름다운 시구를 읊어주기도 하는 아버지이다.

아버지는 저녁에 퇴근할 때면 이따금 제비꽃 다발을 들고 와 어머니에게 내밀곤 한다. 그는 아내의 웃음을 끌어내고 아내에게 행복감을 안겨줄 줄 안다. 이런 모습만으로도 시몬이 아버지를 좋아하는 이유를 설명하기 충분하다.

◆ 「사랑과 우연의 장난」(Le jeu de l'amour et du hasard, 1730). 피에르 드 마리보의 3막 희극.

어머니를 따뜻하게 미소 짓게 만들 줄 아는 사람, 어머니에게서 장난기 어린 눈빛을 끌어낼 줄 아는 사람은 아버지뿐이다. 시몬은 아무리 해도 어머니의 그런 반응을 얻어내지 못한다. 어머니는 시몬에게 대체로 무뚝뚝하다.

조르주가 딸을 향해 웃어 보인다. 그는 특별히 유능한 변호사는 아니지만, 무대 위에서 재능을 인정받아 기뻐하는 아마추어 연극배우이다. 이 부부가 스스로 허용하는 유일한 일탈도 남편의 이런 취미에서 비롯된 것이다. 매년 여름 프랑수아즈와 조르주 부부는 디본레뱅으로 가서 3주간 아마추어 극단과 함께 카지노 극장 무대에 선다. 그들은 "휴양객들에게 여흥을 제공하고 대신 그랑 호텔에 공짜로 묵었다".[12] 시몬의 아버지 조르주는 자신의 문학적 기질을 연마하는 데 열심이다. 시와 연극을 사랑하고 그 아름다움을 즐긴다.

"시몬, 학교에 가면 라신을 만나게 될 거다! 『베레니스』를 읽어보렴! 최고의 작품이지."

루이즈는 미소를 짓지만 마음이 급하다. 주인이 딸에게 건네는 말은 얼마나 상냥한지. 하지만 지금은 부인이 기다리고 있다. 부인에게 질책받을 사람은 주인이 아니라 루이즈 자신이다.

조르주가 마침내 시몬의 뺨에 입을 맞추고 떠나자, 기다리던 루이즈는 시몬의 아름다운 다갈색 머리 위의 작은 베레모를 고쳐 씌워준다.

마지막으로 루이즈는 시몬을 머리끝에서 발끝까지 훑어본다.

"뒤로 돌아볼래요, 아가씨? 뒷모습을 보게 돌아서봐요."

시험이라도 치르듯 미간을 찌푸린 진지한 표정으로 시몬은 제자리에서 돌아선다. 짧은 치마가 팔랑거린다. 시몬은 그대로 서서 미동도 하지 않는다.

루이즈가 웃음을 터뜨린다.

"그렇게 굳은 얼굴 하지 말아요. 누가 보면 어머니 장례식에 가는 줄 알겠어요. 하여간 별일 아니에요. 학교에 가는 거잖아요! 수녀원에 가는 것도 아닌데⋯⋯!"

시몬은 애써 미소를 지어보지만, 웃는 것도 아니고 우는 것도 아닌 표정이 되고 만다.

루이즈의 말대로 학교에 가는 일이 '별일 아니'라는 건 잘 안다. 하지만 시몬은 학교에서 가장 예쁘고 가장 총명한 학생이 되고 싶다. '그러면 엄마가 더 많이 사랑해주겠지!'

어린 여자아이들에게 대개 그렇듯이 어머니는 시몬에게 무한한 감탄을 자아내는 대상이다. 어머니는 더없이 아름답고, 그런 만큼 멀리 있다.

시몬은 자신이 못된 행동을 한다고 생각할 때가 많다. '나는 예쁘지 않은 아이일 거야. 엄마가 나를 품에 안아주지 않는 건 그래서가 아닐까? 다른 엄마들은 공원이나 거리에서 자기 아이들을 안아주잖아?' 그래도 다행히 루이즈가 있다.

시몬은 가정부의 품으로 파고든다. 심장이 조금 빠르게 뛴다.

"다녀올게, 루이즈."

시몬은 궁금하다. 루이즈에게 물어보고 싶다. '엄마가 나를 사랑할까?' 자신이 엘렌보다 더 사랑스러운지도 묻고 싶다. 그럴 거라고 시몬은 생각한다. 사람들이 모두 자기에게 칭찬을 쏟아붓지 않는가? 반면 엘렌은 인형같이 생겼다는 칭찬을 받는 게 전부다.

프랑수아즈 드 보부아르가 방문 앞에 나타난다. 키가 크고 호리호리한 이 여인은 빛에 따라 물결무늬가 어른거리는 초록색 호박단 원피스를 입고 갈색 머리에 타조 깃털이 달린 모자를 썼다. 시몬의 눈에 어머니의 모습은 비할 데 없이 멋지고 위엄이 넘친다.

시몬은 감탄으로 잠시 멍해진다. 어머니는 얼마나 아름다운지! 달려가서 어머니의 옷자락에 얼굴을 묻고 싶지만, 어느날의 기억이 시몬을 붙잡는다. 그날 어머니는 엄한 표정으로 말했다. "시몬, 그럼 못써. 이 옷은 비단이야…… 알겠니?"

그래서 시몬은 장막처럼 펼쳐진 어머니의 치맛자락 앞에 서서 콧구멍을 벌름거린다. 이 아름다운 어머니에게서 풍기는 향을 조금이라도 놓치고 싶지 않다. 라일락과 장미, 사향이 뒤섞인 향기다.

루이즈는 안주인의 차림새를 냉소적인 눈으로 살핀다. 분명 공들인 차림새다. 렌 거리의 데지르 학교는 대부르주아의 딸들에게만 입학을 허용하는 곳이기 때문이다. 주인 가족이 사치스럽게 사는 건 아니다. 그렇지만 오늘은 달라야 할 필요가 있다.

"엄마! 아름다워요!"

보부아르 부인은 미소 지으며 두 팔을 벌린다. 하지만 그저 딸이 치마폭에 달려드는 것을 막기 위해, 아이의 열광을 침착하고 정숙한 포옹으로 바꾸기 위해서이다.

"옷을 망가뜨리면 안돼. 긴 시간을 들여 차려입은 옷이야."

"가실까요, 아가씨?"

"엘렌은요? 어째서 엘렌은 우리랑 함께 가지 않는 거죠?"

프랑수아즈가 웃음을 터뜨린다.

"푸페트 말이니? 엉뚱하긴! 푸페트가 데지르 학교에 가서 뭐 하려고?"

어머니의 듣기 좋은 웃음소리가 이어진다.

시몬도 따라서 웃는다. 시몬은 맏딸이고, 어머니의 사랑을 받고 있다는 건 오늘만큼은 분명한 사실이다. 요 근래 식탁에서 어머니가 시몬이 싫어하는 음식들, 예를 들어 버섯이나 조개 같은 것들을 먹으라고 엄한 눈빛을 보낼 때와는 다르다. 그런 날에는 시몬도 어머니를 사랑하지 않는다. 어머니의 뾰족하게 내민 턱이 싫고, 노려보는 눈이 싫고, 화난 듯 꾹 다문 입술이 싫다. 자기는 눈앞의 음식이 싫어서 토할 지경인데도 어머니는 그런 표정을 풀지 않는다. 어머니가 요정처럼 느껴지는 날도 있다. 하지만 어떤 날은 마녀 같다. 게다가 시몬만 그렇게 느끼는 게 아니다. 어머니가 어떤 이유로 큰소리를 낼 때 루이즈의 눈빛에 비웃음이 스치는 걸, 때로는 두려움까지 떠오르는 걸 시몬은 이미 본 적이 있다.

하지만 그런 건 아무래도 상관없다. 오늘 어머니는 타조 깃털이 달린 모자와 우아한 치맛자락이 더해져 아름다운 요정 같다.

시몬은 자신의 작은 손을 어머니의 손에 밀어넣는다. 두 사람은 1층까지 계단을 걸어 내려간다. 목적지는 자코브 거리에 있다.

‡‡‡

설립자 아들린 데지르의 이름을 딴 쿠르데지르는 좋은 집안의 딸들을 위한 명문 사립학교다. 보부아르 가족이 이 학교를 선택한 이유에 대해 디어드리 베어는 다음과 같이 설명한다. "프랑수아즈가 보기에 수녀원에서 운영하는 기숙학교와 가장 비슷했고, 조르주가 생각하기에는 품행 교육에 최적이었다."[13] 금상첨화로 학교가 위치한 자코브 거리는 몽파르나스 대로와 그리 멀지 않았다. 시몬에게는 가장 이상적인 학교인 셈이었다. 물론 프랑수아즈 드 보부아르는 원래 고집한 대로 시몬을 가톨릭교회가 운영하는 학교에 보낼 수도 있었다. 하지만 디어드리 베어의 주장에 따르면, 프랑수아즈가 가톨릭계 학교를 포기한 데는 그 자신이 수녀원 부속 기숙학교에서 받은 교육 내용이 어쨌거나 다소 제한적이었다는 사실을 깨달은 이유가 컸다. 또한가지 이유는 가톨릭계 학교 여학생들은 교복과 함께 흰 장갑을 착용하는데, 그 장갑을 얼룩 한점 없이 유지하기 위해 매일 세탁해야 하는 일이 버거웠기 때문이라고 한다. 요컨대 막대한 자산을 소유한 대부르주아라고는 할 수 없고 차라리 소부르주아에 가까운 이들 가족으로서는 데지르 학교가 시립학교와 가톨릭계 학교 사이에서 좋은 타협안이었다.

그날 프랑수아즈와 시몬 모녀는 홀의 높은 등받이 의자에 앉아 기다렸다. 시몬은 등을 곧게 펴고 눈앞에 걸린 그림을 유심히 바라보았다. 두 여자아이를 그린 그림이었다. 발목까지 오는 긴 드레스를 입고 예쁜 구두를 신은 그 여자아이들은 모자 아래로 머리카락을 찰랑거리며 어머니를 에워싸고 빙빙 돌고 있었다. 그림 속 배경은 어느 강둑인데, 시몬은 그 장소가 센강이라는 걸 알아보았다.

그들은 시몬과 엘렌일 수도 있었다. 하지만 그림 속 두 여자아이는 같은 나이로 보였다. 그들 간에는 '큰딸'과 '작은딸'의 구분이 없었다. 시몬은 자신이 큰아이라는 사실이, 물려주고 가르쳐주는 위치라는 사실이 좋았다. 이 점에 대해 후일 시몬 드 보부아르는 "내겐 여동생이 있었지만, 여동생에겐 내가 없었다"고 회상한다.[14] 그림을 바라보며 생각에 빠져 있던 시몬은 문이 열리는 소리를 미처 듣지 못했다.

마드무아젤 파예는 이윽고 교장실로 프랑수아즈와 시몬 모녀를 맞아들였다. 벽마다 붉은색 벨벳을 드리운 방이었다. 파예는 꼿꼿한 자세로 미소를 띠고 있었다. 꽉 졸라맨 허리에 광택이 도는 긴 벨벳 치마를 입고 있었다. 교장은 우선 프랑수아즈 드 보부아르의 말을 듣고자 했다.

프랑수아즈는 몸을 앞으로 바싹 당겨 앉은 채 시몬의 재능을 자랑했다. 푸른 눈 갈색 머리의 이 예쁜 딸은 벌써 열 권이 넘는 책을 뗐는데, 읽는 법은 혼자서 깨우쳤다고 말했다. 마드무아젤 파예는 모녀의 미모에 반해 여자아이를 바라보며 수시로 미소를 보냈다. "그럼요, 우리 학교는 학생의 재능에 맞춰 교육한답니다." 교장이 대답했다. 그러고는 시몬을 향해 말했다.

"이곳에서는 우아하게 절하는 법, 손님에게 차를 대접하는 법, 프랑스공화국 대통령이든 일개 하인이든 막힘없이 대화할 수 있는 법을 배울 거야…… 자수와 뜨개질도

배우지. 하여간 양가 규수가 알아야 할 모든 것을 배운다고 생각하면 돼."

그러고 이번에는 프랑수아즈 드 보부아르를 향해 덧붙였다.

"여자아이한테는 집안의 일에 대해 잘 아는 것이 바깥 활동에 대해 아는 것보다 중요하죠, 그렇잖아요?"

프랑수아즈 드 보부아르는 미소 지었다. 그가 원하는 게 바로 그것이었다. 여자아이의 교육을 너무 멀리까지 밀고 나갈 필요는 없다. 미래의 좋은 신붓감을 양성하는 교육으로 충분하다. 자신이 수녀들에게서 배운 내용과 비슷하게 가르치는 학교, 프랑수아즈는 그런 학교를 원했다. 수녀원 기숙학교에서 공부했다는 사실은 프랑수아즈 브라쇠르의 자랑거리가 아닌가!

과거지향적인 가치관에 빠져 있는데다 암기식 교육 위주이고, 엄격하고 낡아빠진 훈육 방식을 고수하는 선생들은 외양조차 '가르손* 룩'의 짧은 머리가 유행하던 그 시기에 긴 머리를 고집하고 지난 세기 여자들처럼 망슈 지고 블라우스와 긴 치마를 벗어나지 못하는 사람들이지만, 그렇더라도 시몬은 처음에는 데지르 학교에 다니게 되어 기뻐한다. 정신을 살찌울 지적 양식이 간절하던 차에 그것을 얻을 수 있으리라는 기대로 신이 난다. 시몬은 열성적으로

* garçonne. 젊은 남자를 뜻하는 'garçon'에서 파생되어, 사내 같은 젊은 여자를 가리키던 말이다.

학업에 몰두한다. 하지만 얼마 지나지 않아 영재의 명철함으로 다음과 같은 사실을 알아차린다. 자신이 받는 교육에 분방한 상상력과 자유가 결핍되어 있다는 것을 말이다. 어째서 어머니는 이처럼 규칙만 강조할까? 어머니와 딸 사이에 미세한 균열이 시작된다.

헌병인가, 교도관인가? 시몬의 어머니는 세밀하고 꼼꼼하게 모든 것을 감시한다. 자식에게 일어나는 일은 사소한 것이라도 빠짐없이 챙기고 감시하는 어머니, 자식이 무엇을 먹는지 자세히 알아야 하고, 어떤 방식으로 행동하는지 지켜봐야 하며, 자식이 느끼는 감정까지 관리해야 하는 어머니, 프랑수아즈는 그런 어머니에 속한다. 그런 어머니는 아이에 대해 규율을 정해놓고 헌병처럼 그 규율을 수호하면서, 스스로는 아이의 수호천사 역할을 한다고 믿는다.

프랑수아즈 드 보부아르를 보면 내가 마리즈 바양과 공동으로 집필한 『정신분석은 어떻게 삶을 변화시킬 수 있는가』의 피험자 중 한명인 제랄딘이 자신의 어머니에 대해 들려준 이야기가 생각난다. 물론 프랑수아즈가 그 정도로 심한 건 아니지만 말이다. 제랄딘의 어머니는 자기 딸들의 일거수일투족을 감시하고, 평가하고, 잔소리를 반복했다. 그 잔소리의 내용 역시 저주에 가까웠다. "정신 차려! 한번만 더 그랬다가는…… (상황에 따라) 바닥에 나자빠질 거다/망신스러워 얼굴을 들고 다니지도 못할걸/어디 한군데 부러질 테지/죽을 줄 알아." 말하자면 딸들에게

그 어떤 자발성도 허용하지 않았다.[15]

숨 막히는 일과 속에서

두 딸은 하루 두차례 기도를 올리고, 매주 일요일 저녁 미사에 참석하고, 간식으로 빵과 함께 코코아를 마시고, 공원에 갈 때는 발목 위까지 오는 장화와 주름치마로 단정히 차려입는다. 반면 놀이로 시간을 보내는 경우는 거의 없다.

그래도 인형은 갖고 있지 않은가? 물론 두 아이에게는 큰 눈에 속눈썹이 달린 예쁜 도자기 인형들이 있고, 인형 옷을 따로 담아둔 장난감 트렁크도 있지만, 그것을 상자에서 꺼낼 기회는 간혹 집에 손님을 초대했을 때뿐이다. 저녁 모임이 끝나고 손님들이 떠나면 인형들을 서둘러 다시 벽장에 넣어야만 한다. 특히 인형을 갖고 놀 때는 혹시라도 망가뜨리지 않도록 아주 조심해야 한다.

놀이를 할 수 있는 시간이 매우 적다보니 어쩌다 기회를 얻어도 무엇을 하며 놀아야 할지 모를 때도 있다. 어린이의 성장에서 놀이의 중요성을 강조하는 돌토의 이론은 아직 알려지지 않았다.

즐길거리가 단 한가지도 없단 말인가? 목요일 저녁마다 가족은 아이들의 외가인 브라쇠르가로 가서 조부모님과 함께 식사를 하는데, 그 자리가 유일한 탈출구가 되어준다. 시몬은 식탁에 놓이는 햄버거스테이크며 송아지고기 크림스튜 같은 음식들에 신이 난다. 원기를 북돋아주는 강장 요리들이 매주 바뀌어 식탁에 오른다. 타르티플레트,◆ 치즈파이, 감자그라탱, 소시지…… 그리고 보면 프랑수아즈 드 보부아르는 자신의 부모보다 더 금욕적인 사람인 게 분명하다.

일종의 감각의 '청정지대'에서 일탈이라고는 없는 수도사 같은 삶. 이것이 『얌전한 처녀의 회상』에 그려지는 당시 시몬과 엘렌의 생활 모습이다.

다행히도 얼마 지나지 않아 시몬은 상상력을 키울 방법을 찾아낸다. 특별한 기분전환거리를 찾아낸 것이다. 어린 나이지만 시몬은 틈만 나면 몽파르나스 대로의 집 3층으로 올라가 발코니 난간에 팔꿈치를 괴고 거리를 내려다본다. 매번 경탄하며 거리 풍경에 빠져든다. 그즈음 여자들은 이미 머리를 짧게 자르고 모자 없이 거리를 다닌다. 커플들은 팔짱을 끼고 걷다가 멈춰서서 격정적으로 포옹한다. '가르손'이라고 불리는 여자들이 파이프에 담배를 끼워 피워문다. 어머니 프랑수아즈를 종종 분개하게 만드는 모습이기도 하다.

그런 모습을 볼 때마다 어머니가 보이는 반응은 한결같

◆ 사부아 지방의 르블로숑 치즈가 들어가는 그라탱.

다. "당치 않은 짓이야……"

후에 시몬은 어머니가 '당치 않은 짓'으로 규정한 일, 그 금지된 일의 짜릿함을 즐기게 될 것이다. 어쨌거나 동시대인들을 관찰하고 현실을 이해하는 데 바쳐진 어떤 삶, 즉 작가의 삶이 의식하지 못하는 사이에 이렇게 시작된다. 나중에 카페 플로르, 카페 레 되 마고에서 만나게 될 젊은 철학자 시몬 드 보부아르 역시 어떤 의미로는 '발코니 난간에 팔꿈치를 괴고' 다른 사람들을 관찰하는 중이었다고 말할 수 있을 것이다. 사실 어린 시몬은 끝없는 규칙과 반복되는 의례에 구속된 갑갑한 삶에 발을 딛고는 탁 트인 세상, 무한을 꿈꾼다. 장차 시몬은 자신이 꿈꾸던 것, 모든 한계와 제약을 거부하는 것을 학문에서, 특히 철학에서 찾아내게 될 것이다.

선입견에 갇힌 어머니라면 앎에 대한 아이의 욕구를 채워주기 어려운 법이다. 시몬은 어머니가 자신의 허기증, 앎에 대한 강렬한 욕구를 해소해줄 수 없다는 사실을 곧 깨닫는다. 앎에 대한 욕구는 그 어떤 금기와도 양립하기 어려우니까! 반면에 아버지에 대해서는 성장할수록 존중하는 마음이 커진다. 어머니와 비교해 아버지 조르주 드 보부아르는 일탈적 상상력과 창의성의 귀감으로 비친 것이다. 딸이 아버지를 존중하는 만큼 아버지 역시 딸의 교육에 진지한 관심을 기울이기 시작한다. 20세기 초에는 아버지들이 젖먹이를 재우거나 분유를 타는 단계에서는 육아에 거의 참여하지 않았다. 아버지들이 자녀교육에 관여하기 시작하는 것은 교육이 말하자면 '고상한' 일거리가 될 수 있는 시점부터이다.

한마디로 아버지는 '남성형 두뇌'를 지닌 어린 영재 시몬에게 관심을 기울이고, 시몬은 아버지가 어머니와 비교해 훨씬 활력 있는 정신의 소유자라는 걸 인식한다. "내 주위에 아버지만큼 창의적이고 유쾌하고 명석한 사람은 아무도 없었다. 아버지만큼 많은 책을 읽고 많은 시를 암송할 수 있는 사람, 그렇게 열정적으로 토론할 수 있는 사람은 없었다."[16]

어머니와 딸 사이에 골이 생겨나 점점 깊어진다. 하지만 자신이 받은 교육에서 벗어나지 못한 프랑수아즈는 딸들과의 정서적 유대를 회복할 방법을 찾지 못한다.

어머니는 딸들을 질투 섞인 눈으로 지켜본다. 딸들이 자신의 품에서 벗어나는 게 싫다. 달리 말하면 결국 딸들의 성장을 지켜보고 싶지 않은 것이다. 이 어머니는 집 안의 모든 문을 열어놓도록 한다. "나는 어머니가 방에 앉아 열린 문으로 지켜보는 눈길을 견디며 공부해야 했다." 보부아르가 『아주 편안한 죽음』에서 꺼내놓은 기억이다. 어머니는 밤낮으로 한순간도 딸에게서 눈을 떼지 않는다. "딸을 향한 관심이 어머니를 사로잡아 잠식했다."[17] 투명성을 강요한다는 건, 아이에게서 그만의 비밀공간과 내밀한 영역을 빼앗는다는 건 얼마나 큰 폭력인가.

프랑수아즈는 딸들이 수영을 배우지 못하게 할 것이고, 조르주 드 보부아르가 딸들에게 자전거를 사주겠다고 할 때도 반대하고 나설 것이다.[18] 시몬은 시골구석에 파묻혀 있는 듯한 갑갑함을 느낀다. 이제 시몬의 꿈은 오로지 자유를 얻는 것이다.

철통같은 감시 아래

시몬이 가장 견딜 수 없는 것은 문학 영역에서 어머니가 행하는 검열이다. 프랑수아즈는 서가도 자신의 기준에 따라 감독하고 검열해서 읽어서는 안되는 책을 정했다. 정서에 동요를 일으키지 않을 도덕적인 이야기들을 골라 자신이 먼저 맛보기처럼 훑어본 다음 딸들에게 건네주었다. 그렇게 해서 시몬은 『르 프티 프랑세 일뤼스트레』◆에 연재되는 페로의 『어미 거위 이야기』,◆◆ 이어서 '장미 총서'◆◆◆ 동화책들을 읽는다. 침대 머리맡에 놓아두어도 된다는 허락도 받은 이 동화책들은 시몬의 "음울한 세계에 얼마간의 색채를 부여해주었다".[19] 프랑수아즈가 저지른 실수는

◆ 아르망 콜랭이 1889년 창간한 아동잡지.
◆◆ 샤를 페로가 1697년 발표한 동화 모음집.
◆◆◆ 아셰트 출판사가 6세부터 12세까지의 아동을 대상으로 1856년부터 발간해온 문고.

『인어공주』를 비롯한 안데르센의 동화들을 읽어도 좋다고 딸들에게 허락한 일이다. "인어공주의 이야기는 시몬을 울렸고, 한동안 우울한 기분에 빠져 있게" 했으니까. 역설적인 사실은 이런 트라우마가 '풍기 문란'한 성인물이 아닌 동화에서 비롯된다는 점이다. 실제로 우리 모두가 안데르센 동화의 폭력성을 경험하며 성장했다. 성냥팔이 소녀의 배고픔을 겪었고, "걸음을 옮길 때마다 칼로 다리를 찌르는 듯한" 인어공주의 고통을 느꼈다. 시몬이 인어공주 이야기에 격렬한 반응을 보인 것은 물론 우연이 아니다. 그 시절의 시몬 역시 인어공주처럼 한 세계에서 또 하나의 세계로, 반은 물고기인 여자에서 강한 여자로 넘어가고 있었다.

프랑수아즈 드 보부아르는 동화에 대해서는 그 내용까지 세세히 따져보진 않았지만, 당시의 '비윤리적' 작품들에 대해서는, 특히 1900년에 출간된 『학교의 클로딘』에 대해서는 가차 없는 거부반응을 드러낸다.

그렇지만 그 책은 시몬이 서가에서 눈여겨봐둔 것이다. 표지가 『빨간 망토를 두른 소녀』와 비슷하기 때문이다. 빨간 후드가 달린 빨간 망토를 입은 여자아이가 벤치에 앉아 있는 그림이다. 나막신과 양모 양말을 신은 것도 비슷하다. 그 책의 작가는 윌리라는 사람이다. 시몬은 그 책이 동화책이라고 믿었다.

어느날 루이즈는 시몬이 읽을 책을 고르다가 그저 학교

에서 일어난 몇가지 일화를 담은 책일 거라는 생각으로 그 책을 펼쳐 읽기 시작한다. 하지만 루이즈가 펼쳐든 그 책을 프랑수아즈 드 보부아르가 아연실색한 표정으로 잡아챈다. 사실 그 시절 주인들은 하인들이 건전한 독서를 하도록 지도하는 것도 자신의 의무라고 믿었다.[20]

"이 책은 네 나이에 맞지 않아, 루이즈. 시몬에게야 더 말할 나위도 없지. 이 책을 제자리에 다시 놓아둬." 프랑수아즈가 새된 소리를 내뱉는다. 작품 속 클로딘과 마드무아젤 에메 간의 연애감정을 이야기하는 대목을 루이즈가 읽을 수도 있다는 생각에 지레 기겁한 얼굴이다. 이렇게 해서 콜레트의 『학교의 클로딘』은 증발하고 만다. 아마도 장롱 위에 쌓아놓은 금서 무더기에 새로 합류했을 것이다.

애정결핍만으로도 모자라 권위적 방식으로 가해지는 이런 억압에 직면한 보부아르 자매는 세상과 맞서 역경을 헤쳐나가는 유형의 놀이, 예를 들어 사막에서 길을 잃은 탐험가들, 무인도에 난파한 선원들 같은 역할놀이를 하면서 점차 둘만의 작은 세계를 구축해간다. 『얌전한 처녀의 회상』에서 보부아르는 이렇게 돌아본다. "빈약한 놀이 소재에서 최대한의 흥미를 끌어내기 위해 우리 둘은 기발함이라는 재능을 발휘했다."

이렇게 두 자매는 외적으로 어머니의 무관심 혹은 냉정함이 지배하자 그들끼리 스스로를 보호하는 일종의 인큐베이터를 만들어 피신한다. 이 자매의 연대는 쌍둥이로 보일 정도로 강력하다. 실제로 둘만 통하는 말을 만들어 쓰곤 했으니까. 그것은 오늘날 심리학자들, 특히 쌍둥이 연구에 탁월한 업적을 남긴 르네 자조*가 '크립토파지아',** 즉 암호화된 언어라고 부를 만한 것이다.

어머니 프랑수아즈는 이런 자매에게 분개하면서도, 그들이 어머니와 거리를 두는 원인이 자신의 태도에 있다는 생각은 하지 못한다.

자매 가운데 시몬은 자상한 어머니 역할을 맡는다. 그는 맏이라는 의식이 몸에 배었고, 어느정도는 장남의 역할을 맡은 것으로도 보인다. 푸페트의 출생과 그에 따른 '또 딸이야?'라는 무언의 실망은 시몬이 '장녀'이자 유사 아들로서의 자기 위치를 강화하는 결과로 이어졌다. 맏이들은 관리직에 적합한 성향을 보이고, 그에 비해 둘째는 더 분방하고 위반을 겁내지 않는 편이어서 창조적인 직업에 종사하는 경우가 많다는 데는 오늘날 여러 연구가 동의한다. 분명한 점은 시몬은 동생에 대해 맏이의 역할을 훌륭히 수행한다는 사실이다. 손을 잡아주고, 글을 가르치고, 달래준다. 무뚝뚝하고 차가운 어머니 곁에서 시몬이 달리 무엇을 할 수 있었겠는가?

◆ René Zazzo(1910~95). 프랑스 심리학자.

◆◆ cryptophasia. 형제나 자매, 쌍둥이, 커플 등 흔히 두 사람으로 구성된 집단에서 자신들만 소통하고 타인들을 배제하기 위해 만들어 쓰는 암호화된 언어.

자매의 관계가 가까워지거나 멀어지는 데는 이처럼 어머니의 태도와 성격이 큰 영향을 미친다. 어머니가 늘 아이들 곁을 맴돌고 지나치게 다정하고 지나치게 밀착하려 들면, 자매는 서로 거리를 둔다. 반면 어머니가 아이들과 거리를 두고 억압적인 태도를 보이면, 자매는 서로 가까워진다. 시몬과 엘렌 자매의 경우가 바로 그렇다.[21]

이어서 딸의 성장에 중요한 역할을 하는 사람은 아버지 조르주 드 보부아르이다. 아버지는 이따금 시몬을 어머니의 감시로부터 빼돌린다. 아버지가 권해주는 책은 시몬에게 한 세계를 열어 보이곤 한다.

‡‡‡

"시몬, 네게 줄 멋진 선물이 있다."

"네, 아빠, 책이군요! 어서 주세요!"

조르주 드 보부아르의 목소리는 비밀을 속삭이듯 부드럽다. 시몬은 받아든 책의 표지를 본다. 대니얼 디포의 『로빈슨 크루소』.

"걸작이지…… 한 남자가 무인도에 표류하게 돼. 홀로 고독에, 기약 없는 삶에 맞서야 하는 거야. 자신의 악몽과도 싸워야 하고."

시몬의 입가에 미소가 번지고, 손가락으로 머리카락을 돌돌 만다. 골똘히 생각에 잠길 때의 습관이다. 아버지가 자신에게 관심을 기울일 때면 얼마나 행복한지! 시몬은 아버지의 서재를 세상 어느 곳보다 사랑한다. 그곳은 인간의 비밀을 공유하는 공간이다.

조르주 드 보부아르는 딸 시몬이 책을 읽을 수 있게 되자마자 끊임없이 '복음을 전한다'. 자신이 좋아하는 작가들인 러디어드 키플링, 쥘 베른, 대니얼 디포의 작품과 모험기들을 읽게 한다. 시몬은 아버지가 추천하는 책들을 읽으며 그 어느 때보다 활기에 넘친다. 글짓기를 해서 상을 받고 선생님들에게 칭찬을 듣는다. 시몬이 쓴 독후감을 읽어본 부모는 자랑스럽고 뿌듯하다. 얼마나 총명한 아이인가. 시몬에 대한 기대가 커질수록 동생 엘렌에게는 소홀해진다. 엘렌이 학업 성적을 자랑할 때마다 부모로부터 얻는 것은 다음과 같은 냉정한 말이 고작이다. "오, 그 정도는 당연히 해야지!" 부모는 총명한 만딸이 계속해서 학문의 길을 나아가는 것으로 만족하는 것 같다.

하지만 쉬운 일은 없다. 이는 시몬에게도 엘렌에게도 마찬가지다. 시몬은 물론 재능 있는 학생이지만 데지르 학교에서 공부에 열중하면서 교우관계에 소홀해진다. 지능이 매우 높은 아이들이 종종 그렇듯,[22] 시몬 역시 자신의 감정을 표현하고 주변 사람과 관계를 꾸려나가는 데는 어려움을 겪는다. 오늘날 통용되는 용어로 표현하자면 지능지수가 감성지수보다 훨씬 높은 경우이다. 한마디로, 세계를 이해하는 능력은 뛰어나지만, 자신과 타인의 감정을 이해하기는 어려워한다.

시몬은 자기 어머니의 성격을 물려받은 걸까? 학교에 들어가 처음 몇년 동안 시몬은 친구를 사귀지 못했다. 또래에 비해 지나치게 조숙했던 게 아닐까? 동급생들은 놀이에서든 체육 시합에서든 시몬을 같은 팀에 끼워주지 않았다. 쉬는 시간에도 시몬은 무엇을 해야 할지 몰라 어색해했다. 때로 친구들에게 다가가보기도 했지만 대화는 서너 마디 이상 나아가지 못했다. 명석한데다 신랄한 면까지 갖춘 시몬은 친구들에게 인기가 없었다. 나중에 시몬 드 보부아르는 자신의 전기를 쓰는 미국 작가 디어드리 베어에게 다음과 같이 털어놓았다. "친구들에게 인기가 없다는 사실에 물론 마음은 상했죠. 하지만 책을 읽고 공부하면서 얻는 즐거움에 비하면 나머지 것은 별로 중요하지 않았어요."[23]

시몬이 그 시절 자신에 대해 '인기가 없다'라는 표현을 쓴 것이 인상적이다. 이 인기라는 말이 요즘에는 아주 흔해졌다. 만약 그 당시 시몬 드 보부아르에게 페이스북 계정이 있었다면, 분명히 친구가 쉰명도 안되었을 것이다. 어린 시몬은 지나치게 '순진하고 엄격했다'. 타협이나 양보를 몰랐고, 때로 너무 진지하고 유머 감각이 없었다. 나중에 자자를 만나고, 그후 사르트르가 삶 속에 들어오면서 시몬은 갇힌 자신을 자유롭게 해주는 진정한 우정을 알게 된다.

일찍 발현한 작가 재질

시몬은 고독과 맞설 무기를 아주 이른 나이에 손에 넣는다. 이야기를 글로 옮기는 능력을 갖춘 것이다. 이미 일곱살에 시몬은 반듯한 필체로 노트를 메워나갔다. 그의 첫 작품은 무엇일까? 「마르그리트의 역경」, 프랑스로 돌아오려고 라인강을 건너는 한 알자스 여인의 이야기이다. 그다음에 쓴 것은 부부와 두 딸로 구성된 가족이 여행을 떠나 고생하는 이야기인 「바보 가족」으로, 시몬과 엘렌이 "흠뻑 빠져 읽고 또 읽은"[24] 『프누야르 가족』♦을 모방한 작품이다. 시몬은 자신이 쓴 작품을 자랑스럽게 프랑수아즈 드 보부아르에게 내민다. 프랑수아즈는 딸이 쓴 글을 남편에게 읽어주며 간간이 웃기도 한다. 시몬의 글에 돌아온 첫 반응, 말하자면 첫 비평은 호의적이다! 외할아버지는 손녀를 위해 백지를 제본해 책을 만들고, 그 백지 위에 이모 릴리가 조카의 글을 "기숙학교 여학생의 단정한 필체로" 옮겨적는다. 어설프게 제본된 이 책은 일가족의 손을 한바퀴 돈다. 시몬의 글을 읽은 이들은 요람 둘레에 모인 요정들처럼 소곤거린다. 이 아이는 뛰어난 재능을 지녔으며 장

♦ 식물학자이자 프랑스 만화의 개척자인 조르주 콜롱(Georges Colomb, 1856~1945)이 크리스토프라는 가명으로 그린 만화로 1893년에 출간되었다.

차 작가가 될 거라고! 일가족의 이런 반응은 마치 기분 좋은 예언처럼 시몬의 귀에 스며든다. 시몬은 이 예언을 진지하게 받아들이는데, 멀지 않은 곳에서 장폴 사르트르라는 사내아이 역시 말과 글에 열정을 키우고 있다는 사실은 아직 모른다.

콜레트와 닮은 자연을 향한 열정

그렇지만 글쓰기가 시몬의 생활을 온통 차지한 것은 아니다. 시몬은 매년 여름이면 코레즈주 메리냐크의 할아버지 댁에서 휴가를 보낸다. 그곳에서 보내는 여름은 즐겁고, "그 두달 반 동안 행복은 절정에 도달한다".[25] 도시 아이 시몬은 그 여름 동안 금세 생기발랄한 하이디로 변신해 초목과 짐승들에 정다워지고, "무수한 주름을 지닌" 자연을 발견한다. 헤아릴 수 없는 비밀을 지닌 이 자연이란 파리의 작고 냉랭한 세계보다 더 복잡하고 울창하고 향기로운 현실을 환기한다. 수련, 금계와 홍관조가 있는 큰 온실, 삼나무, 자줏빛 너도밤나무, 일본 분재…… 시몬이 메리냐크에서 찾은 공원은 거창하지는 않지만 끝없는 지평선을 열어준다. 그리고 탁 트인 대기. 그곳에서 기쁨에 넘쳤던 어린 작가는 나중에 이렇게 회고한다. "그곳에서 나는 철없이 나댈 수 있었다!"[26]

자연에 대한 이런 열광적 어조는 이 책의 또다른 주인공 콜레트를 떠올리게 한다. 콜레트는 프랑수아즈 드 보부아르가 질색한 작가였지만, 자연을 향해 분출하는 이 작가의 언어를 시몬은 사촌 언니 마그들렌의 도움으로 아주 일찍 맛보게 될 것이다.

"나는 미나리아재비, 토끼풀, 풀협죽도, 형광파랑 메꽃, 나비, 무당벌레, 찬란한 초록, 거미줄에 맺힌 이슬을 알게 되었다."[27] 콜레트의 한 구절을 읽는 것 같지 않은가? 다만 차이점이 있다면 콜레트를 처음 자연으로 이끌고 자연을 관찰하게 한 사람이 어머니라는 사실에 반해, 보부아르에게 자연은 어머니의 영향력에서 벗어날 기회, 즉 자유를 얻을 기회라는 점이다.

메리냐크의 자연은 시몬을 어머니에게서 구출한다. 공간을 축소하고 숨 막히게 만들던 어머니의 눈길을 그곳에서는 견디지 않아도 된다. 시몬은 그곳에서 모든 것을 맛보고 누린다. 옷매무새가 흐트러지는 데 신경 쓰지 않고 마음껏 달리고, 덤불을 헤집고 다닌다. 어머니가 시몬에게 지시한 것들, 할아버지 앞에서 얌전하게 굴고, 장난치지 말고, 바른 자세를 유지하고, '불평'하지 말라는 그 모든 규율의 구속을 벗어던지고 분방함 속으로 뛰어든다.

그곳에서 지낼 때면 종종 "말 네필이 끄는 사륜마차의 (⋯) 가죽 좌석에 올라타고" 라그릴리에르에 사는 엘렌 고모를 찾아가곤 한다. 엘렌 고모의 집에는 시몬이 좋아하는 두 사촌 마그들렌과 로베르가 있다. 이 만남은 시몬에게 또다른 지평을 열어준다. 시몬보다 세살 위인 마그들렌은 시몬에게 당장은 문학에 한정된 것이긴 해도, '금지된 즐거움'을 가르쳐준 장본인이다. 라그릴리에르 저택의 큰 서가를 뒤져 바버라 카틀랜드 유의 연애소설들을 시몬에게 건네준 것이다. 지식인과 엄격한 도덕주의자 들이 '나쁜' 책으로 규정하고 어머니가 혐오한 연애소설들이지만, 그런 만큼 시몬에게는 작은 '자유의 폭발'을 맛보게 해준다. 시몬은 몰래 훔쳐낸 그 순간들과 금지된 그 책들을 희열을 느끼며 맛본다. 아니, 집어삼킨다. 그것이 자유라고 불린다는 건 아직 모르는 채로. 아몬드처럼 갸름한 눈을 가진 다른 여자아이가 사이공의 어느 집에 틀어박혀 이런 통속소설을 몰래 맛보고 있다는 사실도 모른다.

나중에 성인이 된 시몬은 어머니가 딸이 쓴 『얌전한 처녀의 회상』을 읽다가 자신이 금지한 책들을 딸이 읽었으며 그 사실을 감추어왔다는 사실을 알고 분노했음을 다음과 같이 기억한다. "40년이 지났는데도 어머니는 내가 열살 때 당신에게 거짓말을 할 수 있었다는 사실을 견디지 못했다."[28] '투명성'에 의거하는 교육은 지극히 작은 거짓조차도 용납하지 못하는 법이다.

어머니보다 더 자유롭게

메리냐크의 여름과 책들에 파묻혀 지내는 시몬에게 직관처럼 다가온 깨달음이 있다. 자신이 어머니와는 아주 다르게 살 거라는 확신이다. 더 넓고, 더 자유로운 다른 삶을…… 이렇게 열살 무렵에는 종종 새로운 시야가 열린다. 그동안 구축되어온 가짜 세계, 그 환영들이 무너지는 것이다.

시몬은 이상적 부부라고 생각한 부모님이 자주 다투고 서로에게 상처 입히는 모습을 목격한다. 그런 고통스러운 상황에 급작스럽게 직면할 때면, 난무하는 고함, 비난, 질투 앞에서 시몬과 엘렌 자매는 깜짝 놀라 거의 얼이 빠진 것처럼 서로를 끌어안고 버틴다. 삶이란 두 종류의 재료, 행복과 불행을 씨실과 날실 삼아 짜나가는 천이라는 생각을 하게 된다. 삶에 행복과 불행이 공존한다는 사실을 받아들여야 한다.

아름다운 어머니 프랑수아즈조차 이따금, 모욕적으로까지, 비난의 대상이 된다. 몰래 어머니의 험담을 하는 사람은 바로 루이즈이다. 어느날 시몬은 루이즈가 중얼거리는 소리를 듣는다. "부인은 꼭 족제비처럼 꽥꽥거린다니까." "부인은 정말 별나." 신 같은 어머니가 가정부의 조롱 대상이 될 수도 있다니. 시몬은 별안간 다른 눈으로 어머니를 바라보게 된다.

시몬은 어린 시절을 이렇게 자신도 모르는 사이에 떠나보내게 될 것이다. "열살 때까지는 부모님을 사랑했다"고 시몬 드 보부아르는 회상한다.[29] 이 말끝에는 다음의 한마디가 생략되었다. '열살 이후로 많은 곤경을 겪었다.' 실제로 일상의 삶은 이제 비탈길을 굴러 내려가게 된다. 아버지 조르주는 처음으로 재정적 위기에 처한다. 1914년에 전쟁이 발발한다. 물론 1차대전을 말하는 것이지만 시몬에게는 전혀 다른 또 하나의 전쟁, 더 내면적인 전쟁의 시작이기도 하다. 유년을 떠나보내는 전쟁 말이다. 가족은 경제적 궁핍에 빠지고 부부의 다툼이 잦아진다.

이사를 해야 하는 상황이다.

3장

한 세계가 무너지다

1918년 9월. 보부아르 가족은 몽파르나스 대로의 아파트를 떠난다.

"6층인데 승강기가 없어요. 이 집이 맞아요?"

1918년 9월 어느 흐린 날. 간밤에는 비가 왔다. 비에 젖은 파리의 도로가 달빛의 끝자락에 반들거린다. 오늘 아침은 지독히도 우중충하다. 해는 아예 뜨지도 않은 것 같다.

시몬은 외투 자락을 바싹 여민다.

찬 바람이 이 누추한 집 안으로 스며드는 게 느껴진다. 렌 거리 71번지, 새로 이사 온 집이다. 시몬은 승강기 없는 좁은 계단을 걸어 올라간다. 앵클부츠를 신은 작은 발이 납덩이를 단 듯 무겁다. 집 안으로 들어서자 숨이 턱 막힌다. 복도는 좁고 어둡다. 낮은 천장 탓에 덫에 걸린 기분이 든다. 방들은 전부 다닥다닥 붙어 있는 듯하다.

"자, 얘들아, 여기가 너희 둘이 함께 쓸 방이야."

프랑수아즈 드 보부아르가 목소리를 띄우지만 쾌활하게 들리기에는 너무 날카로운 고음이다.

시몬은 방문 앞까지 다가왔다가 멈칫한다. 벽지는 더럽고 방은 손바닥만 하다.

이 좁은 방 안에 무언가가 들어갈 수 있을 것 같지 않다. 좁은 책상 하나, 작은 서랍장 하나 놓을 자리가 없다.[30] 그 순간 시몬은 숨을 삼킨다. 별안간 눈에 들어온 저것은…… 거미가 아닌가? 가시를 삼키기라도 한 양 목구멍이 좁아든다. 숨이 막힌다. 소스라쳐 자신도 모르게 뒤로 펄쩍 물러난다.

"거미가 있어!"

무언가 걷잡을 수 없는 것이 배 속에서부터 치밀어오른다. 시몬은 소리를 지른다.

"푸페트! 이리 와봐!"

시몬은 솟구치는 눈물을 억누르고 치미는 반감을 애써 다독거린다. 울고 싶은 게 눈앞의 방 때문인지 아니면 거미를 본 탓인지 시몬 자신도 알지 못한다.

푸페트도 언니를 놀려줄 기분이 아니다. 오히려 언니의

손을 잡으며 말한다.

"괜찮아, 진정해. 작은 벌레일 뿐인데, 뭐……"

엘렌이 언니를 달래는 건 거의 없는 일이다. 하지만 시몬은 거미를 몹시 무서워한다.

프랑수아즈 드 보부아르가 큰 소리를 듣고 달려와 딸을 나무란다.

"아무것도 아닌 일에 요란 떨기는…… 하찮은 거미 한 마리를 보고 벌벌 떨다니, 부끄러운 줄 알아야지…… 넌 열살이야! 이제 어린아이가 아니잖아."

몽파르나스 대로 103번지에서 렌 거리까지 그리 멀리 옮겨온 것은 아니지만, 시몬은 유년 시절과 통째로 멀어진 느낌이다. 유년은 멀어졌을 뿐 아니라 꿈마저 기차처럼 줄줄이 엮어 전부 가져가버렸다. 새로 이사 온 이 집은 난방도 되지 않고, 욕실은 하나뿐이다. 집 안 어디나 냉기가 돈다. 아버지가 서재로 쓰기로 한 방에만 난로가 놓여 있다.[31] 연통에서 소리가 나긴 해도 어쨌거나 난로다. 아버지의 서재에서 주로 시간을 보내야 할 이유가 또 하나 생긴 셈이다.

반면 시몬과 엘렌이 같이 쓸 방에는 앉아서 공부할, 혹은 아래로 들어가 숨을 책상 하나 없다. 부모의 시선 바깥에서 이루어지는 놀이와 독서, 자유로운 사고 연습은 아이들이 자신의 가능성과 잠재력을 계발하고 나아갈 길을 모색하게 해준다. 아이들이 놀이를 통해 자신이 무엇을 할

수 있을지 생각해볼 자유롭고 때로는 심심한 시간을 마련
해주는 일이 중요한 이유이다. 그런데 시몬이 금방 알아차
린 바와 같이, 그 방은 어머니의 지배하에 놓여 있다. 그 방
에 내밀한 공간은 없다. 사방으로 노출되어 집 안의 모든
소음이 드나든다. 그 방에서 시몬은 '빅 마더'의 감시하게
놓일 수밖에 없다. 언제나 곧은 자세를 유지해야 하고, 나
쁜 생각을 해서는 안되며, 일거수일투족을 투명하게 드러
내야 한다.

슬픔이여 안녕

그렇지만 이사는 불가피했다. 당시 1차대전으로 수많은
가정이 재산을 잃었는데, 시몬의 아버지도 같은 경우였다.
"물려받은 유산 전부를 혁명 전 제정러시아가 철도와 광
산 채굴권에 대해 발행한 국채에 투자했다"가 전부 날린
것이다.[32]

의기소침해진 조르주는 사무실 이전 비용 문제로 변호
사 재개업을 포기해버린다. 마흔살이 되기도 전에 두번의
심장발작을 겪게 되자 심리적으로 위축되어 변호사 업무
가 주는 스트레스를 감당할 자신이 없어진 탓도 있다. 대
신 신문광고 대행업을 시작해 그럭저럭 수익을 내지만,
가족의 생활수준을 예전으로 되돌리기는 어렵다. 사춘기

를 바라보는 문턱에서 시몬은 부르주아 계층 여자아이의 자기애에 큰 상처를 입는다. 가난한 아이가 되어버린 것이다.

일상의 모습도 달라진다. 프랑수아즈는 양초를 꽁다리까지 알뜰하게 쓰고, 옷을 꿰매고 기우는 일로 하루를 보낸다. 딸들은 옷이 낡을 때까지, "한 치수 더 크게 바꿔입지 않으면 민망해서 봐줄 수 없을 때까지" 입는다.[33] 그 결과 사춘기의 문턱, 열살에서 열한살 사이, 자신의 몸에 민감해지는 전청소년기에 들어서면서 두 자매는 가난한 차림새를 받아들일 수밖에 없다. 투박한 옷, 낡은 구두가 그들의 일상이 된다. 데지르 학교의 부잣집 딸들과 자신을 비교해보면서 시몬은 견딜 수 없는 기분을 느끼곤 한다. 그 아이들은 책도, 과자도 풍족하게 가졌다.

흔히 주장하기를 아이들은 어른만큼 물질적인 것에 중요성을 부여하지는 않는다고 한다. 맞는 말이다. 다만 가난은 다른 여러 형태로 아이들의 불안을 키운다. 또래집단으로부터의 따돌림, 낙인찍힘(너는 우리랑 입는 옷이 달라), 특히 상처 입기 쉬운 취약성 같은 것이다.

무엇보다 시몬에게 어머니의 빈자리를 메워주고 어릴 적부터 세세한 애정을 기울여준 가정부 루이즈가 지붕공과 결혼해서 따로 살림을 났다.

"이제 누가 와서 집안일을 해줘요, 엄마?" 시몬이 걱정스럽게 묻는다.

프랑수아즈는 한참 대답이 없다가 입을 연다.

"새로 오는 사람은 없어. 우리끼리 해나가야 해."

시몬은 풀 죽은 기색을 드러낸다. 부르주아 가정에 집안일을 봐주는 고용인이 없다는 것은 하락한 사회적 지위의 명백한 징표라는 사실을 시몬도 안다.[34] 어머니는 시몬에게 자질구레한 가사를 떠맡기지만, 딸은 그런 일들에 익숙하지가 않다. 가사를 둘러싼 이 갈등이 어머니와 딸 사이의 골을 더 깊게 만든다.

환멸이 자양분이 되어 사춘기를 키우면, 이번에는 사춘기가 환멸을 키운다.

어쨌거나 영리하고 조숙한 아이일수록 추락은 혹독하게 다가온다. 모든 걸 빤히 보면서도, 부모가 높은 받침대에서 아래로 추락하는 것을 목격하면서도 애착이 유지될 수 있을까?

여덟살에서 열살 사이, 내밀하고 불안한 이 시기에 대해서는 보다 세심한 고찰이 필요하다. 이 나이 대는, 특히 아주 조숙한 아이들에게는, 바깥세상을 향한 질문으로 가득한 시기, 내면에서 벌어지는 사건과 심각한 동요로 점철된 시기이다. 일종의 공동空洞기인데, 이 시기에 어떤 아이들은 지나치게 빠르게 성장해서 부모의 사랑을 반대급부 없이 포기해버린다. 그렇지만 아직 사춘기에 이르지는 못한만큼, 사랑할 다른 심장을 갖추자면 조금 더 기다려야 한다. 말하자면 일종의 공동이 움푹하게 자리 잡는 것이다.

현실이 감수성이 예민해진 시몬을 일종의 해일처럼 휩쓴다. 새집으로의 이사는 전후의 삶 사이의 어떤 단절을 의미하게 된다. 전에 살던 집에서 그리 멀리 온 것도 아닌데 말이다. 하지만 거리가 몇킬로미터인지는 중요하지 않다. 같은 파리 안에 있으면서도 유배되었다고 느낄 수 있는 것이다. 인도차이나를 떠나던 마르그리트처럼, 고향을 뒤로하고 먼 이국땅으로 떠나온 듯이 말이다.

시몬은 목구멍이 꽉 막힌 기분이다. 식탁에 앉아 있어도 음식이 넘어가지 않는다. 고기 한점 씹어 넘길 수도, 퓌레 한술 떠서 삼킬 수도 없다. 그 자리에서 예전처럼 불평을 쏟아낼 수도 있을 것이다. 하지만 시몬은 잘 안다, 이제 불평은 금기라는 사실을. 더 가난한 사람들도 많아, 어머니는 자매에게 말했다. 아예 먹을 것이 없는 사람들도 있어.

좁은 공간에서 부모와 함께 지내는 상황은 시몬을 안심시키기는커녕 불안감을 불러일으킨다. 어머니 프랑수아즈가 믿음과 애정을 주는 사람이기보다 캐묻는 취조관 혹은 심판자이기 때문일 것이다. "내 침대와 부모님의 침대 사이에는 얇은 벽 하나가 가로놓여 있을 뿐이어서, 아버지가 코를 고는 소리가 들리곤 했다." 이따금 다른 종류의 소리가 자매의 귀에 들리기도 한다. 불안하고 동물적인…… 그 헐떡임, 그리고 삐걱거리는 침대 소리…… 그런 소음들은 이들의 부모가 나이 마흔 가까이에도 여전히 성생활을 활발히 지속하고 있음을 말해준다. 한 남자가 덮쳐 내리누르는 악몽은 그렇게 시작된다. "어떤 남자가 내 침대 위로 뛰어올라 무릎으로 내 명치 부근을 눌렀다. 나는 숨이 막혔다⋯⋯"[35]

그런 악몽을 꾸는 날에는 한밤중에 식은땀을 흘리며 잠을 깨곤 한다. 그렇지만 침대를 벗어날 수 없다. 그저 아침이 되기를 뜬눈으로 기다려야 한다. 끔찍하고 우울한 시절이다. 시몬은 자신이 처한 이 상황을 납득하지도 통제하지도 못한다.

자자와의 만남

그렇지만 시몬을 구해줄 구원자가 있다.

그 중요한 만남은 시몬이 열살이던 1918년 가을에 이루어진다. 엘리자베트 라쿠앵, 일명 자자와의 만남이다.

그날 아침 교실로 들어선 시몬은 옆자리에 한 여자아이가 앉아 있는 것을 본다. 가무잡잡한 피부에 이마가 조금 튀어나오고 머리 모양새는 다소 어설프지만, 반짝이는 눈빛이 솔직해 보인다. 그 말라깽이 '작은 검둥이'가 시몬을 냉랭하게 훑는다.

"안녕, 이름이 뭐니?"

시몬은 그 아이가 이곳 데지르 학교에서 보는 반듯한 양갓집 딸들과는 다르다는 데 흥미를 느낀다. 눈앞의 아이에게는 뭔가 길들지 않은 생기가 있다. 말과 행동은 거침없고 솔직하다. 선생들을 대할 때조차 주눅 드는 법 없이 자연스럽다. 시몬은 그 여자아이에게 마음이 끌린다. 그 아이는 활기차고, 표정이 풍부하다. 웃음이 터지는 대로 꾸밈없이 웃고, 손으로 입을 가리며 얌전을 부리는 법은 없다. 장난기 많기로는 마치 원숭이 같아서 선생들의 말투와 몸짓을 그럴듯하게 흉내 내곤 한다. 한마디로 당돌하고 매력적인 아이다.

그런 성격은 그 아이 안에 상처 받기 쉬운 뭔가가 자리 잡고 있기 때문인지도 모른다. 어릴 적에 시골에 갔을 때 감자를 굽다가 허벅지에 3도 화상을 입고 죽을 만큼 고생했다고 한다. 이런 종류의 경험, 어린 나이에 겪은 극한의 고통이 자자의 성격을 단련해주었을 것이다.

얼마 지나지 않아 자자와 시몬은 전교 수석 자리를 놓고 경쟁하는 관계가 된다. 선생과 부모 들은 둘 사이의 이런 경쟁을 반긴다. 사내아이들처럼 경쟁을 통해 서로가 성장하는 것이야말로 어른이 권장하는 우정의 유형이다.

자자는 시몬의 반항적인 쌍둥이다. 이 쌍둥이를 통해 시몬은 자신의 유년을 이해하고, 다소 냉랭해진 부모와의 관계를 벌충한다. 시몬을 내면의 감정에서 해방되도록 한 사람 역시 이 친구다. 자자는 시몬으로 하여금 자신의 감정에 귀 기울이게 하고, 의식하지 못했던 것을 표면으로 끌어내 바라보게 해준다. 자신의 쌍둥이, 동등한 수준의 두

뇌를 가진 벗을 꿈꾸던 시몬, 데지르 학교의 외톨이라는 치욕적인 고독에서 벗어나려 애쓰던 시몬에게 자자는 하늘의 선물이다. 동생 엘렌은 두 사람의 우정이 마땅치 않다. 시몬을 빼앗긴 기분이 든다. 하지만 엘렌이 틀렸다. 시몬을 놓고 자자는 엘렌이 아닌 어머니 프랑수아즈와 겨룰 테니까! 사춘기 딸들에게는 이상형을 구현하는 여성들이 구원자 역할을 할 수 있다. 자자는 시몬의 어머니가 내세우는 극도의 자기통제에 맞서 절대적 자율성을 구현한다. 즉 시몬의 동맹군이자 공모자가 되어, "다른 딸들은 모두 자기 어머니를 흉내 내기에 여념이 없는" 동안 시몬이 "가족으로부터 한걸음 물러설 수 있도록", 가족과 거리를 둘 수 있도록 해준다.[36] 한마디로 자자는 여성이 가질 수 있는 다른 얼굴을 제안한다. 시몬은 이 친구를 통해 어머니가 제시하는 삶, '좋은 신붓감'으로 예정된 삶을 벗어날 수 있음을 깨닫는다. 결국 프랑수아즈 드 보부아르가 예견한 대로는 일이 돌아가지 않는다. 그렇지만 프랑수아즈는 두 딸에게, 특히 시몬에게 사촌 잔 드 보부아르와 가깝게 지내라고 압력을 넣는다. 역시 데지르 학교에 다니는 잔은 "절제심이 뛰어나 감정을 노출하는 법이 없는", 마치 또 하나의 프랑수아즈를 보는 듯한 아이다.[37]

시몬에게 자자가 수행한 역할을 문학에서 찾는다면 바로 『작은 아씨들』의 둘째 딸 조 마치이다. 머리를 단발로 싹둑 자르는 불같은 기질의 반항아, 분노를 억누르는 법이 없는 조, 작가를 꿈꾸는 조 말이다. 이 인물은 시몬의 문학적 분신이다.

어머니의 허락을 받아『작은 아씨들』의 책장을 처음 펼친 그날, 시몬은 마지막 페이지를 덮을 때까지 손에서 책을 내려놓지 못한다. 가슴이 세차게 뛰고 관자놀이가 쿵쿵거린다. 이 작품은 자신을 위해 쓰였다는 비이성적인 생각이 별안간 시몬을 사로잡는다. 아니면 자신이 조 마치의 화신이거나! 시몬이 문학 속에서 자신의 닮은꼴을 발견한 건 처음이다. 가사노동이라면 두드러기가 난다는 이 반항아는 바로 시몬의 쌍둥이다! 시몬 자신도 조 마치처럼 유명 작가가 되고, 한 남자, 대학교수나 지식인과 결혼할 수 있다면…… 그래서 그 남자의 지적인 동반자가 되어 생각을 나누고 토론하고……

시몬은『작은 아씨들』에 정신없이 빠져든다. 단숨에 읽어내려간 것도 모자라 어디를 가든 책을 가지고 다닌다. 거리에서든 공원에서든 그 책을 꺼내들고 읽는다. 그러면서 조 마치를 상상한다. 그 인물처럼 되기를 꿈꾼다. "그 책을 읽으며 나는 자신에 대한 고양된 이상을 품게 되었다."[38] 이렇게 시몬은 독서를 통해 소설 속 인물과 자신을 동일시하고 어떤 꿈을 품게 됨으로써 성장한다. 시몬 자신이 그 당시 느끼던 박탈감, 은밀한 수치심, 어머니와의 냉담한 관계를 있는 그대로 바라보게 해준 이 작품은 말하자면 하늘에서 떨어진 선물이다.

정원의 검은 꽃

말이 통하는 어머니였다면 시몬이 마음을 열 수도 있었을 것이다. 하지만 그처럼 냉정하고 세상이 선과 악, 빛과 그늘, 미덕과 죄악(육체)으로 양분된 사람과 어떻게 이야기가 통하겠는가? 학교에서 목마를 탔을 때 별안간 온몸으로 퍼져나가며 자신을 휩쓴 그 묘한 흥분을 입에 올리자 표정이 굳어버린 어머니, 말을 꺼내지 말라는 의미로 손을 뻗어 입을 틀어막았던 어머니에게 무슨 이야기를 털어놓을 수 있겠는가?

시몬의 비밀정원에 낯선 검은 꽃, 난초, 식충식물 들이 자라기 시작한다. '악한 욕망'이 그렇듯, 짙고 독한 향을 피워올리는 꽃들이다. 아직은 성 충동이라고 불릴 만한 것은 아니다. 만약 유년 시절 내내 바오바브나무 잔가지를 치고 잡초를 솎아내는 일로 시간을 보냈다면, 그렇게 쳐내버려야 하는 것도 자신의 일부라는 점을 어떻게 받아들일까? 시몬은 혼란스럽고 불안하다. 어째서 어머니는 시몬에게 조화로운 세계의 미덕들만을 찬양한 걸까?

어느날 아침, 결혼해서 따로 살림을 차린 루이즈가 출산했다는 소식이 전해진다. 시몬은 기뻐하며 며칠 후 루이즈의 집을 찾아간다. 승강기도 없는 '7층', 당시 하인들이 거주하던 그 누추한 꼭대기 층에 시몬이 발을 들여놓은 것은 그날이 처음이다. 비좁은 방, 그 궁핍, "그을음 냄새가 배어든" 공기…… 몇주가 지나 다시 전해들은 소식은 루이즈의 아기가 죽었다는 것이다. 시몬은 하염없이 운다. "처음으로 나는 불행을 마주 보았다."[39]

만난 시간이 길었던 것은 아니지만 그 영아의 모습, 손톱이 푸르스름한 새하얀 아기의 모습이 계속해서 떠오른다. 밤중에도 악몽이 되어 나타난다.

신생아의 죽음을 표현하는 "하느님이 데려가셨다"라는 말을 어떻게 받아들일 수 있겠는가? 시몬은 반항아 기질을 가진 영리한 아이, 무엇이든 이해가 될 때까지 파고드는 아이다. 만약 신이 존재한다면 무슨 이유로 아기를 데려간다는 것인가?

신의 존재에 대한 이런 의구심에서 시작해 점차 어머니와의 거리가 생겨난다. 어머니의 '하느님'으로부터도 점차 멀어진다. 이 거리는 다시는 회복되지 않을 것이다. 어머니와 딸 사이에는 깊은 고랑이 팬다. 시몬이 더 어릴 적에는 철저한 감시자로서 딸이 무엇을 느끼는지는 조금도 아랑곳없이 앞으로 나아갈 길만을 지시해온 어머니 프랑수아즈는 이제 딸이 피해서 달아나야 할 적이 된다.

시몬은 마음을 닫는다. 그러면서 아름답던 소녀의 얼굴도 얼어붙는다. 마치 못물이 얼어붙듯이, 작은 떨림 하나 없다.

데지르 학교에서 돌아와, 거실에서 수를 놓거나 바느질

을 하는 어머니와 마주쳐도 말없이 지나친다.

딸이 이런 식으로 자신을 무시하자 어머니는 분노한다. 침묵에 전 이 딸을 '되찾으려면' 어떻게 해야 할까? 마음 같아서는 호되게 야단치고 싶다. "나를 본받아! 내가 하는 대로 따라 해!"라고 다그치고 싶다. 하지만 이 어머니가 딸에게 심한 매질을 할 사람은 아니지 않은가?

"시몬은 독서를 통해 자신의 관점과 의견을 갖게 된다. 그러면서 어머니를 대할 때는 더욱 신중하고 조심스러워지며 말을 주고받는 경우도 드물어진다. 두 사람의 태도를 요약하면, 프랑수아즈는 시몬이 자신에게 말을 하지 않는다는 이유로 야단치고 딸이 읽는 책들을 탓하며 책을 읽지 못하게 하지만, 시몬은 그런 어머니를 외면하고 무시한다."[40] 디어드리 베어의 설명이다.

시몬은 어머니의 채근에도 무반응이다. 침묵은 계속된다. 방문까지 걸어잠근다. 어머니가 문을 쿵쿵 두드린다.

비극적으로 천진한 어머니들이 있다. 아이를 세상에 내놓으면서 자신이 예쁜 인형을 얻었다고 믿는다. 이런 어머니들은 비극적으로 해악을 끼친다. 자신의 것을 잃을까봐 모든 것을 통제하면서 삶과 맞서 싸운다.

이런 어머니들은 처절하게 패배한다. 삶이란 늘 달아나기 마련이니까.

그렇지만 그렇게 패배하기까지 그들, '어머니-피노체트[*][41]들은 긴 시간에 걸쳐 파괴하고 망가뜨린다. 그들은 평가하고, 판정하고, 감춰진 것들을 헤집고, 아이가 속마음을 털어놓은 일기를 들춰본다. 프랑수아즈 드 보부아르가 바로 그랬다!

심리학자 테리 앱터는 그런 유형의 어머니들에 대해 다음과 같이 진단한다. "통제는 때때로 은밀하게 가해지며 잔혹함이 겉으로 드러나지는 않는다. 그런 부모는 아이의 생각과 감정을 단지 소유할 뿐이다. 아이가 보내는 신호에 주의를 기울이기는커녕, 아이의 마음과 정신을 일종의 빈 그릇으로 간주한다. 그에게 중요한 것은 앞으로 그 그릇에 성인인 자신의 생각과 감정을 채워넣는 일이다.

그런 부모는 아이의 내면에 관심을 보이는 대신 자신을 아이의 정신을 지키는 문지기이자 가르치는 선생으로 생각한다. '너는 이 방식으로 생각해라 혹은 느껴라.' 그가 내리는 지시는 바로 이것이다."

"강력한 지배력을 행사하는 어머니라고 해서 아이를 전부 파악하는 것은 아니"라는 점을 테리 앱터는 강조한다. "자신의 욕망과 아이의 욕망이 다르다는 사실을 의식하지 못할 수도 있다"는 것이다.[42] 그런 어머니 아래서 살아남자면 어떻게 해야 할까? 어머니의 욕망에 맞춰야 할까? 심리학자들이 '거짓 자기'라고 부르는 것을 계발해야 할까? 아니면 자신의 모든 문을 닫아걸어야 할까?[43] 자폐증에

♦ Augusto Pinochet(1915~2006). 칠레 군부 독재자.

빠져들지는 않지만, 시몬 역시 자기 안으로 들어오는 모든 문을 닫아잠근다.

처음에는 습격해오는 적에 대항해 응급수단으로 화를 내본다. 성벽에 뚫린 총안을 통해 돌팔매질로 응수하거나 끓는 기름을 쏟아붓는 식이다. 하지만 적이 결국 성채 안으로 침투하면 어떻게 할 것인가? 얼마간 시간이 흘러 결국 궁지에 몰리면 그때는 벙커를 파고 들어앉는 수밖에 없다. 사춘기를 맞은 시몬은 돌을 하나씩 쌓아올려 마침내 튼튼한 '심리적 성벽'을 구축했다. 이렇게 해서 자신의 보물을 지킬 수 있었다. 즉 자기 자신으로 남을 수 있었다. 내면에 성벽을 쌓은 대가로 자신의 감정에도 귀먹은 상태가 되었지만, 어쨌거나 자신을 보전했다. 평소에도 작은 글자로 공들여 쓰던 필체는 점점 더 작아져서 거의 알아볼 수 없을 정도가 되었다. 시몬은 "혹시라도 어머니가 찾아내 읽어볼까봐 아주 작은 쪽지, 늘 지니고 다니는 미니 수첩에 글을 썼다".[44]

어머니 프랑수아즈는 별일 아니라는 듯이 등을 꼿꼿이 펴고 입가에 굳은 미소를 띤 채 딸을 지켜보고 있었다. 혹시 모르지 않는가? 딸이 다가와 엄마를 껴안을지, 아무 일도 아니라고 말해줄지. 프랑수아즈는 딸을 지켜보다가 고개를 설레설레 저었다. 일이 어째서 이렇게 되었을까? 그는 자문했다. 뭔가 어긋나고 있다는 느낌이 희미하게 스쳤다.

4장

거울 앞에서

1920년. 시몬은 열두 살이지만 조숙한 명철함을 보인다.

뺨이 얼얼하다. 세찬 일격에 머릿속이 출렁거린다. 시몬은 욕실로 달려 들어가 구역질을 한다. 맞아본 적이 없는 시몬이 오늘 아침 뺨을 맞았다.

"추하구나."

아버지가 시몬에게 한 말이다.

시몬은 굳은 표정으로 서 있다. 하지만 속은 온통 붉게 물들었다. 수치심으로 붉게.

'더 견딜 수 없는 건 아버지가 사실을 말했다는 거지.'

시몬은 생각한다. 솟구치는 눈물을 억누른다. 울면 안된다.

욕실 문을 걸어잠근다. 숨어야 한다, 세상 모든 것으로부터.

작은 세면대 위, 금이 간 거울에 비친 자신의 모습을 빤히 바라본다.

다갈색 풍성한 컬을 늘어뜨린 보랏빛 푸른 눈의 여자아이는 어디로 가버렸을까?

시몬의 빛바랜 푸른 눈은 살이 오른 얼굴에 파묻혀 작아보인다. 얼굴 윤곽은 밋밋해지고 머리카락은 윤기를 잃고 부스스하다. 안색이 탁하다. 시몬은 뭉툭한 코를 바라보다가 수시로 손톱을 물어뜯은 검지로 콧방울을 쓸어본다. 콧방울이 갈수록 둥글게 퍼지는 이유는 뭘까? 푸페트의 코 모양과 다르지 않은가? 시몬의 몸은 시몬에게서 달아나고 있다. 시몬은 자신의 몸이 낯설다.

발끝을 세워 어깨와 가슴을 거울에 비춰본다.

어머니 프랑수아즈는 불건전한 교태를 기른다는 이유로 전신거울을 집 안에 들이지 않았다. 시몬과 엘렌은 거리 쇼윈도에 자신의 모습을 슬쩍 비춰보거나, 그저 모든 걸 아껴 쓰는 일만이 중요한 이 검소한 욕실에 들어와 발끝을 들고 겨우 거울을 보는 게 전부다.

넓고 각진 어깨가 눈에 들어온다. 낡은 회색 옷이 땅딸막하고 살진 몸을 감싸고 있다. 저주처럼 들렸던 아버지의 말도 이해가 된다.

아버지는 말했다. "얘들아, 너희는 결혼하기 어려울 거야. 지참금이 없잖아. 뭔가 일을 찾아야 할 거다." 그리고 잠시 후 그가 덧붙인 말은 시몬을 또 한번 후려쳤다. "그래도 푸페트는 어쩌면 결혼 상대가 생길지도 모르겠다."

거울 앞에 서서 시몬은 이를 앙다문다.

"나는 결혼하지 않겠어. 결혼은 중요하지 않아."

결혼하지 않아도 자신을 사랑한다면 충분히 살아갈 수 있다. 하지만 눈앞에 보이는 이 몸은 자신의 몸이 아닌 것 같다. 얼굴 근육이 메트로놈처럼 규칙적으로 움찔거리는 이 틱 증상, 고개를 돌리거나 어깨를 추어올리는 이 버릇은 어디서 생겨난 걸까? 게다가 손톱을 물어뜯어 피가 날 정도인데 왜 그만둘 수 없을까? 무슨 저주에라도 걸린 걸까? 페로의 동화 「다이아몬드와 두꺼비」가 생각난다. 푸페트는 착하고 예쁜 딸, 말할 때 입에서 루비와 꽃이 나오는 막내딸이고, 말을 할 때마다 입에서 뱀과 두꺼비가 나오는 언니, 죽을 때까지 그 저주가 풀리지 않는 그 못생긴 언니는 바로 시몬 자신이라는 생각이 든다. 자신의 동작을 통제하지 못하는 건 저주에 걸린 탓이다.

시몬은 사춘기의 혼란에 잠겨들다가도 문득 걱정스럽다. 자신의 머릿속을 스치는 나쁜 생각들, 신이 정말 존재하는지 의심해보는 이 생각을 바깥에서도 들여다볼 수 있는 게 아닐까? 그렇다면 낭패인데…… 시몬의 머릿속에 어떤 생각들이 담겨 있는지 어머니가 보게 해서는 안된다.

금 간 거울 앞에서 시몬은 절망한다. 눈앞의 이 추한 모습은 죽을 때까지 갈 것이다. 기껏해야 두꺼비와 결혼하는 수밖에 없다.

시몬은 손으로 입을 틀어막는다. 울음이 터져나올 것 같다. 이 집 벽들은 너무 얇다. 어머니가 시몬의 울음소리를 들으면 욕실 문을 열어젖힐 것이다. 지금 어떤 말을 들은들 위로가 될까. 어머니는 분명 이렇게 말할 것이다. "시몬, 무슨 일이야? 그렇게 거울만 들여다보고 있다니, 부끄럽지도 않아? 네 마음이 깨끗하고 정숙한지가 중요한 게 아닐까?"

'하지만 내 마음은 깨끗하지 않아!'

시몬 속에 웅크린 반항아가 노여워한다.

이 반항아는 열두살, 하루하루가 세상의 마지막 날이다.

‡ ‡ ‡

자신에게서 달아나는 이 육체를 어떻게 달래야 할까?

사춘기에는 가슴, 엉덩이, 코…… 이런 것들 때문에 미칠 지경이 되곤 한다. 이런 부위들이 균형을 무시하고 제멋대로 자라난다. 거울 앞에서 시간을 보내게 되는 건 그 탓이다. 자신의 몸을 보고 감탄해서가 아니라 이 변화된 비율을 이해하는 데, 낯선 몸으로 살아가야 한다는 사실에 적응하는 데 시간이 든다. 우리는 빠르고 늦은 차이는 있지만 모두 이 낯선 육체와 맞닥뜨려야 했다.

나 또한 몇시간이고 거울 앞에 서서 내 모습을 살피던

때가 있었다. 거울 속의 내 모습을 과거에 혹은 다른 장소에서 다른 거울에 비쳤던 내 모습들과 비교해보곤 했다. 어느 거울이 맞는 걸까? 나는 궁금했다. 다른 사람들이 보는 내 이미지는 어떤 것일까? 내 진짜 모습은 무엇일까? 여덟살 때의 모습이 '진짜'일까, 아니면 열두살 때의 모습일까? 사춘기 아이들을 괴롭히는 이런 질문들이 바로 철학의 밑그림이다.

오늘날 어머니들은 청소년기 아이들이 거울 앞에서 보내는 긴 시간이 일종의 자기응시라는 걸 이해한다. 육체를 싸잡아 '역겨운' 것으로 폄하하고, 어린 딸이 사춘기 여자아이로 변신하는 것을 도와주지도 지지해주지도 않는 어머니를 두었다면 문제는 다르다. 그런 어머니와 맞서 자신의 몸을 사랑한다는 것이 어린 시몬으로서는 얼마나 어려운 일이었겠는가? 딸이 보여주는 여성성의 개화, 2차성징의 발현을 프랑수아즈가 외면해버린 건 아연실색할 일이다.

얼마 전 북부지방에 사는 한 사촌의 결혼식에 초대받았을 때 프랑수아즈는 시몬의 차림새를 점검하다가 베이지색 크레이프 드레스의 가슴께가 망측하게도 볼록한 것을 알아차렸다. "앳된 모습이라고는 눈 씻고 봐도 없는 가슴"[45]이었다. 시간을 허비하지 않으려고 프랑수아즈는 딸의 봉긋한 가슴을 천으로 바짝 졸라맸다. 딸이 그날 종일 윗옷 속에 '거추장스러운 장애'를 감추고 있는 기분을 느껴야 한다는 건 프랑수아즈에게는 고려 사항이 아니었다.

육체에 가하는 이 강제력, 성장을 막으려는 이런 시도는 의미심장하다.

안타깝게도 그 당시 사회는 어머니들에게 딸들이 자신의 몸을 자랑스러워하도록 도와주라고 가르치지 않았다. 그렇다보니 딸들은 성장이란 나쁜 것이 아닐까 의심하곤 했다.

시몬은 초경을 맞아서도 그것이 무엇을 의미하는지 잘 모른다. 7월 중순의 그날 아침, 시몬이 눈을 떠 몸을 일으켜보니 속옷이 피에 젖어 있다. 자신에게 무슨 일이 벌어진 건지 모르는 채 시몬은 그저 난생처음 옷을 벗어 빤다. 그렇지만 속옷은 다시 젖는다. 시몬은 천진하게 아침식사를 하러 간다. 식탁에 둘러앉은 식구들은 당황한 눈으로 시몬을 쳐다본다. 반쯤은 방조하고 반쯤은 거북해하는 표정이다.

프랑수아즈가 서둘러 시몬의 자리로 다가와 마치 감춰야 할 존재라는 듯이 딸을 이끌어 욕실로 간다. 어머니는 면 솜과 급한 대로 눈에 띄는 것들을 이용해 딸을 어설프게 싸매준다. 그러고는 딸이 묻는 말에 마침내 이렇게 대답한다. "네가 다 컸으니까." 이 한마디가 끝이다. "프랑수아즈는 그 일이 매달 일어날 것이므로 옷을 버리지 않으려면 어떻게 해야 하는지 가르쳤지만, 그런 현상이 왜 일어나고 무엇을 의미하는지는 딸들에게 전혀 설명해주지 않았다."[46] 애정결핍에 설상가상으로 지식결핍이 추가된다.

그렇지만 시몬은 그것이 중요한 일이라는 사실을, 자신이 삶의 중요한 순간을 통과하고 있다는 사실을 알아차린다. 온종일 어디를 가든 주위 여성들로부터 격려를 들은 시몬은 내심 자랑스러운 기분이 든다. 하지만 그날 저녁 렌 거리의 집으로 돌아오자 아버지 조르주가 시몬의 상태를 암시하며 짓궂은 농담을 한다. 시몬은 상처를 입고 얼굴이 새빨갛게 달아오른다.

서툰 아버지의 농담, 아마 자신도 거북하다보니 튀어나왔을 그 농담은 시몬을 한층 더 짓누른다. 속옷의 얼룩은 곧바로 내면화되어 수치심이라는 얼룩으로 각인된다. 지워지지 않는 얼룩이다. "나는 한갓 성기에 불과했다. 영원히 밑바닥으로 굴러떨어진 느낌이었다."[47]

감각에 대한 억압

프랑수아즈가 보기에 육체는 저속하고 역겨운 것이다. 그러니 몸이 불러일으키는 감각을 시몬이 부끄럽게 여기게 된 것이 놀랄 일은 아니다. 그런 식의 경직된 교육, 도덕을 내세워 육체의 약동에 철저히 재갈을 물리는 교육을 받게 되면, 몸의 감각은 미처 꽃피기도 전에 말살당한다. 시몬은 아주 명석한 아이지만, 자기 안의 세계를 해독하는 솜씨는 형편없다. 얼마나 형편없는지 데지르 학교에 다니면서 한동안 절망에 빠져 있다가 자신이 어째서 그렇게 불행했는지 별안간 깨닫는데, 그때는 친구 자자가 없었기 때문이다. 자신이 불행했던 이유를 친한 친구라는 우회로를 통해서야 겨우 이해했던 것이다.

육체에 대한 증오, 무관심, 감각에 대한 몰이해…… 자신에 대한 미움을 키워나갈, 시몬의 경우에는 일시적이긴 했지만 어쨌거나 자신을 잃어버릴 모든 자양분이 모였다. 그때부터 열일고여덟살이 될 때까지 시몬이 자루 같은 모습을 고수했다는 게 이해가 간다. 자기 몸을 돌보지 않은 것도 당연하다. 사실 시몬은 자신에게 무관심했다. 아침마다 손에 잡히는 대로 대충 옷을 꿰입었고, 심지어 전날 입은 옷을 그대로 입을 때도 있었다. 중요한 건 공부뿐이었다.

당시 상류사회의 규약은 육체를 멸시하되 아름답게 꾸며야 한다는, 즉 육체를 솜씨 좋게 숨겨야 한다는 것이었다. 총명한 시몬은 이 '예법'을 역설적으로 활용할 생각을 하다못해 너무 나아갔다. 자신의 육체를 사랑하는 방법을 가르쳐주는 사람이 없었으니, 자신을 가꾸는 법을 시몬이 어떻게 알 수 있겠는가? 그 시절 시몬은 위생을 외면하고 꾸밈을 거부하면서, 스스로는 반항을 행동으로 옮기고 있다고 생각했다.

몸단장을 등한시하는 여자아이라니? 당시의 눈으로 보면 막돼먹은 아이나 다름없다. 말끔하게 차려입고 머리를 예쁘게 손질하고 책상에 앉기 전까지는 흰 장갑을 결코 벗지 않는 데지르 학교의 양갓집 딸들과는 전혀 닮은 데가 없는 아이다.

고집 세고 깔끔하지도 못한 시몬은 친구들에게 인기가 없다. 사람을 끌어당기고 설득하는 힘도 부족하다. 시몬은 데지르 학교의 다른 아이들은 자신과 달리 사람들과 어울리는 일을 거북해하지 않는다는 사실을 확인한다. 그 아이들을 부러워한다.

다른 아이들의 몸은 아름답다. 시몬 자신의 몸은 코끼리처럼 둔중하다. 자신이 다른 아이들과는 다른 종에 속한다는 생각이 든다. 그들의 성별이 여성이라면, 자신은 어떤 다른 성에 속한 것 같다.

친구 자자가 사람들과 어울려 매력을 발산하는 모습이 시몬의 눈에 들어온다. 시몬이 보기에 자자는 언제나 빛나고 매혹적인 아이다.

라쿠앵 부인, 위협하는 어머니

자자의 어머니 라쿠앵 부인은 처음에는 자기 딸과 시몬이 친하게 지내는 걸 반겼고 프랑수아즈 드 보부아르에게 시몬의 큰언니로 보인다면서 비굴한 아첨을 흘리기까지 했지만, 이제 마땅찮다는 눈빛으로 시몬을 훑어본다. 시몬의 괴상한 옷차림, 단정치 못한 머리 매무새, 고질적인 여드름을 보면서 자기 딸에게 나쁜 영향을 주는 게 아닐까 걱정한다. 시몬과의 교우관계가 자기 딸 자자의 장래를 망칠 일종의 저주일지도 모른다는 생각까지 한다. 사실 라쿠앵 부인 역시 딸의 장래에 대해 아주 구체적인 계획이 있다. 딸에게 좋은 혼처를 구해주려는 것이다. 자자의 학업을 어쨌거나 중등학교까지는 허락한 이유도 그 때문이다.

라쿠앵 부인은 시몬이 종교에 대해 어떤 생각을 하는지 알게 되고 자지러진다. 그리 위험한 사상도 아니고 그저 약간의 조롱 혹은 가벼운 농담에 불과하지만, 이 대부르주아 마나님이 생각하기에 '벌레는 과일 속을 파고드는' 법이다. 그래서 부인은 자신의 딸과 시몬을 떼어놓기 위해 표 나지 않게 움직인다. 디어드리 베어에 따르면 라쿠앵 부인은 "차림새가 칠칠치 못하고 공부에만 열심인 그 보잘것없는 소부르주아 집안 여자아이가 매번 책을 바꿔가며 옆에 끼고 다니다가 빌려주거나 머릿속의 새로운 생각을 꺼내놓는 탓에 딸 자자가 영향을 받아 순종하지 않게 될까봐 걱정했다".[48] 시몬의 입장에서는 별안간 라쿠앵 부인이 또 한 사람의 위협하는 어머니로 등장한다.

시몬과 어머니 프랑수아즈 사이에 자리 잡은 골도 이 시기에 더욱 깊어진다. 모녀가 서로에게 등을 돌릴 수도 있는 위기가 닥친다. 어느 주중 미사가 있는 저녁에 일어난 일이다. 시몬과 엘렌은 여느 날처럼 데지르 학교에서 돌아온다. 자매는 6층 아파트까지 계단을 걸어 올라왔다.

"미사에 갈 채비를 해라."

그렇다, 그들은 일주일에 두번 미사에 참석한다. 새로울 것도 없는 일이다. 하지만 오늘, 시몬, 아직 열네살도 되지 않은 이 여자아이는 그 말을 하겠다고 결심한다. 미사에 가지 않겠다는 말을.

시몬은 자신의 작은 방, 침대 가장자리에 걸터앉은 채 움직이지 않는다. 그동안 준비해온 이 혁명을 앞두고 심장이 두방망이질한다. 이제 곧 폭탄이 터지리라는 걸 알고 있다.

아파트 안쪽 방에서 어머니의 날 선 목소리가 들려온다. 딸들에게 미사에 갈 채비를 차리라고 재촉하고 있다.

"이러다 늦겠어! 미사는 정시에 시작하잖아. 시몬? 어디 있니? 아직 거울을 들여다보고 있는 거니?"

시몬은 주먹을 꼭 쥔다. 입술을 앙다물고 등을 꼿꼿이 세운다. 용기가 필요하다는 걸 시몬은 안다. 이번에야말로 어머니의 지시를 거부하기 위해서는 목숨을 걸어야 할지도 모른다는 걸 시몬은 안다. 이것이 시작이다.

엘렌이 시몬을 데리러 온다. 푸른 눈이 겁에 질린다. 쌍둥이처럼 마음이 통하는 자매 사이인 만큼 엘렌의 직감은 틀리는 법이 없다. 언니의 마음속에 어떤 결심이 서 있음을 동생은 알아차린다.

"가자, 언니, 어서!"

위엄 있는 어머니의 모습이 문 앞에 나타난다. 어머니가 시몬을 쳐다본다. 명민한 이 여인은 무슨 일인지 금방 알아차린다. 명을 거역하는 시몬의 대답을 이미 듣기라도 한듯 어머니의 목소리가 한층 엄격하게 울린다.

"시몬, 기다리고 있다."

시몬은 가만히 앉아 어머니를 올려다본다.

"싫어요, 미사에 가지 않을래요. 드릴 말씀이 있어요. 저는 이제 하느님을 믿지 않아요."

프랑수아즈로서는 세상이 무너진 셈이다. 그날부터 어머니와 딸의 관계는 돌이킬 수 없이 벌어진다. 마지막으로 남은 고리를 칼로 끊어버린 것 같다. 어머니와의 관계에서 시몬은 처음으로 자신의 의사를 솔직하게 드러냈다. 이는 시몬이 어머니로부터 자유로워졌다는 의미 이상이다. 시몬이 새로 태어났음을 의미하는 것이다.

프랑수아즈와 엘렌이 집을 나서면서 문이 쾅 닫히는 소리가 들리는 순간, 시몬은 신기하게도 몸이 가벼워지는 걸 느낀다. 마치 납으로 된 제의를 두르고 있다가 벗어던진 기분이다. 시몬은 구름 위를 걷듯 춤동작을 흉내 내 스텝을 밟아본다. 좋아하는 공부와 독서 이외에 요즘 시몬에게 새로 생긴 취미가 있다. 아버지의 오페라글라스를 자신의 방으로 가져와 맞은편 집 창문을 향해 들이댄다. 한쌍의 남녀가 포옹하다가 커튼을 친다. 시몬의 얼굴에 미소가 맴돈다. 사랑을 상상해본다. 나도 사랑을 할 수 있다면…… 시몬은 열아홉살에 사랑을 경험하게 될 것이다.

5-1장

처음 만나는 자유

1927년. 시몬과 엘렌 자매가 카페로 들어선다. 두 사람은 이제 어머니에게서 벗어나 자유를 맛보기 시작했다.

시몬이 웨이터를 향해 손을 들어 보인다.

"밀크커피 두잔이요!"

홀 안쪽에서 웨이터가 외친다.

"밀크커피 둘!"

밤 8시가 지난 시각이다. 라로통드는 사람들로 붐빈다. 대학생, 산보객, 연인, 미국인 관광객…… 모두가 바뱅 교차로, 벨벳 커튼이 드리워진 이 아늑한 브라스리를 찾아든 사람들이다. 피카소, 달리, 모딜리아니, 마르크 샤갈, 막스 자코브…… '몽파르나스 학파'라는 이름으로 불리게 될

이들도 이곳에 모여 세상을 새로 창조할 꿈을 꾸었다.

당시 빈털터리 젊은 이민자였던 생 수틴은 이곳에 죽치고 앉아 밀크커피 한잔 값으로 프랑스어를 익혔고, 모딜리아니는 따뜻한 한끼를 해결해주겠다는 사람이 나서면 그 대가로 초상화를 그려주곤 했다. 그 시절 파리는 격렬하게 들끓는 창조적이고 당돌한 도시였다. 당대 미국 작가들, 즉 헤밍웨이, 거트루드 스타인, 스콧 피츠제럴드와 그의 아내 젤다가 열렬히 사랑한 도시가 파리였다.

아방가르드에 최적화된 시대이기도 했다. 초현실주의가 태동하고, 프로이트라는 학자가 내놓은 낯선 개념들이 화제가 되었다. 프랑스 전역이 재기발랄한 발상과 새로운 사상, 무사태평한 삶에 목말라 있었다. 몽파르나스 지구의 거리마다 래그타임 리듬이 끊이지 않았고, 사람들은 그 리듬에 맞춰 찰스턴을 추었다. 웃음과 포옹이 넘쳐났다. 보부아르 자매의 기억에 새겨진 한때의 행복 역시 몽파르나스 시절, 즉 렌 거리로 이사하기 전 몽파르나스 대로 103번지, 이곳 카페 라로통드 위층에 살던 때의 것이다. 이따금 두 사람은 그 시절로 돌아가는 꿈을 꾸기도 한다. 라로통드를 즐겨 찾는 것도 그 때문이다.

이제 엘렌과 시몬은 각각 열일곱, 열아홉살이다. 두 사람 모두 짧은 머리에 펠트 클로슈 모자◆를 썼다. 시몬이

◆ 1920년대에 유행한 종 모양의 여성용 모자.

쓴 모자는 파란색, 엘렌의 것은 흰색이다. 자매는 어떤 커플이 차지한 자리 뒤편, 시몬이 좋아하는 자리를 찾아가 앉는다. 둥근 테이블이 놓인 홀 모퉁이로, 바로 앞이 유리창이어서 바깥이 훤히 내다보인다. 그곳에서 두 사람은 거리를 오가는 사람들을 바라본다. 석양이 거리를 비춘다. 세상이 아늑하다.

트위드 외투 차림에 카스케트 모자*를 쓴 한 젊은 남자가 고개를 들어 그들을 바라본다. 보랏빛이 감도는 푸른 눈을 가진 보부아르 자매를 보고도 무심하게 눈을 돌리는 사람은 드물다. 이제 시몬은 뚱뚱하지도 않고 여드름도 없다. 애벌레가 허물을 벗고 우아한 나비가 되었다.

하지만 사람들이 먼저 말을 붙여보는 쪽은 매번 엘렌이다. 한층 붙임성 있어 보이는 엘렌에게는 그리 주눅 들지 않고 눈짓을 보낼 수 있고 게다가 미소를 돌려받기까지 한다. 반면 시몬은 대번에 냉랭한 눈길을 되쏘는 터라 누구라도 다가갈 엄두를 내지 못한다. 요즈음 두 사람은 종종 쌍둥이로 오인되곤 한다. 생김새가 닮았다는 이유도 있지만, 그보다는 둘이 정서적으로 밀착되어 있다는 게 한눈에 보이기 때문이다. 특히 두 사람 모두 유행에 따라 소년 같은 느낌으로 머리를 자른 뒤로는 더욱 닮아 보인다. 사실 시몬으로서는 이 머리 모양새가 자신에게 썩 어울리지 않

* 둥그스름한 모양에 앞쪽에만 짧은 챙이 달린 모자.

는 느낌이다. 그래서 스카프를 터번처럼 둘러 비죽비죽한 머리카락을 감추곤 한다.

자매는 자리에 앉아 외투를 벗는다. 시몬은 무릎 위로 말려올라간 새 원피스 자락을 무심하게 툭 쳐서 편다. 시몬 자신이 농담 삼아 입에 올리기 좋아하는 '가짜 스키아파렐리◆' 원피스다. 터번 밖으로 비어져나온 머리카락을 매만져 정돈한 시몬은 따뜻한 커피 한모금을 머금고는 만족한 듯 숨을 길게 내쉰다. 늘 취조받는 기분이 들게 하던 어머니의 눈길에서 멀리 떨어져, 익명성과 호의를 누릴 수 있는 이 장소가 시몬에게 행복감을 안겨준다.

"우리가 지금 그림 수업을 듣고 있으리라 생각할 텐데." 엘렌이 킥킥거린다. "이곳에 있는 걸 본다면……"

물론 어머니 프랑수아즈 드 보부아르에 대해 하는 말이다.

"보려고 했지." 시몬이 대답한다. "전부 보고, 전부 알려고 하니 우리도 자연히 거짓말을 할 수밖에. 이건 생존의 문제야."

엘렌이 웃는다. 언니의 말은 늘 핵심을 찌른다.

이런 언니를 엘렌은 무척 따른다. 언니에 대한 감정은 감탄을 넘어 거의 동경에 가깝다. 언니는 부모와 맞서는 용기를 여러번 보여주었다. 엘렌은 시몬이 영원히 자신을

◆ Elsa Schiaparelli(1890~1973). 초현실주의를 반영해 대담하고 창의적인 상상력을 보여준 이탈리아 출신의 패션디자이너.

지켜주기를 바란다. 하지만 지금 두 자매 사이에 한 남자가 끼어들었다. 이종육촌간인 자크 샹피뇔, 제르맨 아주머니의 아들이다. 자크는 시몬에게 호감을 보이며 기꺼이 조언자 역할을 맡았다.

자크는 시몬에게 모리아크의 소설과 막스 자코브의 시를 소개해주었고, 야회가 열리는 카페에도 데려갔다. 브랜디 알렉산더를 비롯해 헤밍웨이가 해장을 위해 토마토주스와 보드카를 섞어 만들었다는 블러드 메리까지 화려한 칵테일의 세계를 알려준 사람도 자크다. 하지만 자크가 예상과는 달리 끝까지 시몬에게 구혼하지 않는 바람에 프랑수아즈 드 보부아르는 딸이 신붓감으로 그리 환영받는 조건이 아니라는 걸 인정하면서도 몹시 낙심하게 될 것이다. 어쨌거나 일이 예상대로 돌아가지 않은 데 분개한 프랑수아즈는 어느날 저녁 자크의 부모를 찾아가 자신이 느낀 실망감과 배신감을 털어놓을 것이다.

시몬은 커피잔에 설탕 한조각을 넣고 스푼을 들어 강박적으로 휘젓는다. 잔 속에서 스푼이 열번 넘게 원을 그렸을 때 시몬이 입을 연다.

"엄마가 사진 촬영권을 보내줬는데……"

"잘됐네!" 엘렌이 외친다. "지금 이 원피스를 입고 가서 찍어."

"그 사진으로 자크를 꾀어볼 생각일 거야…… 자크가 그 사진을 보고 나한테 완전히 빠져서 사랑을 고백해오길 기대하는 거지. 그러려면 나긋나긋한 아가씨가 졸린 눈을 하고 있어야 할 텐데⋯⋯"

시몬은 두 손을 무릎 위에 가지런히 얹고 시선을 커피잔을 향해 떨어뜨리는 시늉을 한다.

엘렌이 웃음을 터뜨린다.

"언니는 결혼에 모든 걸 걸기에는 재능이 너무 뛰어나. 우리 세대 최고의 작가가 될 거야. 콜레트보다 더 유명해질걸!"

"콜레트는 주변에 널린 **온갖** 것을 다 글로 썼지만 난 그럴 생각이 없어." 시몬이 발끈하며 대꾸한다. "콜레트의 문체야 멋지지. 감각적이고 유연해. 하지만 나는⋯⋯"

"언니는 훨씬 철학자에 가깝다는 말이지! 그렇지, 나도 알아. 어쨌든 언니에겐 뛰어난 재능이 있어. 열여섯살에 1부 대학입학자격시험에 붙었잖아.♦ 그것도 높은 성적으로. 그래서 데지르의 전교생을 깜짝 놀래줬지. 그런 일은 그냥 되는 게 아니야! 언니가 엄마 말을 듣지 않고 도서관 사서가 되기를 거부한 건 잘한 일이야."

시몬은 짧게 웃는다.

"엄마는 내가 가톨릭의 명저들을 샅샅이 뒤지는 일을 하며 살기를 바랐겠지."

시몬은 커피를 한모금 마신 후 머리를 뒤로 젖힌다. 이

♦ 1963년까지 바칼로레아는 1부와 2부로 나뉘어 있었다.

따금 위스키를 마실 때 하는 동작과 똑같다.

"엘렌, 넌 꼭 화가가 되도록 해."

엘렌이 실쭉한 표정을 짓는다.

"언니도 알다시피 엄마는 나한테 남편감을 찾아주는 일 말고는 관심이 없어…… 그래서 나더러 도자기에 그림을 그려넣는 법을 가르치는 학교에 들어가라고 한 거잖아. 남자는 다기에 백합을 그려넣을 줄 아는 여자를 좋아한다는 게 이유였지!"

"그런데…… 나는 그 학교에 다닐 필요가 있어! 자크한테서 청혼을 끌어낼 수 있을지도 몰라……"

시몬과 엘렌은 동시에 웃음을 터뜨린다. 카스케트 모자를 쓴 젊은 남자가 신문에서 고개를 든다. 그러고는 용기를 냈는지 자매를 향해 미소를 보내온다.

"이러다 저 남자가 우리 테이블로 옮겨앉겠다." 시몬이 웃음을 참으며 목소리를 낮춘다. "그러니 네 예쁜 웃음은 그만 넣어둬."

"언니, 제발 여왕처럼 굴지 마." 엘렌이 대꾸한다. "언니가 엄마처럼 바뀌는 건 싫어."

시몬은 놀라서 동생을 바라본다. 푸페트는 아직 열일곱 살이지만, 요즈음에는 딴사람인가 싶을 정도로 바뀌었다. 이제는 엘렌이 반항아다. 미술을 공부하겠다면서 부모님에게 정면으로 맞서기까지 했다. 게다가 시몬은 엘렌 덕분에 소중한 것을 얻었다. 지금까지 자매에게 편지가 오면 그것을 먼저 펼쳐 읽는 사람은 어머니였는데, 이제 어머니로부터 편지를 지킬 수 있게 된 것이다. 이틀 전 엘렌이 말했다. 언니를 나무라는 말투였다. "할 말이 있어. 난 열일곱살이고 언니는 이제 곧 스무살이 돼. 엄마한테 가서 말할 거야. 나한테 온 편지를 먼저 열어보는 건 부당하다고. 언니도 같이 가는 게 어때." 엘렌은 곧장 거실로 가 어머니를 정면으로 쳐다보며 선언했다. "나도 읽지 않은 내 편지를 누군가가 먼저 읽는 건 싫어요!"[49]

시몬은 엘렌을 향해 미소를 짓는다. 동생은 자유를 얻기 위한 이 전쟁에서 시몬의 가장 든든한 동맹군이다.

"좋아, 푸페트, 네 말이 맞아, 네가 이겼어."

시몬은 엘렌의 손을 잡아 고마움을 표시하면서 카스케트 모자를 쓴 그 젊은 남자를 향해 힐끗 경계의 시선을 던진다.

"그래도 한마디는 해야겠어, 푸페트. 너에게 반한 저 남자가 지금 들여다보는 페이지는 경마 면이야. 게다가 버베나 차를 홀짝거린다니까. 버베나 차라니!"

자매는 동시에 킥킥거린다.

그 젊은 남자는 다시 신문에 코를 박는다.

두 자매는 누군가를 유혹하고 싶은 마음이 전혀 없다. 그들은 그저 자신들에게 주어진 자유를 마음껏 누리고 싶을 뿐이다. 그리고 시몬에게 그 자유란 거리를 바라보는 일이다. 지금, 이곳 파리에는 볼거리가 아주 많다. 그 시절에 유행한 것이 무엇이냐고? 경주. 카페 웨이터들이 제복을 말끔하게 차려입은 채 쟁반을 들고 거리에서 경주를 벌였다. 파리에는 즐거움이 넘쳐났다!

세월이 지난 뒤에도 시몬은 카페에서 글을 쓰는 일을 즐긴다. 자신을 옥죄는 고독을 깨뜨리면서도 안전하다는 느낌을 얻을 수 있는 좋은 방법이기에. 카페에서 시몬은 어루만지듯 다가왔다가 다시 멀어지는 낯선 눈길들의 왈츠를 즐긴다. '빅 마더', 몸을 얼어붙게 하고 생각을 마비시키는 그 눈길의 지배를 벗어난 것이다.

시몬은 하고자 마음먹은 모든 일을 해냈다. 열일곱살에 빛나는 성적으로 대학입학자격을 획득했고, 부모의 반대에도 불구하고 생트마리 학교에 들어가 학사학위를 받은 데 이어 교수자격시험에 도전할 계획을 세우고 있다. 그렇다, 시몬은 교수가 될 생각이다. 모든 것이 순조롭다. 사내아이처럼 자른 머리 모양새는 그리 어울리지 않아도 자신이 예쁘다고 느낀다. 자신이 자유롭고 명석하다고 느낄 때마다 스스로 매력 있는 사람이라는 기분이 든다. 세상은 시몬의 것이다.

책, 커피, 샌드위치

책 한권, 커피 한잔, 샌드위치 한조각. 이런 것들이 시몬의 탈출구다. 이런 탈출을 즐길 수 있는 건 몇주 전에 일자리를 얻은 덕분이다. 생트마리 학교에서 마드무아젤 다니엘루♦와 마담 르메트르를 보좌하는 조교직으로 "보수는 그리 많지 않지만, 덕분에 교통비, 책값, 식비, 그리고 때로 샌드위치나 커피 값을 댈 수 있다".[50] 이 돈이 시몬에게는 자유를 향해 가는 여권이다. 게다가 이번에는 부모의 결벽증이 도움이 되었다. 성에 대해 그렇듯 금전에 대해서도 일종의 결벽증이 있는 프랑수아즈는 시몬에게 생활비를 분담하라는 말을 하지 않는다. 그 덕분에 시몬은 버는 돈을 고스란히 자신을 위해 쓸 수 있다. 카페에서 동생과 친구들을 만날 때도 지갑을 열 여유가 생겼다. 매일 저녁 시몬과 엘렌은 부모가 제안한 그림 수업을 빼먹고 카페를 찾아 커피나 위스키를 마신다. 세상을 눈으로 열심히 들이켜는 것이 지금 그들의 일이다.

열아홉살, 한창나이의 시몬. 아직 성년은 아니지만, 어머니의 지배에서 벗어나려고 애쓰고 있다. 요즈음 시몬은 '마드무아젤 라 폴로네즈' 스테파와 만나 저녁 시간을 함께 보내곤 한다. 시몬의 멘토가 되어준 스테파는 커다란 푸른 눈과 금발이 매혹적인 여자로, 부유한 우크라이나 이민자 집안에서 태어났다. 스테파는 어느해 여름 라쿠앵가

♦ Madeleine Daniélou(1880~1956). 생트마리 학교 설립자. 평생 여성 교육에 헌신했다.

의 가정교사로 특별채용되었다. 그는 아이들을 가르치고, 자자의 독일어 회화 연습 상대가 되어주고, 피아노 연주를 들려주기도 했다. 스테파라는 인물을 한마디로 요약하면 당시 파리 상류사회에 불시착한 외계인, 언제 터질지 모를 폭탄이었다.

아주 명석하고 지극히 자유로운 사고를 지녔으며 "삶에 대해 시몬보다 훨씬 많은 것을 아는"[51] 스테파는 라쿠앵 가에 와서 보낸 그해 여름 동안 자자와 시몬에게 애정 어린 관심을 쏟았고, 이후로도 평생 시몬의 친구로 남는다. 스테파는 시몬의 어머니와는 정반대다. 그는 시몬을 심판하려 들지 않는다. 감시하는 눈길과는 더더욱 어울리지 않는 사람이다. 오히려 스테파는 시몬에게 구속에서 벗어나라고, 자유로워지라고 격려한다.

'자유 코치' 스테파와 함께 시몬은 어머니가 금지한 모든 일을 성실하게 실천에 옮긴다. 데이트를 즐기고 떠들고 노래하고 술에 취하고 담배를 피우고 심지어 거리에서 남자들을 쫓아다닌다. 얼마 후 또 한 사람의 '도둑년' 제랄딘 파르도, 일명 제제가 합류한다. 제제는 엘렌의 친구이고, 마찬가지로 몽파르나스의 아카데미에서 그림 공부를 하고 있다. 이 세 사람은 함께 거리를 활보한다. 뒷골목 허름한 술집들을 찾아다니고, 서로 머리를 쥐어뜯으며 싸우는 시늉을 하고, 가방을 휘둘러 난타전을 벌이는 호기를 부려 본다.

어느날 저녁 위스키를 한잔 걸친 시몬과 제제는 두 남자를 따라간다. 한 남자는 '황금 투구', 또 한 남자는 독일식 억양 때문에 '오스트리아인'이라는 별명이 있다. 그날밤 두 남자가 시몬과 제제를 이끌어 간 곳은 어느 호텔이다. 두 여자는 하마터면 위험한 일을 당할 뻔했다가 간신히 벗어난다. 애초에 그 남자들과의 동행이 내키지 않아 혼자 뒤로 빠졌던 스테파는 이런 어리석은 일탈에 진력나기 시작한 참이다. 스테파가 시몬을 몰아붙인다. "위기를 간신히 모면했다는 걸 알아? 하마터면 강간이나…… 더 나쁜 일까지 당할 뻔했다는 걸?"

그렇지만 스테파가 모르는 점이 있다. 강압적 분위기에서 성장한 여자아이들의 경우 구속에서 벗어나기 위한 행동에 폭력이 동반되곤 한다. 시몬처럼 종교적인 절제를 강요당하며 자란 사람이 어쩌다 자유에 취할 기회가 생기면 절제를 못해 위험에 노출될 수도 있다. 이는 과잉보호를 받으며 자란 청소년들에게서도 볼 수 있는 모습이다.

프랑수아즈는 자신의 방식이 어떤 위험을 초래하고 있는지 물론 전혀 모른다. 종종 한밤중에 잠에서 깨 시몬이 침대에 없다는 걸 확인할 때면 격분해서, 청소년 자녀를 둔 어머니들이 모두 그러듯, 거실 소파에서 딸을 기다린다. 그럴 때면 분노가 프랑수아즈의 관자놀이에서 펄떡거린다. 시몬이 돌아와 구멍에 열쇠를 밀어넣고 돌리는 순간, 성난 고함이 터지고 비난이 비처럼 쏟아지면서 시몬의 코앞에서 문이 세차게 열리곤 한다.

시몬은 담배와 위스키 냄새를 풍기면서 집 안으로 들어와 비틀거리며 자기 방으로 들어간다. 그러면서 성난 어머니에게는 눈길도 주지 않는다. 이제 그 무엇도 시몬을 통제할 수 없을 것 같다.

렌 거리의 집에서 부모의 권위는 흔들린다. 부부 사이도 소원해진다. 조르주 드 보부아르가 귀가하는 시간이 점점 늦어지고 있다. 때로는 새벽녘에 들어오기도 한다. 밤새 포커나 브리지 게임을 했다고 둘러대는 그에게서도 역시 위스키 냄새가 풍긴다.[52]

어느덧 중년이 된 프랑수아즈는 시몬에게 신경을 곤두세운다. 큰딸이 자신에게서 달아나려는 걸 느끼는 탓이다. 그러는 중에도 엘렌에게 공을 들여 작은딸과는 그럭저럭 관계를 유지해나간다. 마흔일곱살의 프랑수아즈에게서 예전의 뛰어난 미모를 찾아보긴 어렵다. 독재자들의 말로가 그렇듯 절대권력은 힘을 잃었다. 시몬은 예전에는 그처럼 강력했던 어머니가 이제는 남편에게 배신당한 가엾은 여자가 되어 살림에는 거의 손을 놓고 울음으로 밤을 지새우는 모습을 지켜보기가 고통스럽다. 여자는 이처럼 불행한 삶을 감내해야 하는 걸까? 구애의 대상이던 아름다운 아가씨에서 절대권력을 행사하는 어머니가 되었다가 모두로부터 버림받은 중늙은이가 되는 이 과정이 여자의 운명인 걸까? 여성의 삶을 요약한 이 도식은 1914년에는 표준으로 받아들여졌지만 1930년에는 달라진다. 1차대전을 겪으며 해방의 길로 들어선 여성들이 첫 전투에서 승리를 거둔 것이다.

"내가 뭘 할 건지 아니, 엘렌? 난 여성에 대해 글을 쓸 생각이야." 시몬이 나지막이 말한다. "우리 엄마처럼, 소위 여자의 운명이라는 것에 희생된 모든 여자에 대해 글을 쓸 거야. 그런 삶이라니, 너무 부당하잖아."

"맞아, 엄마도 억울한 희생자야." 엘렌이 고개를 끄덕인다.

"우리는 자유로워지자, 그래야 해. 자유로워야 해, 푸페트. 신세 망치는 결혼을 해서는 안돼. 무슨 말이냐면…… 사람들이 훌륭한 결혼이라고 부르는 걸 해서는 안된다는 거야."

두 자매는 그들의 삶을 가두려는 자들로부터, 그들을 가둘 모든 종류의 감옥으로부터 달아나자고 서로 다짐하며 잠이 든다.

지성의 탁월한 동반자

이런 생각을 머릿속에서 키워나가던 시몬은 1929년 6월 사르트르를 만난다. 고등사범학교 학생인 사르트르는 짓궂은 기행을 일삼는 명석한 수재로 이미 이름이 높았다.

두 사람이 만나게 된 과정에 대해서는 잘 알려져 있다. 사르트르는 소르본 대학교에 다니는 친구로부터 마드무아젤 드 보부아르에 대한 이야기를 듣고 관심이 생겨 만나자고 청했다. 만나기로 한 날 시몬은 약속 장소에 아름다운 푸페트를 대신 내보냈다. 시몬은 사르트르가 대단한 천재라는 말로 푸페트를 구슬렸는데, 그런 기대와는 달리 그날 저녁 사르트르는 자신의 명석함을 발휘하지 않았다. 시몬이 약속 장소에 나오지 않은 데 실망한 탓이었다. 시몬, 일명 '카스토르(비버)'◆와 사르트르가 처음으로 말을 나누게 된 것은 그 일이 있고 나서 얼마 뒤이다. 두 사람은 곧바로 마음이 맞았다. 둘은 공부할 때도, 친구들과 어울릴 때도 쌍둥이처럼 붙어 지낸다. 토론에 열중해서 몇 시간이고 지나는 줄도 모른다.

시몬은 그동안 꿈꿔온 자신의 '쌍둥이', 우정 이상의 어떤 관계를 마침내 사르트르에게서 발견한다. 두 사람의 관계는 지극히 친밀하되 서로에게 침투하려 들지 않으며, 따라서 상대방을 구속하는 일도 없다. 둘은 서로의 자유를 존중한다. 프랑스 국립시청각연구소가 소장한 몇 편의 영상 속에서 당시 작은 책상에 나란히 붙어앉아 공부하는 두 사람의 모습을 본다면 이 말을 납득할 것이다. 그들 사이에 소유란 성립하지 않는다. 오로지 사랑과 존중뿐이다.

◆ 부지런한 비버처럼 자나 깨나 공부만 한다는 의미로 붙은 별명.

두 사람은 철학 교수자격시험에 응시한다. 이 시험에 사르트르는 수석으로, 시몬 역시 스물한살 반의 나이에 차석으로 합격한다. 일설에 따르면 시험 심사위원인 두 교수, 다비드와 발은 수석 자리를 누구에게 줄 것인가를 놓고 오래 고민했다고 한다. "사실 사르트르는 분명 탁월했고 안정된 지성과 교양을 입증해 보이긴 했지만, 심사위원 대다수는 시몬이야말로 진정한 철학자라는 데 동의했다."[53] 시험이라는 경쟁에서까지 두 사람은 거의 쌍둥이 같은 성적을 낸 것이다.

이제 두 사람은 서로 떨어져 지내기가 힘들다. 교수자격시험 합격자 발표에 이어 맞이한 여름을 시몬이 메리냐크에서 보내게 되자 사르트르가 시몬을 찾아온다. 그는 생제르맹레벨의 불도르 호텔에 방을 하나 잡아놓고는, 보부아르 가족의 집 인근이나 들판에서 카스토르와 밀회를 즐긴다.

시몬이 속마음을 털어놓는 상대인 엘렌과 사촌 마그들렌이 두 사람의 밀회를 도와준다. 그들과의 협력으로 시몬은 사르트르에게 빵과 치즈, 햄, 과자와 사과 같은 먹을 것들을 가져다줄 수 있다. 그렇게 며칠이 흐르고 사르트르와의 만남을 숨기는 데 지쳐버린 시몬은 더는 비밀 유지에 신경 쓰지 않게 된다. 가족과 함께 식사하기를 마다하고 부엌으로 들어가 소풍 가듯 음식을 챙겨 바구니에 담아 들고는 들판으로 내뺀다. 우거진 수풀 속에서 재회한 시몬과 사르트르는 함께 숲을 거닐고 철학 논문을 쓸 계획을 세우고…… 처음으로 사랑을 나눈다.

프랑수아즈는 감시자답게 의심을 품는다.

그리고 얼마 후, 저녁식사를 위해 마련해놓은 아주 먹음직스러운 갈비 요리가 마법처럼 사라져버린 날 마침내 딸의 비밀을 알아차린다.

다음 날 아침 보부아르 부부는 들키지 않을 정도의 거리를 두고 시몬의 뒤를 밟은 끝에, 딸이 어느 젊은이 앞에 바구니를 내려놓는 장면을 목격한다.

사르트르가 고개를 들다가 시몬의 팔을 잡는다.

"저기 좀 봐, 카스토르."

"맙소사……"

두 사람은 저만치서 두개의 실루엣이 힘겨운 듯 다가오는 모습을 지켜본다. 시몬이 입술을 깨문다. 그렇지만 눈은 어머니를 주시한다. 어머니는 평소와는 달리 화난 기색이 아니다. 밤늦게 귀가하는 방종한 딸들을 맞이할 때 보여주던 목에 힘을 준 모습도 아니다. 어머니는 거의 겁을 먹은 듯한 표정이다.

다가와 옆에 선 프랑수아즈 드 보부아르는 둥근 안경을 쓰고 입에 파이프 담배를 문 왜소한 체구의 이 남자를 유심히 뜯어본다. 명석해 보이는 사람이다. 딸은 매일 이 남자를 만나러 달려나간 것이다. 매력적인 왕자님 같은 면은 조금도 찾아볼 수 없다. 게다가 선홍색 셔츠를 입었다![54]

그날 아버지는 화를 내며 사르트르에게 자신의 딸을 만나지 말라고 경고한다. 사르트르로 인해 시몬은 물론이고 결혼을 앞둔 사촌자매들의 평판까지 위태로워진 건 사실이다. 곧이어 프랑수아즈 드 보부아르가 언성을 높인다. 하지만 그 순간 사르트르가 보여준 태도는 시몬을 놀라게 한다. 그는 지극히 침착하게, 평소와 다름없는 유창한 언변과 확신에 찬 태도로 시몬의 부모를 향해 마드무아젤 드 보부아르와 자신이 "아주 진지한 관계"임을, 또한 두 사람은 장차 교수이자 철학자로서 함께 수행해나가야 할 연구가 있음을 선언한다. 그 연구는 아주 중요한 것이어서 사르트르 자신은 계속해서 매일 이곳 라그릴리에르로 찾아와 시몬을 만나야겠으며, 자신은 무슨 일이 있어도 이 만남을 포기하지 않겠다고 못 박는다. 사실 드 보부아르 씨와 부인께서도 확신하실 것이다, 시몬과 저는 아주 잘 어울리는 한쌍으로, 파리로 돌아가자마자 더욱 내밀한 관계를 맺을 생각이며, 그 무엇도 저희를 막지 못할 것이라고. 이렇게 말하는 사르트르에게서 숨길 수 없는 명석함이 배어난다. 그는 천연발효종 바게트의 장점을 논하더라도 마찬가지로 명석할 것이다. 조르주는 얼굴이 납빛이 될 만큼 분노해서 아내의 팔을 잡아끌어 돌아간다. 심장을 폭격당했지만, 대답할 말은 찾지 못했다.

시몬은 눈을 빛내며 사르트르를 향해 미소 짓는다. 이

남자는 강한 신념의 소유자다. 그런 신념으로 동료 지식인의 지지를 얻어내곤 했다. 그의 말은 관습에 맞서는 이성의 담론이다. 시몬이 혐오하는 소부르주아의 속물적이고 편협한 정신에 맞설 무기, 말하자면 철학이다.

사르트르도 파이프 담배를 문 채 시몬을 향해 마주 미소를 짓는다. 그는 자신이 펼친 언변에 만족한 참이고, 또다른 주제로 넘어가고 싶어서 안달이 나 있다.

시몬은 고개를 돌려 부모의 실루엣이 멀어져가는 모습을 지켜본다. 그들 두 사람은 서로를 부축하듯 몸을 밀착한 채 다소 무거운 발걸음으로 라그릴리에르로 돌아가고 있다. 시몬은 어렴풋이 가슴이 저려온다. 아버지는 납작한 밀짚모자를 쓰고 있다. 그 후줄근한 모자는 모리스 슈발리에가 나이 들면서 쓰기 시작한 모자를 흉내 낸 것이다. 멀어져가는 저 두 사람의 모습에서 과거 시몬에 대해 그토록 큰 지배력을 지녔던 그 아버지, 그 어머니를 어떻게 알아볼 수 있겠는가? 그들은 이제 힘없고 상처 받은 이들이었다. 슬픔의 파도가 시몬을 덮친다. 모든 게 그리 단순하지는 않다. 우수라는 토대 위에서도 극복의 힘을 길어낼 수 있으니까. 그러고 나서 얼마 후 아버지가 세상을 떠나면서 시몬은 부모가 언제까지나 곁에 있는 존재가 아니라는 사실과 처음으로 맞닥뜨린다. 그러자 어머니의 희끗희끗해진 귀밑머리, 얼굴에 밴 피곤과 초췌함이 눈에 들어온다.

시몬은 좋아하는 작가 콜레트가 한해 전 출간한 소설

『여명』에서 나이 들어가는 어머니에 대해 서술한 아름다운 문장들을 떠올린다. 자신과 콜레트가 무척 비슷하다고 느낀다. 콜레트에게는 따뜻한 어머니가 있었다. 시몬의 어머니보다 훨씬 자상한 사람이었다. 그렇지만 콜레트 역시 과잉모성에 짓눌렸다.

시몬은 언젠가 콜레트에게 편지를 써 보내겠다고 마음먹는다. 자신이 책을 출간할 수 있다면 콜레트에게 보낼 것이다.

이런 상념에 빠져들던 시몬은 사르트르의 말에 다시 현실로 돌아온다.

"카스토르, 가져온 음식을 함께 먹으며 소풍을 즐기자. 그리고 좋은 소식이 있어. 우리의 사랑이 저 독재자들을 무찔렀어."

마침내 독립하다

1929년 9월. 스물한살 성년이 된 시몬은 자유를 마음껏 누린다.

자유, 자유! 마침내 시몬은 그동안 꿈꿔온 일을 실천에 옮겼다. 부모의 집을 떠나 독립한 것이다. 아직 페인트칠 냄새와 니스 냄새가 나지만 무슨 상관인가, 자신의 집이 생겼다. 이 집에서 시몬은 외출 준비를 하고 있다. 외출이 라니, 어디로? 시몬 자신도 모른다. 브레아 거리의 식당 도미니크로 가서 보르시*를 먹어도 좋을 것이다. 칵테일을 한잔 하고 춤을 출 수도 있다. 어디든 바람 부는 대로 쏘다니며 미래를 생각해보자. 뤽상부르 공원으로 가서 빈둥거

---

* 레드비트를 넣어 끓인 러시아 및 동유럽권의 수프.

리는 것도 좋겠다.

'자신의' 욕실 거울 앞에 선 시몬은 파우더를 집어 뺨에 두어번 두드린다.

사르트르는 짙게 화장하지 않은 시몬의 모습을 좋아하지만, 마침내 자신의 몸에 하고 싶은 대로 무언가를 자유롭게 할 수 있다는 건 얼마나 멋진 일인가. 화장을 할 수 있다니, 심지어 과하더라도 괜찮다니 얼마나 기분 좋은 일인가. 시몬은 매니큐어를 칠한 손톱과 새빨간 립스틱으로 자기 안에서 여자다움을 끌어내려 한다.

이것이 전부가 아니다. 그동안 스테파의 조언에도 불구하고 유행에는 전혀 관심을 두지 않았던 시몬은 처음으로 당좌수표를 써서 "외투 한벌, 모자 하나, 회색 펌프스 한켤레"를 구입했다. 의상실에서 옷을 맞추기도 했는데, 지금까지 줄곧 걸치고 다닌 낡은 면직물과 조악한 모직 옷에 대한 반동으로 "크레프드신, 무늬벨벳 같은 부드럽고 매끄러운 옷감들"을 골랐다.[55] 말하자면, 정말로 자신의 것이었던 적이 없는 '몸'을 되찾기 위해 많은 일을 시도했다.

화장은 매번 과했지만 그건 중요하지 않았다. 짙은 아이섀도, 알록달록한 손톱, 붉은 볼터치는 때로 시몬을 양품점 직원처럼 보이게 할 정도였다. 우리는 시몬의 이런 모습에서도 어머니의 그림자를 찾을 수 있다. 시몬의 짙은 화장 역시 권위에 대한 저항의 방식이었으니까. 그것은 시몬 자신의 말대로 "유년의 청산"이었다.

시몬은 립스틱을 집어 입술에 바른다. 다소 얇게 바른 셈이지만 마음에 든다.

달걀형 얼굴은 어머니를 닮았고, 눈과 광대뼈는 아버지를 닮았다.

이제 시몬은 자신의 얼굴이 또렷이 보인다.

예전에, 좁은 욕실 세면대 위에 걸린 거울에 얼굴을 비춰보던 열두살 여자아이의 눈에는 어째서 이 모습이 보이지 않았을까? 그때 시몬의 눈에 비친 것은 추한 여자아이였다. 하지만 시몬은 추하지 않았다. 끊임없이 시몬을 평가하는 눈에 쫓겨 그저 불행했을 뿐이다. 보이지 않는 그 눈이 시몬을 표정 없는 뚱뚱한 여자아이로 바꾸어놓았을 뿐이다.

거울 앞에 선 시몬은 깨닫는다. 보이지 않는 그 눈이 어머니의 눈이었다는 것을.

‡ ‡ ‡

자유. 자유! 시몬은 발에 날개가 돋은 느낌이다. 오늘 아침 몸이 얼마나 가벼운지 날아오를 것 같다. 이렇게 자신만의 공간을 가진 것은 처음이다. 할머니가 임대해준 이 작은 아파트에 테이블 하나와 의자 두개, 큰 정리함을 새로 들여놓았다. 잡동사니는 이 정리함에 넣어두면 된다. 시몬은 만족스럽게 실내를 둘러본다.

다른 방으로 건너간다. 얼굴에 미소가 떠오른다. 흰색 가구 몇점은 엘렌이 공들여 래커칠을 한 것들이다. 시몬은 이 집의 모든 것이 마음에 든다. 6층인 이 집의 발코니에서는 당페르로슈로 광장과 벨포르 사자상이 내려다보인다. 붉은색 석유난로는 독한 냄새를 피우지만, 그 냄새마저 투명한 성벽이 되어 시몬을 고독으로부터 보호해줄 것 같다.

자기만의 이런 방을 얼마나 간절히 갖고 싶었는지! 좁고 옹색한 방을 동생과 함께 쓰던 시절, 시몬은 영국의 한 여학생의 생활을 표현한 그림을 보며 공상에 잠기곤 했다. "그의 방에는 책상, 소파, 책꽂이가 있었다. 화사한 색채에 둘러싸여, 지켜보는 사람 없이, 책을 읽고 공부하고 차를 마셨다. 그런 삶이 얼마나 부러웠는지!" 그 꿈이 스물한살에 마침내 현실이 된다. 시몬은 자유를 얻었다 "이제 모든 것에서 풀려나 휴가를 얻은 기분이었다. 이 휴가는 앞으로도 계속 이어질 것이다."[56]

사르트르와는 생각이 잘 맞았다. 두 사람은 '줄 맞춰 서기', 즉 성실성이라는 이름으로 성인에게 요구되는 기성 규범에 순응하기를 거부했다. 그래서 그들은 성실해지려는 노력 대신 놀이를 했다. 자라면서 놀이를 해본 경험이 거의 없는 시몬은 마치 어린 시절을 되찾아오려는 것처럼 사르트르와 함께 놀이에 몰두했다. 그들은 가상의 인물을 만들어내 역할놀이를 즐기고, 부르주아 커플을 흉내 내며 조롱했다. 시몬은 사르트르와의 관계가 부모님이 구현한 부르주아 부부상을 답습하게 되는 걸 극도로 경계했다. 그들 부부의 모습이야말로 시몬이 결코 닮고 싶지 않은 것이었으니까.

시몬은 『나이의 힘』에 다음과 같이 썼다. "우리는 어디에도, 그 무엇에도 속하지 않았다. 장소, 국가, 계층, 직업, 세대, 무엇으로든 우리를 분류할 수 없었다. 우리의 진실은 다른 데 있었다."

시몬은 일상에 질서를 세우는 일을 걷어치웠다. 같은 책에서 시몬은 이렇게 회상한다. "내가 언제, 어떻게 들어오고 나갈지, 그 누구도 내 행동을 통제할 수 없었다. 나는 새벽에 귀가할 수 있었고, 아니면 밤새 침대에서 책을 읽다가 정오에 잠에 빠져들 수 있었고, 그렇게 스물네시간 꼼짝도 하지 않고 있다가 별안간 거리로 뛰어나갈 수도 있었다." 사르트르가 파리로 돌아온 뒤 10월에는◆ 시몬의 방에서 푸아그라로 함께 점심을 먹고, 저녁에는 인근의 브라스리를 찾아가 무엇보다 "절충주의를 견지해서 브롱크스, 사이드카, 바카르디, 브랜디 알렉산더, 마티니를 다양하게" 마셨다. 그 모든 칵테일의 이름이 시몬을 설레게 했다. 그 이름들의 의미는 '자유'였으니까. 시몬 드 보부아르에

◆ 보부아르와 사르트르는 해마다 10월이 되면 두 사람이 1929년 맺은 계약결혼을 소박하게 기념하곤 했다.

따르면 그 시절 특히 좋아한 것은 '변덕', 자기 안에서 솟구치는 욕망이었다. 자유란 원래 순하게 구슬리고 생각을 덧입히고 철학으로 다듬기 전에는 무엇보다 종잡을 수 없는 어떤 욕망이 아니겠는가?

어떤 삶이 시몬 앞에 펼쳐진다. 여행, 책, 성공으로 구성된 삶이다. 시몬은 그런 삶에 확신이 선다. 그것은 사람들을 만나고 이야기를 나누고 생각을 발전시켜나가는 삶이 될 것이다. 게다가 지금은 분명 창의성의 시대다.

어느날 사르트르와 보부아르는 파리 7구 위니베르시테 거리에 있는 비스트로 레스페랑스에서 한 일행과 마주친다. 때는 1956년이다. 시몬은 그 일행 속에서 체구가 작고 여린 한 여자를 알아본다. 눈매가 아시아인처럼 갸름하고 미소가 예쁘다. 머리카락이 흑단처럼 까만 그 여자는 생각이 조금은 딴 데 팔린 듯한 표정으로 담배를 피우고 있다. 이름은 마르그리트 뒤라스, 『태평양을 막는 제방』을 쓴 작가다.

그 여자는 1950년 공쿠르상 후보에 올랐다가 아쉽게 상을 놓쳤다.

뒤라스는 보부아르보다 여섯살 아래다. 눈이 마주친 두 여자는 서로를 쏘아본다. 물론 과열된 분위기는 아니다. 뒤라스의 얼굴에서 예쁜 미소가 사라졌을 뿐이다.

2주 전 뒤라스는 사르트르에게 단편 두편을 보내며 『레탕 모데른』*을 통해 발표하고 싶다는 의사를 전했다. 사르트르는 다음과 같은 답장을 보내왔다. "우리 잡지에 싣기는 어렵습니다. 당신은 글솜씨가 부족해요. 그런데 이 평가는 제가 내린 게 아닙니다." 뒤라스는 이 답장 뒤편에 보부아르가 있다고 생각했다. 이 일로 인해 사르트르와 보부아르에게 생긴 반감을 뒤라스는 평생 풀지 못했다. "보부아르는 형편없다"라고 공언했고, TV 대담 프로그램 「아포스트로프」에 나가서는 "사르트르의 글은 글도 아니죠!"라고 말하기까지 했다.

한편 시몬은 뒤라스에게 품었던 질투심이 남아 있었다. 뒤라스와 시몬이 한때 같은 남자를, '르 프티 보스트'로 불린 자크로랑 보스트를 사랑한 탓이었다. 뒤라스와 르 프티 보스트의 관계는 불과 몇달 만에 끝나버렸는데, 시작은 1951년 12월 31일 송년 파티에서였다. 뒤라스 전기를 쓴 로르 아들레르에 따르면 "술에 젖은 그 밤샘 파티 도중에 어떤 남자가 새로 합류하자 마르그리트가 남자의 입에 긴 키스를 했다. 남자의 이름은 자크로랑 보스트, 작가이자 기자이고, 시몬 드 보부아르의 애인이었다".[57]

한마디로 그날 두 여자는 대놓고 서로를 쏘아보았다.

하지만 시몬은, 내심 동의하기는 싫었지만, 『태평양을 막는 제방』이 어머니를 형상화한 아주 뛰어난 작품이라고 생각했다. 그 작품 속의 어머니는 자부심 강하고 거만하고

◆ Les Temps modernes. 1945년 창간된 문예 격월간지로, 사르트르와 보부아르가 편집위원으로 참여했다.

열정에 차 있다. 아이를 학대하고 동시에 사랑한다. 아마 뒤라스도 어머니 밑에서 힘든 유년을 보냈으리라고 시몬은 생각했다. 그들, 두 딸은 각자의 어머니로 인해, 각자의 방식으로 고통스러워했다. 게다가 아직 그 상처에서 완전히 회복된 게 아니지 않은가? 그렇다면…… 시몬은 이런 이야기를 누구에게도 꺼내지 않았다. 하지만 들판의 아이들, 나무에 송이처럼 매달려 굶주림으로 입을 벌린, 아직 새파란 풋망고를 먹으며 수백명씩 죽어가는 아이들을 이야기하는 대목에서는 가슴이 아파 눈물이 핑 돌 정도였다. 아버지들은 집 앞에 작은 구덩이를 파서 죽은 아이들을 묻었다고 했다. 그 구절을 읽으면서 시몬은 예전에 함께 지낸 가정부 루이즈의 아기를 생각했다. 루이즈의 아기는 나무에 매달려 있지는 않았지만, 파리의 곰팡내 나는 그 7층 꼭대기에서 죽었다.

　『태평양을 막는 제방』을 읽었을 때 시몬은 명치를 세게 얻어맞은 기분이었다. 다른 작품들은…… 뒤라스의 다른 작품들은 이해하기 어려웠다. 사실은 역겨울 정도로 싫었다. 나머지 작품들에서는 자기만족의 냄새가 피어올랐다. 그런 자기만족이 모더니티의 한 유형이라지만 시몬으로서는 받아들일 수 없었다. 그 여자는 자기가 천재인 줄 아는 걸까? 나중에 시몬은 뒤라스의 책을 출간한 적이 있는 갈리마르 출판사의 발행인 로베르 갈리마르를 뒤라스와의 문학적 충돌에 심판으로 불러내기도 했다. "뒤라스를 내게 설명해줘요. 나는 그 여자의 작품을 이해하지 못하겠어요." 시몬은 누보로망♦에 공감이 가지 않았다.

한 시대 유행의 첨단에 대해 이런 종류의 반감을 품었다고 해서 시몬의 삶이 달라질 것은 없었다. 자유의 총량도 줄어들지 않았다. 사르트르와 보부아르는 살아가고, 사랑하고, 세계를 돌아다녔다. 여행은 글쓰기 다음으로 그들이 가장 좋아하는 일이었다. 세계 곳곳을 가볼 수 있다는 건 얼마나 즐거운 일인가. 빈, 러시아, 이탈리아, 로마!

여러해가 지난 뒤 어느날, 로마에 있던 시몬은 한낮에 울리는 전화를 받아든다……

♦ '신소설'이라는 뜻으로 전통적 서사 형식을 거부하고 작가의 순간적인 생각이나 기억에 따라 자유롭게 세계를 묘사하려 한 경향.

6장

더 치열하게

1963년 10월 24일 목요일 오후 4시, 로마. 어떤 '사고'.

미네르바 호텔 객실. 시몬이 방 안을 오가고 있다.

내일은 파리로 돌아가는 날이다.

짐은 방금 다 꾸렸고, 이제 자료 몇가지만 가방 안에 챙겨넣으면 된다. 시몬은 책상 앞 의자에 앉아 낡은 가죽 책받침 위에 흩어진 크루아상 부스러기들을 오른손으로 툭툭 털어낸다.

시몬은 일정을 앞당겨 끝낸 참이다. 파리로 출발하기에 앞서 로마의 마지막 저녁을 자유롭게 쓸 수 있다. 호텔은 나보나 광장의 판테온 신전 바로 옆에 자리 잡고 있다. 호텔을 나서기만 하면 북적이는 광장이다. 시몬은 창문을 열거나 테라스로 나가 거리 풍경을 내려다보는 일이 즐겁다. 어릴 적 몽파르나스에 살 때처럼.

거리를 오가는 모든 것, 분주한 그 움직임이 좋다. 쉰다섯살이 된 지금도 여전히 시몬은 무료함이 싫다.

사르트르와 프티 보스트, 그리고 올가를 다시 만난다고 생각하자 기분이 들뜬다.

전화기가 울린다. 아마 택시 예약을 확인하려는 호텔 프런트의 전화일 것이다. 하지만 전화기에서는 뜻밖에도 보스트의 목소리가 들려온다.

"보스트! 어떻게 지내?"

보스트의 목소리가 어둡다. 프랑수아즈 드 보부아르가 병원에 입원했다고 한다. 사고가 있었다는 것이다.

시몬은 다리에 힘이 풀려 침대에 스르르 주저앉는다. 목소리를 가까스로 쥐어짜 되묻는다.

"무슨 소리야? 사고라니?"

손톱에 빨간 매니큐어를 바른 손가락들이 전화선을 고문하듯 잡아비튼다. 우선은 교통사고가 떠오른다. 자동차가 가로수를 들이받았을 것이다. 어머니의 몸이 거리에 나동그라진 모습을 상상한다.

"운전자가 누군데?"

"그런 게 아녜요." 보스트가 대답한다. "어머니께서 욕실에서 넘어지셨어요. 바닥에 쓰러져서 꼼짝도 못하고 두 시간이나 그대로 계셨대요. 실내복 차림으로요. 전화로 도움을 요청하려 했지만, 힘에 부쳐 몸을 일으킬 수 없으셨대요."

위기에 처하면 우리의 정신은 공황에 빠지지 않으려고 아무것이나 붙잡고 매달리는 법이다. 시몬은 무턱대고 애꿎은 보스트를 원망한다. 예전에 교사일 때 그랬듯이 '프티 보스트'의 실수를 지적하며 야단치려 한다. "그럼 왜 '사고'라고 한 거야? 넘어지셨다는 말이잖아?"

"넘어지셔서 대퇴골에 금이 갔어요." 보스트가 설명을 덧붙인다. "올가와 제가 부시코 병원으로 모셔갔어요."

"곧 돌아갈게." 시몬은 대답하고 전화를 끊는다. 검은 베이클라이트 전화기가 이렇게 무겁게 느껴진 적은 없다. 흘러내린 머리카락을 기계적인 손놀림으로 다시 헤어밴드 속으로 밀어넣는다. 고개를 절레절레 흔든다.

조금 전까지만 해도 모든 게 잘 돌아가고 있다고 생각했다. 로마에 와 휴가를 즐기고 있었고, 짐을 다 꾸려서 홀가분했고, 돌아갈 생각에 기뻤다. 다음 순간 불행이 기다린다는 걸 모르고서 말이다. 어머니가 병원에 있다. 상태가 좋지 않다고 한다. 시몬은 그 붉은색 줄무늬 벨벳 실내복에 피가 번진 모습을 상상해본다. 여윈 팔이 전화기를 잡으려고 안간힘을 쓴다. 어머니의 얼굴이 고통으로 일그러져 있다……

시몬은 다시 전화기를 움켜잡아 프런트 번호를 누른다.

급행 기차표를 구해달라고 요청한다. 내일 아침 출발하

는 기차가 있다고 한다.

"좋아요, 되도록 일찍 출발하고 싶어요."

"네, 알겠습니다."

내일 중으로 파리에 도착하게 될 것이다.

시몬은 무너지듯 침대 가장자리에 다시 주저앉는다. 로마 거리에서 마라톤이라도 한 것처럼 온몸에 힘이 빠져나가고 없다.

다음 날 도착하자마자 병원으로 달려가 문을 열고 들어선다. 소독약 냄새가 목구멍을 자극한다. 19세기 말에 지어진 이 병원 건물은 군데군데 벽이 갈라지고 칠이 떨어져나갔다. 덜컹거리는 승강기, 간호사들이 수군거리는 소리, 리놀륨 바닥에 슬리퍼가 끌리는 소리……

로마는 이미 먼 과거로 밀려나 있다. 낙원이란 원래 멀리 있지 않은가. 시몬은 속으로 중얼거린다. '가엾은 엄마, 엄마가 나를 기다리고 있을 때 나는 나보나 광장에서 빈둥거리기나 했구나.' 세웠던 외투 깃을 바로잡은 뒤 안내 창구에 무료하게 앉아 있는 젊은 직원에게 방향을 물어본다.

"114호실이 어느 쪽인가요, 보부아르 부인의 가족입니다."

"두번째 복도로 들어서서 왼쪽 세번째 방입니다."

젊은 직원이 시몬을 쳐다본다. 그의 얼굴이 환해지더니 시몬을 향해 웃어 보인다. 『제2의 성』의 작가 시몬 드 보부아르를 알아본 걸까? 아니면 그저 입원한 어머니를 면회 온 여자에게 친절을 보인 걸까?

114호실. 시몬은 짧게 노크를 하고 잠시 기다렸다가 문을 연다. 눈앞에 검소한 침상의 철제 프레임이 보이고, 그 위에 한 여인이 잠들어 있다. 탁자 위에 강낭콩 모양 금속 대야와 붉은 벨벳 실내복이 놓여 있다. 시몬은 침대로 다가간다. 누워 있는 몸은 여위었고, 안색은 누렇다. 손이 불같이 뜨겁다.

10년이라는 시간이 어떻게 이처럼 순식간에 지나가버린 걸까? 그렇지…… 10년…… 햇수를 헤아리는 건 이제 의미가 없다. 어떤 생각이 섬광처럼 시몬의 뇌리를 스친다. '엄마와 내가 함께하는 시간은 이미 끝났어. 엄마는 저편으로 건너가버렸어.'

프랑수아즈 드 보부아르가 눈을 떠서 시몬을 알아보는 순간, 딸은 헝클어진 감정을 재빨리 수습한다. 시몬의 얼굴은 다시 무표정해진다. 어머니에게 속마음을 들켜서는 안된다.

"엄마, 몸 상태는 어떠세요? 이런 곰팡내 나는 병실에서 지내시기 쉽지 않을 텐데."

시몬은 눈을 가늘게 뜨고 침상에 몸을 기울인다. 어머니의 얼굴이 틱 증상처럼 움찔한다. 이마에 주름이 잡히고 눈썹이 치켜올라간다. 머리카락은 삼실 같고, 양 볼은 푹 꺼졌다. 갈색 머리, 담갈색 눈의 그 귀부인, 어디를 가나

'아름다운 부인'이라는 칭송을 듣던 프랑수아즈 드 보부아르가 바로 이 사람이 맞는가? 시몬의 눈에 눈물이 차오른다. 손을 내밀어 어머니의 뜨거운 손을 잡아준다.

"엄마……"

"왔구나……" 프랑수아즈 드 보부아르가 짧은 한마디를 한숨처럼 흘린다.

"엄마, 멀리 갔던 것도 아니에요. 로마에 있었어요. 기억나죠?"

프랑수아즈의 입에서 다시 한숨이 흘러나온다. 고개를 젓는다. 아니, 기억이 나지 않아.

"너를 계속 기다렸는데! 그 긴 시간 동안 편지 한통 없었어."

시몬이 대답한다.

"편지를 썼어요. 로마에서요. 미네르바 호텔에서 썼어요."

어머니가 다시 중얼거린다.

"죽는 줄 알았어. 두시간 동안이나 바닥에 쓰러진 채 꼼짝도 못했어."

"완쾌되실 거예요. 의사를 만나봤어요. 수술은 필요 없대요."

초라한 미소가 어머니의 뺨을 일그러뜨린다.

"올가는 참 좋은 사람이더구나. 아주 친절해. 올가와 보스트, 그 두 사람이 나를 병원으로 데려와주었어. 올가가 내 세면도구를 챙겨오고, 흰색 앙고라 스웨터도 사주었어. 얼마나 따뜻하게 대해주던지……" 어머니가 어깨를 으쓱 추어올리고는 같은 말을 반복한다. "정말 정이 많은 사람이야."

시몬은 한대 얻어맞은 기분이다. 어머니의 말이 화살처럼 가슴에 날아와 꽂힌다.

두 딸에게는 그처럼 차가웠던…… 단 한번도 정답게 대해준 적이 없었던 어머니가……

시몬은 솟구치는 반감을 억누른다. 그래야 한다.

의자 등받이에 걸쳐놓은 흰색 앙고라 스웨터를 조심스레 집어든다. 올가가 선물했다는 옷일 것이다.

"자, 엄마, 옷을 걸쳐요. 날씨가 조금 서늘하네요."

어떤 본질적인 일이 벌어진다. 아니, 이것은 실존적 현상이다. 변신이 이편과 저편에서 동시에 일어난다. 나이 든 프랑수아즈가 시몬 앞에서 그저 어린아이가 될 때, 시몬은 자신이 프랑수아즈 드 보부아르가 되었다고 느낀다.

이런 역할전도를 지금 처음 경험한 것은 아니다. 이런 느낌이 언제 시작되었던가? 사실 어머니는 무척 활동적이었다. 1941년에 아버지 조르주 드 보부아르가 세상을 떠난 뒤로 어머니는 묘하게도 어떤 흥분 상태에 있었다. 남성들에게 억압당하며 지내온 여자들 가운데 그런 모습을 보이는 경우가 종종 있다. 프랑수아즈는 자전거를 배워 출퇴근에 이용했고, 다시 공부를 시작해 도서관 사서 자격증을 땄다. 집을 옮기고, 바자회에 참여하고, 강연회를 찾아다녔다. 그때만 해도 프랑수아즈는 아직 젊었고, 무척 아름다웠다. 굽슬굽슬 파도치는 갈색 머리카락, 늘씬한 몸매, 관능적인 입술, 웃을 때마다 반짝이는 눈이 있었다.

‡ ‡ ‡

입원한 아이를 돌보러 가는 어머니처럼 시몬은 하루도 빠짐없이 병원에 갔고, 그때마다 사소한 부분까지 공들여 의전을 지켰다.

병실 문을 두드릴 때는 최대한 부드럽게, 이어서 외투를 벗어들고, "어휴, 병원은 입원실 온도를 왜 이렇게 올리는 걸까!"로 첫마디를 뗀 뒤, 얼굴 가득 붉은 광대 웃음을 띠고 다가가 움푹 팬 두 볼에 아주 가볍게 입을 맞추는 시늉을 하고, 흰 스웨터를 집어 어머니의 어깨에 걸쳐주고…… 안색이 좋아 보인다고 말하고, 모두가, 정말로 모두가 어머니의 회복을 빌고 있다고 잊지 않고 덧붙였다.

실제로 프랑수아즈 드 보부아르의 병실은 사탕, 과일젤리, 초콜릿뿐만 아니라 진달래, 시클라멘 등 꽃이 가득했다. 모두가 어머니를 염려하고 회복을 빌었다. 그러므로 프랑수아즈 드 보부아르는 행복하다고 할 수 있었다. 삶의 어느 시기에도 이처럼 사랑받은 적은 없었다. 우리는 죽을 때가 되어서야 마침내 다른 이들의 관심을 얻게 되는 걸까?

간호사와 의사 들이 프랑수아즈를 어린아이 대하듯 애지중지 돌보았다. "자, 식사를 다 드셔야 해요. 어서 드셔요, 착하기도 하셔라." 프랑수아즈더러 착하다니……

그들이 과거의 그 귀부인을 알 리 없었다. 과거에 얼마나 완고하고 엄격한, 그러나 고결한 어머니였는지 알 리가 없었다. 아니면 어떻게 이런 말을 할 수 있겠는가? 의사가 말했다. "환자분께서는 곧 예전의 소박한 삶으로 돌아가실 수 있을 겁니다." 천만에, 어머니의 그 어떤 것도 소박하지 않았다. 어머니는 늘 거인 같았다. 거인이 입을 법한 긴 드레스를 입었고, 큰 눈과 멀리까지 울리는 목소리를 가졌고, 자신이 옳다고 생각하는 가치를 꿋꿋이 지켰다. 어머니가 어떤 사람이었는지를 돌이켜보다가 시몬은 또다시 콜레트의 그 구절을 떠올렸다. 시몬이 무척 좋아하는 『여명』에 나오는 구절이었다.

"인색하고 좁은, 남부끄러운 작은 마을에 살면서도 거리를 떠도는 고양이들, 선로공들, 임신한 하녀들에게 문을 열어주던 한 여인, 나는 그런 여인의 딸이다. (…) 가난한 이를 도와줄 돈이 없어 절망한 나머지 이 집 저 집 부자들의 대문을 두드리며 한 아이가 세상에 태어났다고 외친 여인, 나는 그런 여인의 딸이다."[58]

글 속에 슬픔이 스며 있었다. 시몬은 눈물이 나는 이유가 아픈 어머니가 떠올라서인지, 콜레트의 문장들이 아름

264

다워서인지 분간이 되지 않았다. 콜레트의 글은 시몬에게 어떤 감정을 대리경험할 기회를 주곤 했다. 시몬은 눈물을 닦고 고개를 저었다. 울면 안돼. 지금은 안돼. 오늘밤까지 참아. 시몬은 어금니를 물었다. 얼마나 세게 물었는지 턱이 저릿했다.

집으로 돌아간 밤 9시경, 전화 한통이 걸려온다.

의사의 입에서 '암'이라는 단어가 흘러나온다.

전화를 끊은 시몬은 심란하고 당황스러우면서도 묘한 안도감을 느낀다. 그렇다면 모든 게 설명되기 때문이다. 게다가 맞서 싸우려면 우선 적을 알아야 한다. 그렇다, 이제 알아냈다.

'암이라니…… 그렇게도 두려워하던 암이라니…… 그이는 나이 마흔에 가슴을 치며 중얼거렸다던데, 그래 알아, 유방에 암이 생겼단 말이지 하고.' 하지만 이것은 콜레트의 어머니 시도의 이야기이다. 시도의 병은 유방암이었다.

지금 시몬의 어머니 프랑수아즈는 위에 암이 생겼다. 쉽지 않은 병이다.

'푸페트에게 알려야 해. 알려야지. 당장.'

시몬은 아파트 안을 서성거린다. 입술을 깨문다. 눈을 깜박인다. 전등 빛이 파고들어 눈이 멀어버릴 것 같다. 암이라니. 이 병명이 이제 시몬의 가장 깊은 부분을 파고든다. 침착해. 울면 안돼. 지금 푸페트가 머물고 있는 디알로 가족 집에 전화를 걸어.

"엘렌은 잠자리에 들었어요." 전화를 받은 사람이 대답한다.

"기다릴게요. 깨워주세요. 중요한 일이에요."

'어째서 내가 이런 소식을 전하는 일을 떠맡아야 하지.' 시몬은 속으로 중얼거린다. 소식을 전하는 일은 언제나 시몬의 몫이다. 좋은 소식이든 나쁜 소식이든 그렇다.

엘렌의 목소리가 처음에는 떨린다. 그러다 잠이 확 깼는지 순식간에 목소리가 높아진다.

"그래서 얼마나 더 사실 수 있대? 몇주일? 몇달?"

시몬은 대답 없이 전화선을 손가락에 감아 꼰다.

'엘렌은 아무것도 보지 못했잖아.' 시몬은 생각한다. '어머니의 창백한 낯빛, 시도 때도 없는 구토, 신음, 지푸라기 같은 그 몸을 보지 못했잖아.'

내일 어머니의 모습을 직접 보고 나면 엘렌도 상황을 알아차리리라고 시몬은 생각한다. 그 순간부터 미래는 사라지고 오로지 현재만 남을 것이다.

전화기를 내려놓은 시몬은 별안간 두 손으로 얼굴을 감싼다. 울음이 터져나온다. 그런 자세로 꽤 한참 오열한다. 시몬 안에서 무엇인가 팽팽하던 것이 툭 끊어져버렸다. 세차게 밀려오는 흐느낌을 타고 시몬의 몸이 헝겊인형처럼 흔들린다. 이처럼 격렬하게 울어본 기억이 없다. 자기 안에 또다른 여자가 숨어 있다가 바깥으로 얼굴을 내민 것 같다. 시몬은 그 여자가 낯설다.

그날밤, 시몬은 깨닫는다. 이제 자신이 앞으로 나서야 한다는 것을, 그래서 어머니의 마지막 순간까지 동행해야 한다는 것을. 시몬은 맏딸이니까.

침대로 간 시몬은 무거운 잠 속으로 빠져든다.

낯선 손

114호실. 시몬은 부드럽게 문을 두드린다. 잠시 후 한 번 더 두드려본다. 안에서는 아무 대답이 없다. 조심스럽게 문을 연다. 어머니는 잠이 들었는지 등을 대고 누운 모습이다. 입이 하품하듯 벌어져 있다. 잠이 드신 게 맞겠지…… 설마…… 아냐, 잠이야. 죽음의 문턱에 이른 노인들은 때로 이런 깊은, 무서운 잠에 빠져들곤 한다. 죽음이 벌써 산 자의 영토를 기웃거리며 갉아먹기 시작한 것이다.

시몬은 의자에 앉는다.

의자 등받이에 깨끗한 흰 실내복이 걸려 있다.

시몬은 눈을 감는다. 한순간 어머니의 어떤 모습이 떠오른다. 기억 속의 어머니는 면 실내복 차림이다. 어린 시절, 몽파르나스 대로의 그 집, 복도에서 아름다운 젊은 여인이 두 팔을 뻗어 다갈색 머리 푸른 눈의 딸을 붙잡으려 하고 있다. 그 시절 어머니는 겨우 스물다섯살이었다. 머리카락을 풍성하게 풀어헤치고 두 뺨에 홍조를 띤 채 복도로 나선 맨발의 어머니는 얼마나 싱그럽고 아름다웠는지. 틀어 올린 머리카락이 남편의 손길에 의해 풀려 어깨 위에서 물결칠 때 어머니는 얼마나 아름다웠는지. 아이들이 아닌 다른 관심사에 몰두한 어머니, 사랑에 빠진 어머니의 아름다움이었다.

어머니가 별안간 눈을 뜬다. 어머니와 딸의 눈이 마주친다.

두 사람의 눈길은 한순간 마주쳤다가 곧바로 엇갈리지만, 그 한순간에 모든 말이 오고 간다.

'떠나실 거라는 걸 알아요.' 시몬의 눈이 말한다.

'네가 안다는 걸 알지만 굳이 말로 꺼낼 필요는 없어.' 어머니의 눈은 애원하고 있다.

프랑수아즈가 옷자락을 들어올린다. 성긴 체모, 겁이 더럭 날 정도로 뼈만 남은 장딴지를 보자 시몬은 눈을 돌린다. 어머니의 몸에는 뼈의 형상만 남아 있다.

그 몸은 이방인의 것이다. 어머니의 몸은 이렇지 않았다.

'너무 빨라.' 시몬은 속으로 중얼거린다.

암은 계속해서, 쉼 없이, 어머니의 몸을 갉아먹고 있다. 얼굴은 야위어 한줌이지만, 두 손은 부종 탓에 통통하다.

'죽음을 앞둔 사람들은 자기 손에 신경이 쏠리기 마련이야.' 시몬은 생각한다. '손이 눈 아래 있으니 보지 않을 수 없잖아.' 프랑수아즈 드 보부아르도 퉁퉁 부은 자신의 손을 자꾸 들여다본다.

"내 손은 가늘었는데…… 손가락들이 부어 있네. 왜 이 럴까?" 어머니는 혼잣말처럼 중얼거린다.

'죽음이 숨을 불어넣고 있으니까.' 시몬은 언뜻 떠오른 이 말을 삼킨다.

어머니의 손을 잡고 손가락 마디를 가볍게 주무른다.

어머니가 얼굴을 찡그린다.

그 몸에 더이상 시몬이 아는 어머니의 모습은 없다. 그 몸의 모든 것이 낯설다.

"시몬…… 내 병이 다 나으면…… 나와 함께 로마에 가 주겠니?"

이 말의 의미를 파악하려고 시몬은 어머니를 살핀다. 열에 들뜬 듯한 어머니의 눈이 초점을 잃고 흔들린다. 시몬은 심장박동이 빨라지는 걸 느낀다. 뭐라고 대답해야 할까? 어머니는 내게 무엇을 기대하는 걸까? 시몬 속의 어떤 명랑한 기운이 고개를 든다. 칭찬받고 싶은 어린 여자아이가 된 기분이다.

"그럼요, 엄마. 미네르바 호텔에 모시고 갈게요. 거기 가면 로마의 심장이 뛰는 소리가 들려요."

언제나 맹렬하게 진실을 드러내려는 열망에 차 있는 이 명석한 철학자가 이번에는 진실보다 마음이 시키는 말을 그대로 따라 한다. 이번 한번만은 그렇게 한다.

자신의 삶이 이제 곧 끝난다는 걸 안다 해도 그 사실을 직접 듣는 일이 즐거울 리 없다. 떠나는 순간까지도 삶을 느끼고 싶은 법이다. 그래서 시몬은 목소리에 활기를 불어넣는다. 꾸며낸 목소리, 희극배우의 발성이다.

"네, 엄마, 로마에 모시고 가고말고요, 메리냐크에도 함께 가요. 다시 함께 요리도 해요. 농장에 가서 달걀과 우유를 사고요…… 제가 사르트르에게 가져다주려고 갈비 요리를 빼돌렸던 날 기억나세요?"

프랑수아즈 드 보부아르는 고개를 끄덕이며 웃는다. 나이가 들면 아이 같아진다는 말은 맞다. 그들은 자신의 이야기를 다른 사람들에게서 듣고 싶어한다. 생의 종착역에서 시몬의 어머니는 가톨릭 신부를 찾지 않았다. 성당 교우들이 기도회를 제안했지만 응하지 않았다. 대신 자신이 살아온 이야기를 누군가의 입을 통해 듣고 싶어했고, 딸들이 곁에 있으면 좋아했다.

프랑수아즈 드 보부아르는 그로부터 사흘 뒤에 눈을 감았다.

이번에는 푸페트가 시몬에게 알려준다.

집으로 전화가 온다.

"돌아가셨어."

시몬은 병원으로 달려간다.

114호실. 세상을 떠난 어머니의 모습도 잠이 든 어머니와 조금도 다르지 않다는 생각이 문득 든다. 단 한가지만 다르다. 영원히 눈을 감은 어머니는 지극히 평온해 보인다는 점이다. 방금 세상을 떠난 사람의 평온한 얼굴은 살아 있는 사람들에게 위안을 준다. 그 얼굴, 별안간 윤기가 돌아온 그 피부를 보며 두 자매는 가슴을 짓누르던 고통을 조금은 덜어낸 기분이다. 순수한, 이상적인 죽음이라는 생각마저 든다. 두 자매는 오래 묵은 불안이 가시는 것 같다. 죽는다는 것이 마냥 고통스럽고 어려운 일만은 아닐 거라는 생각을 해본다. 육신의 부패와 소멸의 문제만도 아닐 것이다. 죽음은 그저 더 깊이 빠져드는 잠이다.

자매는 어머니의 손가락에 결혼반지를 다시 끼워준다.[59] 어머니의 손은 부종이 가라앉아 다시 가늘어졌다.

어머니의 시신을 운반해갈 일행이 도착한다. 이 이별이 돌이킬 수 없는 것임을 자매는 비로소 실감한다. 어머니의 육신은 떠나갈 것이다. 다시는 어머니를 보지 못할 것이다.

엘렌이 울음을 삼킨다. 시몬이 동생의 팔을 잡는다.

"푸페트, 너는 엄마에게 다정했지만, 나는 그러지 못했어…… 하지만 나도 엄마를 사랑했어."

"엄마에 대해 글을 써, 언니. 엄마는 글을 통해 살아 있을 자격이 있어. 엄마를 두번 죽게 하지 마."

시몬은 고개를 끄덕인다. 방금 동생의 말은 시몬을 놀라게 했다. 글의 힘을 빌려 어머니를 불멸의 존재로 만들라니……

그렇다, 시몬은 어머니에 대해 글을 쓸 것이다. 어머니는 결함투성이였고, 강철 같은 의지를 넘어 독선적이었고, 그의 사랑은 넘치다 못해 어긋났지만, 시몬으로 하여금 자유를 향해 나아가게 한 것은 바로 어머니의 그 결함과 비타협성과 무절제한 사랑이다.

"글을 쓸게. 어머니의 죽음에 대해. 아니, 그보다는 늙음에 대해 쓸게." 시몬이 대답한다. "늙음이 진행되는 과정에 대해, 사회 안에서 나이 든 사람에게 주어지는 자리에 대해. 또 고통에 대해서도. 『제2의 성』의 노인 버전이라고 할까……"

엘렌이 머리를 끄덕이더니 말한다.

"나는 방법을 모르겠어. 어떻게 해야 다시 힘을 낼 수 있을지. 언니에게는 글쓰기가 치유 수단이 되어줄 테지. 하지만 나는 죽음을 그리지 못할 거야. 비극을 그릴 자신이 없어."

시몬은 동생의 손을 잡아쥔다.

"바보 같은 말은 하지 마, 푸페트. 틀림없이 너는 다시 힘을 낼 수 있을 거야. 우리 둘 다 이제 어른이야. 게다가 내가 곁에 있잖아. 네가 넘어지는데도 내가 보고만 있었던 적이 있어? 사실 너한테 읽기랑 쓰기를 가르친 사람은 나잖아? 네게 모든 걸 가르쳐준 사람이 누구였니?"

시몬은 눈물을 흘리는 푸페트를 의젓하게 달래준다. 하지만 작별 인사를 나누고 택시에 몸을 싣자마자 더는 참지 못하고 오열한다. 눈물이 한없이 흐른다. 시몬 안의 단단히 조여 있던 무언가가 풀어져버렸다. 아버지가 세상을 떠났을 때는 이렇게까지 눈물이 솟구치지 않았다. 그때 시몬은 충격을 잘 이겨냈다고 생각했다. 하지만 무의식이란 원래 잠행이 특기이다. 시몬은 자신이 어머니를 진정으로 알지 못했다는 회한 때문에 운다. 벌써 어머니가 그리워서 운다. 어머니는 신념의 화신이었지만, 돌이켜보면 한 시대의 희생자이기에 운다. 자신이 글을 통해 어머니에게 고통을 가했다는 걸, 시몬이 출간한 책들로 인해 어머니가 수모를 감당해야 했다는 걸 알기에 운다. 성인이 되면 어느 순간 부모 곁을 떠나기 마련이고, 그런 다음에는 부모가 자식 곁을 떠나는 게 자연의 이치라지만, 그래도 어쨌거나 시몬은 어머니를 버렸기 때문에 운다.

택시가 속도를 늦추더니 멈춰선다. 목적지에 도착했는지 비상등이 점멸하는 소리가 들린다. 기사는 잠시 기다리다가 백미러로 시몬을 쳐다보며 묻는다.

"괜찮으십니까, 부인?"

시몬은 문제없다는 의미로 고개를 까닥해 보이고 눈물 때문에 뿌옇게 보이는 형상을 향해 지폐 한장을 내민다. 집 안으로 들어온다. 몹시 지친 탓에 몸이 휘청거린다. 하지만 외투를 벗기도 전에 전화기부터 집어든다.

사르트르의 번호를 누른다. 없는 번호라고 한다. 다시 번호를 누른다. 눈물 때문에 번호판이 흐릿하다.

시몬은 다시 울음을 쏟아낸다.

"어머니가 돌아가셨어, 사르트르, 그래도 살아야지. 끝까지 살아야 해. 지금 이런 말을 한다는 게 어울리지 않는 걸 알지만, 이야기하고 싶어. 나와 넬슨 사이의 일[60]을 후회하지는 않아. 그건 삶의 여담 같은 것이니까. 사르트르, 정신은 아무것도 아냐. 우리를 지배하는 건 바로 육체야! 그러니 우리가 어떤 질문에 답을 얻기 위해 그렇게 맹렬히 사유하는 게 무슨 의미가 있을지 자문해봐야 해. 개념을 좇다가 삶을 놓치고 있어. 우리는 이미 안전선을 넘어갔어. 남은 시간이 별로 없어."

시몬은 목이 멘다. 한번도 운 적이 없다가 오늘 처음으로 울어보는 기분이다. 분노한 적은 많았다. 하지만 이렇게 눈물을 쏟아본 적은 없었다.

전화선 저편에서 사르트르가 담배를 한모금 빨아들이고 있을 것이다.

이윽고 그가 비음이 섞인 느릿한 목소리로 대답한다.

"살아야지, 더 치열하게. 당신 말이 옳아, 카스토르. 살아야 해. 살면서 사랑하고 글을 써야 해. 글을 쓰고 사랑하면서 살아가야 해. 어디로든 당신이 원하는 방향으로 나아가도록 해. 다만 전보다 더 치열하게 나아가기만 하면 돼."

콜레트와 시도

융합하는 사랑

"그래, 그래, 너는 나를 사랑해.
하지만 너는 여자아이, 어쨌거나 여자야.
내 동족이자 경쟁자라는 말이지."[1]

클로딘, 달콤한 갈망

오랫동안 나에게 콜레트는 무엇보다도 그리고 절대적으로 클로딘이었다. 섬세한 사춘기 감수성, 천진난만함과 영악함을 동시에 보여주는 적갈색 머리 클로딘은 학교 문을 나서서 즐길 수 있는 맛있는 군것질, 사탕, 교과과정이 요구하는 모든 '필독서'를 읽은 뒤에 맛보는 고급 문학 캔디였다. 게다가 『해리 포터』가 등장하기 한참 전에 기숙학교를 슬그머니 끌어들여 무대로 삼다니 얼마나 혁신적인가. 흰 목깃에서 풍기는 맵싸한 아몬드 냄새, 분필 냄새, 교실 뒤편의 난로에서 새어나온 연기 냄새, 얼굴이 발갛게 달아오른 마드무아젤 에메의 희미한 땀 냄새가 풍겨오는 기숙학교…… 그곳의 모든 것이 "유년의 간질거리는" 향기들이었다.

그러고 얼마 후 우연히 『여명』을 읽었고, 학교의 클로딘, 싸돌아다니기 좋아하는 그 여자아이 이면에 있는 콜레트의 비극적인 아름다움을 보았다. 딸이 어머니를 향해 보내는 그 절절한 사랑이라니. 『여명』은 대지의 여신 데메테르를 향한 사랑 고백이다. 원형적 어머니 시도, "대지의 양육자처럼 빛과 그림자로 씻기고 아이들과 꽃과 동물들로 차려입혀"[2] 생명을 깨우는 이 여인에게, 그리고 시도와 더불어 세상 모든 어머니에게 바치는 서정시이다.

시도는 선인장을 비롯해 모든 깨어나는 생명을 숭배하는데, 이런 면이 바로 시도를 그토록 돋보이게 한다. 즉 이 어머니가 딸을 향해 보내는 사랑은 나르시시즘과는 거리가 멀다. 이 사랑은 피어나기 위해 떨리는 생명에 대한 존중이다.

"사위님께서 내게 청해온바, 사위님의 집으로 가서, 그러니까 사랑하는 내 딸 곁으로 가서 한 일주일 지내면 어떻겠냐고 했지요. (…) 그렇지만 나는 사위님의 친절한 초대를 받아들이기 어렵군요. 어쨌거나 지금은 받아들일 수 없답니다. 사정이 있거든요. 내가 기르는 붉은 선인장이 곧 꽃을 피울 것 같아요." 이 말에 이어서 시도는 다음과 같이 자신을 드러낸다. "그런데 말이지요, 나는 이제 많이 늙었어요. 붉은 선인장이 꽃을 피우는데 내가 집을 비우느라 그걸 보지 못한다면, 앞으로 그 꽃이 피는 걸 볼 기회는 내게 다시 없을 거예요. 그러니 깊은 감사와 함께 드리는 이 경의를, 그리고 아쉬움도 함께 받아주기 바랍니다."[3]

이 편지에 이어지는 콜레트의 문장들을 읽을 때마다 나는 눈물이 차오른다.

"나는 이런 편지를 쓴 여인의 딸이다. 이 편지, 또 내가 아직 간직하고 있는 수많은 다른 편지를 쓴 여인의 딸이다. 이 편지는 그가 일흔여섯의 나이에도 (…) 열대의 꽃 한송이가 피기를 기다리느라 모든 일을 멈추었음을, 사랑하는 딸을 향하는 마음조차 잠시 잠잠하게 했음을 보여준다.

인색하고 좁은, 남부끄러운 작은 마을에 살면서도 거리를 떠도는 고양이들, 선로공들, 임신한 하녀들에게 문을 열어주던 한 여인, 나는 그런 여인의 딸이다."

"나는 그런 여인의 딸이다." 딸은 일생의 사랑을 잃고, 즉 자신의 어머니를 잃고 이 절절한 문장을 썼다.

나에게 클로딘이 캐러멜 맛이었다면, 『여명』은 강렬한 그리움 한모금의 맛이다. 단맛에서 짠맛으로, 맛난 간식에서 미식 요리로 옮겨가는 것과 같다. 작품 제목인 '여명', 즉 빛의 탄생은 한 어머니의 탄생이기도 하다. 이제 세상에 없는 어머니를 향해 딸은 이런 방식으로 절절한 사랑을 바친다. 부모님을 잃은 경험이 있는 사람이라면 이 선언 "나는 그런 여인의 딸이다"에 분명 가슴 한편이 울릴 것이다.

어머니를 향한 이 사랑에 조금 더 가까이 다가가볼 필요가 있었다. 어머니와 딸이 서로를 얼마나 사랑했는지, 또 어떤 기이한 마법의 작용으로 딸이 어머니를 떠나 급기야 어머니의 장례식에도 참석하지 않았는지 알아볼 필요가 있었다.

그것은 열정적인 관계가 치러야 하는 대가였을까?

직접 조금 더 가까이 다가가서 살펴보고 싶었다.

나는 시도와 콜레트, 이 모녀관계의 심장부인 생소뵈르 앙퓌제, 콜레트가 태어난 그 마을을 향해 욘으로 떠났다.

1장

생소뵈르, 고양이 마을

동화 같은 마을에서 여정은 시작된다.

콜레트의 고향 생소뵈르는 부르고뉴 지방의 욘도道 퓌제 지역 한가운데에 자리한 아름다운 마을이다. 차로 한시간 반을 달려 그 마을에 도착했을 때 우리 일행은 깜짝 놀랐다. 그 짧은 시간에 2014년에서 1873년으로 거슬러 올라간 듯했기 때문이다. 콜레트의 흔적을 밟아가는 길도 멀지 않아서 순식간에 목적지에 도착할 수 있었고, 그러자 금세 말발굽 소리, 포석이 깔린 길 위를 구르는 마차 바퀴 소리, 마부가 "이랴 이랴" 말을 모는 소리가 들리는 것만 같았다.

2014년 7월 13일 오늘, 생소뵈르 마을에는 햇살이 눈부

시게 쏟아진다. 화창하고 뜨거운 여름날이다. 접시꽃이 만발하고, 작은 광장의 분수 주위로 갖가지 꽃들이 짙은 향기를 뿜어올린다. 길 위에서 고양이들이 나른하게 기지개를 켠다. 사실 이곳 콜레트의 마을에 오면 수십마리 고양이와 마주치게 된다. 고등어, 턱시도, 치즈 고양이들이 서점 유리창 너머로 머리를 내밀거나 돌담 위에서 줄타기 놀이를 한다. 이곳의 고양이들은 지역 관광협회와 무언의 계약을 맺고 역할을 수행 중인 것 같다. 미야자키 하야오가 이 마을에 왔다가 '고양이 버스'의 영감을 얻어가지 않았을까…… 밤이 오면 고양이들이 골목길로 모여들어 자신의 조상들을 사랑한 한 작가의 어머니를 기리며 두 발로 서서 행진을 벌일지도 모른다.

마을 길은 달팽이집처럼 계속 휘어지고 좁아지며 마치 미끄럼틀 같은 '가파른 슬로프'를 이루곤 한다.

나는 한겨울 빙판길에서 추위로 귀가 빨개진 아이들이 나막신 바닥에 쇠붙이를 붙이고 미끄럼을 타거나 곱은 손을 호호 불며 눈썰매 경주를 하는 모습을 상상한다. 봄이 되면 어린 콜레트는 이 비탈길을 달려 내려와 학교에 가고, 나비 뒤를 따라다니다 별안간 멈춰 무릎에 손을 얹고 두 발을 조금 벌린 채 지나가는 애벌레의 느린 왈츠를 지켜보았을 것이다. 생소뵈르는 숲을 향해 열린 문이다. 오늘날에도 역시 숲으로 이어지는 6킬로미터 길이의 '콜레트 오솔길'을 따라가다보면 빨래터와 작은 성당을 만날 수 있다. 주위로는 온통 아름드리 떡갈나무와 야생개암나무가 우거져 있다. 콜레트가 생의 6년을 보낸 그 교실을 지금도 볼 수 있다. 줄 맞춰 늘어선 책상마다 흰 도자기 잉크병이 놓여 있고, 앞쪽에는 칠판이, 벽 한쪽에는 책장이 있다. 칠이 바랜 나무 선반 위에 놓인 지구의가 눈에 들어온다. 그리고 뒤쪽에는 한겨울에 붉게 튼 손으로 나무를 때야 했던 그 주물 난로도 놓여 있다.

학교가 끝나고 신과 같은 어머니 시도가 기다리고 있는 집으로 돌아오는 길은 그리 멀지 않다. 콜레트의 생가가 있는 오스피스 거리는 오늘날 콜레트 거리로 이름이 바뀌었다. 이제 푸른 덧창이 달린 "멋없이 크기만 한 집"을 만나볼 차례다. "퇴색된 전면 벽"과 비대칭 사다리꼴 현관계단, 즉 한쪽은 네계단, 다른 쪽은 여섯계단을 올라가 만나는 그 "기울어진 현관계단"은 지금도 그대로다.

시도, 콜레트의 어머니

이 큰 집의 겉모습은 삭막해 보이지만 안으로 들어가면…… 과묵한 첫인상과는 달리 사실은 수다스러운 집과 마주칠 것이다. 부르고뉴 시골 마을의 정취가 가득한 콜레트의 집은 찾아오는 사람에게 들려줄 이야기가 아주 많다.

우선 문을 열고 들어서는 순간 뭉근하게 끓고 있는 스튜 냄새가 코끝에 끼쳐온다. 패스트푸드와 '패스트라이프'가 지배하는 오늘날 집들은 후각의 사막이 되고 말았다. 냄새는 더이상 집 안에 감돌거나 고이지 못하고, 그러니 배어들 틈도 없다. 반면 가브리엘 콜레트의 집, 그 무뚝뚝한 전면을 마주 보고 서서 눈을 감아보라. 그러고 거실에 들어서면 집 안에서 펼쳐지는 일상, 냄새, 이야기 들이 떠오를 것이다! 바느질하고, 씻고, 수선하고, 음식을 만들고, 고양이들에게 밥을 주던 곳이다. 이 집에서는 갓 다림질한 세탁물 냄새, 마르세유 비누 냄새, 당근과 순무를 넣어 뭉근히 끓이는 고기스튜 냄새가 풍긴다. 갖가지 향긋한 과일잼들이 보글거리며 끓어오른다. 콜레트의 집에서는 지금은 사라지거나 맡기 힘든 무수한 향기, 다림질에 녹은 밀랍냄새, 제비꽃 향수, 잘 익은 토마토 향기가 부딪히고 뒤섞인다. 이 집은 여자들의 신전…… 시도의 신전이었다.

아델시도니 랑두아는 1835년 8월 12일에 태어났다. 처음부터 평탄하지 않은 삶이었다. 동화 속 주인공처럼 세상에 나온 지 고작 몇주 만에 어머니를 잃고, 쾨제의 한 유모에게 맡겨진다. 그 시절 쾨제는 온정 넘치고 건강한 '유모'들이 많기로 명성이 자자한 고장이었다.

쾨제에서 유년의 초반기를 보낸 시도는 이후 저널리스트인 두 오빠 외젠과 쥘이 있는 브뤼셀로 가서 몇년간 유복하게 지낸다. 사교계와 음악과 책이 있는 이 환경은 그에게 호사에 대한 취미, 난해하지 않은 교양에 대한 욕구를 길러준다. 이 몇년간의 경험은 유년의 전원생활 이상으로 영향을 끼쳐 시도는 나름대로 지식인으로 성장하게 된다.

하지만 일명 '고릴라'로 불리던 그의 아버지 앙리마리 랑두아(사실 그는 당시에 '흑백 혼혈'로 알려져 있었다)가 62세를 일기로 세상을 떠난다. 시도의 나이는 고작 열아홉이다.

이른 나이에 고아가 된 시도는 당시 돈으로 10만 프랑의 유산을 받는다. 매력도 교양도 지참금도 있는 이 고아 아가씨는 누가 봐도 탐나는 신붓감이다. 스물한살에 시도는 첫 남편이 될 뭐제의 농장주 쥘 로비노뒤클로와 맞선을 본다. 끔찍한 술주정뱅이이자, '원숭이'로 불리게 될 남자와! 시도와 쥘의 혼인은 일사천리로 이루어진다. 로비노는 부자에다 생소뵈르에서 가장 고가의 집, 장차 우리의 콜레트가 태어날, 훌륭한 정원과 기울어진 현관계단이 있는 집의 소유자가 아닌가. 그 집의 계단 난간은 '로비노뒤클로'의 약어 RD 문양으로 장식되었다(이 알파벳 문양은 오늘날에도 여전히 녹슨 난간에 붙어 있다). 쥘의 재산 목록에는 몇군데의 농장, 연못, 전나무숲, 금화 50만 프랑, 염소 문양이 찍힌 은식기도 들어 있다.[*] 하지만 재산과는 별개로 인물은 끔찍하다. "끔찍하게도 못생겨서" 사람들이 괴물이라고 부를 정도다. 시도보다 나이가 훨씬 많고, 난폭하고,

여자들의 뒤꽁무니를 쫓아다니는 데 이골이 난데다, 뇌는 브랜디에 절어 있고, 치아는 두겹에(영구치 안쪽에 젖니가 그대로 붙어 있다), 썩은 고기 냄새까지 풍긴다. 쥘 로비노를 묘사하는 모든 말은 그가 결혼을 앞둔 여자들의 악몽이라는 걸 알려준다. 게다가 그들의 첫날밤은 물결치는 금발과 아름다운 잿빛 눈동자를 가진 이 스물한살 신부에게는 그야말로 지옥이다. 결혼 '초야'의 고통, 혹은 해산의 고통은 어머니에게서 딸에게로 은밀히 전해지는 비밀들이다. 시도 역시 그런 이야기를 딸 콜레트의 귀에 속삭여줄 것이고, 후일 콜레트도 『가정의 클로딘』에서 '늙은 남편' 르노와의 첫날밤, 두려움으로 인한 그 정신적 혼란을 이야기할 것이다.[5]

하지만 로비노는 르노와는 비교도 안될 만큼 최악의 인간이다. 술에 찌든 이 '원숭이'는 가엾은 시도에게 처음부터 끝까지 고통과 폭력으로 점철된 삶을 떠안긴다. 그들의 결혼은 8년 만에 끝이 난다. 시도가 딸에게 들려준 이야기에 따르면 그 8년이라는 시간 동안 남편은 걸핏하면 주먹을 휘둘렀다. 시도는 길길이 날뛰는 남편으로부터 자신을 보호해야 했다. 언젠가 그날도 쥘 로비노는 시도를 때리려 들었다. 인정사정없이 쏟아지는 구타를 견디다 못한 시도는 벽난로 위에 놓인 뭔가를 손에 잡히는 대로 집어들어 그를 향해 던졌다. 모서리가 각진 휴대용 램프였다. 램프는 그의 얼굴을 정면으로 맞혀 상처를 냈다. 나중에 시도는 딸에게 보낸 편지에 그 일에 대해 "그는 그 흉터를 무덤까지 갖고 갔지. 내가 한 일이 뿌듯했단다"라고 썼다.[6]

당사자 둘 모두에게 비참한 결혼이었다. 이 결혼이 처음부터 양쪽 재산의 결합이었음을 생각해보자. 사랑은 전혀 설 자리가 없었다. 격렬하고 자유분방한 기질을 지닌 시도가 이 결혼을 얼마나 혐오했겠는가. "큰 재산은 없고 직업도 없어서 남자 형제에게 얹혀사는 젊은 여자는 혼인의 기회가 오면 말없이 받아들이고 하느님에게 감사하는 수밖에 없다."[7] 시도는 1857년 1월 15일에 있었던 그 결혼식과 연관된 모든 것, 겨우 스물한살의 나이로 입었던 웨딩드레스와 베일을 비롯해 그 모든 흰색을, 레이스로 치장된 그 행복의 허상을 평생 혐오했다.

1860년, 시도는 "원숭이 얼굴을 한" 이 남편의 아이를 임신한다. 큰딸 쥘리에트가 세상에 태어난다. 하지만 기뻐할 수 없었다. 자라면서 어머니의 품을 누려본 경험이 없는 시도는 자신이 어머니가 될 능력이 없다고 느낀다. 여자들은 출산 직후 그 조심스러운 시기에 대개 자신의 어머니 혹은 할머니에게 의지하기 마련이다. 시도는 그럴 수 없다. 곁에는 아무도 없다. 콜레트가 『클로딘의 집』에서 이야기한바, 큰딸 쥘리에트는 불행히도 아버지의 용모를 물려받아서 "덥수룩한 머리카락"에 "시꺼먼 송충이 눈썹", "단춧구멍 눈을 가진, 그저 봐줄 수 있을 정도의 못난이"였고, 그렇다보니 시도로서는 이 첫아이의 탄생이 한층 더 버겁게 느껴진다. 3년 뒤에 아들 아실이 태어나고부터 쥘리에트는 더욱더 찬밥 신세가 된다. 아실은 그의 누나와는 정반대의 용모로, 푸른빛이 감도는 오묘한 녹갈색 눈, 도톰하고 선명한 입술, 금발의 곱슬머리를 한 아름다운 아이였다. 그렇다보니 퓌제 고장의 "험담꾼들"은 아이의 아버지가 다른 사람일 거라는 의심을 내비쳤다. 생김새가 누나와는 딴판으로 잘생겼다는 이유도 있지만, 아이가 태어나기에 앞서 시도와 콜레트 대위의 만남이 있었다는 사실이 그 의심의 근거였다. 콜레트는 퇴역군인으로, 생소 뵈르앙퓌제에 새로 부임한 세무관이었다.

매력적인 콜레트 대위

쥘 로비노가 사망하기 훨씬 전부터 시도는 가슴이 뛰게 하는 한 남자와 알고 지냈다. 미래의 두번째 남편이자 평생의 연인, "삼실 같은 잿빛 눈썹" 아래 "동유럽인의 갸름한 눈"이 빛나고,[8] 다부진 근육을 "고양잇과 동물처럼 나른하게 감춘" 콜레트 대위로,[9] 매력과 활기가 넘치는 이 남자가 바로 장래 가브리엘의 아버지이다.

세련되고 교양 있는 콜레트 대위, 쥘조제프 콜레트는 1829년 9월 26일, 툴롱 인근에서 태어났다. 아버지는 해군 장교였고 어머니는 나중에 손녀 콜레트가 "고약한 할머니"라고 부를 만큼 성격이 강한 사람이었다. 어려서부터 그처럼 강인한 어머니의 영향을 받아 시도처럼 강한 여성에게 끌린 걸까?

장차 아내가 될 여인의 삶만큼이나 콜레트 대위의 삶도 평탄하지 않았다. 1859년 크림전쟁 중에 그는 왼쪽 대퇴골에 포탄을 맞았다. 스물아홉살에, 콜레트의 표현대로라면 "넓적다리가 뜯겨나가서" 왼쪽 다리를 절단해야 했다. 수술은 당시 방식대로 클로로포름을 흡입해 마취된 상태에서 이루어졌다. 부상자가 되었지만 잿빛 눈과 부드러운 수염이 매력적인 이 미남 퇴역군인이 생소뵈르에 나타나자 시도는 그에게 매혹당했다. 그렇게 시작된 두 사람의 관계는 누구라도 눈치챌 수 있을 만큼 열렬했다. 연인을 찾아가 밤을 보내기도 하던 시도는 결국 자신이 임신했음을 알게 된다. 시도의 배가 불러오면서 곧 생소뵈르의 험담꾼들이 수군거리기 시작했다. "태어날 아이는 아름다운 시도와 씩씩한 콜레트 대위의 사랑의 결실이 아니겠어요?"

어쨌거나 시도는 임신을 감출 생각이 없었다. 불러오는 배를 자랑스럽게 내밀고 다니기까지 했다. 쥘리에트를 임신했을 때에 비하면 훨씬 더 기쁨에 넘친 모습이었다. 이렇게 해서 1863년 1월 27일 태어난 아실은 푸른 눈에 금발 머리, 도톰한 입술이 영락없는 콜레트 대위의 판박이였다. 애칭까지 '보테(미인)'인 아실이지만, 그래도 성은 로비노 뒤클로, 아무 관계가 없는 이름을 물려받게 되었다. 시도 역시 집과 연인 사이를 오가는 생활을 계속했다. 그러다가 2년 후인 1865년 1월 30일, 이가 두겹으로 난 그 악당이 술에 절어 있다가 뇌졸중을 일으켜 "기특하게도" 사망했다. 생소뵈르의 험담꾼들은 또다시 바빠졌다. "보나 마나 시도가 남편을 독살하지 않았겠어요?"

시도는 새삼스러운 연인의 청혼을 역시 새삼스럽게 받아들여 딱 열달 후 그와 재혼했다. 시도는 물론 새 남편을 사랑했다. 하지만 자유를 꿈꾸는, 페미니즘이라는 말이 등장하기 이전에 페미니즘에 눈뜬 이 여인에게 결혼이라는 제도는 혐오의 대상이었다. 그렇더라도 그는 결혼으로 인해 그토록 불행했던 집에서 또 한번 결혼으로 행복을 얻는다.

콜레트 대위는 오스피스 거리의 그 집에 들어오면서 책과 가구 들을 가져왔다.

그들의 공식적인 첫아이 레오폴드가 1866년 10월 22일에 태어났다.

가브리엘이 태어난 건 그로부터 7년 후이다.

어머니의 심장 곁에

1873년 1월 28일, 대지가 얼어붙은 그날, 진통이 시작된다. 바깥에는 끊임없이 눈이 내린다. 굵은 눈송이들이 자연의 모든 숙덕거림을 잠재우면서 초자연적인 정적을 빚어낸다. 모든 것이 저절로 낯설어지는 이 정적 속에서는 해산의 고통도 아주 낯설어진다. 시도는 침묵하는 자연이 싫다. 모든 것을 침묵하게 만드는 겨울이 싫다. 게다가 추위는 무엇이든 얼려놓고 만다. 향기는 냉기에 갇히고 색은 전부 죽는다. 겨울의 냉기는 죽음처럼 모든 걸 마비시킨다. 정말이지 시도는 겨울이 싫다. 난폭한 그 짐승과 결혼했던 날도 추운 겨울이었다. 그날 흰 베일이 수의처럼 자신을 내리덮었던 걸 시도는 기억한다.

부부의 침실은 이제 분만실이 되었다. 마호가니 침대 위에서 시도는 몸을 뒤척이며 고통스러워한다. 하녀 셋이 어쩔 줄 몰라 우왕좌왕하고 있다. 미신을 믿는 찬모 멜리는 모슬린 침실 커튼과 호사스러운 능직 거실 커튼을 일찌감치 풀어 늘어뜨려놓았다. 그 시절 시골에는 순산을 기원하는 의미로 돈주머니 끈, 구두끈, 넥타이 등 집 안의 모든 끈을 풀어놓는 풍습이 있었다. 시도는 목걸이, 팔찌, 숄까지 벗어 침대 머리맡 마호가니 탁자 위에 올려놓았다. 타일 바닥은 얼음장 같고, 대기는 냉랭하다.

방 한쪽 구석에 콜레트 대위가 있다. 그도 어찌할 바를 모르고 서성거리는 중이다. 시도는 그에게 방에서 나가 있으라고 권하고, 간청하고, 요구하다가 산통이 극심해지자 결국 쫓아내버린다. "남자들은 이 자리에서 할 일이 아무것도 없어요." 그래도 내가 곁에 있는 게 낫지 않아? 내가

있으면 더 힘이 나지 않아? 그걸 어떻게 알겠는가? 시도는
남편이 성가시다. 반면 이 남편은 사랑하는 아내가 산고를
겪는 모습을 보며 걱정으로 안절부절못한다. 1873년에는
출산 중에 사망하는 경우가 드물지 않았던 만큼 그는 아내
를 잃을까봐 불안하다.

푸른 대리석 벽난로에서 빈약하게나마 흔들리던 불꽃
이 잦아들자 하녀들이 기겁하며 달려온다. 한 사람은 풀무
로 열심히 바람을 일으키고 다른 한 사람은 장작을 날라오
다가 손에 찰과상을 입는다. 시도는 신음을 삼키고 베개를
깨물며 산통을 견딘다. 고통에 겨워 이제 더운지 추운지
자신의 모든 감각이 혼란스럽다.

거실의 흰 대리석 괘종시계가 분침과 초침을 움직이며
흘러가는 시간을 헤아리는 동안 콜레트 대위는 엉덩이를
붙이지 못하고 여전히 일어서서 제자리를 맴돈다. 째깍째
깍 시간이 흘러가는 소리 사이로 대위의 목발 소리가 불규
칙한 스타카토로 끼어든다. 틱탁, 톡톡……

해산이 이렇게 오래 걸리는 건 나이 탓일까? 서른여덟
살 시도의 금발에도 이제 센머리가 몇가닥 섞여들었다. 위
로 세 아이를 출산했지만, 이 정도로 난산은 아니었다. "해
산하는 여인이면 모두 아는 방식으로 분투하기 시작한 지
이제 거의 48시간이 되어가고 있었다."[10]

끝나지 않는 싸움이었다. 산통은 2박 3일에 걸쳐 계속되

었다. 자궁 속 아이가 너무 높이 자리 잡아서 내려오게 하는 일이 힘들다고 했다. "그 아이는 내려오는 데 얼마나 시간을 끌었는지! 내게서 떠나고 싶지 않았던 거야." 시도는 그날의 해산 과정을 돌이켜보면서 다음과 같이 덧붙인다. "그렇게 높이 자리 잡은 아이들, 그래서 빛을 향해 내려오기까지 시간이 걸리는 아이들은 자기 어머니의 심장 바로 곁에 머물고 싶어서 그런 것 같아. 그러다가 마지못해 어머니를 떠나는 거지."[11]

그렇다면 이 문제에 대해 프로이트는 어떻게 설명할까? 1856년생인 이 유명 정신분석학자는 1873년 그해에는 아직 청소년이었다. 그가 『정신분석 입문』을 출간한 해도 훨씬 나중인 1916년이다. 하지만 시도는 이미 그 시절에 무의식에 대한 통찰을 보여준다. 현대에는 분만이 진행되는 동안 벌어지는 정신 현상의 중요성을 모두가 인정하고 있다. 콜레트의 경우 어머니 시도와의 분리가 쉽지 않은 일로 보이는데, 이런 면을 시도는 정확히 포착한다. 즉 그들 모녀관계가 출발부터 서로에게 융합되려는 움직임을 드러냈다고 지적한 것이다.

그렇다면 이 딸이 세상에 나가기 위해 자신의 몸에서 분리되는 순간 시도가 지극히 불안한 모습을 보이는 것도 놀라운 일은 아닐 것이다. 바로 이런 관계, 불가침의 귀한 관계인 한편으로 초조하고 불안한 이런 밀착 속에서 가브리엘 시도니 콜레트가 태어난다. "신음과 고통의 힘으로 어머니는 나를 모태에서 떼어냈다. 하지만 바깥으로 나온 내가 새파랗게 질려 울음소리도 내지 못했던 탓에 누구도 내가 살 수 있을 거라고 믿지 않았다."[12] 갓 태어난 아이 위로 죽음이 어른거렸다는 말이지만, 이런 두려움이 오래가지는 않았다.

밤 10시에 가브리엘이 첫울음을 터뜨린다. 생명이 다시 이겼다. 곧바로 기운을 추스른 시도는 아이의 몸을 문질러주고 서둘러 따듯한 융 배내옷을 입히라고 하녀에게 지시한다. 계피를 넣은 뱅쇼가 시도 앞에 놓인다. 마시면 몸이 따듯해지고 원기가 날 거라면서.

콜레트 전기를 쓴 오르탕스 뒤푸르에 따르면 "그해 겨울은 날이 몹시 추운 탓에 콜레트 대위는 아이가 태어난 지 사흘째 날에야 생소뵈르 읍사무소에 가서 출생신고를 했다".[13] 아이 곁에서 이 젊은 아버지는 눈물을 글썽인다. 그 시절 출산은 안전을 장담할 수 없는 위험천만한 과정이었다. 그런 만큼 그는 시도와 어린 딸이 혹시라도 잘못될까봐 마음을 졸였다. 이제 대위는 분명히 깨달았다. 아내가 없다면 자신은 아무것도 아니라는 사실을. 그저 신체장애가 있는 한 남자에 불과하다는 사실을.

가브리엘이 태어나고 얼마 후 시도는 생소뵈르앙퓌제의 소위 '명망 있는' 인사들을 초대해 귀여운 막내딸을 자랑스럽게 내보인다. 세상의 모든 어머니가 그렇듯 해산의 고통은 잊었다. "보세요. 제 막내딸이에요. 턱이 뾰족한 것이 꼭 새끼 고양이 같잖아요."

가장 먼저 초대한 사람은 아드리엔 드 생탈방으로, 공증인의 딸이자 시도가 가장 가깝게 지내는 친구이다. 갈색 머리를 길게 늘어뜨린 아름다운 아드리엔은 얼마 전 사내아이를 출산한 참이다. 두 여자는 각자 자신의 아이를 친구에게 내밀어 보이고, 서로 다른 그 작은 존재들로 인해 가슴 뭉클해지며 미소 짓는다. "눈이 가느다란 두마리 새끼 고양이 같아!" 그러고는 우정의 표시로 서로 친구의 아이를 받아 안고 젖을 물린다. 시도는 아드리엔의 아들에게, 아드리엔은 가브리엘에게 말이다.

다른 여인, 다른 어머니의 젖을 먹는다는 이 묘한 유희가 관능의 영역을 향해 떼어놓은 첫걸음이었을까? 나중에 가브리엘은 아드리엔의 집에 갈 때마다 자신이 이 여인의 젖을 먹었다는 이야기를 떠올리며 매번 기분이 들뜨고 설렌다.

암사자처럼 질투심 많은 시도, 언제든지 발톱을 드러낼 수 있고 또 언제든지 아이들의 목덜미를 물어 자기 곁에 다시 데려다놓을 수 있는 이 어머니는 가브리엘이 아드리엔의 집에 가서 늦게까지 머무는 것이 못마땅하다. 그런 일이 있을 때마다 시도는 딸을 야단친다. 딸이 학교가 끝난 뒤에 곧바로 집으로 오지 않고 교실에 선생과 함께 있는 일에 대해서도 화를 낸다. 그렇지만 그건 시도가 자초한 일, 말하자면 자업자득이다.

모성을 유머에 녹여 담을 수 있을까?

이 '젖 교환' 일화를 통해 시도라는 인물에 내재하는 분방한 갈망과 엉뚱함, 독창성을 엿볼 수 있다. 콜레트의 언어로 표현되는 시도 역시 "활달하게 소리 높여 눈에 눈물이 맺히도록" 웃어젖히기 좋아하는 여인이다.[14]

아이를 기르며 지내온 지난 20년을 돌아보는 지금 나는 다음과 같이 자문해본다. 모성을 유머에 녹여 담을 수는 없을까? 유머는 위반과 공격성을 내포한 경우에도 어머니들에게 허용될 수 있을까? 대부분의 육아 잡지와 도서 들이 유머에 할당하는 지분이 빈약하다는 점이 그 대답이 될 수 있을 것이다. 육아 영역에서 활용되는 어조는 대개 천진하고 솔직하며, 반면 재치를 자랑하는 경우는 드물다. 사회가 요구하는 어머니상이 가치로 무장한 양육자 어머니, 안정감의 바탕인 확신과 좋은 사상을 아이에게 수유하는 어머니이기 때문이다. 이상적인 어머니는 유머를 구사해서는 안된다는 생각은 근면한 일상 노동자, 일개 병사는 놀이라는 사치를 부려서는 안된다는 구시대적 생각과 동일 선상에 있다.

나는 젊은 엄마였던 시절에 아이들을 웃게 하려고 애썼다(사실 유머는 내 삶의 소중한 자산이기도 했다). 어머니들의 '진지함'을 비판적인 눈으로 보았고, 가벼운 어머니,

일종의 줄타기 곡예사, 댄서 같은 어머니가 되고자 했다.

독자를 거북하게 할 위험을 무릅쓰고 말해보자면, 지금도 나는 '정말로 좋은 어머니'가 되려면 일반적 의미의 이상적 어머니가 되어서는 안된다는 생각이다. 우리의 딸들이 능력을 꽃피우게 하자면, 그들을 성공의 길로 이끌자면, 어머니가 쉽게 늙음을 받아들여서는 안되는 게 아닐까? 생기와 재기를 잃고 매력과 유머 감각을 외면하는, 다시 말해 얼마간 죽음을 수락한 어머니여서는 안되지 않을까? 이 말이 불편할 독자도 있다는 걸 안다. 나 자신조차 이 말을 반 정도밖에는 확신하지 못한다. 게다가 과도하게 매력과 재기를 중시하고 재미를 추구하는, 16세 딸과 같은 옷차림을 즐기는 어머니들에 대해 우려를 표하는 일부 정신분석학자들도 있다. "세대 간의 질서를 존중하라"는 것이다. 스포트라이트가 본인을 떠나 딸에게로 옮겨가는 것을, 이제 본인은 한걸음 뒤로 물러설 때라는 것을 받아들이라는 것이다.

시도가 우리에게 남겨준 교훈도 결국 이런 것이 아닌가? 시도는 딸에게 사물과 자연을 관찰하는 태도를 키워주었고, 그 방식을 끝까지 밀고 나가면서도 딸의 창조 영역을 침범하는 법이 없었다. 시도는 딸에게 글쓰기라는 백지, 미답의 영토를 남겨주었다. 콜레트도 확언했지만, 어머니 시도는 만약 하려고만 들었다면 작가가 될 수 있었을 것이다. 시도는 그런 재능을 가진 사람이었다. "어머니와

나, 둘 중에 누가 더 뛰어난 작가인가? 어머니가 더 뛰어나다는 건 분명하지 않은가?" 하지만 시도는 작가가 되기를 마다했다. "어머니는 당신이 시인으로서 포착했다가 놓아버린 것을 계속 추적할 임무를 나에게 맡겼다." 콜레트는 "어머니가 넘겨준 것"을 글로 써낸 것일지도 모른다.[15]

여성으로서의 성적 매력을 대하는 태도도 마찬가지이다. 시도는 서른여덟살에 출산하고 나서 '얼마간 죽음을' 받아들였다. 콜레트는 『거꾸로 쓰는 일기』에서 다음과 같이 말한다. "내가 태어난 뒤, 어머니는 살이 붙어 보기 좋게 몸이 둥글어지는 바람에 젊은 시절 몸매를 돋보이게 했던 옷들을 단념해야 했다. (…) 말하자면 여자로서 어머니는 나 때문에 저무는 계절로 접어들었던 것이다. 그러고는 그 조락의 계절에 평온하게 자리 잡았다."[16]

한송이 꽃이 시들어야 다른 꽃송이가 피어난다. 이것이 시도의 신조다.

2장

시도, 여명 같은 어머니

1880년 어느 겨울 아침 7시 50분, 생소뵈르의 집 2층 침실에서 일곱살 가브리엘이 잠을 깬다.

오스피스 거리에 말발굽 소리가 울린다.

2층 침실에서 어린 여자아이가 잠을 깬 투정으로 몇마디 옹알거리며 돌아누웠다가 몸을 쭉 뻗어 기지개를 켠다. 마호가니 침대의 투박한 이불 속에서 아이는 큰 소리로 하품을 하고는 몸을 일으켜 차가운 바닥으로 내려선다. 한순간 냉기에 놀란 듯 외마디 비명을 지르고 발가락을 옴츠렸다가 곧바로 창가로 달려간다.

이제 일곱살인 여자아이는 긴 벌꿀색 머리카락을 찰랑거리며 바깥을 내다본다. 아이의 포동포동한 팔다리가 귀여움을 자아낸다. 호기심도 무척 강한 아이다.

여자아이의 이름은 가브리엘. 그날 아침 자신을 깨운 마차 소리, 말발굽 소리가 궁금한 아이는 거리를 내려다본다. '무슨 일이지?' 어머니한테서 오세르에 갈 계획이 있다는 말은 듣지 못했다. 역시 아니다. 마차는 집을 지나쳐 제 갈 길을 간다. 나막신을 신은 농부 아낙이 눈에 들어온다. 낡은 두건을 둘러쓴 아낙은 빵 한덩이와 양철통을 들고 있다. 양철통에는 갓 짜낸 우유 1리터가 담겨 있을 것이다. 아낙의 손이 발갛게 곱은 게 보인다. 지친 모습이다. 바깥 날씨가 무척 추운 것 같다. '나도 전부 볼 수 있어!' 가브리엘은 의기양양하게 웃는다. '엄마가 세상을 바라보듯이 말이야!'

세상의 모든 것이 흥미롭다고 말해준 사람은 어머니이다. 어머니는 삶의 주변에 널린 아주 작은 것들, 개미 한마리, 말벌이 먹이를 한점 잘라내는 모습조차 주의 깊게 바라볼 가치가 있다는 걸 매번 가브리엘에게 일깨워준다.

오늘 아침 가브리엘의 머리카락은 여느 때와 마찬가지로 까치집을 지었다. 천이 다소 뻣뻣한 길고 헐렁한 잠옷 차림에 맨발로 가브리엘은 냉기 도는 바닥을 총총거리며 뛰어간다.

서둘러 벽난로 앞으로 가서 따뜻한 불을 쬐려는 것이다. 이 넓은 시골 가옥은 겨울이면 몸이 저절로 떨릴 만큼 춥다. 봄에도 마찬가지다. 여름이 되어도 오후 3시쯤까지는 집 안에 서늘한 기운이 감돈다.

"가브리엘, 어서 이리 오렴!"

시도는 잉걸불을 뒤적이던 부지깽이를 내려놓고 딸을 향해 두 팔을 활짝 벌린다.

달려오는 딸을 껴안아 가슴에 품는다.

가브리엘의 얼굴에 웃음이 떠오른다. 살그머니 고개를 들어 어머니를 바라본다.

딸이 기다리는 건 어머니의 첫마디, 매번 똑같은 그 물음이다.

"지난밤에는 무슨 꿈을 꾸었니, 미네 셰리?"

시도는 가브리엘이 꺼낼 이야기를 기다린다. 딸이 들려줄 지난밤 꿈 이야기가 예쁜 리본을 묶은 선물이기나 한 표정이다.

오늘 아침도 예외는 아니다. 딸이 잠을 완전히 깬 걸 확인한 뒤 어머니는 기대하는 눈빛으로 벽난로 옆에 자리 잡고 앉는다.

"자, 가브리엘, 어서 이야기해줘. 어떤 꿈이었니? 악몽은 아니었지?"

"맞혔다! 엄마가 그렇게 물을 거라고 나 혼자 내기했거든요. 내가 맞혔어요!" 딸이 신이 나서 대답한다.

이것은 어머니와 딸 사이에 이루어지는 일종의 놀이이자 놀이를 넘어선 무엇이다.

사실 시도는 딸의 모든 것을 알고 싶다. 이 어머니는 아이들 하나하나에 대해, 특히 맏아들 아실과 막내딸 가브리엘에 대해 강한 애착을 보인다. 분명 아주 다정한 어머니이지만, 동시에 소유욕도 무척 강하다. 시도에게는 세상을 바라보는 천개의 눈이 있다. 이웃들의 이면을 간파하고, 화분의 튤립을 정성스레 가꾸고, 새끼 고양이들을 즐겁게 바라보고, 아이들이 무엇을 할 수 있을지 '가능성'을 끊임없이 살핀다. 시도의 이 '천개의 눈'은 대상의 표면에 머물지 않고 상대방의 머릿속까지 들여다본다. 시도의 잿빛 눈은 영혼 밑바닥까지 꿰뚫고 들어간다. "어머니의 눈길은 벽을 통과한다"고 콜레트는 썼다.[17]

안과 바깥을 다 볼 수 있는 능력을 가진 어머니라니, 대개는 당혹스러울 것이다. 그런 어머니의 자식이라면 겁을 먹어 얌전해진 어린 짐승 같을 것이다.

이런 관점에서 볼 때 시도가 가브리엘을 부르는 애칭, '미네 셰리(사랑스러운 새끼 고양이)'를 비롯해 '투투 블랑(하얀 멍멍이)' '몽 투투(내 강아지)' '솔레유 도르(금빛 햇살)' 등등은 시사하는 바가 있다. 이런 애칭들은 대상을 그 자신과는 다른 무엇으로 만들어버리지 않는가? 이런 애칭들은 그 다정함 뒤편에 상대를 조종하려는 의지를 감추고 있다. 아이들을 매번 '강아지' '새끼 고양이' '병아리'로 부르는 부모들이 한번 생각해볼 문제다. 이런 애칭들이 트라우마로 연결되지는 않지만, 그렇더라도 어떤 징후를 유발할 수는 있다.

어쨌거나 어머니의 채근에 따라 가브리엘은 이야기를 시작한다. 그런데 이제부터 가브리엘이 어떤 이야기를 하든 그건 어머니의 얼굴에 미소가 떠오르는 걸 보기 위해서이다. 내면에서 올라오는 그 미소를, 자신의 가장 '맑은 보석' 앞에서 놀란 듯 활짝 열려 반짝이는 그 잿빛 눈을 보기 위해서이다.

때로 아무 꿈도 꾸지 않고 잠을 깬 날이면 잠자리에서 빠져나오기에 앞서 가브리엘은 작은 철제 침대에 잠시 그대로 머문다. 식초 냄새가 풍기는 다소 거친 리넨 이불 속에서 어린 가브리엘은 몸을 뒤척이며 궁리한다. 재미있고 기발하고 멋진 꿈을 순전히 어머니를 위해 '엮어내는' 것이다.

그렇지만 가브리엘이 침묵하는 때도 있다.

어느날 밤, 가브리엘은 어머니가 크리스마스트리를 장식하는 꿈을 꾼다. 하지만 어머니가 전나무에 매달고 있는 장식은 전구 방울이 아니라 묘한 사람들이었다. 아주 작은 사람들을 사탕 껍질 같은 작고 투명한 포장지로 감싸서 전나무에 하나씩 걸고 있었다. 포장지에 싸인 그 작은 사람들은 숨이 막히는지 입을 벌린 채 헐떡거리기 시작했다. 무서운 광경이었다.

그런 꿈을 꾼 날, 잠에서 깬 가브리엘의 잠옷은 땀에 젖어 축축하다. 다시 잠을 이루지 못하고 뜬눈으로 아침을 맞고, 그러고는 꿈에 대해 아무 말도 하지 않는다.

"아뇨, 정말로." 가브리엘은 어머니에게 대답한다. "지난밤에는 꿈을 꾸지 않았어요."

그러고는 아버지의 품속에 몸을 숨기려는 듯 아버지에게로 달려간다. 아버지 콜레트 대위는 매번 어머니와 딸 사이의 '완충제 역할'을 해준다. 소파에 앉은 대위는 읽고 있던 문예지 『메르퀴르 드 프랑스』를 내려놓고 딸을 향해 팔을 벌린다. 그는 딸의 앞자리가 늘 어머니 시도의 몫이라는 사실을 알지만 그렇다고 불만인 건 아니다. 그날 아침처럼 가브리엘이 자신을 향해 뛰어오면 기쁜 눈으로 딸을 안아준다.

‡‡‡

"엄마, 배고파요!"

가브리엘이 주방의 벗나무 식탁으로 가서 앉는다. 자단목 시계 옆, 찬모 멜리가 식기 한벌을 차려둔 자리다. 가브리엘은 늘 배가 고프다. 시도는 친구들, 특히 아드리엔 드 생탈방에게 가브리엘의 식성을 자랑하곤 한다.

"그 아이는 열이 39도까지 올라도 먹는 걸 마다하지 않아! 게다가 버터를 바른 큰 빵을 두개나 먹어치운다니까. 그야말로 자연의 기적 같은 아이야."

아이를 키우는 어머니들이 대개 그렇듯이 시도는 아이들이 음식을 먹는 모습을 보며 기뻐한다. 하지만 아실, 쥘리에트, 레오폴드는 그 시절 다른 양가 자녀들처럼 오세르의 기숙학교에 가 있고 주말에만 집으로 온다. 가브리엘은 주중에는 집안의 유일한 아이다. 그렇다보니 더 많은 관심과 보살핌을 누리지만 한편으로는 그런 관심이 버겁기도 하다.

오늘 아침 가브리엘을 위해 준비된 음식은 큼직한 볼을 가득 채운 카페오레와 두툼한 빵 두조각이다. 시도는 집에서 만든 빵을 넉넉히 잘라내어 버터를 바르고 소금을 뿌린 뒤 화로에 넣어 다시 구워낸다. 그렇게 해서 달콤하고 짭짤한 아침식사를 딸 앞에 내놓는다.

가브리엘은 아주 맛있게 먹는다. 부르고뉴의 여자아이답게 다부지고 튼튼하다. 갸름한 잿빛 눈과 긴 금발 곱슬머리가 매혹적인 가브리엘은 그의 언니, 덤불 같은 눈썹을 가진 쥘리에트와 대비되곤 한다.

콜레트의 이부자매 쥘리에트는 거의 거론되지 않는, 잊히다시피 한 인물이다. 앞서 보았듯이 1860년, 가브리엘보다 13년 먼저 태어난 쥘리에트는 자기 아버지의 용모를 고스란히 물려받았다. "아름다운 아이들", 시도가 자랑스러워하는 그 "정선된 자연"[18]의 궁전에서 내쫓긴 이 갈색 머리 여자아이는 깊은 우울감에 빠져든다. 책을 은신처로 삼아 자신을 유폐한 채 살던 쥘리에트는 결국 마흔여덟살에 스스로 생을 끝맺는다.

쥘리에트는 비록 맏딸이지만 언제나 '사생아' 취급을

받는다. '나쁜 씨'를 받아 낳은 딸, '못난이 언니'이자 가브리엘을 한층 돋보이게 해주는 무채색 배경으로 남는다. 동화는 한 가족 내 형제자매간의 이런 잔인하고 가차 없는 역할 분리를 잘 보여준다. '작은 발'을 가진 신데렐라에 대비되어 심술궂고 천박한 성격을 부여받은 언니들을 떠올려보라. 현실에서도 자매 사이를 실제의 혹은 가상의 대비를 통해 좋은 쪽과 나쁜 쪽으로 가르는 많은 사례를 접할 수 있다.[19]

이런 식으로 가브리엘은 쥘리에트라는 '누런 떡잎'과 대비되어 '될성부른 떡잎'으로 어머니의 사랑을 듬뿍 받으며 성장한다.

‡‡‡

생기발랄한 가브리엘은 벌써 아침식사를 마쳤다.

가브리엘의 발길이 거실로 향한다. 거실에는 세칸짜리 마호가니 책장이 있다. 1865년 쥘 로비노뒤클로가 사망한 뒤 콜레트 대위가 시도의 집으로 들어오면서 가져온 책장이다.

거실은 두꺼운 능직 커튼, 알렉산더 오르간, 거울이 달리고 부조로 장식된 호화로운 자단목 장, 검은 대리석 벽난로, 상판을 대리석으로 만든 콘솔 테이블, 2인용 안락의자, 폭신한 두개의 낮은 소파…… 그리고 여기저기 보이는 값진 소품들, 크리스털 물병, 샹들리에로 운치를 자아낸다. 콜레트 대위가 가져온 중국 도자기들도 놓여 있다. 분명 일반적인 농가의 거실 풍경은 아니다.

하지만 시도와 콜레트 대위가 생각하기에 가장 값이 나가는 것은 바로 그 책장이다. 13권으로 구성된 생시몽 전서, 셰익스피어와 코르네유의 작품들, 뷔퐁의 2권짜리 『박물지』…… 또한 볼테르 전집과 괴테, 실러, 뮈세의 작품들…… 무엇보다 발자크의 작품들이 있다. 가브리엘은 일찍부터 발자크와 뒤마의 작품들을 탐독했다. 어머니와 저널리스트인 외삼촌들의 영향으로 아주 이른 나이에 독서의 중요성을 깨우친 것이다.

"제가 어른이 되기 전에 저 책들을 전부 읽을 수 있을까요? 저 책들을 전부 읽고 나면 엄마만큼 많은 것을 알게 될까요?" 가브리엘이 어머니에게 물은 적이 있다.

시도가 딸에게 해준 대답은 자신은 책 바깥에서 거의 모든 것을 배웠다는 것이었다. 자연 속에서, 그리고 사람들을 유심히 보면서 배웠다고 했다.

"삶을 관찰해보렴, 미네 셰리."

‡ ‡ ‡

"가브리엘? 내 말 듣고 있니? 정신을 딴 데 팔고 있구나…… 아, 아직 책을 들여다보고 있다니…… 교양을 쌓는

데는 다른 방법도 많단다, 미네! 닥치는 대로 책을 읽다가
는 눈도 버리고 마음도 버리는데…… 졸라의 작품은 안돼.
아직 졸라는 읽지 마!"

시도는 취향이 확고하다. 책장에서 그림동화나 페로의
동화는 찾아볼 수 없다. 그런 동화 속에 가두어두기에는
아이들이 너무 소중하다.

돌토의 이론이 등장하기도 전에 시도는 아이들과 고양
이들은 모든 것을 이해한다는 생각을 품고 있다. 아이들은
어른만큼 명철하게 세상을 인식할 수 있으며, 그런 만큼
졸라의 작품 속에 그려지는 더럽고 핏빛 어린 현실을 아이
의 눈앞에 굳이 들이대야 할 이유가 없다는 것이다.

졸라의 어떤 구절이 시도를 강박관념처럼 쫓아다닌다.
해산을 임상적으로 묘사하는 대목이다. 시도의 어머니가
숨을 거둔 건 해산 과정에서가 아니라 그로부터 몇주 후의
일이긴 하지만, 그렇더라도 시도는 자신의 탄생이 어머니
를 죽음으로 몰아넣었다는 죄의식을 떨쳐버리지 못한다.
그렇다보니 어릴 적에 어쩌다가 펼쳐본 졸라의 구절들이
칼날처럼 잔인하게 뇌리에 파고들었다.

그런데 지금 가브리엘이 까치발을 해서 가죽 장정 책 한
권을 책장에서 새로 꺼내든다.

"빅토르 위고의 『레 미제라블』이에요. 이 책은 읽어도
되죠?"

시도는 질겁하는 표정으로 몸을 부르르 떤다.

"코제트와 팡틴이라니…… 어릴 적에 나는 팡틴이 무서웠어. 딸을 구하기 위해 자신의 신체를 잘라내 파는 팡틴이…… 아, 너무 비참해! 딸의 양육비를 벌기 위해 어금니를 뽑아서 파는 사람이 누가 있겠어?"

가브리엘이 소스라치듯 몸을 움찔한다.

그러더니 팡틴의 이야기를 듣고 어떤 기억이 되살아났다는 시늉을 하며 어머니를 향해 웃어 보인다. 예쁜 젖니가 드러난다.

"엄마! 이제 생각났어요!"

"뭐가 생각났다는 거니, 미네 셰리?"

"꿈이 생각났어요. 제가 꾼 꿈이요!"

시도가 기도하듯 두 손을 모으며 소리친다.

"멋진 선물이구나!"

"지난밤 꿈속에 엄마가 나왔어요!"

가브리엘은 이야기를 시작하고 시도는 자리에 앉아 홀린 듯이 듣는다. 깊은 숲속, 덤불 속에서 요정이 나타나듯 가브리엘 앞에 어떤 작은 생명체가 나타났는데, 그 작은 것이 별안간 쑥쑥 자라기 시작해서 꼭 램프의 요정처럼 한없이 커지더니 하늘에 닿을 정도가 되었고……

그 여자 거인은 눈빛이 짙푸른 색이었다.

그러자 어머니는 갈망하듯 딸을 향해 두 팔을 활짝 벌린다. 그 품속으로 뛰어든 딸은 어머니의 무릎 위에 안겨 머리를 어머니의 가슴에 묻는다. 어머니의 가슴은 부드럽고 깃털이불처럼 폭신하다. 딸은 그렇게 어머니 품에 안겨 깊은숨을 들이마신다. 어머니에게서는 밀랍이나 다림질 풀냄새, 레몬, 백리향 향기가 풍긴다. 온갖 향기의 그 꽃다발은 어머니가 얼마나 많은 걸 품을 수 있는지를 알려준다.

"지난밤에 엄마는 아주아주 거어대했어요."

시도는 청량한 웃음을 터뜨린다. 딸의 그 말이 어머니를 기쁨에 취하게 한다. 어머니는 딸의 고불거리는 긴 머리카락을 어루만지듯 쓰다듬는다. 매끄럽고 단단하며 물결처럼 찰랑거리는 머리카락이다. 어머니의 섬세한 손은 그 머리카락을 한올 한올 가려낼 것만 같다. 하지만 그날 아침에는 머리카락이 뭉친 곳이 있다…… 두군데나 까치집이 생겨났다.

시도가 미간을 찌푸린다.

"이렇게 엉키다니, 맙소사! 이렇게 엉킨 상태로 모자를 쓰겠다니! 엄마가 땋아줄게. 하지만 한번만 더 이렇게 까치집을 이고 다니는 걸 보면 머리카락을 남김없이 밀어버릴 테야. 자, 어서 가서 빗을 가져와, 마드무아젤."

"엄마, 멜리에게 빗겨달라고 할게요. 지금 빗지 않아도 돼요."

"멜리에게? 어째서?" 시도가 되묻는다. 화가 난 눈치다. 헝클어진 머리카락을 가지런히 정돈해줄 사람이 어머니 말고 또 누가 있단 말인가?

가브리엘이 눈물을 글썽거린다. 매일 아침 어머니가 머

리를 쓰다듬을 때마다 이런 관문을 통과해야 하는 게 싫다. 어머니가 자신을 길들이려고, 누가 더 강한지를 보여주려고 일부러 괴롭히려 한다는 생각이 들 때도 있다. 경주마를 트랙으로 끌고 나가기 전에 뱃대끈을 바짝 졸라매는 것처럼 말이다.

딸의 머리를 빗겨주는 행동은 사랑이자 길들이기라는 양면적 의미를 띤다. 예전부터 어머니들은 이 행동을 여성성과 연관해 딸을 길들이는 방식으로 활용해오지 않았던가? 코르셋 끈을 잡아당겨 조인다거나, 엉킨 머리카락을 한올 한올 빗어내린다거나, 손톱을 문질러 너무 짙은 매니큐어를 벗겨내는 행동들이 모두 그렇다. 다정함은 때로 그 이면에 폭력을 품기도 한다.

머리카락은 어머니와 딸 사이의 권력 게임이 벌어지는 각축장이다.

머리카락은 사춘기 여자아이들을 짓누른다.[20] 여자아이들은 머리카락에 대해 불평을 쏟아낸다. 거추장스럽고 터무니없는 머리 모양새는 그들이 통제하지 못하는 여성성의 기호로서, 여성성이 그렇듯 그들을 배반한다. 하지만 어머니들은 딸들의 머리치장에 은밀히 질투심을 느낀다. 여자아이들이 머리를 틀어올려 핀을 꽂고 삐져나온 머리카락을 제자리에 밀어넣는 그 우아하고 자연스러운 손놀림을 보라. 그래도 머리카락은 말을 듣지 않고 매번 흘러내리지만…… 그래도 그들은 흰머리가 섞인 빈약한 머리

타래를 풍성하게 부풀리는 수고를 할 필요가 없다.

가브리엘은 어머니가 자신의 머리카락을 길들이도록 내맡긴다. 머리카락이 당겨질 때마다 아프다. 출렁이는 머리카락이 눈을 찌르기도 한다. 양쪽 귀 뒤가 화끈거린다. 가브리엘은 이를 악물고 참는다. 아무 소리도 내지 않는다. 사랑하는 어머니가 자신의 머리카락을 마음대로 처분하도록 그저 자신을 내맡긴다. 대가를 치르듯이 그 시간을 견딘다. 무엇에 대한 대가인가? 가브리엘도 알지 못한다.

시도가 말한다.

"겁먹은 것 같구나, 미네…… 너는 이미 글을 읽을 줄 알지. 하지만 엄마가 가르쳐주어야 할 게 아직 많이 남았단다……"

시도는 빗을 내려놓는다. 어떤 기발한 생각이 떠오른 것이다. 이번에도 어처구니없는 발상이지만 시도는 단념할 생각이 없다. 어머니는 딸의 귀에 대고 속삭인다.

"오늘밤 나갈 준비를 하고 있으렴. 새벽 4시에 깨우러 갈게. 동트는 모습을 보여주고 싶어. 아버지에게는 말하지 마. 우리 둘만의 비밀이야……"

어머니의 목소리가 가브리엘의 머리카락 사이를 거친 자갈처럼 굴러다니는 것 같다.

가브리엘의 심장이 두방망이질한다. 자연의 비밀 속으로 발을 들여놓는다는 기대감이 솟는다. 일반적으로 어머니들은 아이들의 잠을 지켜주는 역할을 한다. 하지만 이번에도 거침없는 시도에게 그런 일반적 규칙은 위반을 위해 존재하는 것일 뿐이다. '사람들은 필요한 만큼보다 더 많이 자고 있어. 일곱살 아이도 예외는 아니지!' 이것이 삶을 탐식하는 이 여인의 생각이다. 게다가 딸에게 잊히지 않을 추억을 만들어주려는 게 아닌가? 나도 언젠가 파리의 '백야'가 시작되던 날 밤 새벽 4시에 여섯살 된 내 딸을 깨운 적이 있다. 그러고는 새벽 4시 30분에 딸과 나는 파리 5구 퐁투아즈 수영장에 있었다. 그 일은 즐거운 위반의 경험이 되었다. 내 딸은 지금도 여전히 그날을 어떤 입문 단계를 통과한 날처럼 기억한다.

해가 뜨기 전에 잠을 깨어 움직인다는 건 자신이 삶을 통제하고 있으며, 모든 것을 해낼 능력이 있다는 환상을 준다. 말하자면 이 세상이 내 것인 듯 느껴진다. 어린 잠꾸러기들은 남들보다 먼저 깨어나 움직인다는 비할 데 없는 기쁨을 알게 된다. 마라토너들 역시 꼭두새벽에 뉴욕이나 어딘가에서 조깅화를 신으면서 자신이 한 도시를 조율한다는, 그 도시의 정수를 맛본다는 착각을 느끼곤 한다.

"그렇다면 어머니가 보여준 이 새벽에서 무엇을 배울 수 있는가? 새벽은 무한히 다시 태어나는 자연, 새로운 시작의 영원한 순환이라는 것이다."[21] 일상과 주변 사물이 보여주는 경이로움이기도 하다. 그런데 이렇게 '관찰의 씨앗'을 뿌린다는 것은 이미 글쓰기를 격려하는 일이다. 이 점을 시도는 알고 있었을까? 독점적인 이 모녀관계를 통해 시도는 글쓰기의 이상적인 조건을 빚어낸다. 사실 글쓰기란, 글을 쓰는 사람이야 혼자일지라도, 두 존재를 필요로 하는 작업이다. 바라보고 감탄하고 검토하는 존재가 있어야 하고, 또 한편으로 한걸음 떨어져 언어를 탐색하는 존재가 있어야 한다. 모든 창조란 우선 바라보고, 이어서 만들어내는 이 두 단계로 구성되지 않는가? 프루스트는 매일 사교계 살롱에 나가 인간 군상을 바라보고, 이어서 자신의 방에 틀어박혀 글을 썼다. 언어를 탐색하는 작업 역시 두 단계를 거친다. 탐색자는 우선 어휘를 찾아내고, 이어서 모아놓은 언어들을 분류하고 분석한다. 시도는 글쓰기를 촉발하는 역할, 바라보는 역할, 즉 뛰어난 관찰자 역할을 했다. 콜레트는 그 관찰에 이어 펜을 들기만 하면 됐다.

아버지라는 균형추

새벽에 일어나는 경험이란 어떤 것일까? 가브리엘의 양볼이 붉게 물들어 있다. 딸은 어머니와 귓속말로 둘만의 비밀을 나누는 이 순간이 좋다. 어머니가 무슨 말인가 속삭이고, 그러고는 어머니와 딸이 함께 웃는다…… 웃으면서 딸은 곁눈으로 아버지를 살핀다.

마호가니 책장 옆, 볼테르 안락의자(등받이가 높아서

환자나 몸이 불편한 사람이 사용하기 좋은 안락의자)에 앉아 수염을 만지작거리며 『메르퀴르 드 프랑스』를 읽던 콜레트 대위가 모녀가 웃는 소리에 고개를 든다. 무슨 이야기를 나누는지 궁금한 눈치다. 이 거실 한쪽 구석을 지키는 그의 행동은 영락없이 고양이를 닮았다. 눈을 크게 떴다가, 다시 감았다가, 하품하려는지 입을 떡 벌리며 작은 소리를 낸다. 신중한 걸까? 피곤한 걸까? 정신이 딴 데 팔린 걸까? 그는 주인인 아내 뒤편에서 변함없이 제2선을 지키는 영원한 이인자다. 물론 그 시대, 20세기 초까지는 아버지들이 가정에서 담당해야 할 중요한 역할에 대한 인식이 부족했다. 특히 '사랑에 빠진 남자들'이 그랬다. 가정에서 그들은 한 여자의 남자 역할에 그쳤다. 콜레트 대위도 다르지 않았다. 아내 시도가 대위의 유일한 오락이자 취미였다.

가브리엘이 대위에게 달려가 끌어안고 입을 맞춘다.

"아빠, 심심하지 않으세요?"

가브리엘은 신중하고 조용한 이 아버지를 무척 따른다. 아버지도 딸을 무척 아낀다. 이따금 가브리엘은 아버지로 인해 마음이 아플 때도 있다. 아버지가 어머니 시도만큼 강한 사람이 아니라는 사실을 잘 알기 때문이다. 아버지는 어머니 곁에 내려앉은 깃털 같다. 그렇지만 교양 있고 지적이며 시를 사랑한다…… 얼마나 다행인가! 지나치게 강한 어머니의 지배로부터 가브리엘을 구출해준 사람이 아닌가? 아버지는 신중하지만 늘 곁에 있음으로써 일종의 균형추 역할을 한다.

아버지가 암사자의 발톱에서 딸을 구해낸 것이다!

사실 시도는 감탄을 자아내는 사람이지만 그가 요구하는 자극과 활력은 매번 정도를 넘어선다.

저걸 봐! 이걸 봐! 느껴봐! 향을 맡아봐! 내일은 숲으로 가서 딸에게 지시할 것이다. "관찰해봐!" 성당의 천장보다 더 섬세한 구조를 지닌 거미줄을, 초록색과 보라색이 아롱진 티티새 한마리가 첫새벽 햇살을 받으며 부리로 "버찌를 쪼아 그 장밋빛 속살을 삼키고 즙을 마시는"[22] 모습을! 시도의 관찰 수업은 가장 하찮은 사물들, 다른 사람들이 눈길을 주지 않는 것들을 주의 깊게 바라보는 일로 채워졌다. 그런데 작가에게 가장 맛난 음식이 바로 그런 것들이다. 콜레트는 『포도밭의 덩굴손』에서 "평범한 것이 나를 자극하고 활력을 준다"고 말한다. 또다시 퐁주◆가 떠오르지 않는가……

시도는 모르는 게 없다. 거북이가 정원 흙을 파고 들어가거나, 양파가 껍질을 세겹 둘렀거나, 다람쥐들이 "라기유메트 둘레를 돌아다니며 호두와 개암을 잔뜩 모아 식량으로 쌓아두는"걸 보고 다가올 겨울의 혹독한 추위를 예견한다.[23] 시도는 고양이들이 우울해하면 금방 알아차리

◆ Francis Ponge(1899~1988). 일상적 사물과 현상을 제재로 쓴 시인.

고, 암고양이가 어느 때 긴장해서 울고 어느 때 좋아서 골골거리는지를 분간한다. 시도는 고양이에 대해 모르는 게 없다. 콜레트가 『시도』에 쓴 대로, 그는 암고양이가 지나가는 가벼운 추위에는 몸을 동그랗게 말지만, 몹시 추우면 "발바닥을 앞으로 모아 토시처럼" 둥글게 말고 있다는 사실도 안다. 시도는 아동심리에 관한 돌토의 이론을 예고하듯 다람쥐, 고양이, 그리고 어린아이의 인지능력을 믿었다. 그러니 가브리엘로서는 시도가 제시하는 관찰과 감각 수업을 따라야 했다.

봐야 할 것에 지레 취한 가브리엘, 이 '넘치는 어머니'에 짓눌린 가브리엘, 이 여자아이가 하고 싶은 일은 단 하나, 이불을 덮어쓰고 잠드는 것뿐이다. 아니면 아버지 곁으로, 아버지의 서재로 도망치거나. 그 서재는 산소로 채워진 일종의 감압실이다. 가브리엘은 지친 마라토너처럼 그곳으로 피신해 기력을 회복한다. 아버지의 서재는 어머니의 열기로부터 잠시 몸을 피할 수 있는 정신의 청량한 쉼터다.

콜레트는 성인이 된 뒤 이런 아버지에 대해 많이 알지 못했음을 아쉬워했는데, 그도 그럴 것이 『시도』에서 묘사되는 아버지는 "성격이 단편적으로만 드러날 뿐"이다. 콜레트는 "아버지들의 이 묘한 수줍음"을 이야기하기도 한다.[24] 아버지들은 고양이처럼 몸을 사리고, 누가 자기 내면을 기웃거리기라도 하면 화를 낸다는 것이다.

아버지가 나이 들고 이어서 세상을 떠날 때, 아버지와

많은 이야기를 나누지 못해서, 함께 많이 웃지 못해서, 서로 속마음을 털어놓지 못해서 아쉽지 않은 딸이 어디 있겠는가? 신문을 넘기는 소리, 조심스러운 기침 소리, 몇번의 단호한 충고, 그리고 때로 힘을 내라는 의미로 터뜨리는 노여움의 소리, 이런 것이 주로 우리가 아버지에게서 듣는 소리이다. 어머니가 세상을 떠나면 우리는 어머니가 곁에 있었을 때를, 어머니의 존재를 그리워한다. 아버지가 세상을 떠나면 우리는 대개 아버지의 침묵을 그리워한다. 그러면서 아버지를 많이 알지 못했음을 슬퍼한다.

자신을 삼키려는 어머니로부터 달아나다

가브리엘이 어머니에게 보이는 냉정함에 놀라는 사람들도 있다. 하지만 아동심리를 잘 안다면 놀라울 것도 없는 일이다.

아이는 자신을 삼키려는 어머니를 포옹하지는 않는다. 사랑한다는 말을 하지도 않는다. 어머니는 이미 배불리 탐식하고 있는데, 그런 어머니에게 또 무엇을 준단 말인가? 중용을 모르는 어머니, 아이를 '지나치게' 사랑하는 어머니는 자신의 아이가, 그렇게도 사랑을 쏟아 키우는 아이가 어째서 자신을 포옹하지 않으려 하는지, 어째서 뺨에 입술을 대는 시늉만 할 뿐인지, 아이가 자신을 사랑하는 건 분명한데도 왜 그런 식의 반응을 보이는지 의아해한다.

그런 어머니는 아이가 아버지를 다정하게 포옹하는 모습을 우울하게, 이해하지 못하는 데서 오는 당혹감을 느끼며 바라본다. 때때로 자신이 사랑받지 못한다고 생각하기도 한다. 만약 그가 조금 더 자제력을 보인다면 분명 아이로부터, 특히 딸로부터 더 다정한 포옹을 끌어낼 수 있을 것이다. 이것은 이따금 내가 딸들을 보며 떠올리는 생각이기도 하다. 딸들은 아버지에게는 문자메시지도 다정하게, 예를 들어 '사랑하는 아빠'라고 써 보내면서 나에게는 평범하고 다소 냉정한 '엄마' 한마디로 그친다. 어머니가 그렇게나 더 위협적으로 느껴진다니! 아이로서는 매번 어머니가 자신을 회수하려 한다는, 소유하려 한다는 인상을 어느정도 받게 되니 그럴 수밖에……

가브리엘도 이런 위협을 느낀다. 그래서 도망친다.

생소뵈르의 숲으로 달아난 가브리엘은 상상 속에서 자신의 분신 마리를 만들어 숲속을 함께 돌아다닌다. 또 책을 실컷 읽는다. 글쓰기는? 물론 아직 아니다. 글쓰기는 가브리엘이 선택한 소명이기보다 하나의 노동이다. 그렇지만 이 글쓰기는 이미 삶의 곳곳에 뿌리내리고 있다. 글쓰기는 가브리엘이 만들어낸 가상의 분신 너머에, 자연을 바라보는 시선 너머에 존재한다. 어머니의 권력으로부터 거리를 둘 방법으로, 그 권력에서 벗어날 방법으로 존재한다. 언어는 이미 마련되어 있다. 고치에 싸여 성미 급한 애벌레들처럼 세상에 나오려고 조바심을 내고 있다. 그 언어들이 부화할 시간이 다가온다.

마침내 글쓰기 수련의 첫 단계가 열린다. 학교를 향해 출발!

3장

생소뵈르와 파리 사이

**1882년 생소뵈르. 아홉살이 된 가브리엘, 미래의 콜레트가 공립
학교 교문을 나선다. 시도가 파리에 갔다가 돌아온다.**

무쇠 종이 둔중하게 울린다. 환호성이 일고 와자지껄한
소음이 퍼져나간다. 여자아이들이 땋은 머리 타래를 흔들
며 참새처럼 흩어진다.

"안녕, 내일 만나! 잊지 말고 꼭⋯⋯"

마지막 말은 소음 때문에 들리지 않는다.

의자 다리를 바닥에 끌고, 책가방을 들고, 웃고, 부르고
뉴 사투리로 떠드는 소리⋯⋯ 이 소리의 덩어리에 학생들
이 신은 나막신 소리도 보태진다. 이곳 생소뵈르 학교의
선생 마드무아젤 파니가 목소리를 높여 외친다.

"날씨가 추워요, 여러분, 감기 걸리지 않게 조심해요!"

생소뵈르 학교,『학교의 클로딘』의 배경이 될 몽티니 학교는 시골 초등학교의 전형이다. 칠판이 있고, 흰색 도자기 잉크병이 딸린 책상이 두개씩 나란히 여섯줄로 늘어서 있고, 둘레에는 어린 학생들을 위한 작은 의자들이 놓여 있다. 교실 왼쪽 뒤편에는 연통이 달린 주물 난로가 있다. 아이들은 당번을 정해 돌아가며 이 난로에 땔감을 넣는다. 그럴 때마다 팔꿈치와 손이 나무에 쏠리곤 한다. 교실 한쪽에 지구의와 칠이 벗겨진 작은 나무 책장이 자리 잡고 있다.

가브리엘은 벌써 교실 밖으로 나왔다. 치마의 주름을 펴고 두 손을 마주 비빈다. 살을 에는 듯한 추위 때문에 실눈이 된다. 1월 중순, 모든 것을 꽁꽁 얼어붙게 만드는 부르고뉴 지방 특유의 강추위가 찾아왔다.

가브리엘은 학교에 올 때 작은 손난로를 챙긴다. 동상을 피하기 위해서다. 눈송이를 입안에 머금어 녹인다. 숨을 깊이 들이마시고는 정원 개암나무에 달린 고드름을 야무진 손으로 잘라낸다. 발밑에서 눈이 뽀드득 소리를 낸다. 빙판을 이룬 비탈길에서는 즐겁게 미끄럼을 탄다.

가브리엘은 겨울이 좋다. 새콤한 과자를 먹듯 눈을 맛보고, "눈길을 밟으며 비단처럼 바스락거리는 소리를 즐긴다. 눈은 바닐라 맛 고운 소르베처럼 감미롭다".[25] 이 추위는 자연이 내민 구원의 손길이다. 마법 스케치북의 그림이 순식간에 사라지듯 세상이 눈으로 지워진다. 그러고 모든 게 다시 시작되는 것이다. '침대 시트를 가는 것처럼 말이지.' 가브리엘은 생각한다.

땀 냄새가 밴 교실의 탁한 공기도 겨울이 되면 바뀌고, 분필 냄새, 길가 진창에 빠진 나막신에서 나는 말똥 냄새도 사라진다. 거의 전교생이 농부의 딸인 여자아이들의 냄새도 달라진다. 나중에 콜레트는 학교 아이들이 잘 씻지 않았다고 쓰게 될 것이다.

어머니 시도가 말한 적이 있다.

"네가 겨울을 좋아하는 건 겨울에 태어나서일 거야. 네가 태어난 날은 얼마나 추웠는지 아궁이 불꽃마저 덜덜 떨었어! 엄마는 8월에 태어났고 그래서 여름을 좋아해. 일리가 있지. 자연에 설명할 수 없는 일이란 없단다, 미네 셰리."

학교에서 돌아오는 길인데도 가브리엘의 귀에 울리는 것은 이런 말들이다. 어머니가 가브리엘 안에 들어와 말하고 있다. 어머니가 파리에 가 있을 때도, 오세르에 가 있을 때도 마찬가지다. '어머니는 내 머릿속 어디에나 있는걸' 하고 가브리엘은 생각한다.

하지만 어머니가 교문에 서 있었던 적은 없다. 자기 아이가 나올 때까지 자리를 지키다가 아이가 하루의 일을 이야기하기도 전에 사투리 억양으로 "선생님 말씀 잘 들었지? 어땠어? 응?" 하고 채근하는 어머니들을 가브리엘은 매번 샘난 눈으로 바라본다.

가브리엘이 교실을 나와 운동장을 가로지를 때 교문에서 기다리는 어머니들이 보이면, 돌 벤치에 걸터앉아 있거나 선 채로 손을 비비고 나막신 신은 발로 장딴지를 두드려 몸을 녹이고 있는 모습이 눈에 들어오면, 어떤 슬픔이 밀려오곤 한다. 하지만 이 슬픔은 자랑스러움에 곧바로 자리를 내준다. '엄마는 아이를 기다리는 일보다 더 멋진 일을 해야 할 사람이잖아!' 그래서 가브리엘은 약간 경멸을 담아 그 농부 아낙들을, 대강 매만진 머리 모양새와 거친 모직 치마 아래 추위로 빨개진 피부를 '관찰'하기로 한다.

가브리엘은 슬픔보다는 자랑스러움이 더 좋다.

그렇다, 시도가 교문에서 딸을 기다리는 일은 거의 없다. 어쩌다 그런 적이 있었는데 고양이를 닮은 그 잿빛 눈으로 다른 어머니들을 거만하게 훑어보기만 했다. 그런 날 시도는 몸치장에 무척 공을 들였다. 자신이 농부 아낙들과는 다르다는 것을 보여주기 위해서였다. 어머니의 그런 속마음을 가브리엘도 모르지 않았다. 1880년대 그 시절의 공립학교 학생들은 대개 가난한 집 아이였다. 부자들은 가톨릭교회가 운영하는 오세르나 다른 도시의 기숙학교, 혹은 파리의 학교로 아이들을 유학 보냈다. 쥘리에트, 아실, 레오폴드도 오세르 기숙학교에서 지내며 주말에만 집으로 돌아왔다. 막내딸 가브리엘만 퓌제의 공립학교에 남아 있었다. 그렇다보니 가브리엘은 아직 어렸음에도 불구하고

'자신의 계층에서 낙오한' 느낌을 어머니와 공유했다. 한 번도 경칭을 붙여 불러본 적 없는 또래 여자아이들, 식료품상의 딸들과 검은 작업복에 짚을 채운 나막신을 신은 시골 아이들과는 금을 긋고 싶어서 가브리엘은 보란 듯이 영국제 레이스 목깃과 벨벳 리본을 달고, 예쁜 구두를 신고 다녔다. 또 무엇보다도 반에서 1등을 놓치지 않았다! 자신이 남들과 다르다는 이런 의식이야말로 작가의 길로 들어서는 첫걸음이 아닌가?

시도가 학교에서 돌아오는 어린 딸을 마중 나가지 않은 이유는 다른 아이들에 비해 성적이 뛰어난 것과는 별개로 딸이 아주 조숙하다고 생각했기 때문이다. 그처럼 영리한 아이를 애써 어린애로 대할 이유가 무엇인가? 시도는 자녀교육에서 진보적인, 나중에 돌토에 의해 이론화될 어떤 생각들을 이미 하고 있었다. 터부가 없는, 자유롭고 무정부주의적이기까지 한 이 여성은 아이에게 지적 능력을 기르고 지식을 쌓을 필요성을 강조한 만큼이나 연인을 갖는 행복에 대해서도 가르쳤다.

거기에서 아이들은 모든 것을 이해하고 배우고 들을 수 있다는, 가브리엘의 지적 능력을 최대한 계발하는 데 이바지했을 그 확신도 생겨났다. 영재교육에서 부모의 역할에 대해 많은 논의가 이루어진 오늘날의 관점에서 보면 시도는 과도하게 자극을 부여하는 어머니로 비칠 수 있다. 또 그런 어머니 밑에서 성장한 가브리엘은 너무 조숙하게 감각에 눈뜬 영재로 보일 것이다. 8개월에 말을 하고 한살에 노래를 불렀다고 하지 않는가?[26]

조숙하다는 표현은 가브리엘이 하굣길에 마중 나오는 사람 없이 혼자 언덕길을 걸어 집으로 돌아왔다거나, 아침마다 학교를 향해 비탈을 뛰어 내려갔다는 점에도 적용할 수 있을 것이다.

다음과 같은 문제가 남는다. 시도와 콜레트 대위가 막내딸을 곁에 데리고 있었던 건 경제적인 이유에서인가, 아니면 그저 자신들의 '병아리'와 함께 있고 싶어서인가? 두가지 모두 이유가 된다. 금전 문제가 이미 표면에 드러나기 시작한 상황이었지만 그래도 시도는 자신이 도시 여자라는 사실을, 브뤼셀에서 기자와 편집자, 음악가 들이 드나드는 세련된 분위기 속에서, 크림을 넣은 따뜻한 코코아를 투박한 사기대접이 아닌 정교한 도자기잔으로 마시는 집에서 성장했다는 사실을 잊지 않았다.

시도는 자신이 지식계층이라는 자부심을, 교양 있고 동시에 상상력이 풍부한 여성으로 다만 시골에 와서 살고 있을 뿐이라는 생각을 평생 간직했다. 게다가 빈번히 오세르에 다녀왔고, 파리와 브뤼셀에도 자주 갔다. 당시 삯마차로 파리에 간다는 것은 오늘날 파리에서 뉴욕으로 가는 것만큼이나 긴 여정이었다.

여행을 떠나는 날, 시도의 출발 시각은 새벽, 하루 중 가장 좋아하는 그 시간대였다. 머리끝부터 발끝까지 한껏 꾸미고 나섰다는 건 말할 것도 없다.

그런 날 아침이면 어린 가브리엘은 어머니에게서 한순간도 눈을 떼지 않았다. 비록 두 눈에 졸음이 가득했지만 말이다. 시도는 엉덩이를 부풀린 버슬 드레스를 입고, 챙이 넓은 캐플린을 쓰고, 털외투를 여몄다.

한마디로 멋쟁이 파리 여자의 차림새였다. 몸매는 예전만큼 날씬하지 않았지만(시도가 가브리엘에게 즐겨 이야기한 바로는, 콜레트 대위와 연애하던 시절, 대위는 두 손만으로도 시도의 허리를 껴안을 수 있었다), 그래도 여전히 아름다웠다.

그런 날, 무개 사륜마차가 여행객을 태우러 오면 시도는 오스피스 거리의 집 현관계단에 나와 서 있는 단출한 가족에게 인기 여배우처럼 작별 인사를 베풀었다.

이제 농부의 딸인 한 여자아이가 가브리엘에게 묻는 장면을 상상해보자.

"넌 엄마가 데리러 오지 않는구나?"

가브리엘은 거만한 눈으로 여자아이를 훑는다.

"응, 우리 엄마는 그런 일보다 더 중요한 일을 해야 해! 지금 파리에 가 계셔. 파리에 말이야. 상상이 가니?"

주위에 있던 아이들이 눈을 둥그렇게 뜬다. 파리라고? 거짓말!

"내일 돌아오실 거야. 나한테 줄 선물을 잔뜩 가지고 오실걸. 외국 과일 먹어본 적 있니? 파리에 가면 볼 수 있어.

파촐리 향을 맡아본 적은 있고?"[27]

가브리엘은 허세를 부린다. 이렇게 해서 자신의 슬픔을 감추는 것이다.

가브리엘은 혼자 집으로 돌아온다. 발걸음이 흔들리는 일은 없다. 오스피스 거리까지 다 왔고, 이제 길만 건너면 집이다. 그날은 곧장 집으로 들어가지 않는다. 거리를 이리저리 거닐며 빈둥거린다. 어머니는 집에 없다. 가브리엘은 어머니가 없는 집이 싫다.

가브리엘은 마침내 현관문을 밀어 연다. 집 안은 고요하다. 그 정적이 가브리엘을 숨 막히게 한다.

대위는 거실에 있다. 무기력한 모습이다.

가브리엘을 보지 못한 듯 아무 말이 없다. 가브리엘은 어머니가 어떻게 아버지를 좌지우지할 수 있는지 아직 잘 모른다. 하지만 만약 어머니가 없다면 아버지는 한갓 길 잃은 고양이에 불과하리라는 생각을 해본다.

어머니 시도가 없으면 퓌제의 집은 '상喪'을 당한 분위기가 된다. 우울한 생활이다.

가브리엘은 피아노 앞으로 가서 앉는다. 쇼팽의 왈츠가 텅 빈 집 안에 퍼져나간다. 평소 시도는 기회만 있으면 가브리엘을 피아노 앞에 앉히려 했다. 그러면 가브리엘은 짓궂게도 건반 위의 손을 미적거리며 연주를 미루었다. 그런 장난이 재미있었다. 그처럼 요구가 많은 어머니에게 모든 걸 맞출 수는 없는 법이다.

시도가 집에 있을 경우 가브리엘은 유독 아버지 콜레트 대위의 서재에 틀어박히기를 좋아한다. 서재는 독점욕 강한 어머니에게 붙잡혀 지내는 딸들이 가장 좋아하는 도피 장소가 아닌가? 학교에 갈 때는 숲과 큰 나무 아래가 피난처가 되어준다. 아버지의 서재까지 합해 이 세 장소가 가브리엘이 숨을 쉴 수 있는, 어머니의 열성에서 잠시 풀려나 휴식을 누릴 수 있는 곳이다.

사실 대위에게는 글을 쓰기에 아주 좋은 책상이 있다. 편지를 봉할 때 풀로 사용하는 빵조각, 봉랍, 새하얀 고급 편지지, 색연필을 갖춰놓은 넓은 책상이다. 그 책상에서 그는 작가가 될 꿈을 꾼다. 한때 군인이었던 그가 말이다. 하지만 어린 가브리엘은 아버지가 쓴 글에 곧바로 감탄해주지 않는다. 나이는 아홉살에 불과하지만, 일찌감치 아버지의 글에서 과장과 경직, 서정성의 범람 같은 견습 작가의 미숙함을 찾아낸다. 대위가 직접 썼다는 「폴 베르에게 바치는 시」라든가, 생소뵈르 학교 선생 올랭프 테랭*을 위한 짧은 시를 읽어줄 때면 가브리엘은 가차 없는 평을 쏟아낸다. "수식이 너무 많아요! 아버지는 매번 형용사를 너무 많이 붙여요!" 그러고 보면 이 미래의 작가는 벌써 문장의 리듬, 표현의 경제성, 즉 문학적 효율성을 익힌 셈이다.

그렇지만 비록 글은 서투르고 문학에 품은 그 열정이 무

---

* 『학교의 클로딘』에서 마드무아젤 세르장으로 그려지는 인물.

색하게도 성과는 초라했지만(아버지가 세상을 떠난 뒤 콜레트는 그가 남긴 공책 수십권을 발견하는데, 크림색 종이에 투명 라인이 있는 그 공책들은 완전히 백지 상태였다), 콜레트 대위 또한 딸이 소설가가 되는 데 큰 몫을 했다. 어머니에게서 도망쳐 온 딸에게 피난처를 주고, 문학을 놓고 논쟁하는 지적인 놀이의 장을 열어줌으로써 딸이 자신의 능력을 발휘할 수 있도록, 더 멀리 나아가도록, 더욱 성장할 수 있도록 했다. 어쩌면 이런 것이 아버지들의 소명일 것이다.

또 틈을 만들어서 숨을 쉬게 해주는 일도……

‡ ‡ ‡

그날, 시도가 없는 집은 텅 빈 듯하다. 아버지는 본인이 쓴 시 한편을 가브리엘에게 읽어주려 한다. 정말이지 내키지 않는 일이다. 가브리엘은 아버지의 시구를 듣고 있을 마음이 없다.

"다음에 들을게요, 아빠, 괜찮죠? 지금은 피아노를 치고, 숙제를 마쳐야 해요. 그러고 멜리에게 가서 간식을 먹을래요."

양 볼이 무르익은 사과처럼 붉은 찬모 멜리는 시도가 늘 그러듯이 큼직한 빵조각에 야생꿀을 듬뿍 바른다.

시도가 없어도 이 집에는 그의 방식과 분위기가 배어 있다. 시도의 그 '방식'에 대해 오르탕스 뒤푸르는 다음과 같이 설명한다. "학교에서 돌아오면 가브리엘은 샤토라로즈혹은 모르공 포도주 한잔을 곁들여 호사스러운 간식을 먹었다."[28] 시도는 양각 장식이 들어간 은잔으로 딸에게, 아직 어린 나이인데도, 고급 포도주의 맛과 향기를 가르쳤다. 아이에게 술을 주었다는 데 대해 오늘날 소아과 의사들은 비난을 쏟아낼 테지만, 이는 감각의 영역에서든 정신의 영역에서든 심미안을 기를 수 있다면 무엇이든 아이들에게 금지해서는 안된다는 신념에서 나온 행동이고, 이런 신념을 지닌 어머니들도 있을 것이다. 시도는 일반 통념에 순응하는 사람이 아니었고, 그런 자신에 대해 자랑스러워했다. "전통에 충실하면서도 동시에 독창적인 이런 여성을 어머니로 둔 사람은 행운일 것이다"라고 주느비에브 도르만은 말한다.[29]

심미적인 음식도 가브리엘의 취향을 길러준다. 하지만 가브리엘이 가장 좋아하는 것은 기운을 북돋아주는 음식이다. "12파운드짜리 갈색 빵 덩어리에서 팔뚝만 한 길이로 한조각 두툼하게 잘라내 빵 껍데기는 벗겨낸 뒤 나무 강판에 갈아 가루로 만들어 신선한 우유를 부은 것에 큼직한 흰 오이 하나와 고깃점이 섞이지 않은 10센티미터 길이의 분홍빛 비계 한점을 곁들여 먹거나", "가운데 부분을 파낸 따뜻한 빵에 버터와 라즈베리 잼을 듬뿍 발라서, 단지에 담긴 몽실몽실한 요구르트 0.5리터를 마셔가며 먹고,

이어서 파인베리 한사발"을 먹어치우기를 좋아한다.[30]

한마디로 세귀르 백작부인의 모범소녀 카미유와 마들렌 드 플뢰르빌이 보면 몹시도 부러워할 간식이다.

‡‡‡

"멜리! 거미야!"

"끔찍해라!" 찬모가 소스라친다. "저 빗자루를 들어 잡아요!"

"안돼, 쉿…… 정말 멋진 거미야! 무용수 같아…… 게다가 새끼 거미를 데리고 있네!"

몸통이 털로 뒤덮인 그 거미는 뚫어지게 바라보는 여자아이의 눈길을 감지했는지 꼼짝도 하지 않는다. 거미의 다리가 벽을 타고 미끄러지는가 싶더니 또다시 움직임을 멈춘다. 그러는 사이 새끼 거미는 책장을 타고 달아난다.

가브리엘은 살금살금 다가간다. 이 여자아이는 동물을 좋아한다. 고양이든 거미든 가리지 않는다.

더 자세히 살펴보려고 새끼 거미를 집어 손에 올려놓으려는 순간, 느닷없는 말 울음소리에 이어 포석도로를 울리는 마차 바퀴 소리가 들려온다.

가브리엘은 창문으로 달려간다. 마차가 와 있다!

"엄마다! 엄마가 돌아오셨어! 내일 오신다고 하지 않았어?"

대위는 말을 잇지 못하고 나지막한 소리만 흘린다. '드디어' 혹은 '이제야!'라는 의미의 감탄들이다.

대위의 푸른 눈이 다시 빛나기 시작한다. 기름이 묻어 번들거리는 딸의 입술을 본 그가 눈썹을 찡그린다.

"입을 닦아. 어머니께 예쁜 모습을 보여드려야지. 어서 마중을 나가자! 마중 나오는 걸 좋아하시잖아."

가브리엘은 곱슬곱슬한 머리카락을 서둘러 매만진 뒤 달려나가 자갈이 깔린 오솔길을 뛰어 시도의 품속에 몸을 던진다. 어머니에게서 파리의 향기가 풍긴다.

"내 사랑! 내 사랑!" 어머니가 나지막이 외친다. "이곳 시골구석은 어쩜 이렇게 추울까!" 가브리엘은 어머니의 품에 얼굴을 묻은 채 그 목소리를 듣는다.

"어서 불 옆으로 갑시다! 감기 걸리겠어요." 대위가 말한다.

하인들이 달려와 마차에서 짐을 내린다.

시도는 거만하게 집 안으로 걸어 들어간다. 걸음걸이가 달라진 것 같다. 향수도, 사람까지도 달라진 것 같다. 파리의 분위기가 풍긴다.

"좋은 향이 나요, 엄마!"

"제비꽃 향수란다, 미네 셰리." 시도가 대답한다. "네 귓불에 조금 뿌려줄게, 자…… 학교에서 만나는 시골 아이들이 모두 감탄해서 이 향수 이야기만 할걸."

시도는 "파리에서 무엇인가 맛을 보면, 그것을 구입해

와서 나머지 시간을 달래곤 했다"고 나중에 콜레트는『시도』에 썼다. "파리의 연극, 유행, 파티 들이 시도에게는 관심 없는 일들이 아니었고, 낯선 것들도 아니었다. 그렇지만 그런 것들은 다소 극성맞은 열성을 부려야, 교태와 토라짐, 이런저런 전략과 밀고 당기기를 거치고서야 누릴 수 있었다." 콜레트에 따르면 파리에 간 시도는 "일주일이라는 시간 동안, 전시된 이집트 미라를 관람하고, 확장한 미술관을 보러 가고, 새로 개업한 상점을 둘러보고, 오페라 공연을 감상하고, 미얀마 불교음악에 관한 강연을 들었다".

"이게 다 뭐예요?" 눈앞에 잔뜩 쌓인 짐꾸러미를 보고 가브리엘이 궁금해서 안달한다.

시도는…… 대위의 눈치를 보며 대답한다. 맛있는 다크 초콜릿 블록을 가져왔고, 그것으로 미네 셰리의 간식을 만들 거라고, 무늬가 멋진 직물, 새 옷을 지을 비단도 꾸러미에 들어 있다고 한다.

"알고 있니, 몽 투투, 아드리엔이 옷을 만들 줄 안다는 걸?"

대위는 아내가 사온 그 많은 물건을 쳐다보며 손가락으로 수염을 만지작거린다.

그는 아내에게 이것은 낭비라고 말할 용기가 없다.

가브리엘은 감탄해서 어머니를 바라본다. 어머니는 다

른 세상에서, 화성에서…… 즉 파리에서 온 사람이다!

'나도 언젠가는 엄마처럼 될 수 있을까? 언젠가는 엄마처럼 많은 것을 알게 될까?'

어머니 시도는 이 마을에 대해 모르는 게 없을뿐더러 파리에 대해서도 아주 잘 안다.

지금 가브리엘의 머릿속은 어머니가 촉발한 꿈으로 분주하다. '제비꽃 향수'라니 얼마나 아름다운 말인지. 상상한 것들을 입 밖으로 내어 발음해본다. "제비꽃 향수" "보들보들한 양가죽 장갑" "다람쥐 모피"……

별안간 시도가 장갑 낀 손으로 딸의 헝클어진 머리를 만진다.

"이 아이 좀 봐! 영락없는 촌뜨기네! 머리 모양이 이게 뭐야…… 이 머리카락 때문에 내가 미친다니까! 어쨌거나 공부는 열심히 했지, 미네 셰리?"

"1등 했어요! 오늘 수업시간에 제 글짓기 숙제를 모두에게 읽어주었어요."

시도가 새끼를 바라보는 어미 늑대의 눈으로 가브리엘을 응시한다.

이제 시도는 가브리엘이 그 재능으로 이 시골 생활이 부과한 사회적 '낙오'를 만회하리라는 걸, 낙오를 감내한 자신과는 다르리라는 걸 알고 있다.

생활은 다시 예전과 같은 리듬으로 돌아간다. 시도는 집에 돌아오자마자 하인들의 몸놀림이 전보다 굼뜨다는 사실을 알아차린다. 집 안에 스며든 무기력감이 느껴진다. 벽에도 권태가 들러붙었다. 커튼은 축 처지고 아궁이는 불씨가 죽었고 꽃들은 시들었다. 이 공간에서 자신의 존재가 얼마나 중요한지 확인하는 일에 즐거움이 없는 건 아니다.

"내가 없으면 어떻게 되겠어, 응? 집안 꼴이 이게 다 뭐야?"

"엄마, 줄곧 엄마를 생각했어요!" 가브리엘이 곧바로 대답한다. 시도는 가볍게 어깨를 추어올리고는 웃음을 터뜨린다.

"잘 알지, 미네! 잘 알고말고……"

대위는 입을 꾹 다문 채 아내가 파리에서 사온 물건들의 값을 합하면 얼마나 될지 계산해보고 있다. 비단처럼 부드럽다는 저 양가죽 장갑의 가격은 대체 얼마란 말인가? 또 외국에서 들여왔다는 저 과일들은? 물론 덕분에 이 시골살이의 식탁이 즐거워지고 무미건조한 일상에 약간의 별미는 되겠지만 그렇다고 해도……

가브리엘은 상심과 감탄이 반씩 뒤섞인 아버지의 눈길을 얼핏 엿본다. 그 순간에는 자기 가족이 어머니의 즉흥적인 낭비벽에 재산 관리를 맡은 아버지의 무능함이 더해진 끝에 결국 파산하게 되리라는 걸 상상도 하지 못한다.

사실 시도와 대위는 하인 다섯 사람을 두고, 자신들이 감당할 수 있는 수준 이상으로 호사스러운 생활을 했다. 그러다가 1890년 6월 15일, 그들은 값나가는 물건들, 즉 대리석 괘종시계, 중국 도자기와 장식품, 부조로 장식된 장, 소파 등을 경매로 팔고 멀리 떨어진 샤티용쉬르루앵으로 이사하게 될 것이고, 그때부터 생소뵈르는 잃어버린 낙원이 될 테지만, 어쨌거나 이것은 나중에 닥칠 일이다.

4장

어머니와 딸의 전쟁

15세, 사춘기의 한가운데. 거울 앞에서.

"어디 있니, 가브리엘? 대답해, 미네 셰리."

시도의 걸걸한 목소리가 집 안에 울려퍼지며 맛있는 과일 푸딩 냄새와 함께 나무계단을 타고 위층으로 올라온다.

마호가니 침대에 걸터앉은 가브리엘은 알 수 없이 화가 솟구치는 걸 느낀다. 우유가 끓어오르다가 넘치기 일보 직전의 상태 같다.

얼굴은 어둡고 입술은 실쭉하게 일그러졌다. 어느새 주먹을 꼭 쥐고 있다.

도대체 엄마는 언제가 되어야 나를 자유롭게 놓아줄까? 언제가 되어야 딸이 또래의 여자아이, 열다섯살 여자아이로 살 수 있게 내버려둘까? 어머니는 딸이 피아노를 제대로 치는지 살피고, 책을 다 읽었는지, 심지어 무엇을 보았고 보려고 하는지 확인한다. 이러다가는 속바지까지 검사하려 들 것이다.

가브리엘은 격렬히 항의하지만, 그 항의는 소리 없는 외침이다. 어머니 앞에서 가브리엘은 내면을 잃어버린다. 완전히 투명해진다. 시도는 가브리엘이 잠시 후 무슨 말을 할지 앞질러 알고 있을 때도 많다.

가브리엘은 윗옷 단추를 푼다. 숨이 막히는 탓이다.

자신만의 시간, 자신만의 공간이 필요하다.

자신이 존재할 시간, 무엇을 하고 해야 하는지 따지지 않고 그저 존재할 시간을 얻고 싶다. 백지가 되는 시간, 잠시 멈춤, 쉼표를 원한다. 이 딸은 어머니를 사랑하지만…… 학교에서 집으로 돌아오면 오늘처럼 모든 것을 참을 수 없을 때가 있다. 어머니가 무슨 말을 해도 공격으로 느껴진다. 어머니의 발걸음 소리까지 그렇다. 게다가 고양이, 애벌레, 토마토에 대해 어머니가 늘어놓는 이야기들은…… 그런 이야기들을 지금까지 수백번은 들은 느낌이다! 어머니는 너무 많이 말하고, 너무 많이 느낀다. 어머니가 좋아하는 제비꽃 향수가 코끝을 스치면 이제 가브리엘은 메스꺼움을 느낀다. 과자 굽는 냄새를 맡아도 속이 울렁거린다.

과자란…… 아이를 꾀기 위한 미끼가 아닌가? 가브리엘

은 마음 내키지 않으면 식사를 건너뛰고, 내키면 아주 조
금만 먹고 싶다…… 몸을 비우고 싶다! 하지만 어머니와
함께 지내는 이 집에서는 배가 고프지 않더라도 먹어야 한
다. '배가 좀 고파봤으면 좋겠어!' 가브리엘은 소리 없이
격렬하게 외친다.

"미네 셰리! 대답해줄래? 어디 있니?"

"방-에-있-어-요!"

가브리엘의 목소리가 금방이라도 폭발할 것 같다.

"내려와……" 딸의 거친 대꾸에 조금 멈칫한 시도는 계
단 아래서 말을 덧붙인다. "내려와…… 혹시 배고프면."
시도는 딸이 조금 전처럼 화를 내며 대꾸하는 걸 들어본
적이 없다.

시도는 주방으로 돌아와 화덕에서 푸딩을 꺼낸다. 이런
것은 언제든지 목구멍으로 술술 넘어가는 법이라고 모녀
는 이야기하곤 했다.

하지만 가브리엘은 이제 열다섯살, 자기 방에 들어앉아
문을 닫아걸 나이다. 별안간 침묵에 빠져들었다가 느닷없
이 고함을 질러댈 나이다. 이런 사실을 시도가 모르는 건
아니지만 쓸쓸한 기분은 어쩔 수 없다. 어처구니없는 착각
이었지만 이 막내딸, 옆에 데리고 애지중지하며 키운 가브
리엘만은 이 시기를 거치지 않을 줄 알았다. 토마토를 따
면서 잘 익은 토마토가 풍기는 그 특별한 향기를 설명해줄
때면, 혹은 비 오는 날 파리에서 맛보는 정취를 이야기해

줄 때면 감탄해서 숭배의 눈으로 어머니를 바라보던 딸이 아닌가.

하지만 아이를 대하는 어머니들의 내밀한 전략이 늘 효과를 보는 것은 아니며, 무엇보다, 아이가 성장하는 것을 막을 방법은 어디에도 없다.

시도를 변호해보자면, 이 여성은 현명한 사람이긴 해도 프로이트가 등장하기 이전 시대를 살았다. 프로이트가 '정신분석'이라는 용어를 처음 사용한 것이 1896년이고, 어머니와 딸의 관계가 상호 간의 융합에 기반할수록 모녀의 갈등은 더 격렬한 성격을 띠게 된다는 정신분석학의 공식이 등장하는 것은 그보다도 훨씬 나중의 일이다. 어머니와의 융합 속에서 성장한 딸이 청소년기에 이르러 독립을 모색할 때 어머니와의 관계를 벗어나려면 생살을 잘라내는 것과 동일한 과정을 거쳐야 할 것이다. 교육이란 은혜를 베풀고 그것에 감사하는 일과는 상관이 없다. 아이들은 필연적으로 배은망덕할 수밖에 없는 것이다.

미네 셰리가 배은망덕해질 수밖에 없는 이유는 간단하다. 숨이 막히기 때문이다.

매번 충성 신호를 보내야 하고, 매번 시야 안에 머물러야 하고, 매번 검열의 눈을 감당하느라 숨이 막히기 때문이다.

가브리엘은 몇년 전, 지금보다 어릴 적에 어머니가 들려주던 무서운 꿈 이야기들을 아직 기억한다.

그 꿈속에서 가브리엘이 부랑자 집시들에게 납치되었다고 했다. 집시들이 백인 여자를 그렇게 납치해서 팔아치운다는 괴담이 흉흉하게 돌던 시절이었다. 그때 가브리엘은 겨우 일곱살, 집시들이 탐을 내기에는 너무 어렸지만, 딸이 잠시라도 눈앞에서 사라지면 시도는 불안감에 안절부절못했다.

지금 그런 이야기를 떠올리자니 가브리엘은 짜증이 난다. 어머니에게서 벗어날 길은 그런 위험한 방법 말고는 없는 걸까? 어머니의 구속에서 벗어나 살아갈 날이 언젠가는 올까?

가브리엘은 눈을 감는다. 하지만 눈앞에 보이는 건 여전히 어머니의 쏘아보는 시선이다. 자연의 구석구석을 살펴 모든 비밀을 알아낸 마녀, 가브리엘이 사랑하는 그 마녀의 시선이다. 표면을 꿰뚫어 노란 수선화의 마음을 읽어내고, 애벌레들의 왈츠를 해석하고, 닫힌 문 너머를 투시하는 시선 말이다.

가브리엘은 달려가 침실의 작은 창을 열어젖히고 바깥 공기를 가슴 가득 들이마신다. 동네 꼬마들의 맑은 웃음소리, 그들의 나막신 소리, 고픈 배를 부여잡고 각자의 집을 향해, 자신들을 기다리는 맛있는 과자를 향해 달음박질치는 소리가 들려온다.

2층 그 작은 침실로 쏟아져들어온 햇살이 벽에 걸린 금빛 테두리 거울과 부딪혀 찬란히 부서진다.

가브리엘은 그 거울 앞으로 다가가 길게 땋은 머리를 천천히 풀어헤친다. 머리를 흔들자 꿀처럼 황금빛을 띤 머리카락이 물결처럼 펼쳐지며 출렁인다. 암사자 갈기 같은 그 머리카락은 엉덩이까지 내려온다. 가브리엘은 머리카락을 활짝 펼쳐 몸을 감싸고는 부서지는 햇빛과 그림자놀이를 한다. 그러다가 다시 머리카락을 쓸어모아 정수리에 틀어올린다. 발끝으로 서서 하이힐을 신고 걷는 흉내를 내본다. 마치 어른이 된 것처럼……

'내가 유괴하고 싶을 만큼 예쁠까? 나를 잃을까봐 어머니가 불안해한 것도 당연한 일인가? 어떤 남자가 숲속으로 나를 끌고 들어갈 수도 있겠지?' 가브리엘의 심장이 빠르게 뛴다.

그렇다. 가브리엘은 자신을 바라보는 남자들의 눈빛, 감탄이 담긴 빛나는 그 눈빛을 이미 알고 있다. 욕망만이 빚어낼 수 있는 묘한 웃음소리를 들은 적도 몇번 있다. 남자들은 그런 웃음소리를 흘리며 이렇게 말했다. "꼬맹이 가브리엘 맞아? 내가 잘못 본 게 아닌가? 벌써 다 컸네!" 그럴 때면 시도는 남자들의 그 눈빛에 감정이 상하기는커녕, 자랑스럽게 머리를 치켜들고 가브리엘의 리본을 고쳐매주었다. 튤립 꽃부리를 자랑스럽게 쓸어올리는 듯한 손길이었다. 시도는 자기 아이들의 빼어난 용모를 자랑스러워했다.

가브리엘은 칠판을 지우듯이 눈을 감는다. 눈을 다시 뜨자 거울 속에 여전히 자신이 있다. '내가 예쁜 걸까? 나는 똑똑한데 그래도 예쁠까?' 언젠가 시도가 딸에게 말한 적이 있다. "너는 멍청해 보일 때 훨씬 예뻐."

가브리엘은 어머니를 닮았을까, 아버지를 닮았을까?

잿빛 눈은 아버지를 닮고 뾰족한 턱은 어머니를 닮았다. 시도처럼 광대뼈가 도드라지고, 대위처럼 머리숱이 많다. 은근히 풍기는 도도한 분위기는 어머니를 닮았다…… 포동포동한 팔과 장딴지도 어머니를 닮았다.

그렇다, 이런 소소한 시합에서도 이기는 쪽은 역시 어머니다. 가브리엘은 거울 앞에서 애교스럽게 눈웃음을 쳐본다. 머리카락을 쓸어내려 얼굴의 반을 덮고 미간을 모으고 입술을 동그랗게 모아 내민다.

'내 얼굴에서 가장 아름다운 부분은 눈이야.' 가브리엘은 자신에게 속삭인다. '또 이 머리카락도! 이렇게 멋진 머리카락이 있으니 배우가 되어 무대에 설 수 있을 거야, 그래…… 언젠가 배우가 되어 무대에 서면 어떤 기분일까? 나는 꽤 예뻐서 배우가 될 만해. 연극을 해야지…… 팬터마임 공연도 하고……'

가브리엘은 미래를 상상해본다. 저널리스트인 두 오빠 밑에서 성장한 어머니가 그 영향으로 딸이 지적인 일에 종사하기를, 이를테면 작가가 되기를 바란다는 사실은 안다. 아마 어머니 자신도 작가가 되는 꿈을 꾸었을 것이다.

하지만 어머니가 자신과 닮은 껍질을 만들어 가두어놓은 딸은 그 껍질을 벗어버려야 하고, 그러자면 어머니가 바라는 대로 되어서는 안된다. '글을 쓰라고? 아니, 생각 없어. 작가가 된다는 건 평생 사서 고생한다는 거지.' 가브리엘은 속으로 중얼거린다.

이 딸은 아버지 콜레트 대위가 글을 끼적이다가 한숨을 내쉬고, 고급 종이를 수없이 구겨버리는 모습을 보며 어린 시절을 보냈다. 휴지통에는 그렇게 구겨서 내버린 종이들이 수북이 쌓이곤 했다…… 지금도 여전히 대위는 글이 서툴러 괴로워한다. '아니 글을 쓸 마음은 없어. 그렇다면, 좋아, 파리의 무대에 오르는 배우가 되자. 그래서 관객들의 찬사를 끌어내야지. 다른 누군가가 되어보는 거야. 한 시대가 열리겠지…… 얼마나 멋질까.'

몸의 변화

몸이 너무 통통해지면 안되는데…… 얼마 전부터 가브리엘의 장딴지는 굵어지고 팔뚝에도 다소 살이 올랐다. 몸이 위로 자라기보다 옆으로 둥글게 부푼다. 어머니의 체형과 똑같다.

눈썰미 좋은 시도가 딸의 이런 변화를 놓칠 리 없다.

"한겹 더 껴입기 시작했구나, 미네 셰리."

무슨 의미로 하는 말인지 알아내려고 가브리엘은 어머니의 눈 속을 들여다본다. 하지만 아무것도 캐낼 수 없다. 그저 농담을 던진 걸까? 아니다, 어머니는 진실을 말했다. 시도는 허튼소리를 하는 적이 없다.

뚱뚱해지면 배우가 되기 어려울 것이다. 이렇게 먹어대는 건 멈춰야 한다.

가브리엘은 7부 소매 아래 팔을 만져보고, 통통한 손과 굵은 손가락을 빤히 쳐다본다.

문득 기억 하나가 떠오른다. 언젠가 어머니가 가브리엘의 풍성한 금빛 머리카락을 빗어줄 때였다. 어머니가 묘한 웃음을 짤막하게 흘렸다. 가브리엘이 거울을 통해 바라본 어머니의 얼굴에 뭔가 악마적인 기운이 감돌았다. 어머니가 그 갸름한 눈을 가늘게 뜰 때면 이따금 느껴지는 분위기였다.

"미네 셰리, 점점 더 예뻐지는구나…… 게다가…… 내 아버지의 딸을 닮아가고 있네! 내 아버지의 딸이 누군지 아니?"[31]

"그야 엄마잖아요…… 물론!"

"재미있는 이야기 하나 해줄까?"

가브리엘은 얌전히 고개를 끄덕였다.

"그때 난 여덟살이었는데, 내 아버지, '고릴라'로 불리던 그 양반이 나를 보러 왔어. 살집이 포동포동한 아기를 데려왔지. 아버지가 말했어. '이 아이를 맡아라. 네 여동생이다!'"

"여동생이라니! 엄마한테 여동생이 있었군요!"

얼마나 놀랍던지 가브리엘은 벌에 쏘이기라도 한 듯 펄쩍 뛰었다.

"그렇단다, 미네 셰리…… '반쪽짜리 여동생'이라고 해야겠구나. 아버지가 다른 여자에게서 얻은 사생아니까. 사실 아버지는 고릴라라는 별명처럼 우락부락한 추남일 뿐이었는데 예쁜 여자들이 아버지를 보면 사족을 못 썼거든! 놀랍지, 추남의 매력이란……"

"이야기해줘요, 엄마. 여동생이라니요!" 가브리엘이 졸랐다.

시도는 손을 멈추지 않고 딸의 긴 머리를 빗겨주며 이야기를 이어나갔다.

"나는 아기를 건네받아 가슴에 안았어. 그런 자세로 있다보니 아기의 손가락 끝이 뭉툭한 게 눈에 들어오더구나. 그런데 아버지는 손끝이 갸름한 예쁜 손을 무척 좋아했거든……"

그래서 시도는 "한 손에 쏙 들어오는 그 몰랑한 작은 손가락들을 즉석에서, 아이 특유의 잔인성을 발휘해, 예쁜 모양으로 바꾸어"주었다고 했다. "내 아버지의 딸은 열개의 작은 농양으로 인생의 첫걸음을 내디뎠어. 한 손에 각각 다섯개씩이었지. 뾰족하게 갈아낸 그 작은 손톱 끝이 전부 곪았거든. 그래, 내가 못된 아이였어. 의사는 손톱 끝이 전부 빨갛게 부어오른 걸 보고는 혼잣말로 중얼거리더라. '손가락에 어째서 염증이 생겼는지 알 수가 없군.'"[32]

시도는 말을 계속했다. "그러고 나서 나는 아기, 그러니까 내 아버지의 딸을 잘 돌봐주었지. (…) 그 아이는 잘 자랐어. 예쁘고, 키도 크고, 머리카락은 너보다 밝은 금발이야. 너는 그 아이를 닮았어……"

시도가 가벼운 말투로 털어놓은 이 일화가 가브리엘의 기억에 또렷이 새겨진 건 무엇보다 그날밤 끔찍한 악몽을 꾸었기 때문이다.

그 꿈속에서 어머니는 길고 가느다란 손가락으로 가브리엘의 두개골을 빵 반죽을 치대듯 주물러 모양을 만들었다. 가브리엘의 두개골은 물레 위에 올려놓고 돌린 도자기 모양으로 바뀌었다. 잔인한 꿈이었다.

그날밤 가브리엘은 식은땀을 흘리며 잠을 깼다. 심장이 마구 두방망이질했다.

아침이 되어 식당으로 가려고 계단을 내려오면서 가브리엘은 입술을 꼭 물었다. 지난밤 꿈을 어머니에게 이야기하지 않도록 조심해야 했다.

사춘기가 되면 어릴 때는 감탄의 대상이었던 어머니에게 점차 위협적인 속성이 덧붙어 전능한 원형적 어머니가 자리 잡게 된다.

어머니를 향한 감탄과 애정이 클수록, 어머니와 아이의

관계가 융합적일수록, 아이가 사춘기가 되었을 때 어머니를 향한 비난과 미움의 강도도 강해진다. 그렇게 해서 피와 눈물을 통해 어머니로부터 분리가 이루어진다. 이것은 아이에게는 생존의 문제로, 이후의 삶이 이 과정에 달려 있다. 사춘기 아이들의 공격성과 심술은 과도한 모성애, '잘못 자리 잡은' 사랑의 반동일 뿐이다. 어머니에게 점유되어, 어머니에게 소유당해서, "전적인 융합과 동일시의 지점까지, 즉 아이 자신의 정체성과 개성이 부정되는 지점까지" 이끌려갔던 무수한 딸들은 이런 식으로 살아남을 방법을 모색한다.[33] 지나친 사랑은 위험을 내포하고 있다는 사실을 어머니라면 누구나 명심해야 할 것이다.

새로운 모범의 등장

그렇지만 그 시대는 가족 안에서 벌어지는 이런 격렬한 반란에 관심을 기울이지 않았다. 19세기 말 아이들은 발언권을 갖지 못했으니까. 그래서 그 시대의 아이들은 어머니의 과도한 권력에서 벗어나기 위해 전략을 세워야 했다. 그들은 기숙학교에 들어가거나, 이른 결혼을 택하거나, 세계 오지 여행을 내세워 집을 떠났다. 다른 여성, 즉 새로운 모범과의 만남이 활용되기도 했다. 1887년 나이 많은 파니 선생의 후임으로 생소뵈르 학교에 부임한 마드무아젤 올랭프 테랭이 가브리엘에게 이 '다른 여성'이 되어주었다. 25세의 올랭프 테랭은 오세르 사범학교 1기 졸업생으로, 교사로서 전문교육을 받은 1세대, 말하자면 프랑스 사회의 신진 세력이었다.

『학교의 클로딘』에서 마드무아젤 세르장이라는 인물, 즉 "몸매 좋은 붉은 머리 여자로 허리는 잘록 들어가고 엉덩이는 불룩 나왔지만 얼굴은 부푼 듯이 큼직한, 이론의 여지 없는 추녀"로 형상화되는 올랭프 테랭은 콜레트에게는 구원자이자 해방자의 역할을 했다. 어머니 시도와는 다른 또 하나의 모범을 제시함으로써 사춘기의 콜레트가 어머니로부터 얼마간 거리를 둘 수 있게 해준 것이다.

테랭은 좋은 교사다운 밝은 눈으로 얼마 지나지 않아 학생들 가운데서 가브리엘을 눈여겨보기 시작한다. 가브리엘은 활발하고, 영리하고, 아는 것도 많은 학생이다. 무엇보다 글짓기 재능이 놀라울 정도다. 테랭 선생은 가브리엘의 작문 숙제를 고쳐주다가 이따금 감동할 때도 있다. 그는 자신의 생각을 학부모 시도에게 이야기한다.

"가브리엘을 상급학교에 진학시켜 공부를 계속하게 해야 해요!"

"네, 물론 그래야죠." 시도가 대답한다.

올랭프 테랭은 간곡하게 말한다. "가브리엘에게 사범학교 과정을 밟게 하는 것도 한 방법이에요!"

시도는 어떤 반응을 보이는가? 딸이 장래에 교사가 되

기를 정말로 바랄까? 그보다는 좋은 혼처를 모색하는 것이 딸을 위하는 길이라고 생각할까? 어쩌면 시도는 자신의 사춘기 딸과 학교 선생이 그처럼 마음이 잘 통하는 걸 보면서 얼마간 질투를 느꼈을 수도 있다.

사실 이제 가브리엘은 학교 수업을 마치고도 곧바로 집으로 돌아가지 않는다. 쉰살의 어머니보다는 스물다섯살 젊은 교사와 이야기 나누기를 더 좋아한다.

오스피스 거리를 걸어 올라가 어머니와 다시 마주치는 걸 한사코 피하는 것이다. 그러다보니 시도는 딸을 맞이할 때면 미간에 주름을 잡고, 그 주름에 불안을 담고 퉁명스러운 얼굴을 하게 된다.

"어디 있다가 왔니? 학교가 끝났는데도 곧장 집으로 오지 않다니…… 누구와 이야기를 나누다가 온 거니? 아드리엔에게 갔었니? 테랭 선생님과 함께 있었어?"

시도는 자신이 나이 들었음을 실감한다. 어머니가 아이에게 발휘하던 매력도 오십 줄에 들어서면서 시들해진다. 악순환이 시작된다. 딸을 잃을지도 모른다는 데 당황한 시도가 집착을 보이고 불안해할수록, 가브리엘은 더 강하게 반항하며 멀어져가는 것이다.

영토 회복을 위한 전쟁

학교는 어머니에게 침공당하는 딸들을 위해 이런 역할을 떠맡는다. 나는 심리학자 마리즈 바양과 공동집필한 『정신분석은 어떻게 삶을 변화시킬 수 있는가』에서 이 양상을 추적한 바 있다.[34] 무거운 가족사에 가로막힌 아이들에게 학교는 구원의 기회가 될 수 있다. 사실 학교를 비롯한 공적 교육제도는 아이가 가족의 테두리를 빠져나와 성장의 양분을 다른 곳에서 얻는 좋은 통로가 된다. 부모가, 콜레트의 경우에는 아버지가, 아이에게 독서 취미와 교양을 심어준 경우라면 이런 양상은 더 분명해진다. 그때부터 도서관이 영혼의 쉼터가 되고 내면의 탐험을 가능하게 해주니까 말이다.

아이를 소유하려는 어머니는 무의식적 전쟁을 피하지 못한다. 그런 어머니는 딸을 장악해 '병합'을 시도함으로써 딸이 스스로 자리 잡는 것을 방해한다. 어머니가 시도하는 이 병합은 기생식물의 경우와 유사하다. 이런 어머니에게, 또 기생식물에 필요한 것은 함께 있을 수 있는 공간이다. 이 공간을 확보하지 못하면 한 존재가 다른 존재를 '타고 앉게' 된다. 이런 면에서 자연의 법칙과 인간의 법칙은 완전히 일치한다. 그런데 아이로서는 성장할수록 '영혼의 성벽'을 튼튼하게 쌓아 내면의 안전을 확보할 필요가 있다.

따라서 가브리엘에게 요구되는 것도 신속하게 자신의 영토를 확보하는 일이다. 그러고는 지식에서, 특히 책 속에서 호흡할 산소를 끌어와야 한다. 당시는 아이들이 고전과 대가의 작품을 탐식하고 소화하는 행복한 시대였다. 콜레트는 열살 때부터 라비슈, 쿠르틀린, 알퐁스 도데, 메리메, 셰익스피어, 몰리에르를 읽는다.[35] 특히 자신이 몸담은 세계를 분석하기보다는 어딘가 상상 속의 '다른 곳'으로 떠나게 해주는 이야기들을 좋아한다. 가브리엘이 필요로 하는 것은 편히 숨 쉴 수 있는 공간, 어머니로부터 충분히 먼 거리이다. 발자크의 소설들, 그리고 알렉상드르 뒤마의 『왕비의 목걸이』*가 가브리엘에게 필요한 산소를 공급해준다. 한편 아버지의 측백나무 서랍 안에 잠들어 있는 어떤 작품들이 있다. 특히 졸라의 작품들이 잠긴 서랍 속에 그렇게 묻혀 있다. 졸라의 작품 속 적나라한 장면들을 가브리엘이 읽지 않기를 바란 시도의 결정이었다. 하지만 가브리엘은 자신을 그처럼 어린애 취급하는 데 분개해서 졸라의 작품들을 한권 한권 읽어내려간다. 시도가 딸의 눈이 닿지 않게 감추려 했던 그 이야기들에는 삶의 자질구레한 세부가 돌연하고 생생하게, 해부학적인 정밀성을 띠고 질펀히 넘쳐난다. 가브리엘은 질겁해서 눈이 휘둥그레지고

◆ Le Collier de la reine. 루이 16세와 마리 앙투아네트 시대의 역사적 사실을 소재로 한 소설.

속이 거북해지지만, 어머니가 자신에게서 빼앗으려 한 그 이야기들을 탐독한다. 어머니와 딸 사이는 서로의 비밀을 보존해주기 어려운 게 사실이다. 알다시피 청소년기의 호기심은 그런 비밀에 자극을 받는다.

‡ ‡ ‡

가브리엘은 뛰어난 성적을 거둔다. 작문 과목에서 발휘하는 뛰어난 재능과 무궁무진한 상상력은 테랭 선생을 놀라게 할 정도다. 열두살이던 1885년, 가브리엘이 기초학습 과정을 마칠 당시 작문에서 받은 점수는 10점 만점에 3점이었다. 주어진 작문 주제는 전쟁이었는데, 가브리엘이 무척 싫어하는 주제였기 때문이다. 다만 국어 과목에서 9점, 지리 과목에서 7.5점을 받은 덕분에 평균점수는 올라갔다. 하지만 테랭 선생의 격려를 받으며 초등과정을 마친 1889년 7월에는 단연 우수한 성적을 받는다. 가브리엘이 논술에서 받은 성적은 20점 만점에 17점이다.

마드무아젤 테랭은 가브리엘이 상급학교에 진학해 공부를 계속해야 한다고 강하게 주장한다. 하지만 콜레트는 학업을 멈춘다. 가족의 재정 전망이 밝지 않다.

시도의 낭비벽도 문제이지만 더 큰 문제는 콜레트 대위가 돈 관리에 극히 무능하다는 점이다. 결국 가족은 빚을 지기 시작했고, 얼마 지나지 않아 오스피스 거리의 "한쪽으로만 웃는" 그 집은 기울어진 그 현관계단처럼 재정적으로도 기울어지게 된다.

지역 유지들은 콜레트 부부와의 교유를 꺼린다. 게다가 빚을 지면서도 지출을 줄이지 못하는 이 가족의 모습은 부르고뉴 이 작은 마을 농부들이 보기에는 상식에 어긋난다. 콜레트 부부, 특히 시도를 겨냥해 떠도는 험담을 가브리엘이 정면으로 뒤집어쓰는 일이 생긴다. 시도는 가브리엘에게 언제나 예쁜 옷을 입혀 키워왔는데, 그런 막내딸에게 아버지의 낡은 외투를 잘라서 만든 외투를 입혀야 하는 상황도 닥친다. 이 상황은 지극히 의미심장하다. 리본과 브루게 레이스로 딸을 치장해주고 파리에서 사온 옷감으로 옷을 지어 딸에게 입히는 일이 즐거움이던 시도는 이 일로 자존심에 상처를 입는다.

5월, 콜레트 가족은 구멍 난 재정을 메우기 위해 집 안의 가구들을 경매로 팔아치우기로 한다. 무엇보다 새로 구한 집이 좁은 탓에 가구를 가져갈 수 없는 처지다. 마호가니 책장과 알렉산더 오르간, 서랍장, 가죽 장정 장서들이 그렇게 떠나간다. 경매로 넘긴 책들 가운데는 가브리엘이 가장 아끼던 발자크 전집도 있었다. 가브리엘이 간직한 한 세계가 이렇게 덧없이 사라진다.

경매일은 1890년 6월 15일. 시간은 1시로 예정되어 있다. 가구들이 경매에 부쳐지는 동안, 구매 희망자들이 돈주머니에서 얼마를 꺼낼지 고민하고 숙덕거리고 외치고 떠

벌리는 동안, 어쨌거나 낯설고 적의에 찬 소리가 경매 홀에 너절하게 울리는 동안, 가브리엘은 자기 방 안에 틀어박혀 있었을까? 아니면 숲속 나무 밑을 찾아가 울었을까?

가브리엘은 어떻게 해야 이 상황을 견딜 수 있을까? 사춘기의 마르그리트 뒤라스가 겪은 것처럼, 가브리엘의 청소년기도 외로움으로 채워진다. 이 외로움은 한 시기의 구성 성분이기나 한 듯 피할 수도 면제받을 수도 없다. 그날 가브리엘은 일종의 유배를 경험한다. 베트남을 떠나듯 멀리 떠나야 하는 건 아니지만, 상처를 입는 건 마찬가지다. 가브리엘의 눈앞에 있는 것은 가구가 모두 들려나간 집이다. 가브리엘을 보호해주던 그 집은 이제 텅 비어 방마다 냉기가 감돌고 말소리가 울릴 지경이다. 그 냉기와 진동을 느끼며 가브리엘은 등골이 오싹해진다.

그날 가브리엘은 자신의 유년에, "텅 비어 삐걱거리고 말소리가 울리는 집에" 작별을 고한다. 이 악몽은 15개월 간 이어진다. 주소가 바뀐 것은 아니어도 가브리엘은 그 집에서 마치 집이 바뀐 듯한 기분으로 지낸다. 말하자면 이동 없는 유배의 경험이다. 어린 시절 자신을 보호해준 집이 별안간 낯설고 위협적으로 느껴진다.

콜레트 가족은 15개월을 기다려 1891년 11월 샤티용쉬르루앵으로 이사한다. 새집은 훨씬 옹색하다. 당시 가브리엘이 느낀 감정이 일종의 배신감이었으리라는 건 분명해 보인다. 전능했던 어머니가 별안간 허약해졌다는 점이 가브리엘에게는 약속 위반으로 비친다. 아이들은 현상의 진짜 원인을 규명하는 일에는 관심이 없다. 어느날 눈을 떠 보니 부모가 10미터 아래로 추락해 있을 뿐이다.

이사가 가브리엘에게 던져준 인상이 바로 이 추락이다. 샤티용쉬르루앵에 와 작은 집에서 살게 된 가브리엘은 지루한 일상과 맞닥뜨린다. 어머니는 가브리엘에게 의사인 오빠 아실(닥터 아실 로비노)이 왕진을 다닐 때 따라다니라고 채근한다.♦ 누가 아는가, 그러다가 결혼 상대를 만나게 될지…… 미네 셰리가 집 안에만 머물러 있다가는 제짝을 찾기 쉽지 않을 것이다. 지참금도 없는 아가씨의 앞날이 어떨지 뻔히 보이지 않는가? 가브리엘은 그 예쁜 얼굴을 사람들에게 내보이고 다니는 게 유리하다는 것이 어머니의 생각이다.

시도는 가브리엘이 '불장난'을 저지를까봐 걱정이다. 이 어머니는 딸이 예뻐서, 정말이지 예뻐서, 남자들이 침을 흘리며 달려드는 모습이 눈에 선히 보이는 것 같다.

"자, 내 보물, 나설 준비를 해! 네가 함께 가면 네 오빠에게도 도움이 될 거야."

어머니가 가장 사랑하는 아들 아실, 애칭이 '보테'일 만큼 미남인 이 맏아들은 그래야 할 일이 생기면 밤이고 낮이고 왕진을 나서야 한다. 시골 사람 누군가가 찾아와 무

♦ 콜레트 가족이 샤티용쉬르루앵의 집으로 이사한 데는 그 집이 아실이 사는 데서 멀지 않다는 이유가 컸다.

겹게 문을 두드리며 의사를 청할 때마다 그는 체크무늬 모직 외투에 팔을 꿰어넣으면서 왕진 가방을 마차 뒷자리에 던진다. 이랴! 잿빛 암말을 장만하고 낡은 사륜마차를 모는 법을 익힌 가브리엘은 갑갑한 집에서, 진절머리 나는 그 분위기에서 벗어날 수 있어 반기며 마차에 오른다. 가브리엘은 발자크의 작품을 한권씩 챙겨가서 창밖을 내다보며 읽고 또 읽는다. 어머니에게서 벗어나, 장래의 남편을 찾아 날아가는 이 자유로운 시간이 좋다.

아실이 마차에서 내릴 때 가브리엘도 따라 내린다. 부자연스러운 표정으로 오빠를 도와 물을 끓이고, 붕대를 준비한다. "입술이 찢어지거나 깊게 베여 피가 나는 상처를 치료해야 할 경우 오빠는 나를 불렀다. 가느다란 내 손가락을 빌리기 위해서였다. 나는 혈관에서 솟는 피를 묻혀가며 봉합사의 매듭을 짓곤 했다."[36]

임종을 앞둔 환자들의 이야기를 들어주기도 한다. 말을 건넬 아이나 젊은 여자, 주사를 놓거나 한층 더 고통스러운 처치를 하는 동안 붙잡아줄 따뜻하고 포동포동한 손을 만나면 마음이 놓인다. 가브리엘은 자신이 간호에는 소질이 없다는 생각이 든다. 하지만 왕진을 따라나설 때 무엇보다 좋은 것은 어머니의 눈길에서 멀어질 수 있다는, 어른으로 살 수 있다는 점이다. 이 시기에 왕진길 위에서 나래를 펼쳤던 상상력은 나중에 가브리엘이 글을 쓰는 밑거름이 된다. "여자에게 사랑의 공백기가 존재의 공백기라고 보는 건 어리석은 생각이다."[37] 왕진을 마치고 돌아올 때면 마차 안에서 거의 내내 큰오빠의 웅얼거림과 침묵을 견뎌야 하지만, 가브리엘은 마침내 자신의 '백지'를 펼쳐 그 위에 미래의 삶을 그려볼 수 있어서 행복하다.[38]

그렇지만 오빠의 조수 역할 자체는 가브리엘에게 그리 큰 의미가 없다. 게다가 아실이 가까이 있는 지금, 이 막내 딸은 어머니의 애정에서도 서서히 두번째 자리로 밀려나는 중이다. 어머니는 맏아들이자 자신이 가장 사랑하는 닥터 아실 로비노를 메시아를 기다리듯 기다린다. 왕진을 돌때마다 그는 에갈리테 거리의 이 작은 집에 빠짐없이 들러 레드커런트 주스나 버베나 차를 맛보곤 한다. 그러는 동안 가브리엘은 자신의 침묵 속에 들어앉아 무르익어간다. 그 침묵 밖으로 나오는 경우란 "아뇨, 관심이 가는 사람을 아직 만나지 못했어요"라고 대답해야 할 때뿐이다.

사실 가브리엘이 결혼할 상대를 만난 것은 왕진을 도는 길 위에서가 아니다. 그 상대는 백마를 타고 있지도 않았다. 가브리엘의 첫 남편이자 '글쓰기 아버지'가 될 윌리가 1892년 1월 어느날 샤티용쉬르루앵에 온다. 시도의 눈에는 윌리가 구세주로 비친다.

5장

월리, 사랑 혹은 구속

1892년, 열아홉살 가브리엘에게 일생의 만남이 찾아온다. 하지만 이 사랑은 가브리엘에게 또다른 어머니 시도와의 관계나 다름없지 않은가?

가브리엘의 가슴속에서 무엇인가가 활짝 피어났다. 사랑에 빠진 것이다…… 행복하다!

일명 월리, 앙리 고티에빌라르는 가브리엘에게 선택받은 남자, 장래의 남편이지만 나이는 이미 젊지 않다. 키는 작은 편이고, 민머리에, 배불뚝이로 체중이 105킬로그램이나 나간다. 콜레트 자신이 가차 없이 묘사한 바에 따르면 "간단히 말해 월리 씨는 덩치가 크다기보다는 가운데가 불룩한 사람이었다. 힘찬 두상, 돌출한 눈, 짧은 코,

(…) 입은 작고 귀여웠는데, 그런 입을 공들여 연한 황갈색으로 물들인 아주 풍성한 콧수염이 내리누르고 있었다. 가운데가 오목하게 들어간 턱은 연약하고 소심하고 까탈스러운 인상을 주는 터라 감추는 편이 나았다".[39]

한마디로 윌리는 미남과는 거리가 멀었다. 그렇지만 왠지 모르게 영국인을 연상시키는 미소, 듣기 좋은 목소리, 사람의 주의를 잡아끄는 눈빛이 있었고, 외알박이 안경과 실크해트를 곁들여 나름대로 취향껏 차려입을 줄도 알았다. 특히 여자들을 반하게 만드는 것은 그의 유머감각이었다. 즉 그는 흔히 말하는 매력 있는 남자에 속했다. 사람들은 그와 이야기를 나누다보면 십분도 지나지 않아 그의 민망한 용모를 잊어버렸다. 앞으로 보게 되겠지만 이 결혼에는 시도의 역할이 컸다. 아실도 한몫했다. 사실 가브리엘과 윌리의 만남을 주선한 사람도 큰오빠 아실이었다. 아실은 의사 지망생이던 시절 고티에빌라르 서점을 자주 드나들었다. 학술서를 주로 출간하는 그곳에서 의학개론서를 시간 가는 줄 모르고 읽곤 했다. 아실이 윌리를 만난 건 그 서점에서였는데, 당시 윌리는 꽤 이름을 날리던 저널리스트였다. 윌리는 아실에게 우정을 보이며 루이즈 세르바와의 연애사를 털어놓았다. 나중에 루이즈가 죽음을 앞두게 되자 윌리가 그 여자의 병증과 아들 자크의 출생에 대한 고민을 털어놓은 상대도 아실이었다. 어쨌거나 윌리는 아이가 있는 독신남이자 특별하게 기구한 사연을 지닌 홀아

비 신세가 되었다.

"그 아이를 샤티용쉬르루앵으로 보내 양육하면 어떨까요? 유모를 구해서 아이를 맡기도록 해요." 의학부 학생이 된 아실이 윌리에게 권했다. "그 지방은 좋은 유모들이 많기로 소문난 곳이에요. 제 가족도 그곳에 있어요. 가족에게 당신을 소개할게요."

말이 나오자마자 윌리는 마음을 정하고 실천에 옮겼다. 이렇게 해서 부모에게 비난받고 가족에게 따돌림 당하던 윌리는 1892년 1월 초, 이 작은 마을에 와서 콜레트 가족의 환대를 받게 된다. 시도는 사는 동안 그 누구도 문전박대해본 적이 없는 사람이다. 임신한 하녀조차 내보낸 적이 없다는 사실을 자랑할 수 있을 것이다. 그런데다 시도로서는 윌리의 방문이 내심 아주 반갑기도 하다. 새끼를 생각하는 어미 늑대의 본능으로, 호박이 넝쿨째 굴러들어왔음을 감지했으니까. 시도의 '사랑스러운 새끼 고양이' 가브리엘은 바야흐로 열아홉살이지만, 지참금은 생각할 수 없는 처지가 되었다. 예쁘긴 해도 혼처를 찾기가 쉽지 않을 것이다. 딸이 이 촌구석의 무지렁이 사내와 불장난이라도 저지른다면 어쩔 것인가. 그런데 때마침 나타난 이 윌리라는 양반은 재기가 있고 재산도 있다고 한다. 최근에 상처喪妻한 탓에 기분도 울적해 보인다. 어미 늑대에게는 손쉬운 먹잇감이다.

시도는 윌리가 가브리엘의 남편감으로 안성맞춤이라고

남몰래 결론 내린다. 시도 자신도 저널리스트인 두 오빠 밑에서 성장하지 않았는가? 자애로운 어머니이지만 강력한 추진력을 지닌 시도는 자신의 분신과도 같은 딸의 장래를 열어주는 작업에 즉시 뛰어든다. 그 실행 방식은 이번에도 역시 자신과의 동일시이다. 이렇게 해서 시도는 꼭두각시의 줄을 조종해 인형극을 벌이기 시작한다.

한편 가브리엘도 윌리에게 어느정도 매력을 느낀다. 무의식적으로 어머니에게 조종당한 것일까? 윌리가 던지는 재치 있는 농담에 웃음이 터지고, 수줍어 얼굴이 붉어지고, 가슴은 두방망이질한다. 처음으로 사랑에 빠진다. 이것저것 재어볼 겨를도 없이 한눈에 반해버린다.

가브리엘은 윌리와 삶을 함께하는 것이 어머니 치하를 벗어나 또다른 '치하'에 굴러떨어지는 일이라는 걸 알까? 전능한 존재의 품에 안겨봤자 그런 존재는 자기 멋대로 맑았다가 빗줄기를 뿌릴 거라는 사실을 알까? 윌리는 말하자면 시도의 분신이다. 시도처럼 보호자를 자처하며 뒷전에서 생각의 방향을 지시하고 행동을 조종하는 데 능숙하다. 시도가 가브리엘을 수많은 애칭으로 부른 것처럼 윌리도 가브리엘의 이름을 '콜레트'로 정한다. 이름을 바꾸는 일 역시 존재를 재창조하는 한 방식이 아닌가? 이렇게 해서 가브리엘은 '미네 셰리'에서 '콜레트'로 옮겨가고, 더불어 어머니의 지배를 벗어나 다른 한 남자의 지배를 받게 된다.

어머니에게서 남편에게로

소유욕 강한 어머니로부터 해방되는 일이 그리 쉬운 건 아니다. 그건 성년이 되어도 마찬가지다. 융합형 어머니가 아이에게 남기는 것은 영원한 예속 취향이다.

하지만 물론 가브리엘은 월리의 그물에 걸려들 당시 자신이 복종하는 지령이 어떤 속성의 것인지 알지 못한다. 사랑이란 눈멂의 동의어이고, 무의식은 운명이 그렇듯 갈 길이 이미 정해져 있다. 가브리엘은 월리 씨에게 호감을 느낄 뿐 아니라 어린 자크 앞에서 말 그대로 '녹아서', 사촌누이 혹은 (아주 젊은) 엄마처럼 자크를 돌본다. 월리는 아들을 보러 샤티용쉬르루앵에 올 때마다 에갈리테 거리의 집에 들러 시도가 만들어주는 레드커런트 주스를 마시고, 턱이 뾰족하고 금발을 길게 땋아내린 가브리엘이라는 이름의 예쁜 여자와 가벼운 인사를 나눈다. 가브리엘은 월리의 말솜씨에 웃음을 터뜨리고, 그가 파리에서 가져온 사탕을 맛보고, 파리의 '가십'에 귀를 기울이고, 문밖까지 그를 배웅한다.

그런 상태가 지속되는 동안, 시도는 소리 없이 그물을 짜서 가브리엘의 미래를 낚는다. 시도의 의도를 모두가 짐작은 하지만 그걸 입 밖에 내는 사람은 없다. 그렇지만 시도는 큰딸 쥘리에트에게 보내는 편지에서 다음과 같은 말로 계획을 내비친다. "가브리엘이 고티에빌라르 가문에 당당하게 들어가게 하려면 그 아이를 내세워야 해." 목표는 딸을 결혼시키는 것이다. 꼭두각시 줄을 능란하게 조종할 줄 아는 시도는 자신의 '사랑스러운 햇살' 가브리엘을 파리의 콜레통 장군 부인에게 보내 파리 생활의 보호자가 되어줄 것을 청한다.

이렇게 해서 윌리는 이 시골뜨기 처녀를 '데리고 나와' 극장으로, 레스토랑으로 돌아다닌다. 가브리엘의 눈빛이 반짝거린다. 이제까지 자신이 이렇게 경쾌하고 예쁘게 느껴진 적은 없다. 하늘로 날아오르는 기분이다. 이 남자는 가브리엘의 양육자, 정신에 자양분을 흘려넣는 사람이 된다. 가브리엘은 이 남자에게 동화되는 것을 느낀다. 이 남자가 있으면 자신이 훨씬 더 재치 있는 사람이 되는 것 같다.

가브리엘은 이 남자를 원한다. 게다가 자신이 그를 원한다는 걸 분명히 표현한다. 어느날 가브리엘은 윌리와 함께 식당에서 식사를 마치고 나와 삯마차에 오른다. 길게 땋아 내린 금빛 머리 타래는 여전히 전원풍이고, 입은 옷에는 둥글고 납작한 모양의 '콜 클로딘', 그 흔한 목깃을 달았다. 마차는 달리기 시작했지만 아스티 백포도주 두잔에 취한 가브리엘은, 전해져오는 말에 따르면, 윌리의 목에 매달렸다. 그러고는 유명한 그 말을 그의 코앞에 던졌다. "당신의 애인이 되지 못하면 죽어버리겠어요!" 윌리는 이 말에 놀라서 외알박이 안경을 잃어버린다. 하지만 그날은 아무 일도 일어나지 않는다. 윌리 역시 상대방의 애를 태울 줄 아는 사람이다. 게다가 그는 분명 이 결혼이 내키지 않는다. 의심 많고 조심성 많은 그는, 그 시대 모든 남자가 그랬겠지만, 딸을 가진 어머니가 파놓은 함정을 경계한다. 가브리엘처럼 예쁘고 꾀 많은 아가씨일지라도 바라는 건 역시 결혼이라는 사실을 안다. 그의 부모는 이 결혼을 반대하리라는 것도 잘 안다. 윌리의 부모는 이 속물 아들의 팔짱을 낀 신부가 부유한 상속녀이기를 남몰래 꿈꾸고 있을 것이다.

실망스러운 결혼생활

결혼은 정말로 실현된다. 1893년 5월 15일 가장 가까운 지인만 참석한 결혼식이 열린다. 막내딸의 결혼식이 성대하기를 바란 시도는 그 조촐한 규모에 낙심한다. 시도의 희망과는 반대로 윌리의 부모, 고티에빌라르 씨와 그의 아내는 종교의 가르침에 충실한 고리타분한 사람들인 터라 흥청망청 먹고 마시는 결혼피로연의 분위기를 탐탁지 않게 여겼고, 그렇다보니 가브리엘과 윌리의 결혼식은 여흥도 장식도 없이 부랴부랴 끝난다.[40] 이 결혼식을 증언해줄 사람은 신부 쪽 입회인인 오빠 아실과 외삼촌 랑두아, 신랑 들러리인 알퐁스 우다르와 피에르 브베르뿐이다.

'신속하게' 치러진 이 결혼식은 시도에게 어마어마한 실망감을 안겨준다. 가브리엘은 초라한 결혼식이라는 이 '추락'을 재료로 삼아 오히려 모든 희생을 감수한 사랑의 환상에 들뜬다.

유명인 사생활 정탐꾼(아직은 파파라치라는 명칭이 생기기 전이다)들은 즉각 이 부부에게 눈독을 들인다. 신문 사교계 가십난은 두 사람의 결혼 기사로 도배된다. 므시외 윌리와 부르고뉴 사투리를 쓰는 새파란 시골뜨기 여자의 결혼은 심심풀이 이야깃거리로 안성맞춤이다.

다음 날 이 신혼부부는 파리 시테섬을 바라보는 센강 좌안, 케 데 그랑조귀스탱으로 달려간다. 근처 자코브 거리 28번지에 그들의 작은 아파트가 있다. "볕이 들지 않는 방 세칸짜리 집으로, 두 학교* 사이에 낀 주택건물의 4층이다. 주방이 층계참 옆에 있다."⁴¹ 뿌리째 뽑아내 나쁜 토양에 옮겨심은 화초처럼 가브리엘은 그 집에서 빠르게 시들어간다. 결혼하면 자유를 얻으리라 계산했던가? 가브리엘은 어머니가 그립다. 결혼하면 새로운 지식과 교양에 대한 갈증을 풀 수 있으리라 기대했던가? 가브리엘은 그 작은 아파트에 갇혀 숨이 막힌다. 행복해질 수는 있는 걸까? 얼마 지나지 않아 가브리엘 앞으로 날아온 몇통의 익명 편지는 윌리, 키 작은 배불뚝이에 반대머리인 그가 난봉꾼놀

◆ 에콜 데 보자르와 파리 대학을 가리킨다.

이에 여전히 충실하다는 사실을 알려준다. 가브리엘은 두고 온 집을, 어머니를, 누워서도 앉아서도 생각한다. 그 숲속 나무 그늘, 개암나무 열매를 떠올리며 어느새 흘러내리는 눈물을 훔친다. 멀리 있던 생소뵈르가 기억을 통해 바로 곁으로 불려온다. 가브리엘은 집 떠나온 철부지 여자아이처럼 향수병을 앓는다.

눈을 감고 고향 집 거실 혹은 주방에 있는 자신의 모습을 그려본다. 그러면 푸딩 냄새, 뵈프부르기뇽, 그 부르고뉴식 스튜 냄새가 코끝에 풍겨온다.

하지만 다시 눈을 떠 주위를 둘러보는 순간, 자신이 여전히 파리에 있다는 걸 깨닫는다.

파리는 멋쟁이 여자들로 붐빈다. 캐플린 모자가 바람에 날아가지 않도록 챙을 누르는 그들의 팔 동작은 얼마나 우아한지. 치맛자락을 반쯤 들어올리며 망슈 지고 소매를 한껏 부풀렸다가 감쪽같이 매무새를 가다듬거나, 누군가를 곁눈으로 훑어보다가 웃음을 터뜨리는 그들의 방식은 얼마나 세련되었는지. 흠잡을 거리를 찾아내는 데 맛 들인 그 냉소적인 여자들이 가브리엘을 얼마나 겁먹게 했는지.

물론 윌리는 여러 사교모임에 가브리엘을 데리고 간다. 가브리엘이 당대 명사를 만날 수 있는 곳이기도 하다. 가브리엘은 예쁘지만, 땋아내린 긴 금발 머리와 '촌스러운' 차림새 탓에 파리 여자의 세련미나 경쾌한 방자함을 따라잡기란 어림도 없다. 게다가 사투리 억양, 한껏 굴려 발음

하는 '에르'…… 가브리엘은 그 습관을 버리지 못했다. 버리려 하지도 않았다. 가브리엘 속에 깊이 뿌리내린 그 억양은 어머니의 언어가 아닌가? 가브리엘은 주위의 멋쟁이 파리 여자들이 자신을 곁눈으로 힐끔거리는 걸, 거만하게 아래위로 훑어보는 걸 느낀다. 그 여자들은 가브리엘을 '촌뜨기'로 보는 것이다. 가브리엘은 눈물을 삼키고 분한 마음을 억누른다. 가브리엘의 몫은 따로 있다. 젊음과 매력과 지성이다. 하지만 가브리엘은 큰 값을 치르고서야 그 사실을 깨닫는다. 나중에 콜레트는 다음과 같이 썼다. "성숙한 남자들과의 동행은 젊은 여자들을 즐겁게 하지만, 겉으로 드러나지 않는 방식으로 고통 속에 밀어넣는다."[42]

어머니와 딸은 편지를 주고받는다. 시도는 어쨌거나 파리가 세상의 중심은 아니라는 점을 약간의 질투심과 경쟁심으로 딸에게 일깨워주려 애쓴다.

두 사람이 서로에게 써 보내는 편지는 다정하고 유쾌하다. 가브리엘은 파리라는 대도시 구경을 실컷 할 수 있는 시골 여자로서, 무엇보다 '착한 딸'로서, 자신의 파리 생활을 어머니에게 이야기하며 자랑스러움을 느낀다. 딸의 성공을 바라는 어머니의 염원에 무의식적으로 길든 결과이다. 딸이 늘어놓는 이야기는 이따금 시도에게서 타박이나 코웃음을 끌어낸다. 또 이따금 모녀간의 가벼운 경쟁심과 사소한 다툼을 촉발할 때도 있다. "너는 파리 남자와 결혼했다는 이유로 으스대고 있구나. 말 뒷다리에 붙은 이가 그런 위세를 부리지……" "가엾은 미네 셰리, 결혼해서부터 파리에 산다는 게 그렇게나 자랑스러운가보구나."[43] 짜증을 내는 시도의 모습 뒤편에서 읽어낼 수 있는 것도 역시 자랑스러움이다. 때로 파리의 막내딸을 짓궂게 놀리고 핀잔을 준다 해도 시도는 든든한 "나무 몸통" 같은 존재, "아이를 먹일 수많은 젖을 가진" 여인이다. 다만 "땅을 디딘 발은 작고 발목은 너무 연약해서 그 몸통의 무게를 떠받치기 버거운" 것뿐이다. 무엇보다 시도는 딸을 기꺼이 귀찮게 한다. 가브리엘 콜레트가 빨리 답장을 쓰지 않고 꾸물거린다고, 아니면 성의 없이 대충 써 보낸다고 끊임없이 성화를 부린다. "네 편지는 재미있어. 그건 사실이야. 하지만 너무 짧구나."[44]

어머니의 직감은 틀리는 법이 없다. 시도는 가브리엘이 행복하지 않다는 사실을 자신의 깊은 심층에서, 배 속이 거북하게 조여오는 데서, 또 편지의 행간에서 느낀다.

그렇다, 딸은 행복하지 않다. 하지만 그걸 조금도 내색하지는 않는다.

자신의 불행을 비밀로 하는 것은 가브리엘이 어머니에게 하는 선물이다. 너무 많은 것을 말하다가는 또다시 어머니에게 침범당할 위험이 있다는 걸 느꼈을 수도 있다. 그랬다가는 딸에게 몰입하는 어머니를 다시 겪어야만 할 것이다. 미네 셰리는 어머니가 딸인 자신에게 행사하는 권력을 무의식적으로 경계하고 있다. 작가 콜레트가 반복해서 어머니에 대해 말하게 되는 이유도 아마 그 권력을 느끼기 때문일 것이다. 어떻게 반복하지 않을 수 있겠는가? 어머니와의 융합을 통해 성장했는데, 그 어머니 안에 자신이 있는데, 어떻게 어머니와 거리를 둘 수 있겠는가?

윌리는 시도의 첫 남편 쥘 로비노뒤클로, 술 취한 짐승이었던 그 인물과는 분명 전혀 다르다. 하지만 비슷한 면도 있는데, 예를 들어 가브리엘보다 나이가 훨씬 많고, 때때로 난폭하고, 신사와는 아주 거리가 멀고, 또 무엇보다 사람을 조종하고 이용하는 데 능하다. 하지만 쥘 로비노뒤클로가 타인을 지배하기 위해 완력을 활용했던 반면, 윌리의 지배는 심리적인 방식으로 행해진다. 윌리는 가브리엘을 구슬려 책상에 묶어놓고 노예 상태로까지 내몰아 재능을 최대한으로 알겨낼 줄 알고, 또 그러는 데 조금도 가책이 없다. 윌리가 어느정도로 가브리엘의 글재주를 착취하는가 하면 아폴리네르가 콜레트를 가리켜 "주인과 결혼한 하녀"라고 할 정도다.

그렇게 지내는 동안에도 물론 어머니와 딸은 글쓰기를 통해 이어진다. 서로에게 편지를 쓰고, 어느 때는 매일 소식을 주고받는다. 오늘날 어머니들이 딸에게 문자폭탄을 날리듯이 시도는 편지를 한통, 두통, 세통…… 답장을 받을 때까지 보낸다. 딸이 보내오는 편지는 유쾌하고, 거의 긍정적인 말로 채워져 있다. 가짜 행복을 이야기하는 편지니까. 콜레트의 이런 앙큼함은 사랑에서 나온 것이다. 이 딸은 어머니에게 자신의 고통을 이야기하고 싶지 않다……

딸은 어머니에게 문학 살롱, 오페라 초연 무대, 이런저런 파리 생활을 이야기한다. 하지만 익명의 편지들이 날아와 계속 쌓여간다는 것과 그 내용이 하나같이 윌리의 바람기를 폭로하고 있다는 사실은 철저히 감춘다. 그때가 1893년, 콜레트는 스무살이고, 사랑이 어느정도로 사람을 불행하게 하는지 막 실감한 참이다. 그 시절 콜레트의 처지가 암울했다는 사실은 당시 찍은 사진, 특히 콜레트 기념관에 있는 사진만 봐도 알 수 있다. 사진 속의 콜레트는 남편이라는 지배자에게 억눌려 일종의 "참담한 무감각 상태"에 빠져 있다. 입술을 굳게 다물고 눈은 반쯤 내리깔았다. 그 모습이 보는 사람을 고통스럽게 한다.

온욕과 세이지 오일 마사지

1894년 1월, 콜레트는 스물한살이 되었고, 건강이 무척 나빠졌다. 의사는 그의 증상에 인플루엔자, 아주 독한 종류의 감기라는 진단을 내린다.

자리보전을 할 수밖에 없다. 몸은 앙상해지고 쉼 없이 기침을 한다. 신열이 떨어지지 않는다. 홀로 침대에 누워 지내는 생활이다. 가브리엘은 나날이 기력을 잃는다. 이러다가 죽을 거라는 두려움까지 덮쳐온다. '생라자르 병원의 명의' 닥터 쥘리앵은 이 환자가 회복하려는 의욕이 없는 데 실망해서 일장 연설을 한다. "자, 털고 일어나봅시다! 제게 협조해줘요! 건강을 회복해야 할 분은 부인인데 제가 고군분투하고 있어요!" 그러고는 윌리에게 귓엣말로 말한다. 자신이 아무리 의사라지만 부인의 생명을 구한다고 장담하지는 못하겠다는 것이다…… 이렇게 되니 시도에게 긴급히 도움을 청하는 수밖에 없다!

윌리는 동요하고 불안해하며 시도에게 편지를 쓴다. 닥터 쥘리앵도 거든다.

그렇게 해서 그 1월에 '암호랑이 시도'가 마찬가지로 건강이 좋지 않은 남편 콜레트 대위를 놓아두고 파리행 사륜마차에 오른다. 마차에 실은 짐 속에는 촉감 좋은 목공단으로 지은 옷가지, 자리옷으로 입는 흰 캐미솔, 정원에서 뽑아온 허브, 제비꽃 한묶음, 버터를 듬뿍 넣어 구운 케이크 등등이 들어 있다. 사랑하는 딸을 구하기 위해 퓌제의 고향집을 보따리에 싸서 파리로 가져가는 것이다.

가브리엘은 간신히 발걸음을 옮겨 문을 연 뒤 눈앞에 서 있는 어머니의 품에 몸을 던진다. 두 사람은 서로를 끌어안은 채 한참을 서 있는다. 시도는 가슴이 미어진다. "벽을 꿰뚫는" 그 눈길로 주위를 둘러본다. 이 우중충한 아파트 어디에나 슬픔이 배어 있다. 무엇이든 만지기만 하면 손에 눈물이 묻어날 것 같다. 오랫동안 닫혀 있던 방의 냄새, 테이블 위에 아무렇게나 던져놓은 수건, 의자 등받이에 걸린 윌리의 넥타이, 찻잔이 없는 찻주전자, 덮어놓은 대리석 체스판…… 자수 안락의자마저 시들어가는 듯이 보인다. 시도는 집 안에 들어찬 슬픔에는 통달한 사람이다. 정원에든 방 안에든 발을 들여놓는 순간 그곳이 웃음의 자리인지 눈물의 자리인지 알 수 있다.

가브리엘이 허리를 숙이며 기침을 한다. 낯빛이 죽은 사람처럼 창백하다. 바싹 메마른 고사 직전의 화초 같다. "식물이 빗줄기를 갈망하듯 나는 물을 원했다."[45]

시도는 눈물을 글썽이며 부엌으로 가서 찻물을 끓인다. "가서 누워 있어, 미네 셰리. 엄마가 전부 챙겨줄게."

두달간 시도는 유모가 된 듯 헌신적으로 딸을 돌본다. 18세기에나 어울릴 붉은 구리 욕조를 장만해 아파트에 들여놓고 양동이로 따뜻한 물을 퍼부어 욕조를 채운다. 가브리엘은 따뜻한 물속에 몸을 담그고 편히 쉰다. 그러고 나면 어머니가 "세이지와 로즈마리 오일로" 머리끝에서 발끝까지 마사지를 해준다.[46]

이렇게 시도는 마사지를 해주고, 과자를 굽고 차를 내준다. 그러는 동안 마르셀 슈보브◆가 찾아와 시도가 감시의 눈으로 지켜보는 가운데 콜레트의 머리맡에 앉아 디킨스, 마크 트웨인, 제롬 K. 제롬의 단편을 읽어준다.

◆ Marcel Schwob(1867~1905). 프랑스의 소설가로 콜레트의 친구였다.

어느날 시도는 우스꽝스러운 작은 외투가 옷장에 걸려 있는 것을 본다. 콜레트 대위의 낡은 외투를 잘라 만든 그 외투다. 시도는 피가 거꾸로 솟는 것 같다.

"네 외투가 이것 말고는 없니, 투투 세리?" 어머니가 딸에게 묻는다.

가브리엘이 당황하자, 그 수척한 얼굴, 뾰족한 턱이 더욱 가늘어 보인다. 딸은 거짓말을 하는 데 서툴다. 시도는 주먹을 말아쥐며 입술을 깨문다.

딸이 파리에서 번듯한 외투 한벌 없이 지냈다는 사실이 어머니의 가슴을 무너뜨린다. 사소한 일이라도 그 의미를 놓치는 법이 없는 시도는 딸의 외투 하나로 모든 것을 알아차린다.

"내가 한벌 사줄게! 지독한 구두쇠구나, 그 남자." 시도의 목소리에 분노가 배어든다.

시도는 자신의 다람쥐털 코트를 걸치고 곧바로 루브르 백화점으로 달려간다. 그가 가브리엘을 위해 고른 것은 몽골산 고급 모직 외투로, 가격이 125프랑이나 나간다. 딸을 향한 보호본능이 '최고도'로 발휘된 것이다.

클로딘의 시작

이 일로 인해 장모로부터 한 소리 들은 뒤로 윌리는 '어머니 대행' 혹은 모범 남편을 연기한다. 자칫하면 젊은 아내로부터 이혼당할 수도 있다는 위기의식이 들자 회복기에 들어선 가브리엘을 데리고 브르타뉴 벨일섬으로 여행을 떠난다. 그곳에서 이 부부는 거의 목가적인 삶을 맛본다. 20세기의 서막은 해수욕의 유행과 더불어 열렸는데, 유행에 민감한 이 부부가 그 섬에서 해수욕을 놓칠 리 있겠는가!

파리로 돌아온 뒤, 윌리는 완전히 사업가의 자세로 돌아가 황갈색 콧수염을 만지작거리며 자신의 은행 계좌를 열람한다. 그렇게 해서 확인한 사실은 '남은 돈이 얼마 없다'는 것이다. 다시 말해 다시 글을 써야 한다는 것이다. 잘 팔리는 이야기, 동성 간의 연애사를 섞어 버무린 조금은 위험한 이야기여야 할 것이다……

당시 윌리는 저널리스트이자 음악평론가로 꽤 이름나 있었다(바그너를 파리 음악계에 소개한 사람이 윌리였다). 뛰어난 글로 필명을 날리고 싶은 꿈이 있지만, 그 정도 수준에는 이르지 못했다. 무엇보다 백지 앞에만 앉으면, 예전에 가브리엘의 아버지 콜레트 대위가 그랬듯이 무력해졌다. 몇줄 써나가다가 종이를 구겨 던져버리고 신경질을 부리고 화를 냈다가 결국은 아무것도 쓰지 못했다. 반면 다른 사람들로부터 글을 뽑아내는 편집자로서의 재능은 뛰어났고, 그 재주를 활용해 고용 작가들을 몰아대서 매번 최대한의 수확을 얻어냈다. 그는 이 재능을 콜레트를 대상으로 발휘했다. 그의 젊은 아내는 재기도 있고 이야기를 풀어나가는 솜씨도 있었다. 그러니 학창 시절의 추억을 글로 써볼 수 있지 않을까? 가브리엘은 생소뵈르앙퓌제 학교에서 있었던 일화 몇가지를 글로 써서 윌리에게 읽어주었다. 그는 이 젊은 여자의 순진한 글 뒤편에서 사포*풍 연애의 냄새를 맡았다. 그렇다면 글에 외설을 조금 섞어넣을 수도 있을 것이다.

그렇게 해서 뭔가 팔릴 만한 글을 끌어낼 수 있지 않겠는가? 이런 것이 윌리의 계산이었다.

한편 가브리엘로서는 어쨌거나 글을 쓰는 일인 만큼 낙원의 초입, 자아발견의 첫걸음처럼 여겨질 수도 있지 않았을까? 천만에, 사정은 정반대였다. 가브리엘은 자신에게서 아직 멀리 떨어져 있었다. 자신을 아직 찾아내지도 못한 상태였다. 콜레트는 이번에도 그저 하나의 오브제로 활용되었다. 그 시대에 통용되던 몇가지 클리셰가 바탕에 깔리고 학교라면 으레 그럴 것이라는 고정관념들이 떠다녔다. 콜레트가 손에 펜을 쥐고 활짝 펼쳐진 노트 앞에 앉아 글을 쓰는 장면을 상상해보라. 옆의 남편은 '학교 사감'으로 변신해 콜레트를 감시한다. 그 시절 콜레트는 글쓰기 강제노역자였다. 그런데도 글쓰기가 좋았을까? 이 질문에

＊ 기원전 그리스의 여성 시인. 서양 역사 최초의 여성 시인으로, 동성인 여성을 사랑한 것으로 알려졌다.

콜레트는 평생 '아니'라고 대답했다. 조제프 케셀[*]이 "콜레트는 글쓰기를 매우 증오했다"[47]고 강하게 주장할 정도로 글쓰기에 대한 콜레트의 거부감은 노골적이었다. 글쓰기라는 이 일종의 '저주'에 대해 노년의 콜레트는 다음과 같이 말할 것이다. "글쓰기가 가닿는 지점은 글쓰기뿐이다. 내게 다른 출구는 없다."[48] 콜레트가 글을 쓰면서 지루해하고, 고통스러워하고, 머리를 쥐어뜯을지도 모른다는 말인가? 대작가들이 모두 그렇듯이 콜레트 역시 자신이 예술가로서 겪은 고생을 숨기고 최고의 것만을 남길 줄 안다.

그렇지만 윌리는 자신의 젊은 아내를 잘 모른다. 그래서 아내가 쓴 글(『학교의 클로딘』 초고가 담긴 초등학생용 공책 세 권)을 건성으로 넘겨보다가 서랍 속에 던져넣는다("시시하군"). 그러고는 몇달 후에야 그 글을 다시 꺼내 읽다가 외친다. "맙소사, 내가 멍청이 짓을 했군!" 그는 출판사로 달려가 사포풍 연애를 감미롭게 곁들인 이 신선하고 당돌한 작품을 꺼내놓는다.

이렇게 해서 『학교의 클로딘』의 출간과 더불어 콜레트가 세상에 나왔다. 게다가 작품이 5만부 이상 팔리면서 스타가 되었다. 돈이 쏟아져 들어오자 윌리 부부는 쿠르셀 거리의 더 넓은 집으로 이사했다. 작은 체련실(현관 주랑

◆ Joseph Kessel(1898~1979). 프랑스의 기자이자 소설가.

에 체조 용구를 갖춰놓은 공간)과 '마담 콜레트 윌리'를 위한 훌륭한 서재를 갖춘 집이었다. 콜레트 덕분에 횡재한 윌리는 이 젊은 부르고뉴 여자의 뛰어난 글재주를 이용해 더 많은 수익을 올릴 꿈에 부풀었다.

하지만 글쓰기, 특히 소설 쓰기는 콜레트로서는 고통스러운 작업이었다. 덫에 걸린 작은 야생동물처럼 그 굴레를 벗어나 달아나고 싶었다. 글쓰기는 콜레트에게 자유이면서 동시에 극한의 예속이었다. 그가 글을 쓰면서도 끊임없이 여러 분야에 손을 댄 것은 탈출 욕구의 표현이기도 했다.

명성을 얻게 되자 다양한 일을 시도해보기가 한결 쉬웠다. 여러가지 제안이 쏟아져 들어오는 덕분에 기회도 많아졌다. 콜레트의 재능을 높이 산 신문들은 음악비평란을 맡기거나 이탈리아 혹은 프랑스 각지를 돌아보는 탐방기, 이를테면 '체험' 르포 연재를 청탁해왔다. 열기구 여행 제안도 있었다. 심지어 보노 강도단 사건◆ 재판(1913년)과 랑드뤼◆◆ 재판(1919년) 같은 유명 소송사건에도 관여했다. 다시 말해 여러 방면에서 다양한 재능을 발휘했고, 그런 활약 끝에 마침내 오랜 꿈인 팬터마임 무대에 서기까지 했다.

◆ 1911~12년 프랑스와 벨기에에서 쥘 보노를 우두머리로 하는 아나키스트 집단이 벌인 은행강도 사건.
◆◆ 신문들이 '새 푸른 수염'이라는 별명으로 부른 부녀자 연쇄살인범 앙리 데지레 랑드뤼. 1921년 단두대에서 처형되었다.

시도는 딸의 이런 다양한 활약을 관심 깊게 지켜보지만, 내심 걱정스럽다. 변덕스러워 보이기도 하는 갖가지 활동에 대해 편지에서 쓴소리도 한다. "너는 작가로서의 앞길을 망치고 있어." "작가들을 좀먹기로는 저널리즘만큼 해로운 게 없지."[49] 어머니의 이런 훈계조 충고, 쉽사리 권위를 두르는 이 조언들이 딸의 강한 반발심을 부른다. 사실 편지 구절이긴 하지만 시도가 서른살이 된 딸을 여전히 어린아이 대하듯 하는 모습은 놀랍다. 물론 편지는 자애로운 모성과 칭찬을 잔뜩 담고 있다. 하지만 어머니가 성년이 된 딸에게 어느 정도로까지 '한치의 양보도 없는지'를 드러내는 것 또한 사실이다. 얼마나 안타까운 일인가. 어머니라면 누구나 어느 순간 '나는 상관하지 않겠다'는 자세를 취할 줄 알아야 하지 않을까? 그래야 성년이 된 아이들과 계속해서 올바른 관계를 유지해나갈 수 있는 법이다. 그것이 부모와 아이가 함께 성장해나갈 수 있는 유일한 방법이다. 실망을 각오하고 그렇게 해야 한다. 사실 아이들이 부모에게 안기는 실망감이야말로 수락, 이어서 관용으로 나아가게 하는 첫걸음이다.[50] 시도는 그러지 못했다. 이 '어미 늑대'는 생의 마지막 날까지 딸을 자신의 이상에 맞추려 했다. 그래서 문학은 혜택을 입었다. 시도가 없었다면 콜레트는 분명 글을 쓰지 않았을 테니까. 그렇게 풍요하게 글을 쓰지는 못했을 테니까. 사실 시도는 '앞으로 올 작품', 미래에 개화할 작품이라는 개념을 자양분처럼 삶에 깊이 빨아들인 사람이었다. 그는 일상에 대한 예술의 절대적이고 지엄한 우위를 믿었다. 앞에 인용한 콜레트의 표현대로 시도는 선인장꽃이 피는 모습을 놓치지 않으려고 딸을 보러 가지 않은 "그런 여인"이 아니었던가? 딸에 대해서도 마찬가지였다. 가브리엘이 다양한 활동을 즐길 때, 예를 들어 신문에 기고할 기사를 쓰기 위한 체험에 나서거나 미용실을 열 때도,* 시도는 오로지 문학만 믿었다. 그렇다, 시도가 없었다면 콜레트는 글을 쓰지 않았을 것이다. 그렇게 많은 글을, 그렇게 뛰어난 작품을 쓰지 못했을 것이다.

그렇지만 이것은 모녀관계를 희생해 얻은 결실이었다. 사실 시도가 '미네 셰리'의 문학적 성과를 찬양하면서 정말로 이 딸의 행복을 고려했을까? 시도가 원한 것은 딸을 자기 곁으로, 샤티용으로 불러들이는 일, 다시 자신의 품속에 넣는 일이 전부였다.

가브리엘 역시 붙잡힌 딸, 길든 딸로서 어머니의 품속으로 돌아가기를 꿈꾸지만…… 그러나 성장하려면 떠나야 한다. 그래서 가브리엘은 어머니의 호소를 못 들은 체했다. 어머니의 재촉에도 답장을 건너뛰었다. 어머니로부터 달아나 파리 생활의 번잡함 속으로, 살롱의 시끌벅적함 속으로 몸을 숨겼다.

◆ 콜레트는 1932년 파리 미로메닐 거리에 미용실을 열어 직접 고객의 화장과 머리 손질을 맡기도 했다.

윌리 부부의 호화로운 생활은 여전했다. 가브리엘은 이런저런 일들을 시도해보았고, 실크해트를 쓴 허풍선이 남편 윌리의 팔짱을 끼고 사교모임에 드나들었다.

지금 가브리엘은 속마음을 털어놓을 친구가 없다.[51] 어머니의 자리를 다른 누군가가 대체할 수 없고, 만약 그렇게 된다면 어머니를 배신하는 거라는 생각이 무의식적으로 작용했을 수도 있다. 가브리엘은 자신이 '가르소니에르', 즉 사내 같은 여자라고 말한다. "나는 여자들과의 교유를 두려워했다. 신중함과 얼마간의 경계심을 요구하는 어떤 종류의 호사에 반감을 느끼는 게 아닌가 싶었다." 하지만 콜레트가 여자들과의 교유에 '미지근'한 이유는 그들에게 빠져드는 게 두려워서일 수도 있다.

1905년 3월, 서른두살이 된 가브리엘은 장차 연인이 될 소피 마틸드 아델 드니즈 드 모르니를 만난다. 벨에포크 시대를 여성들과의 연애로 떠들썩하게 장식한 후작부인 마틸드 드 모르니, 바로 그 여성이다.

6장

영원한 분리

1907년. 콜레트는 마틸드 드 모르니와 함께 지내면서 어머니와는 멀어진다.

"네게 편지가 왔어, 마 셰리."

콜레트는 방심하고 있었는지 소스라친다. 뜨거운 찻물이 조금 쏟아져 허벅지를 적신다.

소박한 실내복 차림으로 한 손에 자기 찻잔을 든 콜레트는 머리 손질도, 화장도 하지 않은 모습이다. 콜레트는 차를 마시며 벽난로의 붉은 불꽃을 바라보는 걸 좋아한다. 그러면서 활활 타오르는 불꽃의 냄새를 들이마신다. 어릴 적에, 어머니가 두툼하게 잘라낸 빵조각에 버터를 바른 뒤 접시에 올려 화덕에 다시 넣어 구울 때도 이렇게 불 옆에서 냄새를 들이마시곤 했다. 아주 어릴 적에 밤이며 오렌지껍질을 불 속에 던져넣고 냄새를 들이마시기도 했다. 그럴 때면 시도는 가브리엘을 야단쳤다. "고운 재를 만들어야 하는데! 이러면 어떡하니?"

콜레트는 숨을 깊게 들이마셨다가 내쉰다. 세월이 바뀌었다. 이제 불 속에 던져넣을 것이라고는 빛바랜 종이밖에 없다. 종잇장에 글을 쓰고, 구기고, 그러고는 불 속으로 던져버리는 것이다. 오늘 콜레트에게 아침식사를 날라온 사람은 미시다.

콜레트가 미간을 찌푸린다.

"미시! 깜짝 놀랐어! 데일 뻔했잖아!"

키 큰 여인이 다가온다. 검은 머리, 부르봉 가문의 코,♦ 예리해 보이는 작은 눈을 가진 이 여성에게는 주위를 압도하는 거동과 신비한 분위기가 있다. 미시, 드 벨뵈프 후작과 이혼한 뒤로도 후작부인 호칭을 사용하는 그는 키가 훤칠하고 어깨도 넓다. 미시는 남장을 즐겨 한다. 지금 입은 진줏빛 남자 팬츠는 미시의 실내복이다. 외출할 때는 영국 신사 차림에 외알박이 안경과 실크해트를 곁들이고, 작은 발을 가리기 위해 신문지를 구겨넣은 부츠를 신는다.

미시가 얼마나 다정하고 소심하며 배려심이 많은지를

♦ 미시는 드 모르니 공작의 딸인데, 드 모르니 공작은 본인의 주장에 따르면 증조할머니가 한때 루이 15세의 정부였고, 그런 정황상 공작 본인은 서출의 후손이기는 하지만 부르봉 왕가의 자손이었다.

아는 이는 가브리엘을 포함해 고작 몇 사람밖에 없을 것이다.

미시는 섬세한 손을 콜레트의 어깨에 올려 부드럽게 실내복 깃을 헤치고 드러난 쇄골에 입을 맞춘다.

"기분을 가라앉혀. 모두가 네게 호의를 보이잖아? 사람들은 너를 좋아해."

콜레트가 한숨을 내쉰다.

"해야 할 일이 많아. 모자에 대한 글을 써야 해. 『마리클레르』로부터 청탁받은 기사야. 클로슈 모자를 어떻게 생각해?"

미시가 소리 내어 웃는다.

"한번도 생각해본 적이 없는 문제인데……"

"이렇게 할 일이 끊이지 않으니 다음 소설에 대해서는 도무지 진도가 나가지 않잖아."[52]

콜레트는 입술을 깨문다. 어머니가 편지에 써 보낸 말이 떠오른다. "작가들을 좀먹기로는 저널리즘만큼 해로운 게 없지."

오늘 아침 어머니의 그 충고가 머릿속에 메아리치는 건 무엇 때문일까? 어머니의 말이 맞는 걸까? 하지만 소설을 쓰겠다고 집 안에만 틀어박혀 있어야 옳을까? 그렇게 들어앉아 오로지 글을 쓰고 지우고 종이를 구겨 내던지는 일만 반복해야 할까?

"작가란 얼마나 끔찍한 직업인지…… 한 작품을 시작하

기가 너무 고통스러워! 막상 써나가는 중에도 고치고 또 고치고, 문장을 이렇게 바꿔보고 저렇게 바꿔보고, 아무 데도 가닿지 못하는 길 위에 서 있는 기분이야. 해낼 자신이 없어."

"이겨낼 수 있을 거야. 자 봐, 나는 너를 믿어." 미시가 낮은 소리로 속삭이듯 콜레트를 다독인다.

콜레트는 몸을 일으켜 미시의 품속에 자신을 내맡긴다. 다시 예전의 여자아이로 되돌아간 느낌이다. 미시에게서 시가릴로◆ 냄새가 희미하게 풍겨온다. 콜레트는 그 냄새를 가슴 가득 들이마신다.

미시와 콜레트가 연인으로 지낸 지 벌써 2년이 되었다. 아름다운 동성 커플이다.

남자처럼 행동하며 남장을 하고 파리를 누비는 미시, 자신을 엉클 막스로 불러달라는 이 여성을 콜레트는 열렬히 사랑한다. 콜레트의 동성애 성향을 미셸 사르드가 주장하듯, 어머니와의 융합적 사랑이 메아리를 일으킨 결과로 보아야 할까?[53] 보호받으려는 욕구로 읽어야 할까? 비약으로 비칠 수도 있겠지만 한가지 더 이야기하자면, 시도가 콜레트에게 심어준 것 중에는 감각에서 끌어내는 수많은 쾌락도 있었다는 사실을 생각할 필요가 있다.

◆ 가늘고 작은 여송연.

20세기 초, 여성의 동성애는 동성 커플 르네 비비언과 내틸리 클리퍼드 바니의 명성에 힘입어 시류의 최첨단을 차지하고 있었다. 게다가 콜레트는 윌리의 부추김에 편승해(그는 여성 동성애에 환상을 품고 있었다) 여성과의 연애가 주는 쾌락을 즐겼는데, 당시 콜레트의 연인이 위에서 말한 내틸리 클리퍼드 바니, 매혹적인 배우 조르지 라울 뒤발이었다. 1905년 3월 콜레트와 마틸드 드 모르니의 만남을 주선해 '러브 어페어'를 성사시킨 사람 역시 탁월한 조종자인 윌리였다. 윌리가 또다시 콜레트를 끼워넣어 특별히 '연애사건'을 빚어낸 이유는 드 벨뵈프 후작과 1903년에 이혼한 마틸드 드 모르니가 부자이고 따라서 콜레트에게 금전 걱정 없는 생활을 보장해줄 수 있으리라는 계산에서였다.

두 여성의 연애는 신문 잡지의 1면을 장식했다. 두 사람은 '셀레브리티'라는 용어가 등장하기 전, 사교계 동정란의 스타였으니까. 사람들이 기대하는 것은 추문이었다. 사람들이 기대하고 예상한 대로 한해 뒤인 1906년 11월 콜레트는 윌리와 함께 사는 집을 떠나 미시의 집으로 거처를 옮겼다. 시도는 화를 내기는커녕 미시에게 고마움과 호감을 보였다. 심지어 어머니 몫의 힘을 미시에게 양도하기까지 했다. 미시에게 쓴 1909년 9월 6일 자 편지에서 시도는 다음과 같이 말한다. "미시, 당신은 영혼을 구할 임무를 떠맡았어요. 내 딸을 보살펴줘요. 보살피는 보람이 있는 아이잖아요?"

미시는 콜레트뿐 아니라 시도도 보살핀다.

시도에게 초콜릿을 보내고, 망가진 장식핀을 수선해주고, 진수성찬을 대접하고, 한마디로 자신이 이상적인 '며느리' 혹은 '사위'라는 걸 입증해 보인다. 사람의 마음을 다루는 일에 능한 미시가 꿰뚫어본 또 한가지 사실이 있다. 시도가 원하는 것은 바로 안도감이라는 점이다. 어머니 없이 자란 시도는 어머니가 줄 수 있는 무한한 보호를 딸에게서 찾고 있었다. 하지만 딸은 시도가 원하는 것을 줄 능력이 없었다. 그렇다보니 그런 딸의 역할을 미시가 맡아서 해낸 것이다.

미시는 시도를 보호하는 수호신이 된다.

"미시, 엄마는 나보다 당신을 더 사랑해, 당신을 기어이 양녀로 삼고야 말걸. 엄마의 작은 투투, 귀여운 멍멍이가 되어야 하는 신세라니⋯⋯"

콜레트는 자신의 통통한 손을 훨씬 길쭉하고 가느다란 미시의 손 위에 얹는다.

"나는 네 어머니를 잘 알아. 어떻게 하면 어머니를 기쁘게 해드릴 수 있는지도 잘 알지." 미시가 가볍게 웃으며 대답한다.

"나를 기쁘게 해줄 방법을 더 잘 알면서⋯⋯" 콜레트는 웃음을 참는 목소리로 중얼거린다. "그런데 편지라니? 편지가 왔다고 하지 않았어?"

"너를 숭배하는 남자일까?"

장난기 많은 미시는 콜레트에게 편지를 줄 듯 말 듯 애를 태운다. 크림색 봉투를 허공에 쳐들어 빙글빙글 돌린다.

봉투가 콜레트의 어깨 위로 떨어진다.

콜레트는 편지의 글씨체를 알아본다. 한쪽 옆으로 가지런히 누운 길쭉길쭉하고 우아한 필체다. b와 p, j는 저마다 소용돌이를 이고 둥글게 말려 있다. 하지만 편지의 글자들은 대개는 화가 나 있다. 펜을 힘주어 눌러썼기 때문인데, 그럴 때면 잉크가 성난 개울처럼 넘친다.

어머니 시도의 편지다. 콜레트는 불현듯 목이 조여온다. 벌새 한마리가 목구멍 속으로 날아든 느낌이다.

"이 편지 좀 옆에 치워둘래? 잠시 후에 열어볼게."

미시는 뭔가를 묻는 듯한 눈길을 던지더니 가늘게 한숨을 내쉬며 편지를 주석잔 위에 올려놓는다.

콜레트는 고양이를 닮은 그 눈빛으로 편지를 빤히 바라본다. 미동도 없이.

그의 눈은 마치 봉투를 투과해서 편지글을 읽는 것 같다. 그렇다, 콜레트는 봉투 안에 담긴 편지가 어떤 내용인지 이미 알고 있다.

미시가 소파에 털썩 주저앉더니, 시가릴로 케이스를 가볍게 두드려 한개비를 꺼내 입에 문다.

마틸드 드 모르니는 지금 눈앞에 앉아 있는 콜레트, 자유에 홀린 이 작은 들짐승이 자신을 가두는 황금빛 우리를 얼마나 싫어하는지 안다. 그런데 콜레트의 그 우리는 때로 어머니의 모습을 띤다. 콜레트가 여러가지 일을 끊임없이 시도하는 바탕에는 독립을 향한 갈망이 자리 잡고 있다. 어머니가 씌워놓은 굴레를 벗어버리고 싶은 것이다. 그런 사실을 미시는 얼마 전에야 알아차렸다. 콜레트가 방금 쓴 대목이라면서 글을 읽어줄 때였다.

"나는 내가 원하는 일을 하고 싶다. 팬터마임을 하고 연극도 해보고 싶다. 무용복이 불편하고 내 몸을 추해 보이게 한다면 전부 벗어버리고 맨몸으로 춤추고 싶다. 내가 원할 때는 어느 섬에 틀어박히고 싶다."[54]

이 글 속에서 미시가 읽어낸 건 콜레트가 글쓰기를 시작한 아이 때부터 30년 넘게 써온 것은 바로 콜레트 자신의 독립선언문이라는 사실이었다. 이 말은 그가 여전히 어머니에게 지배당하고 있다는 의미이기도 했다.

콜레트가 몸을 일으키며 실내복 앞섶을 여민다. "미시……"하고 입을 뗀다. 무대에 오른 여배우 같은 몸짓이다. 목소리도 연극 대사처럼 울린다. "난 저 편지의 첫마디가 무엇일지 정확히 맞힐 수 있어."

사실 시도는 매번 버림받은 어미 늑대의 긴 하소연으로 편지를 시작했다. "내게 편지 쓰는 걸 잊었구나.""네 답장을 아직 받아보지 못했어.""무얼 하는 거니, 내 생각은 아예 하지 않는 거야?" 그러고는 딸이 하는 일에 대해 이런저런 비난을 늘어놓았다. 시도는 딸이 펜을 쥐고 있는 모습만, 소설을 쓰는 모습만 보고 싶어했다. 작가라는 고상한 직업을 방해하는 활동, 가령 잡지에 투고할 글을 쓰거나 연극 무대에 오르는 걸 못마땅해했고, 특히 나중에 미용실을 열었을 때는 질색을 했다. "넌 자신을 망치고 있어, 내 딸아." 시도는 자신의 실망감을 번번이 이런 말로 딸에게 전해오고 있었다.

1910년부터 콜레트는『르 마탱』에 정기적으로 기고하게 되는데, 그때도 역시 시도는 딸을 나무랄 것이다. 그렇지만 콜레트 역시 갖은 방식으로 버틸 것이다. 사실 그렇게 기사를 쓰며 얻은 경험들은 콜레트가 소설을 쓰는 밑거름이 되기도 했다.

하지만 시도는 저널리스트의 동생으로, 문인들로 둘러싸인 환경에서 성장하면서 스스로 품게 된 어떤 이상이 있었다. 재능 있는 여성, 글재주가 뛰어난 여성이라는 이상이었다. 이 이상형 여성은 다른 일에 자신의 재능을 낭비할 게 아니라 가장 고상한 목표를 위해 매진해야 했다. 시도가 딸을 은근히, 혹은 드러내놓고 나무란 건 이런 이유에서였다. "너처럼 작가의 재능을 타고난 사람이 극장 무대에 올라 춤을 추다니 얼마나 큰 손해인지."[55] 여기서 한 걸음 더 나아가 "너는 무대에서 성공을 거두기에는 여러 조건이 달린다"[56]는 매정한 말도 서슴지 않는다. 시도는 이렇게 빈정거리면서 당시 몇몇 평론가가 실제로 지적했던 대로, 콜레트의 아담하고 통통한 몸, 토실토실한 팔과 장딴지를 겨냥했던 걸까? 어쨌거나 이런 실마리를 통해 콜레트가 어머니의 편지를 어째서 열어보지 않으려 했는지, 어째서 한사코 어머니에게서 벗어나고자 했는지 이해할 수 있을 것이다.

"네 어머니는 너를 사랑해." 미시가 그 부드러운 목소리로 나지막이 말한다.

콜레트는 곱슬곱슬하고 숱 많은 머리를 흔든다.

"사랑이라니…… 얼마나 성가신 사랑인지. 나도 적응하려고 애쓰고 있어. 하지만…… 엄마는 나를 자기 뜻대로 하려고 해. 엄마가 나를 바라볼 때는 이미 수많은 사슬을 준비해놓은 뒤거든."

나중에 콜레트는 그 시절을 이렇게 표현했다. "나의 어머니 같은 이의 영향력에서 벗어날 수 있는 사람이 누가 있었겠어요? 달아날 수도 없었거니와 달아날 생각도 하지 못했어요. 늦게나마 내가 바라던 대로 좀더 자유롭게 생각하고 행동했던 건 그래야만 숨을 쉴 수 있었기 때문이에요. 그렇다고 해서 내가 어머니의 영향력에서 벗어났다는 의미는 아니지만 말입니다."[57]

콜레트의 대답을 들은 미시가 슬픔이 담긴 눈으로 연인을 물끄러미 쳐다본다. 희미하게 한숨을 내쉬는가 싶더니, 생각을 바꾸려는 듯 차를 한모금 마신다.

"어떤 어머니들은 아이에 대한 사랑을 꾸짖음으로 표현하는 것 같아. 네 어머니도 네게 사랑한다는 말을 하려 하지는 않지? 사랑한다는 말은 나무라는 말투로라도 하는 법이 없잖아?"

콜레트는 손을 들어 허공에 휘휘 내젓는다. 사랑한다는 말이 어머니의 입에서 나온다는 건 어림도 없는 일이라는 의미인지, 그저 파리를 쫓으려는 것인지 알 수 없는 손짓이다.

미시가 몸을 고쳐앉으며 콜레트의 손을 잡는다.

"어머니에게는 네가 필요해. 이곳 파리로 오시게 하면 어떨까? 아니면 네가 어머니에게 갈 수도 있잖아?"

"아니, 아니, 절대 그러고 싶지 않아. 그래, 내가 편지를 쓸게…… 꼭 쓸게……"

시도가 딸에게 쓴 편지를 읽어보면 이 어머니의 한결같은 탄식이 인상적이다. "네가 멀리 있다보니 얼굴을 볼 수조차 없구나…… 네가 너무 보고 싶구나…… 넌 어디에 있니? 무엇을 하니? 언제 올 수 있어? 네 오빠 레오는 만나고 지내니?" 시도가 딸에게 버림받았다고 느꼈으며, 딸을 간절히 필요로 했다는 건 분명하다. 그 간절함은 엄마를 필요로 하는 영아의 간절함과 닮아 있다.

아이가 사춘기로 접어들면, 어머니는 다음과 같은 악순환을 겪는 경우가 있다. 사춘기 아이가 말문을 닫는 데 대해 어머니는 불평하고, 그러면 아이는 한층 더 자신을 닫아걸게 되고, 그래서 어머니는 아이를 더욱 닦달한다. 이윽고 아이는 침묵 속에 들어앉아 철저히 외부를 차단할 것이다. 아이와의 줄다리기에서 지는 쪽은 매번 어머니이다. 해결책은 이 악순환을 끊어버리는 일이다. 불평하고 꾸짖는 일을 멈춰야 한다. 대신 사랑의 전략을 써야 한다. 연인들 사이에서 활용되는, 거의 연애전략 같은 것이다. 아이가 다시 입을 열어 말하게 하려면 조심스럽게 다가가야 하고, 요구하는 대신 받아들여야 한다…… 어째서 우리는, 어머니들은 이런 일에 번번이 실패하는 것일까?

시도는 딸의 침묵 앞에서 식물의 침묵과 맞닥뜨릴 때처럼 무력하다. 사고작용이 멈춰버릴 정도다. 그처럼 지적인 어머니, 선인장꽃의 개화를 기다릴 수 있을 만큼 인내심 강한 이 어머니가 딸의 침묵 앞에서는 자기통제력을 잃는다. 딸을 대하는 시도를 보면 서툰 정원사가 물을 주고 또 주는 바람에 결국 화초가 물에 잠기는 모습이 떠오른다. 어머니와 아이, 특히 어머니와 딸의 관계는 한 존재와 다른 한 존재의 관계이다. 즉 어머니와 딸의 사랑도 연인의 사랑과 다를 바 없다. 요구한다고 얻어지는 사랑이 아니라는 의미이다. 우선 상대방을 향해 서서, 자신의 이야기를 하고…… 그러고는 기다려야 한다.

하지만 시도는 나이 들고, 병도 들고, 게다가 소유욕을 버리지 못한다. 정신의학자 마리 리옹쥘랭은 딸에 대한 기대와 기다림이 과도한 어머니들에 대해 다음과 같이 진단한다. "그런 어머니들은 딸을 사랑하고 딸에게 관심을 기울인다는 인상을 준다. 하지만 그럼으로써 그들은 사실 자신이 사랑을 받으려는 것이다."[58] 그렇다면 어머니와 딸의 위치가 뒤바뀌는 셈이다. 시도는 다시 아이가 되고, 콜레트가 어머니 위치에 자리 잡는다. 우리도 알다시피 생의 종착점이 다가와 우리의 부모가 우리에게 보호를 요청할 즈음이 되면, 이런 종류의 역할전도가 빈번히 일어난다. 시도 자신은 어머니가 없는 만큼 이 역할전도를 받아들이기가 훨씬 쉬웠다.

그렇지만 콜레트가 달아난다. 이 딸은 아마도 어머니의 죽음을 맞이할 용기가 없었을 것이다. 전능한 어머니 시도만을 기억에 보존하고 싶었을 것이다. 이런 무의식적 바람과는 달리 이제 시도의 육신은 말라가고 호흡은 시들어간다. 강했던 어머니가 아주 작은 존재가 된다. 폭과 부피, 소리, 향기, 빛…… 이 모든 면에서 시도는 축소되고 있다.

시도는 마른 꽃이다. 경매로 팔린 생소뵈르의 집에서 모든 가구가 실려나갔던 것처럼 시도 역시 그를 채웠던 모든 것이 빠져나갔다. 딸은 그것이 싫다. 실체가 빠져나간 그 모든 껍데기, 비어버린 유년의 대체품들, 그 가짜 감각들이 싫다. 콜레트가 기억하고자 하는 것은 시도의 단 한가지 모습이다. 전능한 시도, 빛나는 시도, 새벽에 어린 딸을 데리고 숲으로 가는 시도 말이다. 그런 시도 말고 다른 여인, 여위고 병든 시도, 죽음이 갉아먹은 시도, 콜레트는 그런 모습의 시도를 원치 않는다.

그래서 콜레트는 다음과 같이 반문하며 등을 돌린다.

'이런데도 어떻게 자기 부모의 부모가 될 수 있다는 거지?' 눈앞이 캄캄해지게 하는 말이다. 바로 얼마 전 콜레트에게 삶을 가르쳐준 사람이 시도였는데……

마지막 방문

콜레트가 샤티용, 에갈리테 거리의 그 작은 집에 마지막으로 간 것은 1912년 7월이다. 당시 시도는 일시적이나마 유방암을 또 한번 이겨낸 듯이 보였다. 콜레트는 시도를 만나러 가면서 한껏 모양을 냈다. 화려하게 화장하고 눈 둘레에 검은 아이라이너를 칠했다. 신문사 편집장이라도 만나러 가는 듯한 차림새였다.

콜레트가 마주친 것은 애원이 가득 담긴 눈길, 죽음이 바로 앞에 있음을 아는 사람들의 유감 가득한 그 눈빛이었다. 콜레트는 시도에게 미소 지어 보이고, 머리 뒤 눌린 베개를 북돋아주고, 제비꽃 향수를 귀 뒤에 발라주었다. 꽃병의 시든 장미 세송이를 다른 꽃으로 갈아놓기도 했다.

어머니에게 와서 지내는 내내 콜레트는 꼿꼿함을 잃지 않았다. 척추를 따라 가시가 돋아나기라도 한 듯 뻣뻣했다. 말을 할 때는 파리식 억양, 객설을 늘어놓으며 시시덕거리기에 좋은 그 경쾌한 말투를 썼다. 흔들리지 않으려, 울지 않으려, 가슴속의 슬픔을 내비치지 않으려 했다.

"그럼요, 엄마의 건강이 우선이에요.""다 잘될 거예요."
"아뇨, 몸 상태는 그리 나쁘지 않아요. 제 말을 믿어도 돼
요. 엄마만큼 튼튼한 사람을 본 적이 없는걸요. 엄마는 불
사조 같은 사람이라고, 자기 몸을 태워 그 재에서 새로 태
어난다고 엄마 자신이 말했잖아요? 지금은 조금 쉬라는
신호가 온 것일 뿐이에요." 콜레트는 아이의 손을 잡고 타
이르듯이 다정하게 시도를 달랜다. 시도는 자신에게 닥친
'소소한 사고'를 딸에게 늘어놓은 참이다. 계단에서 넘어
져서 엉덩이를 다쳤고, 5리터짜리 구리 주전자를 들다가
놓치는 바람에 손을 데었고…… 그리고 작은 스튜 냄비에
녹이 났는데 그 푸른 녹을 직접 닦지 못해서 속상하다고
했다.[59]

콜레트는 사륜마차에 몸을 싣고 파리로 돌아오는 도중
에야 비로소 긴장이 풀린다. 눈에 차오르는 눈물을 재빨리
닦아낸다.

그로부터 아흐레 뒤에 시도는 숨을 거두었다. 콜레트는
어머니의 장례식에 가지 않았다. 사방치기 놀이에서 깨금
발로 한칸을 건너뛰듯이, 딸은 어머니의 장례식을 건너뛰
었다. 어머니의 죽음을 부정하려는 극단의 몸짓이었을까?

시도가 세상을 떠나고 보름 뒤에 콜레트는 임신했다. 아
홉달 후인 1913년 7월 3일, 딸이 태어난다. 이 딸은 콜레트
에게서 어머니의 존재를 '대체'할 것이다.[60]

콜레트는 배은망덕한 딸이라는 인상을 준다. 하지만 이때는 이미 콜레트가 어머니 시도를 자신의 작품 속 인물로 빚어내기 시작한 시점이다. 글쓰기를 통해 어머니를 신화로 바꾸어놓자면, 이 어머니의 늙은 '몸뚱이'는 치워버려야 하지 않겠는가? 사실 콜레트는 어머니의 명을 충실히 따랐다. 선인장의 개화에 모든 것을 쏟아붓는 모습을 보여줌으로써, '앞으로 올 작품'이라는 이상, 작가가 모든 걸 바쳐 피워내는 꽃이라는 이상을 딸에게 심어준 사람이 바로 시도가 아닌가? 작품을 쓰는 일보다 더 중요한 일은 없다고 한 사람이 바로 시도가 아닌가? 그러니 이 어머니가 자기 장례에 딸이 오지 않았다고 화를 낼 리 없지 않은가? 그렇다, 콜레트가 어머니의 장례식에 가지 않은 것은 배은망덕해서가 아니라, 현실에서 멀어져 문학에 깊이 자리 잡기 위해서였다. 그때 콜레트는 글쓰기의 힘을 빌려 어머니를 다시 꽃피우는 중이었으니까. 이렇게 해서 시도는 '융합하는 어머니'에서 곧바로 '문학적 신화'가 된다.

하지만 이런 종류의 상실을 아무렇지 않게 넘길 수 있는 사람이 누가 있겠는가? 콜레트는 어머니의 죽음을 아주 긴 시간이 지난 뒤. 억압을 지닌 이들이 대개 그렇듯이, 정면으로 맞닥뜨리게 된다. 시도의 장례식으로부터 11년이 흐른 1923년 어느날의 일이다.

운명이 보내는 신호처럼 편지 한통이 콜레트 앞에 나타

난다. 콜레트는 그 일을 친구 마르그리트 모레노에게 이렇게 이야기한다. "이런 일이 다 있다니. (…) 돈을 꺼내려고 책상 서랍을 여는데 편지 한통이 떨어지는 거야. 그냥 그것 하나가 말이야. 어머니의 편지였어, 세상을 떠나기 얼마 전에 연필로 써 보낸 편지. 끝내지 못한 말들을 담은 그 편지에서 어머니는 이미 당신의 죽음을 내다보고 있었어……

참 신기해. 견딜 수 없이 슬픈 순간에도 눈물을 눌러 참고 멀쩡하게 '버틸' 수 있으니까. 그러다가 나중에 어떤 작은 신호, 다정한 신호가 창문 너머에서 오지. 이를테면 전날까지도 봉오리를 오므리고 있던 꽃이 활짝 핀 게 보이는 거야, 그리고 서랍에서 편지가 떨어지거든. 그렇게 해서 모든 게 무너져버려."[61]

과거의 기억이 마치 부메랑처럼 되돌아온다. 콜레트는 폭풍처럼 눈물을 쏟아낸다. 슬픔이 되살아나 가슴을 짓밟는다. 어머니의 모습을 순식간에 눈앞에 그려낼 수 있다. 굳은 손가락으로 힘겹게 연필을 잡고 한자 한자 써내려가는 그 손이 떨린다. 예전에 정원에서 그리도 힘차게 움직이던 그 손이 이제 힘을 잃었다. 주전자를 놓칠 만큼…… 어머니의 눈이 젖어 있다.

마음의 떨림은 조금도 달라지지 않았다. 그날 콜레트가 쏟아낸 울음은 그 어떤 것보다 강했다. 이 작가는 무너져내렸다. 마음의 떨림이 경련이 되어 몸을 타고 흘렀다. 맘

소사, 난 어째서 엄마를 저버렸던 걸까?

영원한 분리

콜레트는 침대로 돌아와 몸을 누인다. 지금 그의 나이 여든······

멀리서 아이들이 외치는 소리가 팔레루아얄 광장의 이 집까지 들려온다. 저 소리가 별안간 먹먹하게 들리는 건 무엇 때문일까? 청각이 이렇게까지 둔해진 걸까? 저 아이들은 학교에 가는 중일까? 아니면 벌써 쉬는 시간일까?

양 끝이 배 모양으로 휘어올라간 이 침대에서 콜레트는 반쯤 눈을 감는다. 거동이 불편해진 뒤로 이 침대에서 식사도 하고 글도 쓴다. 그렇다, 콜레트는 오늘, 자신을 짓누르는 여든살 나이의 무게를 생생히 느낀다.

바깥 세계의 소음은 이제 그리 크게 들리지 않는다. 대신 이 집 내부의 소음이 바로 곁에서 울리는 듯 선명해지고 있다. 일상의 온갖 소리. 식기류의 달그락거림, 커피포트의 물이 끓어오르는 소리, 수도꼭지에서 나지막이 '솨'하며 흘러나오는 물소리. 모리스가 흥얼거리는 노래.

모리스 구드케, 열다섯살 연하의 세번째 남편이다. 그가 옆의 부엌에서 콜레트를 위해 아침식사를 준비하고 있다. 커피 향이 천장으로 퍼져나간다. 이 카페오레 냄새는 정말이지 옛날 생각이 나게 한다. 어느새 그리움이 솟고, 불현듯 눈물까지 솟을 참이다. 아주 오랜만에 맛보는 감각이라는 점을 제외하면 콜레트는 이제 이 눈물이 달갑지 않다. 눈을 감고 심호흡을 한다.

카페오레에 적신 큼직한 빵조각이 눈앞에 떠오른다. 갈색 빵 덩어리에서 두툼하게 잘라낸 그 빵조각을 어머니는 화덕에 넣어 노릇하게 구워내곤 했다. 불에서 갓 꺼낸 그 빵조각은 큰 접시 위에서 버터와 함께 맛있는 소리를 냈다. 얼마나 맛있었는지…… 그 빵조각이 지금 바로 눈앞에 있는 것 같다. 이제 곧 모리스가 쟁반에 담아 가져올, 바게트에 버터를 발라 구운 그 빵조각보다 더 현실처럼 느껴진다.

그리움은 빵 굽는 냄새가 난다.

"엄마…… 시도……" 콜레트는 이 이름을 나직이 소리 내어 발음해본다.

별안간 시도가 아주 가까이 있는 느낌이다.

"엄마, 대답해줘요." 콜레트가 속삭인다.

어머니의 얼굴이 눈앞에 나타난다. 틀어올린 금발 머리, 고양이를 닮은 아름다운 눈, 부드러운 두 뺨…… 거침없는 그 웃음과 걸걸한 목소리도 그대로다.

어머니가 콜레트의 머리 위를 날고 있는 것 같다. 천사의 보호를 받는 듯한 이 느낌이 좋다. 어머니의 또다른 모습, 퇴색하고 성긴 머리카락과 붉은 반점이 번진 홀쭉한 두 뺨, 앙상한 시도의 그 모습이 겹쳐서 나타날 때까지는 그렇다.

콜레트는 자신의 굽은 손을 뻗어 어머니의 얼굴을 어루만진다. 아름다운 어머니를 떠올릴 때마다 앙상한 시도의 모습이 어느새 겹쳐지는 건 왜일까? 시도의 거침없는 웃음소리가 악몽을 꾸듯 요란한 딱딱이 소리로 바뀌는 건 무엇 때문일까?

"널 기다렸어, 미네 셰리…… 아주 오래 기다렸는데…… 넌 오지 않았어……"

콜레트는 어머니를 보고 있는 게 고통스러워 침대에서 돌아눕는다. 아니라고 항의하듯 머리를 내젓는다.

"엄마가 내게 말했잖아요. 검은 상복이 싫다고. 내가 장밋빛 옷, 푸른 옷 들만 입었으면 좋겠다고 했었잖아요……[62] 그러니 나를 이해해주어야 할 사람은 누구보다도 엄마잖아요……"

"이해하지, 미네 셰리, 하지만 나는 네가 정말 보고 싶었어…… 지금은 행복하단다, 네 오빠 아실이 내 곁에 있거든."

"오빠에게 나를 원망하지 말라고 해주세요. 내가 사랑한다는 말도 전해주세요. 그런데 엄마…… 내가 자랑스러우세요?"

"넌 대작가가 되었어, 미네 셰리. 뜻을 이루었지. 너는 내가 이룬 최고의 작품이고……"

시도의 얼굴이 호수 수면에 돌을 던졌을 때처럼 아련하게 흔들리며 사라져간다.

죽은 이들을 정말로 잃어버리는 순간이 온다. 그들의 얼굴을 기억하지 못하는 순간이다. 그들은 너무도 빨리 떠나간다.

콜레트는 눈을 가린 손을 뗀다.

생명력이 넘치는 아름다운 시도의 모습을 기억에 간직하고 싶다. 싱그러운 복숭아처럼 장밋빛으로 물든 그 뺨과 부드러운 살결을 기억하고 싶다.

‡ ‡ ‡

1954년, 라디오에서 부드러우면서도 낯선 목소리가 들려온다. 몸속 깊은 어딘가를 건드리는 목소리다. 작가 마르그리트 뒤라스. 그가 자신의 소설 『타르퀴니아의 작은 말들』에 대해 이야기하고 있다. 남부 이탈리아를 배경으로 휴가 중에 일어나는 미친 사랑 이야기라고 한다. 마르그리트 뒤라스, 그는 이제 마흔살이다. 글을 쓸 시간이 앞으로 많이 남아 있다. ‘내가 저이보다 마흔한살 더 많네.’ 콜레트는 소리 없이 중얼거린다.

4년 전 뒤라스는 『태평양을 막는 제방』을 내놓으며 공쿠르상 최종 후보에까지 오른 적이 있다. 그 소설에서 뒤라스는 작가 자신의 어머니를 모델로 삼아 삶의 역경에 맞서 당당함을 지켜나가는 한 인물을 창조했다. 고집 세고 끈질기고 자존심 강하고 오만한 그 인물은 여러모로 콜레트의 어머니 시도를 떠올리게 했다. 하지만 뒤라스 소설 속의 그 어머니가 열정을 바친 대상이 '제방'인 것과 달리, 시도의 열정은 자연을 향하고 있었다는 점이 다르다. 콜레트의 어머니라면 애초에 제방으로 자연을 막으려는 생각조차 하지 않았을 것이다. 시도는 자연을 너무 잘 아는 사람이었으니까…… 시도는……

콜레트의 상념은 또다시 이렇게 방랑길을 떠난다.

'지금 이 시대라면 엄마의 마음에 들었을 텐데.' 작가의 머릿속에 문득 스치는 생각이다. 5년 전 시몬 드 보부아르라는 이름의 철학자가 여성들에게 가해지는 억압과 여성 해방을 다룬 책을 출간했다. 그 책이 지금 침대 머리맡에 놓여 있다. 저자의 자필 헌사가 든 책이다. "존재 자체만으로도 우리의 대의를 빛내주신 분께, 작품에 대한 한없는 존경을 담아 이 책을 바칩니다." 콜레트는 자신을 향한 이 헌사의 의미를 이해할 수 있다. 스스로 여성해방론자라고 생각한 적은 없지만 자유롭게 살아왔으니까. 과거 윌리와의 관계를 청산하는 과정을 통해 여성들에게 가해지는 억압을 고발했으니까.

이제 여성들은 눈을 떴다. 올해 공쿠르상은 아마도 보부아르에게 돌아가지 않을까? 아니면 노벨상이 기다릴까? 50년 사이에 세상은 아주 많이 변했다.

시도는 페미니스트였다. 시몬 드 보부아르를 만났더라면 이 철학자를 아주 좋아했을 것이다. 여성으로서 내가 살아온 방식에 대해서는 어떻게 생각했을까? 어머니는 내 방식에도 만족했을까?

콜레트는 침대에서 몸을 뒤척인다. '나는 공쿠르상을 받지는 못했어…… 하지만 레지옹도뇌르를 받았지. 또 나는…… 엄마가 원하던 모습대로 되었어요, 엄마. 긴 기다림 끝에 개화한 선인장꽃 말이에요……' 콜레트는 소리 없이 웃는다.

기자들이 이 집을 찾지 않는 날은 하루도 없다. 그들은 콜레트를, 아니면 모리스를 만나고자 한다. 콜레트의 전기를 쓰겠다고 혹은 영화를 만들겠다고 찾아오는 사람도 매주 있다. 최근에는 야니크 벨롱◆이라는 젊은 여성이 찾아와 콜레트가 태어나 성장한 마을에서 시작해 작가가 거쳐온 장소들을 기록영화로 만들고 싶다고 허락을 구했다. 아주 좋은 기획이라는 생각이 들어 승낙했다. 콜레트는 자신이 살아오며 가장 사랑한 것이, 어머니 시도, 전 남편들과 지금의 남편, 딸, 고양이들 이상으로 사랑한 것이 바로 생소뵈르앙퓌제의 집이 아닐까 생각해본다. 그 집에는 작가의 어린 시절이 있고, 어머니가 있다. 고양이들, 책, 연

◆ Yannick Bellon(1924~2019). 페미니스트 영화감독. 기록영화로 출발해서 극영화 「유린된 사랑」(1978), 「무질서한 아이들」(1989) 등을 남겼다.

애…… 모든 것이 그 집에 있다.

여러 장소를 거쳐 마지막에 자리 잡은 곳이 지금 이 집, 파리의 심장부인 팔레루아얄의 아파트다. 이제 다른 곳으로 옮겨갈 생각은 없다. 야니크 벨롱에게도 이렇게 말했다. "염소는 묶여 있는 자리에서 풀을 뜯어먹어야 하는 법이죠."

이제 작가는 자신에게 남은 시간이 얼마 없다는 걸 안다. 몇달 혹은 몇주에 불과할지도 모른다. 그건 몸과 정신의 힘이 바닥나고 있다는 느낌, 어떤 쇠진의 느낌으로 알수 있다. 잠이 시도 때도 없이, 점점 더 빈번하게, 마치 작은 죽음처럼 덮쳐오는 것만 봐도 알 수 있다. 밤이 나날이 짧아지는 것만 봐도 알 수 있다. 사람들은 낮과 밤이 규칙적으로 교차되는 리듬 속에서 살아가지만, 어떤 이들은 자신의 하루가 군데군데 떨어져나가는 경험을 한다. 그러다가 죽음이 전부 쓸어가버리는 것이다.

그러고는 이 손…… 어머니 시도도 손에 대해 말한 적이 있다. 자신이 늙었다는 사실을 잊고 있다가 우연히, 이불위에 놓인 자신의 앙상한 손에 눈길이 간다. 그러면서 깜짝 놀란다. 여전히 포동포동한, 스무살 시절의 그 손일 줄알았는데 눈앞에 새 발톱 같은 것이 놓여 있으니까. 피부에 얼룩덜룩한 반점이 생기고 손가락 마디가 굽은 늙은 여자의 손이니까.

콜레트는 관절염을 앓고 있다. 예전에 마튀랭 극장에서

가슴을 드러내고 베일만 몸에 두른 채 그토록 유연하게 춤을 췄던 그가 이제는 관절의 통증 때문에 움직이기조차 힘들다. 유연함은 살아 있는 사람들 차지이다. 콜레트의 육신은 이미 뻣뻣하게 마비되고 있다.

작가는 고양이를 닮은 그 눈을 가볍게 내리감는다. 딸 벨가주[◆]의 재기발랄한 얼굴이 떠오른다. 앙리 드 주브넬과의 결혼으로 얻은 딸이다.

콜레트는 딸이 자신을 보러 와주기를 바란다. 불운한 숙명이라고 해야 할까. 벨가주는 매번 자기 일에 대해, 어떤 일을 해냈는지에 대해 이야기한다. 작가는 서운해서 딸에게 뿌루퉁한 반응을 보인다. 어머니와 딸의 장면은 이렇게 세대를 이어 되풀이된다.

죽음이 이 장밋빛 쿠션 위로 찾아오면 콜레트는 뿌리치지 않을 생각이다. 친구를 맞이하듯 맞아들일 것이다. 친구가 내미는 손을 잡고 눈을 감을 것이다. 그러면 친구의 얼굴은 어머니 시도의 얼굴, 조금도 늙지 않은 그 잿빛 눈, 풍성한 금발의 그 얼굴일 것이다.

아주 어릴 적 어머니의 폭신한 가슴에 머리를 파묻을 때 이 배 속으로 돌아가면 얼마나 아늑할까 생각한 적이 있었다. 어릴 적의 그 집으로 돌아가는 느낌일 것이다.

콜레트는 눈을 감는다. 어머니 시도는 편지에 이렇게 써

◆ 딸 콜레트 드 주브넬의 애칭. 'Bel-Gazou'는 프로방스 방언 'beau gazouillis'의 줄임말로 즐거운 종알거림이라는 의미이다.

보내곤 했다. "내 사랑의 크기만큼 너를 껴안아 내 안에 품는다." 손을 잡아주는 이가 있다면 죽음은 아주 아늑할 것이다.

주

서문: 세 딸과 그 어머니들

1 근친상간적 환경(incestuel, 정신분석학자 폴클로드 라카미에가 사용한 용어—옮긴이)과 근친상간은 다르다. 근친상간적 환경은 근친상간의 분위기이며, 행동으로 연결되지는 않는다.

2 뒤라스는 다음과 같이 말한다. "기억하는데, 도망쳐 숨었던 장소들이 있어요. 어른들에게 질릴 때면 늘 어떤 장소를 찾아나서곤 했죠. 그렇게 해서 어느 장소를 찾아내지만, 그곳이 내가 원했던 장소인 적은 없어요."(마르그리트 뒤라스, 『유보된 열정: 레오폴디나 팔로타 델라 토레와의 대담』(*La passion suspendue, entretiens avec Leopoldina Pallotta della Torre*), Éd. du Seuil, 2013)

3 1984년 9월 28일 TV 대담 프로그램 「아포스트로프」(Apostrophes)에 출연해서 베르나르 피보에게 한 말.

4 마르그리트 유르스나르, 『열린 눈, 마티외 갈레와의 대담』(*Les Yeux ouverts, entretiens avec Matthieu Galey*), Le Livre de poche, 1970.

1 「아포스트로프」, 베르나르 피보와의 대담.

2 마르셀 비지오, 카트린 아욜레, 『나의 어머니에게: 50인의 작가가 말하는 어머니』(*À ma mère: 50 écrivains parlent de leur mère*), Horay, 2010.

3 소피 카르캉, 마리즈 바양, 『자매 사이: 여성성의 문제』(*Entre sœurs, une question de féminité*), Albin Michel, 2008.

4 마르그리트 뒤라스, 『물질적 삶, 마르그리트 뒤라스가 제롬 보주르에게 말하다』(*La Vie materielle: Marguerite Duras parle a Jerome Beaujour*), POL, 1987.

5 『연인』(*L'Amant*), Minuit, 1984.

6 『80년 여름』에서는 소년의 나이.

7 『물질적 삶, 마르그리트 뒤라스가 제롬 보주르에게 말하다』.

8 "이 절망의 사진을 누가 찍었는지는 모르겠다. 하노이 집 마당에서 찍은 사진이다. 어쩌면 아버지가 마지막으로 찍은 사진일 것이다." (『연인』)

9 크리스티안 블로라바레르, 『마르그리트 뒤라스』, Éd. du Seuil, '우리 시대의 인물들'(Les Contemporains) 총서, 1992.

10 『롤 V. 스타인의 환희』 출간 당시 피에르 뒤마예와의 인터뷰(1964)에서 뒤라스는 글쓰기에 대해 다음과 같이 말한다. "글을 쓴다는 건 감정을 소거하는 일입니다. 그 누구도 아닌 상태가 되는 것이죠. 『롤 V. 스타인의 환희』는 탈개인, 무인격의 소설입니다."

11 「마르그리트 뒤라스」, 『르 마가진 리테레르』(*Le Magazine litéraire*)가 기획한 '새로운 시선들', 2013년 2월.

12 카롤린 엘리아셰프, 나탈리 에니슈, 『어머니-딸, 어떤 삼각관계』(*Mères-filles, une relation à trois*), Albin Michel, 2002.

13 『연인』.

14 『어머니-딸, 어떤 삼각관계』.

15 로르 아들레르, 『마르그리트 뒤라스』, Gallimard, '누벨르뷔프랑세즈 전기'(NRF Biographies) 총서, 1998.

16 앞의 책.

17 마르그리트 뒤라스의 1943년 기록이 담긴 「대리석 무늬 분홍 수

첩」(cahier rose marbré)에서 인용. 『전쟁 수첩』(*Cahiers de la guerre et autres textes*), POL/IMEC, 2006.

18 『나의 어머니에게: 50인의 작가가 말하는 어머니』.

19 『물질적 삶, 마르그리트 뒤라스가 제롬 보주르에게 말하다』.

20 『에밀리 엘』(*Emily L.*), Ed. de Minuit, 1987.

21 마르그리트 뒤라스, 『타르퀴니아의 작은 말들』(*Les Petits Chevaux de Tarquinia*), Gallimard, 1953.

22 소피 카르켕, 마리즈 바양, 『자매 사이: 여성성의 문제』.

23 작품의 도입부는 인상적이다. "어떻게 해야 돌아오지 않을 수 있을까? 길을 잃어야 해. 모르겠어. 알게 되겠지. 길을 잃자면 뭐든 지표가 있어야 하는데……" 『부영사』(*Le Vice-consul*), Gallimard, '상상'(L'Imaginaire) 총서, 1977.

24 「마르그리트 뒤라스, 있는 그대로의 모습」(Marguerite Duras, telle qu'en elle-même, 뒤라스 전기 다큐멘터리), INA(프랑스 국립시청각연구소), 2003.

25 "사람들은 시간이 나기를, 방해받지 않는 환경이 갖춰지기를 기다린다고 하죠. 그건 사실이 아니에요. 그저 핑계죠. 글은 쓰기만 하면 돼요, 어디서든!" 1984년 9월 28일 「아포스트로프」 출연 당시 베르나르 피보에게 뒤라스가 한 말.

26 『나의 어머니에게: 50인의 작가가 말하는 어머니』.

27 앞의 책.

28 「마르그리트 뒤라스, 있는 그대로의 모습」.

29 「아포스트로프」.

30 로르 아들레르, 『마르그리트 뒤라스』.

31 심리적 안정을 얻기 위한 물건으로 예를 들어 아이의 애착인형 같은 것.

32 장 발리에, 『마르그리트 뒤라스 평전(*C'était Marguerite Duras*) 1권, 1914~45』. Fayard, 2006.

33 『연인』에서 뒤라스는 "다른 곳에 썼던 것과는 달리 레암의 식당에서가 아니"라고 밝힌다.

34 「대리석 무늬 분홍 수첩」, 『전쟁 수첩』.

35 『연인』.

36 『나의 어머니에게: 50인의 작가가 말하는 어머니』.

37 그렇지만 뒤라스의 말에 따르면 자신이 중국인 레오와 정확히 무엇을 했는지 어머니도 오빠도 결코 알지 못했다. 그저 짐작만 했을 뿐이었다.

38 페트러시카 클라크슨, 「심리게임에서의 구경꾼의 극적 역할」(Le role dramatique du spectateur dans les jeux psychologiques), 『교류분석학보』(Actualites en analyse transactionnelle) 59호, 1991년 7월.

39 장 발리에, 『마르그리트 뒤라스 평전 1권』.

40 장 발리에에 따르면 당시 여행 경비는 코친차이나 식민부가 부담했다.(『마르그리트 뒤라스 평전 1권』)

41 "나는 출산이 죄로 보여요. 아이를 낳는다는 것과 아이를 저버린다는 것이 뭐가 다르죠?"(『마르그리트 뒤라스, 있는 그대로의 모습』)

42 앞의 다큐멘터리.

43 앞의 다큐멘터리.

44 『나의 어머니에게: 50인의 작가가 말하는 어머니』.

45 『연인』.

시몬 드 보부아르와 프랑수아즈: 지배하는 사랑

1 시몬 드 보부아르, 『얌전한 처녀의 회상』(Mémoires d'une jeune fille rangée), Gallimard, 폴리오 문고.

2 안 마르탱쥐지에, 『하녀들의 공간, 1900년 파리의 가정부들』(La Place des bonnes, la domesticité féminine à Paris en 1900), Perrin, 2004를 참조하라.

3 디어드리 베어, 『시몬 드 보부아르』(Simone de Beauvoir), Fayard, 1991.

4 앞의 책.

5 앞의 책.

6 시몬 드 보부아르, 『얌전한 처녀의 회상』.

7 앞의 책.

8 소피 카르캥, 마리즈 바양, 『자매 사이: 여성성의 문제』.

9 앞의 책.

10 『얌전한 처녀의 회상』.

11 앞의 책.

12 앞의 책.

13 디어드리 베어, 『시몬 드 보부아르』.

14 『얌전한 처녀의 회상』.

15 소피 카르캥, 마리즈 바양, 『정신분석은 어떻게 삶을 변화시킬 수 있는가』(*Comment la psychanalyse peut changer la vie*), Albin Michel, 2007, 제1장「지배하는 어머니」(L'emprise maternelle)를 참조하라.

16 『얌전한 처녀의 회상』.

17 앞의 책.

18 디어드리 베어, 『시몬 드 보부아르』.

19 앞의 책.

20 안 마르탱쥐지에, 『하녀들의 공간, 1900년 파리의 가정부들』.

21 클로딘 몽테유, 『보부아르 자매』(*Les Sœurs Beauvoir*), Éditions 1, 2003 참조.

22 모니크 드 케르마덱, 소피 카르캥, 『6개월에서 6세 사이의 영재아』(*Le Petit Surdoué de 6 mois à 6 ans*), Albin Michel, 2013.

23 디어드리 베어, 『시몬 드 보부아르』.

24 『얌전한 처녀의 회상』.

25 앞의 책.

26 앞의 책.

27 앞의 책.

28 시몬 드 보부아르, 『아주 편안한 죽음』(*Une mort très douce*).

29 『얌전한 처녀의 회상』.

30 디어드리 베어, 『시몬 드 보부아르』.

31 기욤 모리쿠르, 『시몬 드 보부아르, 오해받는 한 여자』(*Simone de Beauvoir, une femme méconnue*), Dorval Éd., 2008.

32 디어드리 베어, 『시몬 드 보부아르』.

33 『얌전한 처녀의 회상』.

34 미셸 비노크, 『라 벨에포크』(*La Belle Époque*), Perrin, 2002를 참조하라.

35 『얌전한 처녀의 회상』.

36 디어드리 베어, 『시몬 드 보부아르』.

37 앞의 책.

38 『얌전한 처녀의 회상』.

39 앞의 책.

40 디어드리 베어, 『시몬 드 보부아르』.

41 소피 카르캥, 마리즈 바양, 『정신분석은 어떻게 삶을 변화시킬 수 있는가』 제1장 「지배하는 어머니」에 피험자로 등장하는 제랄딘이 사용한 표현.

42 테리 앱터, 『해로운 어머니, 이해와 해방』(*Les Mères toxiques: les comprendre pour se libérer de leur emprise*), 브뤼셀: Ixelles Éd., 2013. (원제는 *Difficult Mothers: Understanding and Overcoming Their Power*, 2012)

43 제랄딘 역시 어머니로부터 자신을 보호하려다가 자폐증에 이르렀다고 이야기한다. 거의 귀머거리 상태가 되었다는 것이다.(『정신분석은 어떻게 삶을 변화시킬 수 있는가』 제1장 「지배하는 어머니」)

44 디어드리 베어, 『시몬 드 보부아르』.

45 『얌전한 처녀의 회상』.

46 디어드리 베어, 『시몬 드 보부아르』.

47 『얌전한 처녀의 회상』.

48 디어드리 베어, 『시몬 드 보부아르』.

49 앞의 책.

50 앞의 책.

51 앞의 책.

52 "열다섯살부터 스무살이 될 때까지 나는 아버지가 아침 8시에 귀가하는 모습을 자주 보았다. 술 냄새를 풍기는 아버지는 브리지나 포커 게임을 하다가 늦었다고 겸연쩍은 기색으로 둘러대곤 했다." (『아주 편안한 죽음』)

53 아니 코엔솔랄, 『사르트르』(*Sartre*), Gallimard, 1985.

54 시몬 드 보부아르, 『나이의 힘』(*La force de l'âge*), Gallimard, 폴리오 문고.

55 앞의 책.

56 앞의 책.

57 로르 아들레르, 『마르그리트 뒤라스』.

58 콜레트, 『여명』(*La Naissance du jour*), Flammarion, 1928.

59 클로딘 몽테유, 『보부아르 자매』를 참조하라.

60 넬슨 올그런(Nelson Algren, 1909~81)은 미국 작가로, 1947년 시몬과 만나 15년간 연애관계를 유지했다. 그 기간에 두 사람은 많은 편지를 주고받았다.

콜레트와 시도: 융합하는 사랑

1 콜레트, 『클로딘의 집』(*La Maison de Claudine*), R. Laffont, 'Bouquins' 제2권, 1989.

2 콜레트, 『여명』, Gallimard, 플레이아드 전집, 제2권.

3 앞의 책.

4 오르탕스 뒤푸르, 『콜레트: 자리에 앉은 방랑자』(*Colette: la vagabonde assise*), Éd. du Rocher, 2000.

5 콜레트, 『가정의 클로딘』(*Claudine en ménage*), 콜레트 전집, R. Laffont, 'Bouquins', 1989.

6 시도, 『콜레트에게 쓴 편지』(*Lettres à Colette*), Phébus, 2012.

7 콜레트, 『클로딘의 집』.

8 앞의 책.

9 콜레트, 『시도』(*Sido*), Le Livre de poche, 1931.

10 콜레트, 『푸른 신호등』(*Le Fanal bleu*), R. Laffont, 'Bouquins' 제3권.

11 콜레트, 『시도』.

12 콜레트, 『푸른 신호등』.

13 오르탕스 뒤푸르, 『콜레트: 자리에 앉은 방랑자』.

14 『시도』.

15 콜레트, 『여명』.

16 콜레트, 『거꾸로 쓰는 일기』(*Journal à rebours*), R. Laffont, 'Bouquins' 제3권.

17 콜레트, 『나의 습작기』(*Mes apprentissages*), R. Laffont, 'Bouquins', 1989.

18 시도, 『콜레트에게 쓴 편지』, 1909년 6월 2일 자 편지.

19 소피 카르캥, 마리즈 바양, 『자매 사이: 여성성의 문제』.

20 콜레트의 표현을 빌리면, 이부자매 쥘리에트는 "머리카락에 짓눌려" 있다.(『클로딘의 집』)

21 기 뒤크레, 『콜레트 입문』(*L'ABCdaire de Colette*), Flammarion, 2000.

22 『시도』.

23 앞의 책.

24 앞의 책.

25 콜레트, 『포도밭의 덩굴손』(*Les Vrilles de la vigne*), 「새해의 몽상」(Rêverie du Nouvel An), Le livre de poche, 1931.

26 『콜레트에게 쓴 편지』, 1911년 12월 1일 자 편지.

27 『콜레트: 자리에 앉은 방랑자』.

28 앞의 책.

29 주느비에브 도르만, 『사랑에 빠진 콜레트』(*Amoureuse Colette*), Éd. Herscher, 2002.

30 『클로딘의 집』.

31 앞의 책.

32 앞의 책.

33 클로드 피슈아, 알랭 브뤼네, 『콜레트』(*Colette*), Éd. de Fallois, 1999.

34 제1장 「지배하는 어머니」.

35 마리셀린 라쇼, 『스무살의 콜레트, 말썽꾼 습작생』(*Colette à 20 ans, une apprentie pas sage*), Audiable Vauvert, 2010.

36 콜레트, 『벨라 비스타』(*Bella Vista*), R. Laffont, 'Bouquins' 제2권.

37 앞의 책.

38 마리셀린 라쇼, 『스무살의 콜레트, 말썽꾼 습작생』.

39 콜레트, 『나의 습작기』.

40 『스무살의 콜레트, 말썽꾼 습작생』.

41 『나의 습작기』.

42 앞의 책.

43 『시도』.

44 『콜레트에게 쓴 편지』, 1905년 9월 8일 자 편지.

45 『나의 습작기』.

46 『스무살의 콜레트, 말썽꾼 습작생』.

47 「콜레트 생의 60년」(60 ans de la vie de Colette), 자크 트레푸엘 감독의 영화, INA, 1964년 8월 3일, 장 산타마리아 해설, 콜레트 기

넘관.

48 『푸른 신호등』.

49 『콜레트에게 쓴 편지』, 1909년 2월 17일 자 편지.

50 소피 카르캥, 마리즈 바양, 『아이들을 용서하라: 실망에서 평정으로』(*Pardonner à ses enfants: de la déception à l'apaisement*), Albin Michel, 2012.

51 『나의 습작기』.

52 『포도밭의 덩굴손』은 1908년에 출간된다.

53 미셸 사르드, 『콜레트: 자유와 예속』(*Colette: libre et entravée*), Stock, 1978.

54 『포도밭의 덩굴손』.

55 『콜레트에게 쓴 편지』, 1906년 11월 12일 자 편지.

56 앞의 책, 1907년 2월 17일 자 편지.

57 앙드레 파리노와의 인터뷰(1950), 「어머니, 여명의 그늘에서」(A l'ombre d'une mére, la naissance du jour)에 수록, 콜레트 기념관 편.

58 마리 리옹쥘랭, 『어머니들이여, 딸을 해방하라』(*Méres, libérez vos filles*), Odile Jacob, 2008.

59 『클로딘의 집』, 「어머니와 금지된 과일」(Ma mère et le fruit défendu).

60 세대 간에 일어나는 이 놀라운 현상은 쥐스틴 레비의 소설 『나쁜 딸』(*Mauvaise fille*, Stock, 2009)을 떠올리게 한다. 『나쁜 딸』에서 주인공 루이즈는 어머니가 죽는 바로 그 순간 임신한다.

61 「어머니, 여명의 그늘에서」에서 인용.

62 "내가 죽어도 너는 상복을 입지 마! 너도 잘 알겠지만 나는 네가 장밋빛 옷과 푸른 계열 옷들만 입었으면 좋겠어."(『클로딘의 집』)
(이 구절 바로 앞 문장은 "나는 상복의 이 검은색이 싫어! 슬프잖아. 만나는 사람에게 슬프고 음울한 모습을 보여야 할 이유가 뭐니? 이 캐시미어와 크레이프 천은 내 감각과는 아주 달라"이다.─옮긴이)

 작품을 통해, 글쓰기에 대한 태도를 통해 우리를 사로잡은 세 작가가 있다. 『연인』의 작가이며 다양한 글쓰기 실험으로 한 시대 문학계의 중심에 있었던 마르그리트 뒤라스, 사르트르와 함께 전후 서구 지성사에 뚜렷한 자취를 남기고 특히 여성학의 고전 『제2의 성』으로 여성 글쓰기의 영향력을 최대치로 끌어올린 시몬 드 보부아르, 섬세한 감각의 세계에서 작가의 독창적인 존재 방식을 찾아냄으로써 여성 글쓰기의 새 지평을 열어 보인 시도니 가브리엘 콜레트. 이들은 시간상으로 앞서거나 뒤선 차이는 있지만 19세기 말에서 20세기 전반기를 공유했다.

 『글 쓰는 딸들』은 이 세 작가의 이야기이다. 더 자세히 말하면 '어머니'를 글쓰기의 출발점으로 삼은 세 딸, 삶으로서의 글쓰기 여정에 딸과 동행한 세 어머니의 이야기이다. 그런 만큼 이 책에는 세 사람의 딸이 작가 이전에 한 인간으로서 각자의 현실에서 어머니와 수십년간 엮어내려간 기쁨과 슬픔, 애정과 원망, 배반과 화해의 이야기가 함께 담겼다.

주목받는 작가일수록 그에 대한 연구 성과가 축적되기 마련이다. 작가에게 따라붙는 방대한 주석과 비평 들은 작품세계를 이해하는 데 도움이 되는 한편, 그 세계에 다가가기 위해 알아야 할 것이 많다는 인상을 불러일으킨다. 그런 경우 작가나 작품에 매혹당하는 즐거움과는 별개로 우리는 해독이 필요한 암호를 대할 때처럼 주눅 들고 긴장한다. 그에 비해 한 작가의 글쓰기 출발점을 어머니에게서 찾으려는 시도는 우리 누구나 깊숙한 곳에 간직한 과거의 기억, 지나온 삶의 굴곡을 돌이켜보게 함으로써 오히려 작가와의 소박하고 순수한 만남의 기회를 열어줄 수 있다. '딸'의 글쓰기의 출발점으로서 '어머니'가 한 작가의 작품세계 전체를 설명할 수는 없지만, 미로를 더듬어나갈 하나의 실타래 역할을 해줄 수는 있을 것이다.

뒤라스의 어머니 마리 도나디외는 식민지의 거친 현실과 부딪치며 좌절했고, 그런 어머니의 불행과 절망은 딸의 어린 시절에 고스란히 배어들었다. 자신의 불행에 짓눌린 이 어머니는 딸을 사랑하면서도 그 사랑을 온전히 주지 못하고 오히려 결핍의 동의어로 딸에게 새겨졌다. 사춘기 뒤 라스에게 글쓰기는 어머니로 인해 빚어지는 불안감에서 달아날 유일한 피난처였다.

보부아르의 어머니 프랑수아즈는 권위를 내세워 자신의 가치관과 규율을 자식에게 강요했다. 그는 사랑에서 나온 통제는 옳다고 믿었다. 억눌린 갈망을 딸에게서 보상받으려는 태도는 딸을 소유하려는 욕구로 이어졌다. 보부아르의 글쓰기는 그런 어머니의 구속을 벗어나 자신을 지켜낼 방법이었다.

20세기 초 남성 중심 사회에서 글쓰기를 통해 자신의 목소리를 찾아낸 콜레트. 그는 자연을 자기 안에 불러들이고 자신의 감각에 충실할 것을 가르쳐준 어머니 시도로부터 글쓰기의 토양을 얻었지만, 한편으로 글쓰기의 힘을 보존하기 위해 어머니와의 밀착에서 벗어나야 했다.

이렇게 보면 딸들의 글쓰기는 어머니를 떠나면서 시작된다. 세 딸은 어머니와 멀어지면서 글쓰기를 시작했다. 혹은 글을 쓰기 시작하면서 어머니로부터 자신을 떼어냈다. 그들에게 글쓰기는 자신의 삶을 위해 떠나겠다는, 떠나서 고독에 자리 잡겠다는 의지였다. 자신의 이야기를 견딜 맷집을 키우겠다는 결단이었다. 한편의 글이 어떤 것과도 비슷하지 않으려면 고독 속에서 자신과 만나야만 한다. 작가는 글을 쓰기 위해서 고독한 사람인데, 작가인 딸은 그 고독을 어머니에게서 길어낸다. 글쓰기의 출발점이 '떠나기'라는 것은 고통과 대면한 다음에야 손에 넣을 수 있는 것이 자기 자신이라는 의미이다. 그렇게 해서 그들은 자기 자신으로 살 수 있었다.

『물질적 삶』에서 뒤라스는 자기 안에 있는 '미지의 존재'를 찾아 떠나는 일이 글쓰기라고 말한다. 작가의 내면에 간직된 미지의 존재라는 말은 사랑의 양면성으로 어린 딸을 불안하게 한 어머니, '광기'의 다른 이름인 그 어머니를 떠올리게 한다. 모순과 불안의 원천으로부터 달아나기 위해 글쓰기를 선택한 뒤라스가 글쓰기를 통해 도달하려는 대상도 그런 미지의 존재이다. 자신의 삶을 찾기 위해서는 자신을 불안하게 하는, 절망하게 만드는 원천까지 가보아야 하기 때문이다. 그렇다고 뒤라스가 의식적으로 어머니를 글쓰기에 끌어들이는 것은 아니다. 삶과 대면하다 보니 다시 어머니를 향하게 될 뿐이다. 뒤라스가 '어머니'를 이야기할 때 그것은 현실의 어머니와 겨루기 위해서가 아니라 자신의 삶과 겨루기 위해서이다. 어머니는 어린 뒤라스에게 고통의 뿌리였던 만큼 절망과 고통에 뿌리를 둔 그의 글쓰기가 다시금 어머니에게 가닿게 되는 것은 당연하다. 뒤라스에게 글쓰기는 어머니로 인해 내면에 새겨진 절망을 이기기 위해 홀로 절망을 다시 살아가는 일이었다. 그렇게 해서 하나의 모순을 떠나 그 모순을 찾아가는 그의 글쓰기는 마침내 모순이야말로 헝클어진 진실임을 드러내는 여정이 되었다.

보부아르에게 글쓰기는 어머니의 지배에 편입된 자신을 응시하는 방법이자 마찬가지로 어머니 역시 시대에 지배당했음을 확인하는 통로였다. 그가 글쓰기를 통해 바라본 어머니는 가부장적 삶에 끼어 이름을 갖지 못한 채 자신을 잊고 소진된 여자, 규범과 금기라는 갑옷 아래 몸과 마음과 정신을 억압당한 사람이었고, 이렇게 해서 딸은 어머니도 자신과 마찬가지로 억압의 희생자임을 이해하게 된다. 그래서 그는 자신의 글쓰기를 억압에 맞설 무기로 삼는다. 글쓰기를 통해 억압의 근본적인 구조를 지적하며 한 시대와 맞서 싸운다. "여자로 태어나는 것이 아니라 여자가 되는 것이다"라는 선언은 가부장적 사회에서 "자신에게조차 낯설어져버린 여자"인 어머니를 대신한 투쟁 선언이기도 했다.

콜레트가 글쓰기를 통해 찾아낸 자신의 정체성은 '어머니를 그리워하는 딸', 바로 『여명』 속의 콜레트이다. 젊은 시절의 열정을 뒤로하고 프로방스의 자연 속에 스며들어 소소한 일상을 보내던 콜레트의 삶에 한 젊은 청년이 들어왔을 때 콜레트는 예전에 자신이 떠나온 어머니를 떠올린다. 어머니는 사랑을 포기하지 않는 사람이었고, 콜레트는 그런 어머니와 자신을 동일시하며 자기 욕망의 주인이고자 한다. 비록 모순될지라도 자신을 있는 그대로 드러내는 여성, 기성관념에 종속되지 않고 자신에 충실한 여성은 콜레트가 글쓰기를 통해 구현한 어머니의 환영이다.

글쓰기는 딸에게 어머니와 화해할 가능성을 열어주기도 한다. 어머니를 떠나 자신의 삶을 살기로 선택한 딸은 글쓰기를 통해 자신이 혼자임을 확인하면서 동시에 "아무도 없는 저편에 혼자 있는" 어머니를 발견한다. 보부아르가 『아주 편안한 죽음』에서 발견한 어머니는 병든 육체와 힘겨운 싸움을 벌이고 있었다. 어머니 시도의 장례식에 가지 않은 딸 콜레트에게 그 어머니는 이제 절대적으로 외로운 사람이다. 딸이 어머니에게서 발견하는 고독이야말로 딸과 어머니의 진정한 공통점이다. 딸은 어머니를 떠나며 혼자가 되고, 어머니는 딸과 떨어져 혼자가 된다. 딸은 고독 속에서 어머니의 고독을 발견하고 그러면서 어머니를 이해한다. 어머니와 딸이 이어질 가능성이 여기서 열린다. 이는 작가가 혼자임을 통해 세상 사람들과 연대하는 것과 같은 과정이다. 말하자면 이것은 글쓰기를 통한 화해, 글쓰는 딸이 언어로 여는 화해이다.

임미경

글 쓰는 딸들
뒤라스, 보부아르, 콜레트와 그들의 어머니

초판 1쇄 발행 / 2021년 11월 5일

지은이 / 소피 카르캥
옮긴이 / 임미경
펴낸이 / 강일우
책임편집 / 양재화
조판 / 한향림
펴낸곳 / (주)창비
등록 / 1986년 8월 5일 제85호
주소 / 10881 경기도 파주시 회동길 184
전화 / 031-955-3333
팩시밀리 / 영업 031-955-3399 편집 031-955-3400
홈페이지 / www.changbi.com
전자우편 / lit@changbi.com

한국어판 ⓒ (주)창비 2021
ISBN 978-89-364-7887-2 03860